U0091043

古典文學研究輯刊

十一編

曾 永 義 主編

第 3 冊

《文心雕龍》「文體通變觀」研究

陳 秀 美 著

國家圖書館出版品預行編目資料

《文心雕龍》「文體通變觀」研究／陳秀美 著 -- 初版 -- 新北市：
花木蘭文化出版社，2015〔民104〕

目 4+284 面；19×26 公分

（古典文學研究輯刊 十一編；第 3 冊）

ISBN 978-986-404-109-1（精裝）

1. 文心雕龍 2. 研究考訂

820.8   103027540

ISBN-978-986-404-109-1

9 789864 041091

古典文學研究輯刊
十一編 第三冊   ISBN：978-986-404-109-1

《文心雕龍》「文體通變觀」研究

作　　者	陳秀美
主　　編	曾永義
總 編 輯	杜潔祥
副總編輯	楊嘉樂
編　　輯	許郁翎
出　　版	花木蘭文化出版社
社　　長	高小娟
聯絡地址	235 新北市中和區中安街七二號十三樓
	電話：02-2923-1455／傳真：02-2923-1452
網　　址	http://www.huamulan.tw 信箱 hml810518@gmail.com
印　　刷	普羅文化出版廣告事業
初　　版	2015 年 3 月
定　　價	十一編 29 冊（精裝）台幣 52,000 元

版權所有・請勿翻印

《文心雕龍》「文體通變觀」研究

陳秀美　著

作者簡介

陳秀美（1962 年 1 月 8 日～）台灣新北市人，台灣淡江大學中國文學學系博士。現任德霖技術學院通識教育中心專任副教授、淡江大學中文系兼任副教授。目前擔任碩英文教基金會顧問、淡大中文系女性研究室顧問、淡大中文系系友會第 2 屆理事長、淡江大學系所有會聯合總會理事、淡江時報委員會委員。曾獲「2010 年全國大專院校創意教學競賽」優等獎。學術研究領域：《文心雕龍》研究、郭璞詩賦研究、魏晉六朝文論研究、李商隱詩研究。

提　要

　　《文心雕龍》是一門「顯學」，晚清至今已累積豐富「龍學」研究成果。本論文旨在重回《文心雕龍》文本語境中，找尋劉勰個人對傳統、時代、文學等面向的問題視域，探問其反思六朝文學問題，以及建構文學理論體系的核心觀念。因此本論文提出「文體通變觀」做為開展的基本預設，希望藉由此一「文體通變觀」的後設性「宏觀」視野，為當前的「龍學」研究，提供一個反思的新視域與方法，期能為劉勰理論體系找尋一個「新答案」。因此本論文將透過「基礎觀念研究」與「理論內容研究」兩部分，進行《文心雕龍》文學理論體系的反思與建構。本論文共分七章：

　　首先，「第一章緒論」包含「『文體通變觀』關鍵性詞義界定」，「問題導出與論題界定」，「史料運用與研究方法」，「章節安排與論述步驟」等，其中尤其是關鍵性用語的界定與前行研究的分析，都是本論題導出的重要依據。

　　其次，在「基礎觀念研究」上，本論文藉由「文體通變觀」之哲學基礎與理論體系架構的研究，重新界定「通變」所隱含之「主觀心知」與「客觀事物」之「辯證性」，如何成為劉勰「辯證性」文學觀點的哲學基礎，並且做為劉勰建構「通變性」理論體系架構的核心觀念。

　　再則，在「理論內容研究」上，本論文藉由文體構成要素、源流規律、創作法則、批評判準之「通變性」，以及劉勰「文體通變史觀」之詮釋視域等五個重要的「理論內容研究」，進行「文本」的分析性詮釋，證成「通變觀」確實是貫串全書之文體理論核心觀念的基礎。

　　準此，本論文提出「文體通變觀」，致力為劉勰文學理論體系本身，做出一個符合實際的「全面性」論述。希望能以宏觀的學術視野，為《文心雕龍》這部「知識型」專書做縝密的「綜合性」論證。

目次

第一章　緒　論

　　《文心雕龍》這門「顯學」〔註1〕，被稱爲「龍學」，自晚清至今已累積豐富的研究成果。一個後進的研究者面對如此豐厚的「龍學史」，仍然必須不斷地反思：它還存有那些有待解決的問題？或者在未來的研究中，是否能藉由「新視野」與「新方法」，開拓出未被發現的「新問題」與「新答案」？想必這些都是「龍學」研究者，始終努力要面對的問題；就如張少康在《文心雕龍新探》裡所言：

> 劉勰的文學思想和文學理論既博採眾長，又富於獨創性。我們應該對他的文學理論體系，他在理論發展史上的貢獻，以及他的文學思想的歷史淵源，作一個比較全面、比較深入、比較具體的探討和分析。……第一，要對劉勰的文學理論體系本身作出一個符合實際的全面論述，是不容易的。因爲目前學術界對劉勰的文學理論中許多重要問題的看法，尚無基本一致的認識。第二，劉勰學識淵博，他的文學思想涉及的面很廣，接受歷史上的思想資料也特別多……要論述劉勰文學理論的歷史貢獻與思想淵源，就是認眞研究歷史上許多重要哲學思想、政治思想、文藝思想、美學思想，而這是非常複雜而且困難的問題。〔註2〕

以上是張氏從「宏觀」的視野，針對劉勰《文心雕龍》文學理論體系、理論發展史的貢獻，以及在文學思想淵源上，提供研究者要有「作一個比較全面、比較深入、比較具體的探討和分析」的研究路徑，及其對「龍學」研究之新

〔註1〕劉渼：《臺灣近五十年來「《文心雕龍》學」研究》，（臺北：萬卷樓圖書，2001年3月），頁2。

〔註2〕張少康：《文心雕龍新探》，（臺北：文史哲出版社，民國86年6月初版二刷），頁1～2。

方向的期許。這正說明了「龍學」研究在字句詮解，版本考證，或局部議題等研究基礎上，逐漸邁向體系性、深層性之理論的探析。

然而當前這樣的研究方向，除了存在著張氏所反思的研究困境外，它更是近現代「龍學」研究者，必須要面對與克服的議題。因此怎樣的研究視野可以一方面宏觀其理論體系，另一方面又能微察劉勰對文體創作與批評法則的建構，以達成既全面又深入的研究？就成為本論文省思的重要課題，所以筆者認為必須從劉勰理論體系之核心觀念進入，較能一窺其建構文學理論系統的動機與目的，並且釐析劉勰之文學創作與批評法則的立場、觀念與主張。準此，筆者提出《文心雕龍》「文體通變觀」研究論題的目的，藉此理論觀點做為研究樞紐，期能達成全面、深入的「龍學」理論體系研究。

故本章將從「文體通變觀」之關鍵語詞的界義入手，首先進行「通變」、「文體」與「辯證」等基本概念的詞義界定，做為本論文之「焦點」視域的基準。其次，將從「通變」視域來檢視《文心雕龍》文本，一方面整理劉勰「文體通變觀」所表現的問題視域，另一方面以此一觀點反思近現代學者，在「文體論」與「通變觀」之問題視域與研究成果，做為導出本論題之「問題視域與論題界定」的依據。此外，由於筆者的論述涉及「文體論」與「通變觀」，這兩個議題均為「龍學」研究領域中的熟題，因此筆者將藉由「文獻運用與研究方法」，提出史料檢討與研究方法；最後說明筆者對本論題的「章節安排與論述步驟」。

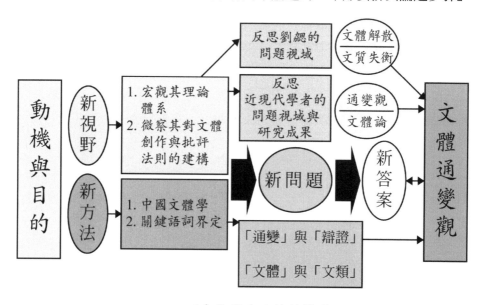

1-1　研究動機與目的結構圖

第一節　「文體通變觀」關鍵性詞義界定

　　如前所述,《文心雕龍》不但是當代學術研究的「顯學」,而且本論題亦屬此一研究領域的熟題,正因如此筆者的後設性研究就必須更為謹慎,更加務實的從議題的根本工夫做起,那就是對於「文體通變觀」之關鍵性術語的重新界定,以做為本研究主題的開展基礎。準此,「關鍵性」術語的界義,不但是此一熟題能夠重新研究的關鍵,更是建構本論題之觀念的核心依據,其中如「文體」、「通變」等術語,以及「通變」所延伸出來的「辯證」一詞,都是本單元必須重新界定的關鍵性語詞。

　　「通變」這一語詞是中國古代學術用語,它並非僅是在語義層的指涉義,在本論文的基本假定下,「通變」是劉勰用以觀察文學的重要框架,雖然他特別在《文心雕龍》中專立一章:〈通變〉篇,來論文體創作之「通變性」的問題,但筆者從其五十篇文論中,卻處處可見其運用「通變」觀念,來建構其主客觀辯證融合之「論述模式」,這樣模式筆者將其界定為辯證性的「通變」文學觀。因此,基於以上的假設,筆者將先做「通變」語詞的重新界定,以做為筆者提出劉勰《文心雕龍》「文體通變觀」研究的關鍵性依據。

　　準此,本論文將是以後設性研究的觀點基礎,來為「通」、「變」與「通變」等語詞做界義。至於「文體」一詞乃是本論題的「限定性」用語,用以限定本論題之「通變觀念」範疇。此外,「通變」這組語詞是中國古代學術中常用的術語,其中隱含著「辯證性」邏輯思維。因此劉勰對「文體通變觀念」的表述,雖然隱含「辯證性」思維,但卻並未使用「辯證」一詞,因此筆者亦須為其「文體通變觀」中所隱含之「辯證性」思維,做一用詞的界義。

一、「通變」一詞之界義

　　如前所述,「通變」是本論題的關鍵性語詞,並且是中國古代哲學與文學中常見的術語,然而從近現代的前行研究成果中,卻出現許多歧異的詮解,其中或以直觀詮釋「通變」的詞義,並將其應用在學術批評上,僅有少數學者體察其詞義中所含之「辯證性」思維問題。因此本單元將從語詞的細部分析進入,先就「通」與「變」這兩個單詞做界義,再做「通變」這一複詞的界義,透過訓解「通」與「變」之單詞本義,以及釐清「通變」之複詞所隱含之一般性概念義涵。

（一）「通」字之界義

「通」字之義，《說文》云：「通，達也。从辵甬聲。」段玉裁注：「通達雙聲，……按達之訓行不相遇也，通正相反，經傳中通達同訓者，正亂亦訓治、徂亦訓存之理。」〔註3〕由此可見，「通」與「達」兩字就如段氏所言「經傳中通達同訓」，因此「通者，達也」，又就《說文》云：「達，行不相遇也。」〔註4〕「達」字訓解爲「行不相遇」之義，故就「行」而言，它指出所有事物是處在一個行動的「運動」狀態，因此在行進的運動中彼此是「不相遇」、「不相逢」的，這種事物在「運動」狀態中彼此不相碰觸，也就彼此不會造成阻礙，所以稱之爲「通」。首先，就「通」指涉客觀事物而言：

其一，就「通達」之「常行」、「不變」、「恆常」之義，如《禮記・中庸》所云：「天下之達道五。」鄭玄注：「達者，常行，百王所不變也。」〔註5〕指出百王治理天下時，其常行之「五倫」的道，是一致的，「古今常行不變」之達道；又如《周禮・地官・掌節》所云：「凡通達於天下者，必有節，以傳頒之。」〔註6〕指出的是能通達天下之客觀事物者，必定是「有節度」的人，可以得取別人的信賴。又如《禮記・學記》所言：「九年知類通達，強立而不反，謂之大成。」〔註7〕指出經過九年的學習可以「知類通達」瞭解天下事物之理。從以上文獻史料看來，「通達」是被用以指涉「客觀事物」通行無阻之意，然從其語境觀之，「通達」除了「通行無阻」之概念義，它也隱含著「常行不變」之「恆常」義，只是這個「恆常」義是在事物之理的「變與不變」的辯證依存中，才能維持其「恆常」義涵；這就是《周易・繫辭傳》「一闔一闢，謂之變；往來不窮，謂之通」，〔註8〕所指出之由個別事物之變化來保持宇宙總體事物之恆常不變之理。

〔註3〕許慎：《說文解字》，清・段玉裁注本（臺北：漢京文化事業有限公司，1983年9月28日初版），頁71～72。

〔註4〕同前註，頁73。

〔註5〕《禮記・中庸第三十一》，（臺北：藍燈文化事業公司，十三經注疏本第5冊），頁887。

〔註6〕《周禮・地官・掌節》，（臺北：藍燈文化事業公司，十三經注疏本第3冊），頁232。

〔註7〕《禮記・學記第十八》，（臺北：藍燈文化事業公司，十三經注疏本第5冊），頁649。

〔註8〕王弼：《周易注》，見樓宇烈《老子周易王弼注校釋》，（臺北：華正書局，1983年9月初版），頁553。

　　其二，就「貫通」之義而言，「貫通」指的是「客觀事物」在歷時性與並時性的變化中，產生「貫通」前後之「普遍」現象。《釋名・釋言語》中云：「通，洞也。無所不貫洞。」在此「通」被解爲「洞」之義，用以指客觀事物「無所不貫洞」之理，既然它「無所不貫洞」那麼也就是「貫通無礙」之義。就如朱熹《大學章句》云：「至於用力之久，而一旦豁然貫通焉，則萬物之表裏精粗無不到。」〔註9〕這裡是指一但人的理解「貫通無礙」，就能豁然開朗瞭解客觀萬物之表裏；又如〈中庸序〉云：「此書之旨，支分解讀、脈絡貫通、詳略相因、巨細畢舉。」〔註10〕此處所指「脈絡貫通」是在思想脈絡架構關係「貫通無礙」之意。故從這些文獻史料看來，「貫通」是用來說明客觀事物本身存在著「貫串通徹」之理，一方面指出客觀事物在時間變化中的歷程性「貫通」現象；另一方面則指出不同個別事物，或各類事物之間，在同一時空變化中的並時性「貫通」關係，且因其「通貫」之理，而使其可以超越事物形構之個殊「相」，並在前後變化的貫通中，呈現事物之普遍「相」。

　　準此，從「通」字之「通達」與「貫通」義觀之，事物本身存在著個體與群體之間的關係，都呈現出事物的「變」與「不變」之狀態與關係，就如《周易・繫辭傳》所云：「往來不窮謂之通。」〔註11〕「推而行之謂之通。」〔註12〕「易窮則變，變則通，通則可久。」〔註13〕這說明了各種事物因其「共通性」與「貫通性」，維持其「推而行之」與「往來不窮」的關係，使其藉由「變」與「不變」之辯證，保持其「恆常」、「恆久」的狀態：故其是以「變」來維持其「不變」的性質與狀態；且以其「不變」之恆常共性來保證其「變而不離其本（宗）」的「恆常」的性質與狀態。

　　其次，就「通」指涉主觀心知而言，「通曉」之義指的是「人」的主觀心知，通曉明白宇宙萬物之「貫通」前後的規律與形構的變化；如《周易・繫辭傳》「通乎晝夜之道而知。」〔註14〕此指通曉晝夜變化之道，這是屬於人的主觀思維的「通曉」，就是因爲這個人的主觀「通曉」之心，所以對自身或自

〔註 9〕朱熹：《四書章句集註》，《大學章句》，（臺北：鵝湖出版社印行，民國七十三年九月初版），頁7。

〔註10〕同前註，〈中庸序〉，頁 15～16。

〔註11〕同註8。

〔註12〕同註8，《周易注》，頁 555。

〔註13〕同註8，《周易注》，頁 559。

〔註14〕同註8，《周易注》，頁 541。

身以外的客觀事物之「變化」的觀察，再藉由其個人的主觀認知，以通曉明白客觀事物所存在之「貫通」、「通達」等普遍現象。

綜而觀之，「通」字或被用來指涉「客觀事物」之「貫通」性質與狀態，或被用於「主觀心知」之「通曉」事物之理的認知作用。因此從「通」字所指涉之概念而言，一是指「客觀事物」之「通達」、「貫通」義，旨在呈現事物具有「貫通」之性質與狀態，一是指「主觀思維」的「通曉」義，旨在呈現人心之思維對事物的通曉認知，這兩義都具有「通」之「普遍性」義涵。

（二）「變」字之界義

「變」字之辭典性語義為「更」，《說文》云：「改，更也，從攴己聲。變，更也。從攴繇聲。更，改也，從攴丙聲。」〔註15〕「更」字就是改易之義，因此《說文》將「改」、「變」、「更」三字相互聯類，就是要指出「變」有「更」，有「改」之義。此外，「變」者，「化」也。《荀子·正名》云：「狀變而實無別而為異者，謂之化。有化而無別，謂之一實。」〔註16〕在這種情況下，當「變化」合義成詞時，其一般性概念義是用以指事物之狀態改易，但其實體卻不變之義；也就是說原本之物與變化後之物，並非變成異體二物的狀態下，出現其各自殊異的變化，這個變化是以其能維持共同「本質性」的不變為前提。例如人由「少年」變成「老年」的過程中，外在的形貌改變了，但並沒有變成另一實體。因此在辭典義中，「變」字約有「易」、「化」、「動」、「更」、「改」、「亂」、「奇」等義，然在這眾多指涉義中與本論題相關者，有「變動」、「變化」、「流變」、「通變」與「改變」等語詞的指涉性概念。因此就「變」字之概念來看，其可指「客觀事物」之「變動」、「變化」、「變革」、「變奇」現象，亦可指「人」的「主觀思維」之「變通」。準此，首先，就「變」指涉客觀事物而言：

其一，就「變化」之義，其常被用以指涉各事物之間的變化現象，除了「時間」的規律性變化外，亦可指「空間」的形構「變化」，例如《周易·乾卦·象曰》：「乾道變化，各正性命。」〔註17〕指出「乾道」之變化，而使事物能「各正性命」，符合「乾」之道的整體性變化現象。又如《呂氏春秋·下

〔註15〕許慎：《說文解字》，清·段玉裁注本，（臺北：漢京文化事業有限公司，1983年9月28日初版），頁124。

〔註16〕唐·楊倞、清·王先謙集解：《荀子集解·考證》，（臺北：世界書局，2000年十二月二版一刷），頁386。

〔註17〕同註8，《周易注》，頁213。

賢》云：「與物變化而無所終窮。」〔註18〕這指出事物的「變化」，是其能「無所終窮」的關鍵要素。因此就其一般性概念而言，客觀事物在經過改易的過程之後，其實體狀態卻不變，所以這樣的變異並不會生出另一個異體物，也不會改變其「本質」，這樣才能稱之為「變化」。

其二，就「變」之「變動」義，用以指客觀事物之「變動」現象，例如：《周易・繫辭傳》所言「變動不居，周流六虛。」〔註19〕指的就是客觀事物之「變化移動」、不自居、不自止，所以能周流廣大之義。又如《荀子・議兵》所言「上得天時，下得地利，觀敵之變動，後之發，先之至，此用兵之要術也。」〔註20〕此處所指觀察敵人之變化，即是觀察「客觀」外在事物之變化狀態與變動現象，所以能「後之發，先之至」，取得致勝的契機。因此就其一般性概念而言，事物在「變動」現象中會有一個讓它產生變化，或發生作用的動力；但是在經驗現象界裡，宇宙萬物是以變動不定的模式存在。由此可見，一切事物必須藉由其「變」以使其「動」，同時藉由其「動」以使能「變」，這種互為辯證的變動關係，是使其能保持各事物本體的「恆常性」。

其三，就「變奇」之義，其指事物在「變」的過程中，產生異於「正常」的奇特現象，例如《白虎通・災變》所言「變者，非常也。」張衡〈西京賦〉所言「盡變態乎其中。」薛綜注云：「變，奇也。」由此可見，事物之「變奇」而使其創變出不同於一般「正常」事物的個殊狀態，或樣貌。

其四，就「變革」之義，其指事物「革新」，乃出於人主觀之意志與行動。如《禮記・大傳》所云：「聖人南面而治天下，必自人道始也：立權度量，考文章，改正朔，易服色……此其所得與民變革者也。」〔註21〕這段資料指出帝王（聖人）治天下有可變革者，亦有不可變革者，其中可以革新的是「考文章，改正朔，易服色」等客觀制度的部份，可見「變革」人道時要把握其可變革與不可變革者，才能完成帝治天下之「道」。

〔註18〕《呂氏春秋・卷十五慎大覽・三曰下賢》，（臺北：臺灣商務印書館，民國七十九年九月四版），頁426。

〔註19〕同註8，《周易注》，頁569。

〔註20〕唐・楊倞，清・王先謙集解：《荀子集解・考證》，（臺北：世界書局，2000年十二月二版一刷），頁245。

〔註21〕《禮記・大傳第十六》，（臺北：藍燈文化事業公司，十三經注疏本第5冊），頁617。

其次，就「變」指涉主觀心知而言，「變」有「變通」之義，其指人的「主觀思維」之「變通」義，例如《周易・繫辭傳》所言「化而裁之存乎變，推而行之存乎通，……變通者，趣時者也。」〔註22〕這是指人在「主觀心知」上思維，而使其能隨宜變動，是個不拘泥於「恆常」，又能保持其「恆常」的人；或者說是以「變」來求其「通」的「趣時」之人，因其「變通」使其能運用「無方之術」。

由此可知，從客體事物的「個體」（局部）到「整體」（全部）之變中，都是處在一個不變的「常體」基礎上，產生其「變化」、「變動」、「變革」；因此客觀事物雖「變」，但卻有其「變而不離其本」、「變而不離其宗」的限定，以保證其「本質」不會被更化。假若事物在「更生」、「更化」的過程中，完全脫離其「本質」或「常體」的限定，就會變成一個「新」的事物，此時的「新變之體」已不符合「變」的義涵了。所以當事物在「不得不變」的情況下，其形構與規律自然也會發生「變化」、「變動」、「變奇」的現象。故從其「變動」義來看，事物之「變」在時間的歷程中自然形成一種規律現象，就如《周易》所言「窮則變，變則通，通則久」，指的就是事物之自然發展中，經由「窮」、「變」、「通」的變動歷程，才能使事物維持其「恆久」之道。

（三）「通變」一詞的一般性概念

「通變」是一個「聯合式合義複詞」，因此就其組合義來看，一方面既具有「通」字所指涉「客觀事物」之「道」的「共通」與「貫通」等義涵，以及人心之「主觀思維」的「通曉」義涵；另一方面亦具有「變」所指涉之「客觀事物」的「變化」、「變動」、「流變」，以及人心之「主觀認知」的「變通」義涵。因此假設以「通」字所指涉的是各事物之間「共通」之性質與其前後「貫通」的狀態，在「時間性」與「空間性」關係中，產生形構的「變化」與「變易」現象，也產生規律的「變動」與「流變」軌跡。因此「通變」這個「聯合式合義複詞」在古人用字「精鍊」的慣性下，必然是已存在其普遍的概念性義涵，所以從這兩個字的組合來看，可以有兩種不同的組合義：

其一，指「通與變」而言，可就外在客觀事物之「靜態面」而言，其指一切事物之存在現象，有其「共相」與「殊相」之間的「共通形構」的變化；又可就外在客觀事物之「動態面」而言，其指一切事物之前後變化，或彼此超越的「貫通規律」變化，以維持其「恆常不變」的存在。

〔註22〕同註8，《周易注》，頁556。

　　其二，指「通乎變」而言，亦既「通乎其變」，這是就人的「主觀心知」能「通曉」客觀事物之「變動」、「變化」、「變革」的現象。換言之，是指「通曉」事物「通貫」、「共通」、「恆常」之道，並且能明白其「變化」的形構與規律等現象。

　　準此，無論是「通與變」，或是「通乎其變」，都具有「辯證性」義涵，因此客觀事物之「通」必須靠事物之「變」，才能使其「共通」與「貫通」之現象能與主觀心知之「通曉」，經由「辯證」維持其「恆常性」。而主觀心知之「變」必須在事物之「貫通」與「共通」基礎上，才能保證事物的本質在「變」（「變動」與「變化」）的歷程中，經由「辯證」維持其恆常不變的「規範性」。因此無論是用以指實在層之天道「通變」現象，或是指心理層之「通變」觀念，或是語言形式層之「通變」論述，都存在著形構與規律的「辯證」關係。

　　因此既然「通變」這個詞是中國古代學術用語，那麼在古代典籍中，應該會有直接或間接的概念性指涉才是，然在綜觀先秦諸子典籍時，卻發現在思想觀念上，或許有哲學家、史學家或文學家運用了「通變」的觀念，但在文獻史料上卻很少有直接聯用「通變」一詞者，經考察《周易》原典發現，其中並沒有直接以「通變」聯用，僅有少數是以「變通」，或上下語句中有「通」與「變」對用的形式，因此雖然《周易》全書並未出現「通變」一詞，但在其文本的語境中，如「易窮則變，變則通，通則久」的語句裡〔註23〕，就含有「通與變」、「通乎其變」等概念性義涵；又如《周易・繫辭傳》：

　　　　一闔一闢謂之變；往來不窮謂之通。〔註24〕

　　　　化而裁之謂之變；推而行之謂之通。〔註25〕

從以上這兩段文本資料的語境看來，「一闔一闢」、「化而裁之」之變，是指事物在時間與空間之形構歷程的變化；至於「往來不窮」、「推而行之」之通，則是指事物在時間與空間之形構歷程中，前後貫通、相互依存的辯證關係。這些所指之事物在「時間與空間」，「形構與規律」，都具有「通變」之一般性概念義涵，且成為《周易》的哲學觀念。

　　由此可見，「通變」一方面可指事物在「時間歷程」上的「通變」，另一方面亦可指事物在「空間變動」中的「通變」。所以從客觀事物之「往來不窮」

〔註23〕同註8，《周易注》，頁569。

〔註24〕同註8。

〔註25〕同註8，《周易注》，頁555。

的變動規律，存在著事物「往復性」的通變現象；因其「窮極」、「窮困」而「變」的狀態，是維持其生生不息之「恆常性」的動力所在，這就是《老子》所云「夫物芸芸，各復歸其根。」〔註26〕復歸其根的「往復性」是要靠變動才能維持其「恆常」狀態。同時從老子「吾以觀復」（十六章）看來，「人」的主觀心知才是使聖人可以體察「天道」與「人道」之「往而必復」的規律性。雖然老子未曾用「通變」一詞，但從其語境觀之，萬物「往復」的現象中，其實隱含著「通變」的結構與規律。

準此，從「實在層」觀之，「通變」是指宇宙萬物之形構關係與變化規律，所呈現二元對立的自然現象，例如「陰」與「陽」在二元對立、相生互成中完成其「通變」的變化規律。又從「心理層」觀之，「通變」是指透過人之主觀「通變之心」，去認知宇宙萬物之變化與恆常的真相，所完成的主客辯證邏輯思維，它呈現的是在「動態歷程」中的思維模式。至於從「語言層」觀之，「通變」是指在語句中包括二個以上事物（詞），彼此具有對立而又二者統一的「判斷式」；換言之，從語言層觀之，「通變」本身是具有辯證邏輯思維模式陳述，例如「望今制奇，參古定法」，或「斟酌乎質文之間，而櫽括乎雅俗之際」等，就是具有對立而統一的陳述語句。

基於以上「通變」一詞之一般概念義的釐清後，筆者預設劉勰「文體通變觀」裡，對於「通變」一詞的運用，論述下列三類議題：一是，劉勰面對古代文學傳統時，對於各種類體在變動歷程中，所呈現之客觀「通變」現象的描述，例如其「規範性」體製及體式的「變」，及其「殊變性」體貌的「通」；這是劉勰對過去文學傳統的體察。二是，劉勰用「通變」一詞，針對各別類體進行「原始以表末，釋名以章義，選文以定篇，敷理以舉統」的詮釋。因此其面對的問題是各種類體本身在變與通的軌跡中，何者變？何者通？或何以會變？何以會通？而變與通有何關係？等屬於詮釋文體之變動性軌跡的問題。三是，劉勰藉由「通變」一詞來規範文學作家應當要以「通變」的法則，亦即詮釋如何「通其變」？如何「變其通」？以做為其文學創作之道。以上這三層由「通變」一詞的概念義指涉，所得出之「通變」的三層義涵，將是筆者開展《文心雕龍》「文體通變觀」研究的基本假定。

〔註26〕同註8，《老子注》，頁36。

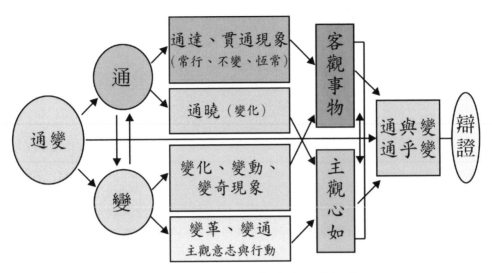

1-2　通變語詞、概念的辯證關係圖

二、「文體」一詞之界義

「文體」一詞，乃是本論題的「限定性」用語，用以限定本論題之「通變」觀念，落實在「文體」範圍。然何謂「文體」？這個「組合式」的合義複詞，其中「文」乃為領屬性「加詞」，而「體」為其「端詞」。就「文」而言，可指單篇之「文章」，也可指群聚的「文類」；因此在「文」的概念限定下，出現文章之「篇體」與文類之「類體」義涵。對「文體」一詞的界義，關鍵乃在「體」字的訓解。有關「文體」的界義，已有前輩學者精湛的詮解，故本論文將引用之，不另做新義界定。

何謂「文體」？「文體」與「文類」有何關係？「文體」與「文學」又有何關聯？這些問題在徐復觀〈文心雕龍的文體論〉裡，開始其論辯的新時代。徐氏將「文體」分出體製、體要、體貌三個面向，進行其理論性的界義，以做為其重構《文心雕龍》「文體論」架構的基礎，此舉開創出「文體」論述的新界義。〔註27〕雖然徐氏在 1959 年對「文體」的界義，當時並未形成直接且全面性的影響，但卻在 1987 年中國古典文學研究會「以文心雕龍為中心的中國文學批評」研討會中，出現延續徐氏「文體」論述體系的兩篇論文：一是顏崑陽的〈論文心雕龍「辯證性文體觀念架構」——兼辨徐復觀、龔鵬程

〔註27〕徐復觀：〈文心雕龍的文體論〉，收錄於《中國文學論集》（臺北：臺灣學生書局，1985 年 1 月），頁 1～83。

「文心雕龍的文體論」），一是賴麗蓉的〈文心雕龍「文體」一詞的內容意義
及「文體」的創造〉。這兩篇以「文體」觀念爲範疇的會議論文，對於「文體」
一詞都有界義與說明，例如：在賴麗蓉的論文中她針對《文心雕龍》「文體」
一詞的名言性質及其內容意義，進行反思與釐清，其云：

> 文心雕龍全書，「體」字共出現一百八十八次，其中……全書以「文
> 體」兩字連綴成詞者，僅有九處，……都不曾拿「文體」作爲指涉語
> 詞以指涉任何文類。……文體一詞是文心雕龍中的重要術語，以今義
> 之「文體」取代文心系統中的文體義，不但在語用上混淆了「文體」
> 一詞的古今義，更嚴重的是支離文心雕龍創作論的全貌，而且連鎖地
> 又造成「文體」與「文類」、「文體」與「風格」觀念上的糾纏。……
> 劉勰把文學創作視同一有機體的創造，此有機體且一如人類的結構，
> 有神明、骨髓、肌膚、聲氣；……文體一如人體，是審美活動的經驗
> 客體，……「體貌」、「體勢」之名於焉存在；文章固有其用，於是有
> 「體用」之名；文章有體積大小之別，於是有「體製」之名。〔註28〕

以上乃賴氏從《文心雕龍》文本所歸納出關於「體」字的運用與「文體」古
今義之差異，以及這差異所造成的觀念糾纏問題。故從其論述語境看來，在
賴氏的預設裡：她認爲若以「文體」之今義來解釋劉勰《文心雕龍》全書的
「文體」義，將會造成支離其創作論全貌的詮釋誤謬。基於以上賴氏的反思，
她進而爲其所論述之文體的「創作論」，提出了「體貌」、「體勢」、「體用」、「體
製」等「文體」觀念用語。然而就如賴麗蓉所言：若是用「文體」的今義，
來取代劉勰《文心雕龍》理論系統中的「文體」義，將會因「文體」與「文
類」的混淆危機，而造成「文體」與「文類」在觀念上的糾纏問題。

　　關於賴麗蓉所說「文體與文類、文體與風格觀念上的糾纏」的問題，顏
崑陽在〈論文心雕龍「辯證性文體觀念架構」——兼辨徐復觀、龔鵬程「文
心雕龍的文體論」〉一文中，提出以「辯證性」文體觀念爲「視角」，一方面
反思徐復觀與龔鵬程兩人的論述，另一方面重新爲「文體」之「體製」、「體
貌」、「體式」等觀念性語詞做釐清與界說。故從其論文的論證脈絡觀之，顏
氏對「文體」觀念的界定乃具有承變的研究價值。

〔註28〕賴麗蓉：〈文心雕龍「文體」一詞的內容意義及「文體」的創造〉，中國古典
　　　　文學研究會主編《文心雕龍綜論》，（臺灣：學生書局，1988年5月初版），頁
　　　　127～132。

　　但眞正運用大量文獻史料，進行詳實且細膩地論證「文體」與「文類」之義涵，及其相互依存關係性的論文，是 2007 年顏崑陽〈論「文體」與「文類」的涵義及其關係〉一文，顏氏從其對「文體」的界義進入，一方面承繼徐復觀的「文體」義的差別，一方面運用大量文獻史料，比對出「文體」與「文類」之義及其關係，這個議題是顏崑陽繼承徐復觀之後，加以修訂與釐清「文體」與「文類」之概念差及彼此的關係，一方面解決了「文體」與「文類」混淆問題；另一方面提出兩者之間所存在「相互依存」的辯證關係。準此，顏氏從《說文》之「體」字的本義與引申義「聯類延展」出「體」之三義，其云：

> 　　「文體」一詞的涵義。它是一個組合式合義複詞，望名之義就是「文
> 章之體」。……「體」字的三義：或指文章之「自身」，即其本質與
> 功能；或指文章之「形構」，即所謂「體裁」；或指文章之「樣態」，
> 即所謂「體貌」、「體式」或「體格」。〔註29〕

可見顏氏從「文體」指「文章之體」的思維中，找出其「體」字所含之「物身義」、「形構義」與「樣態義」，他一方面從辭典義界定中，明白地闡述「文體」一詞包含了「體製」（體裁）、「體貌」、「體式」、「體格」、「體要」等概念性用語。另一方面將此等概念置入實存作品中，找出其「基模性形構」、「語言範型性樣態」，以及「篇章之個殊樣態」等理論性義涵。另其中與本論題有關者，如：「體製」（體裁）、「體貌」、「體式」與「體要」等，本論文將其整理後，做了以下簡要的界定與說明，茲引述如下：

> 「體製」（體裁）：指文體之「形構」，並且多繫屬某一特定文類而言，
> 　　　　在文體論述上，所指涉的應該是文章可分析的「形構性之
> 　　　　體」。例如：五言絕句是以「一首四句，一句五個字」爲
> 　　　　其基本形構。
>
> 「體貌」：用以指涉一篇作品或一家之作的整體「樣態」。例如陶淵
> 　　　　明體、李白體。
>
> 「體式」：指文體具有「範型」性的「樣態」，同時必須兼合著文類
> 　　　　「形構性」的「體裁」，以及作家作品「樣態性」的「體
> 　　　　貌」二個要素，再加上「範型性」此一規定，才是完整的
> 　　　　涵義。若此「一家」或「一時」之「體」被「範型」化後，

〔註29〕顏崑陽：〈論「文體」與「文類」的涵義及其關係〉，（《清華中文學報》第一
　　　期 2007.9），頁 40。

即形成「體式」，如：「陶體」、「謝靈運體」、「徐庾體」、「杜甫體」、「李白體」，乃由個人風格，逐漸形成「範型」，於是就從個別的「體貌」範型化爲「體式」。建安體、太康體等，則是一個時代之體貌範型化爲「體式」。

「體要」：指文體創作之法，從「範型」中歸納而來的「法式」，成爲創作者或批評者心中，最理想的文體創作法則。〔註30〕

以上有關於「文體」之「體製」、「體貌」、「體式」與「體要」等理論性的界義，基本上是顏氏承繼徐復觀而來的「文體」觀念的詮釋系統，而非傳統「龍學」研究領域中對「文體」一詞的界義。因此本論文所要探討的「文體」或「文體論」議題，並不是從「文原論」、「文體論」、「文術論」與「文評論」等四大範疇中的「文體論」概念，而是徐、顏等人的「文體」詮釋體系，所以本論文在此一單元的語詞界定，乃是以顏氏之研究成果爲理論依據，不再重新做界定。

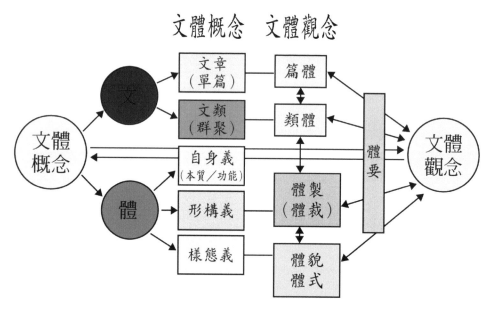

1-3　文體概念與文體觀念結構對照圖

〔註30〕同前註，頁 6～43。

三、「辯證」一詞之界義

「辯證」（Dialectic）一詞並不是中國古代的哲學性用語。如前所述，由於「通變」是一個具有「辯證性」義涵的語詞，但「通變」又不能等同於「辯證」，這是因為「通變」雖然具有「辯證性」義涵，但其所運用到的辯證邏輯不能含括整個「辯證」思維，因此筆者將採擇其中與劉勰「通變」觀念有關的「辯證性」，做為本節「辯證」詞義界定的依據。

其實「辯證」最早源自古希臘辯士派哲學家（蘇格拉底時代）論辯真理的一種方式，是以正反命題的「辯論」方法來逼顯真理的模式。〔註31〕所以「辯證」的基本概念就是「二元對立統一」，它是「正——反——合」的論證模式。因此從「實在層」觀之，「辯證」是指宇宙實在物之二元對立，所形成之形構關係與變化規律，例如宇宙萬象之「陰」與「陽」，在變化中形成「正（陽）——反（陰）——合（物）」的辯證關係，從第一者（正）與第二（反）者，到第三者（合）時已消融其各自的性相，或揚棄其各別的本體，產生一種「二元對立」、「相生互成」辯證性形構與變化規律關係。至於在「心理層」上的「辯證」則是指人之主觀思維的「辯證邏輯」，它並不是在認知上把事物從實存狀態中抽象出來「靜態化」處理；反而是將事物及其實存狀態，觀察其整體形構與變化規律之二元對立統一的關係。至於「辯證」在「語言層」上是指一項陳述包括二個以上事物（詞），彼此具有對立性質（如文質、雅俗）而又統合為一的「判斷」語句，這種具有對立而統一的陳述語句，就是「辯證性陳述」，在中國古代典籍十分常見。

因此雖然在中國古代的文獻史料裡，未曾出現「辯證」一詞，但並不代表在中國的古代哲學中，沒有「辯證」邏輯思維。在近現代學者的研究中，

〔註31〕「辯證法（Dialectic）的字面意義是交談的藝術。此字已使用於蘇格拉底以前。蘇格拉底時又賦予它一古典意義：蘇氏嘗試用辯論的方式逐步澄清概念，使人見到事物的本質；而柏拉圖的對話錄（Dialogues）更進一步，透過正面的陳述和反面的辯駁，抽絲剝繭一般使事物的本質呈現出來，……辯論對柏拉圖而言，是形上學的一種方法。」參見布魯格編著、項退結編譯：《西洋哲學辭典》，臺北：華香出版社，2004 年 10 月增訂二版三刷，頁 80。簡單說，「辯證」是古希臘辯士派哲學家論辯真理的一種方式，它以正反命題的「辯論」來逼顯真理的模式。後來被運用在黑格爾的「唯心論」哲學，以及馬克斯的「唯物論」哲學上，這種強調二元對立統一的「辯證」模式，雖然都從「實在界」進入，但隨其「唯心」與「唯物」之本體論假定的不同，落實到「心理層」時，黑格爾走向唯心的主觀思維辯證，馬克斯卻走向唯物的客觀事物辯證。

有關「辯證法」，或「辯證思維」爲題者，最常出現在《老子》與《周易》這兩部書的研究，〔註32〕因此論述「中國古代的辯證法」，最早是從《老子》之「有無、難易、高下、長短、進退、美醜、生死、剛柔、強弱、禍福、損益、貴賤、陰陽、動靜、正奇」等等相生相成客觀存在的辯證法，以及「反者道之動」、「周行不殆」等往復替代的規律性辯證法，此外還有「正言若反」的正反辯證法。此外，如《周易》之「窮則變，變則通」的「因革」、「通變」、「奇正」等二元對立統一之辯證邏輯，可見這樣的「辯證性」思維早已存在古代思想之中，成爲文化傳統的一部份。準此，筆者之論題：「通變」只是中國古代具「辯證」邏輯思維之術語之一。準此，依據筆者先前對「通」與「變」之語詞界定結果，認爲「通變」中隱含「辯證」之狀態或模式者，約有「相即不離」、「相互依存」、「彼此融合」、「相生相成」、「往復替代」等五種，分述如下：

其一，是「相即不離」的辯證模式，指兩個事物彼此是一種共存的「不可分離」的關係。譬如：「本體與現象」二者是「相即不離」的關係，離本體則現象無由發生及存有，離現象則本體無由顯現，而只是抽象概念之「道」。又如「形式與內容」之關係，亦是「相即不離」的辯證關係，因爲一個「文學作品」，不可能沒有「形式」，也不可能沒有「內容」，無內容則形式無法被產生，無形式則內容就不能表現，此二者亦是「相即不離」的辯證模式。

其二，是「相互依存」的辯證模式，指的是兩個相對獨立的事物及其概念，其個體的「存在」是相對於另一個「個體」才能存在的，譬如：「父子」、

〔註32〕論「周易」之辯證思維爲題者，李笑野：〈《周易》陰陽所體現的辯證思維方法〉，呂紹綱：〈辯證法的源頭在中國《周易》〉，李索：〈試論《周易》的語用觀〉，林丹：〈論《周易》辯證思維的特色及其影響〉，梁振杰：〈淺論《周易》的辯證思維及其對先秦道家的影響〉，朱壽興：〈《文心雕龍》與易學思維〉，王晶：〈《周易》辯證法思想簡述〉，史少博：〈《周易》辯證思維與黑格爾辯證法之差異〉，楊成虎、張徵：〈《周易》陰陽辯證思想對傳統語言學的影響〉，李媛：〈用辯證的觀點看《周易》〉，艾新強：〈《周易》與《老子》的辯證思維〉。論「老子」之辯證思維爲題者，王黎萍：〈中國古代辯證法的類型、核心及其現代價值〉，蔡正孫、劉娜：〈試論老子自然無爲的辯證思維方式〉，胡健：〈老子辯證法思想摭談〉，孫中原：〈正言若反——論老子的辯證邏輯〉，王中原：「反者道之動」析考——《道德經》辯證觀的解讀〉，高文強：〈老子「反」範疇之哲學內涵的生成及流變〉，王卉、劉振文：〈試論老子「道」的涵義及其辯證法思想〉，何芝蘭、包裹昊、何葉蘭：〈老子辯證思想〉，韓彩英：〈老子自然倫理思想的基本邏輯結構和理論特徵〉。

「夫妻」、「文體與文類」等，都是屬於「相互依存」的辯證狀態。舉例來說：「父子」就是兩個獨立體，但是如果沒有「父」怎麼可能會有「子」？沒有「子」怎麼可能會有「父」？男人假如沒有生「兒子」他就不可能會有「父」這樣的身份。所以這兩物雖然是各自獨立，但其彼此又必須要「相依」才能夠存在，所以是「相互依存」的辯證關係。又如「文體與文類」是兩個不等同的概念，「文體」歸「文體」，「文類」歸「文類」，在抽象概念中兩者是各自獨立的，可是在「實存」的關係中，沒有「文體」就無法形成「文類」，因為我們是「依體分類」與「依類辨體」的，兩者之間是以「相互依存」的關係而存在。

其三，是「彼此融合」的辯證模式，是指兩個事物彼此融合在一起。如前所述，「相互依存」，是指兩個各自獨立的事物，再怎樣也不會變成第三種事物，如「父子」是不會相互融合成第三物的。但是「彼此融合」的重點乃在「融合」成第三者的結果，例如「陰陽二氣合和」，而產生一個新的事物，這新的事物既不是原來的「陰」，也不是原來的「陽」。也就是 A、B 兩事物彼此融整後，變成一個新的事物 C。又如「文質彬彬」是指「文」與「質」交融形成一個「君子」的完美形象，這就是「彼此融合」的辯證模式。

其四，是「相生相成」的辯證模式，是指此一物是從那一物相生轉化而來的。例如：「陰陽相生」、「虛實相生」、「生死相生」、「有無相生」等，都是屬於「相生相成」的辯證關係。所謂「相生」是指彼此產生「對方」而言，舉例來說：「陰」會產生「陽」，中國人認為「陽氣」是從「陰氣」產生而來的。因此從「少陰」到「老陰」，從「老陰」到「少陽」……這種「陰老而陽生」，「陽老而陰生」的相生關係，是彼此相生相成而來的；而且下一個「少陰」的出來，並不是另外跑出來一個「少陰」，而是「陽中陰」，這種「陰陽」因「衰」而自己轉化成為另一物，就是「此一物是從那一物相生轉化而來的」的辯證模式。此外，「生死」也是這種「相生相成」的關係，「生」到「極」就「死」，「死」到「極」就會「生」，就是往「相反」方向運動。「生」是一個現象，但它是朝著「死」的方向運動，達到「至極」時，它就變成一個「相反」的事物，這就是一種「生化」的運動狀態，也就是所謂「物極必反」的辯證關係，所以苦盡它會轉成甘，就如老子說：「反者道之動。」所以「氣聚而生，氣散而死」，它是一團氣本身一直在「相生相成」的辯證狀態。

其五，是「往復替代」的辯證模式，是指客觀事物維持著一種「往復替代」的循環狀態，例如「四時代序」、「文質代變」等，都是屬於「往復替代」的辯證模式。舉例來說：春夏秋冬「四季」的「往復替代」，夏替代了春，秋替代了夏，冬替代了秋，然後它又循環回來，春又替代了上面那個冬；但是今年的（第二個）「春」，並不等同於去年的（第一個）那個「春」，但是它是一個「往復替代」的循環狀態，這也是一種「辯證」。

由此觀之，「辯證」是有很多種模式，或狀態，但我們試問宇宙萬物有那些是「相即不離」？那些是「相互依存」？那些是「相生相成」？那些是「彼此融合」？又有那些是「往復替代」？也可以將它放在「文體」的問題上問：「文體」裡面有什麼「辯證」模式？例如「形式」與「內容」是「相即不離」？「文體」與「文類」是「相互依存」？「文」與「質」是「往復替代」？……因為「辯證」是一個「法」，一個思維的「法則」，而以上這四種狀態，或模式，正與筆者「文體通變觀」之辯證性預設相近：它是劉勰用來反思與建構其《文心雕龍》理論體系之觀念的核心依據與理想的文學創作法則。

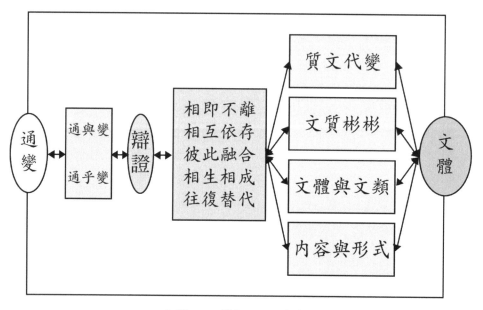

1-4　文體──辯證──通變關係圖

第二節　問題導出與論題界定

綜觀「龍學」研究發展至今，在每一個時期中由於研究者各處不同時空

環境因素，因此從其研究成果觀之，可以看到其在不同文學「觀點」與「視域」下，所以產生之不同的「學術視域」。〔註33〕因此要如何排除一些可能對文本曲解而導致詮釋謬誤，或是如何立基於歷來學者們，經由各自「問題視域」所完成的研究成果：一方面呈現出不同時代，不同時期，或不同文學主張，累積出豐富的研究成果，另一方面提供我們從「近現代學者的研究成果與問題視域」中，反思要以怎樣的「新視野」與「新方法」，找出一個「新答案」；因此筆者認為必須一方面從宏觀《文心雕龍》的理論體系，另一方面則必須從微察文本重回文體創作與批評法則的建構上，這就是張少康提出「作一個比較全面、比較深入、比較具體的探討和分析」的研究期待，也是「龍學」研究的未來發展方向。

此外，筆者認為研究《文心雕龍》「文體通變觀」這個熟題，必須重回文本語境上，重新找尋劉勰個人對傳統、時代、文學等面向的問題視域，探問他是以怎樣的「問題視域」，來回應其所面對的文學問題？是以怎樣的文學觀點反思並建構其理論體系？基於以上的考量，筆者認為劉勰有一個理論的核心觀念──「文體通變觀」，做為他反思文學傳統之問題視域的「視角」。這樣的基本預設乃筆者從自身的「學術視域」中，希望藉由劉勰「文體通變觀」的「視角」，為「龍學」研究提供一個可供反思的新視域與方法，以為劉勰理論體系找尋一個「新答案」。

一、問題的導出

近現代學者對於古典文本的研究，倘若只停留在「靜態化」的研究階段，就容易忽略文體發展中，其所存在的「變動」特質，而讓自己的研究陷入「靜態化」，或「片面化」的危機與困境，忽視古典文本中的作者在書寫時，面對的是一個「動態」的時代環境，以及其本身的反思進而回應其當代問題的「問題視域」。所以筆者提出：若能從作者的「問題視域」出發，去除文本「靜態化」研究，而以「動態歷程」來詮釋古代文學的話，或許可讓我們在研究的道路上，避免太過主觀的個人視域，或忽略文本的時代情境，如此一來不但是能減少文本解讀上的詮釋偏差與謬誤，也比較能貼近劉勰撰寫《文心雕龍》時的「為文之用心」。

〔註33〕顏崑陽、蔡英俊：〈中國古典文學研究的現代視域與方法〉：顏崑陽提出所謂「學術視域」乃是「問題視域」與「詮釋視域」結合。《政大中文學報》第九期（2008年6月），頁5。

　　既然《文心雕龍》是部體系完整的理論專書，那麼這部六朝時期的文化產物，必然保存著劉勰對其所承繼之文學傳統，及其對六朝文人社群的反思，以及他對理想文體之文學主張與看法。因此若想要重構《文心雕龍》理論體系，就必須從最根源處下功夫。但什麼是「最根源處」？什麼是其創作動機與目的？什麼是其理論中最為核心之「觀念」？因此在筆者的基本假定下，預設了劉勰是以一個文學觀——「文體通變觀」，做為貫通其全書五十篇文論的觀念，建構其文學理論體系的核心依據。

　　此外，本節焦點是在劉勰個人的「問題視域」，因此何謂「視域」？或何謂「問題視域」？是筆者論證前必須先做說明的基本概念。其實「視域」一詞譯自歐美文論中的 Horizont（德文），它是指立足於某一限制視覺之觀點，並在此區域內囊括與包容所看所視的一切。〔註 34〕然而筆者對於「視域」一詞的界義，乃是依據顏崑陽與蔡英俊在〈中國古典文學研究的現代視域與方法〉所做的界定，顏崑陽認為：

> 所謂「視域」是指我們觀看事物所見到的範圍與內容。觀看事物必定繫屬於某一「主體」，即「誰」在觀看？……談「視域」一定要顯現出獨特的主體以及確定的立場、視角、觀點。而「觀點」就是以什麼「答案」去回應什麼「問題」。〔註 35〕

從以上顏氏對「視域」的界定：「觀看事物所見到的範圍與內容」，「顯現出獨特的主體以及確定的立場、視角、觀點」，其中牽涉到「主體是誰？」「主體的立場、視角與觀點是什麼？」等等問題。此乃筆者從「後設性」研究中，提出《文心雕龍》「文體通變觀」這個視域的問題來源：一方面反思近現代學者研究「文體論」、「通變觀」的學術視域；另一方面檢視劉勰個人是以什麼「答案」？去回應當時的時代性「問題」與「危機」？因此在筆者「文體通變觀」的預設裡，認為這是劉勰消融當時「新變」與「崇古」等不同論點與立場之「視域融合」的結果。〔註 36〕所以筆者將就反思「近現代學者之研究成果與問題視域」，並且預設劉勰心中有一個對治當代存在問題的文學理想，而且這樣的理想文學觀乃是劉勰「視域融合」的結果。

〔註 34〕德·漢斯-格奧爾·加達默爾（H·G·Gadamer）著，洪漢鼎譯：《真理與方法》，（Wahrheit und Methode），（上海：上海譯文出版社，1999 年）上卷，頁 411。

〔註 35〕同註 33。

〔註 36〕同註 34，頁 393。

　　基於以上論題的反思，筆者必須先說明在本論題之「導出問題」裡，所依據的第一序材料是《文心雕龍》，第二序材料是筆者對近現代學者研究成果與問題視域的反思。準此，本論文一方面是重新詮釋《文心雕龍》，探問劉勰個人是以怎樣的「問題視域」來回應其所面對的時代性問題？另一方面是從反思當代學術的問題視域，藉由近現代學者研究《文心雕龍》之「文體論」或「通變觀」的論述與詮釋效果，筆者提出「文體通變觀」研究。準此，以下將分「劉勰『文體通變觀』之問題視域」、「近現代學者的『問題視域』與『研究成果』」兩個部份來論證。

（一）劉勰「文體通變觀」之問題視域

　　論證《文心雕龍》「文體通變觀」之前，筆者必須先探問的是劉勰之「問題視域」是什麼？故綜觀《文心雕龍》五十篇文論內容，即可察知劉勰是站在一個大的文學傳統中，反思六朝時期因由「文體」與「文質」觀念，所產生之「文體解散」與「文質失衡」等實際現象，進而提出一套「動態歷程」的文學觀，證成其「文體通變觀」之理想文體的論點；並且藉由此一觀點做為其所要對治當時文學弊端的反思，以及劉勰個人對應的拯救藥方。準此，本論文將就劉勰對當時「文體解散」與「文質失衡」等實際文學現象，來論劉勰「文體通變觀」之問題視域。

1、劉勰對當時「文體解散」之問題視域

　　在論劉勰對當時「文體解散」之問題視域前，有幾個必須先行省思的問題：一是「文體解散」是個實際現象，對這個現象的反思可以看到劉勰究竟對「文體」有何理想？且可以看出劉勰是以那一種文學觀念來實踐其文體的理想？做為他解決問題的依據？二是「文體解散」究竟有那些現象？在劉勰《文心雕龍》所歸納之「文體解散」的共同特徵有那些？劉勰如何要透過「實際批評」來提出「文體解散」之共同特徵？此外，劉勰之理論建構所要處理的問題是什麼？是想要問：要如何才能不出現文體解散的危機？還是想要建構其對寫作理想文體的「體要」的主張？這些問題都是本文論劉勰「文體解散」之問題視域的焦點。

　　綜觀六朝文論可窺見魏晉「文體觀念」已逐漸萌芽，並且隱然存在著一套文章寫作的規範與法則，因此首先從曹丕《典論‧論文》之「奏議宜雅，書論宜理，銘誄尚實，詩賦欲麗」的論述中，可以看出曹丕提出「宜雅」、「宜理」、「尚實」、「欲麗」之文學主張的背後，隱含著其對文學本質之理想觀點，

此一觀點乃是在文章寫作規範概念下所形成的，因此在「文體觀念」建立初期的魏晉文論中，可以一窺曹丕企圖建構各類體之「雅、理、實、麗」的「體式」風格，以及「宜、尚、欲」的創作法則之「體要」的問題。由此可見，曹丕《典論・論文》的目的乃在建立其「理想」文體的典範。其次，陸機〈文賦〉所云：

> 詩緣情而綺靡，賦體物而瀏亮。碑披文以相質，誄纏綿而悽愴。銘
> 博約而溫潤，箴頓挫而清壯。頌優遊以彬蔚，論精微而朗暢。奏平
> 徹以閒雅，說煒曄而譎誑。〔註37〕

陸機提出「詩緣情而綺靡」、「賦體物而瀏亮」，……除了列舉出詩、賦、碑……等十種文類之體的「體式」（風格）與該類體的「體要」規範外，從陸機對各類文體之本質與功能的界定看來，他也是基於當時文壇的創作現象，積極想要透過文論來建立其理想的寫作規範，這樣的規範是他繼曹丕之後，更加詳實地論述各類文章之「體」的規範與功能，這種理想文體之「體式」與「體要」的書寫基準，乃是立基於魏晉六朝的「文體觀念」上所提出的文學性主張，例如：陸機所言「詩」之本質是「緣情」，其表現出的特色是「綺靡」，因此寫詩要能遵守詩體之「緣情而綺靡」的規範，才是理想「文體」的創作法則，其餘類體亦然。

然而魏晉「文體觀念」從曹丕《典論・論文》之後，逐漸表現在各家文論之中，成為創作理論的論述對象。由此可知，在魏晉之前各類文體在實際創作中，早就已存在著各類「文體」的客觀寫作規範。因此在各文論或選集中，雖不明言「文體觀念」，但卻已隱然承繼先秦兩漢以來的文學實踐模式，走向各類文體規範與文學理論建構的道路。因此如何寫「詩」？如何寫「賦」？如何寫「銘」？如何寫「誄」？已從純粹創作實踐走向文體規範之理論的「類體」界定。〔註38〕然而這樣的「文體規範」發展至齊梁時期，成為劉勰反思近代辭人不守文體創作規範，因而造成「文體不明」的文學現象。這樣的時代現象，正是激發劉勰對文學發展的危機意識，面對當時「文體」解散、混淆、訛體的文學問題，促使劉勰積極投入拯救頹敗文風的文學使命，並以「文體通變觀」提出其文學理想的藥方。

〔註37〕 晉・陸機〈文賦〉，參見嚴可均：《全上古三代秦漢三國六朝文》，（臺北：世界書局，1982年2月），冊5，卷97，頁2。
〔註38〕 同註29，以「文體」為標準所區分的「文類」，古人稱它為「體類」。以特定「文類」所範限及規定的「文體」稱為「類體」，頁57～59。

　　由此可見，齊梁時期的文風造成當時「文體解散」的創作危機，就在文人不受「文體規範」所造成的創作問題裡，也促使著當時文人們重新省思「文學是什麼？」「文學的本質是什麼？」「文學的功能為何？」等文學問題。因此繼承前人「文體觀念」的劉勰，面對當時「文體解散」的實際現象時，他積極地想提出一個可以拯救時弊的「理想」文學主張，以對治當時「文體解散」的文風，這就是他撰寫《文心雕龍》的問題視域之一。因此我們從其〈序志〉篇可以明白的得知劉勰除了面對當時「文體解散」危機外，他更從反思「近代文論」的書寫中，看到倘若想通觀文學傳統與文人社群，就必須要從「振本溯源」上下功夫，其云：

> 詳觀近代之論文者多矣：至於魏文述典，陳思序書，應瑒文論，陸機文賦，仲洽流別，宏範翰林，各照隅隙，鮮觀衢路；或臧否當時之才，或詮品前修之文，或泛舉雅俗之旨，或撮題篇章之意。……並未能振葉以尋根，觀瀾而索源。不述先哲之誥，無益後生之慮。
> 〔註39〕

這是劉勰批評近「近代之論文」雖多，但在面對「文體解散」這個時代性文學問題時，卻有「各照隅隙，鮮觀衢路」之憾。就劉勰所言「詳觀近代之論文者」，是指曹丕、曹植、應瑒、陸機、摰虞、李充等人，在他們的文論中對文體問題所提出的解決之道，都缺乏全面性的反思，因此有些人只就「臧否當時之才」來批評立論，有些人只從「詮品前修之文」探討問題，有些人則「泛舉雅俗之旨」，或「撮題篇章之意」。所以在劉勰「文體通變觀」的學術視域裡，這種「各照隅隙，鮮觀衢路」的文論，是不能全面且有效地改善當時「文體解散」的文學危機，同時對後代文學發展也是沒有多大的幫助，因此他想從「振葉以尋根，觀瀾而索源」上找尋「文體解散」的拯救之道，於是提出「不述先哲之誥，無益後生之慮」的警訊，「無益後生之慮」是他對文學的未來發展與期望的思考，也是他寫《文心雕龍》的目的與動機；而「先哲之誥」則是他為「文體解散」所要找尋的解弊藥方。

　　換言之，在劉勰的「批評視域」中，要如何不讓文體出現「解散」危機，要從兩方面進行：一是為文體找一個「理想典範」，所以他提出「宗經」的主張，這是他提出「振葉以尋根，觀瀾而索源」所得到的答案：一方面回應「近

〔註39〕梁・劉勰：《文心雕龍・序志》，參見周振甫：《文心雕龍注釋》，（臺北：里仁書局，2001 年 9 月 28 日初版四刷），頁 916。

代文論家」在理論批評上的疏漏,另一方面也回應「近代辭人」不能宗奉「五經之體」,遵循「文體常規」,因而創作出「離本離宗」,「文體」解散、混淆、訛體的文學作品。準此,劉勰在〈通變〉篇提出:

> 魏晉淺而綺,宋初訛而新。……競今疏古,風末氣衰也。……矯訛
> 翻淺,還宗經誥。〔註40〕

從以上的論述語境看來,劉勰批評造成「魏晉淺而綺,宋初訛而新」的原因,是來自當時文人「競今疏古」的創作行為,導致「風末氣衰」的文體解散危機。這樣的危機是劉勰「文體通變觀」之問題視域所在,因此他提出「矯訛翻淺,還宗經誥」,才是拯救文體弊端之藥方。準此,本文認為「還宗經誥」之道,是劉勰從「過去」的文學傳統,「現在」的文學現象與「未來」的文體創作,要如何不出現「文體解散」危機,所找到的「理想文體」典範依據。這就是他何以要強調「不述先哲之誥,無益後生之慮」的理論動機。

此外,劉勰所言之「還宗經誥」,並非要解決「經學」上的問題,而是在強調文體創作必須要回歸到「先哲之誥」的創作規範與法則上,才能解決「文體解散」這個文學性的問題。這就是劉勰在建構文學理論時,會希望以「五經」為理想文體典範,一方面可以回應當時「文體解散」的時代性問題,另一方面也可以為未來文學建立一個可以永續學習的創作典範與方向。這就是劉勰對「宗經」與「文體」之關係的文學立場,倘若以此一視角觀之,便能體察到劉勰「還宗經誥」的問題視域,並不在「經學」上宗奉經典,而是想要為創作與批評,找尋一個文體的「理想典範」,以解決「文學」上所產生的「文體解散」危機。因此〈宗經〉篇的「文能宗經,體有六義」之說,所要問的是文學中的「文體」問題,故其云:

> 文能宗經,體有六義:一則情深而不詭,二則風清而不雜,三則事
> 信而不誕,四則義直而不回,五則體約而不蕪,六則文麗而不淫。……
> 邁德樹聲,莫不師聖,而建言修辭,鮮克宗經。是以楚艷漢侈,流
> 弊不還,正末歸本,不其懿歟!〔註41〕

由以上資料可知,劉勰認為近代辭人「文體解散」,在創作上出現「情深而詭」、「風清而雜」、「事信而誕」、「義直而回」、「體約而蕪」、「文麗而淫」

〔註40〕同註39,〈通變〉,頁569~570。
〔註41〕同註39,〈宗經〉,頁32。

的文學現象，其所指「情詭」、「風雜」、「事誕」、「義回」、「體蕪」、「文淫」即是當時文體常出現的問題，劉勰將造成此一問題的原因，歸咎於「楚艷漢侈，流弊不還」使然。因此在他省思「文學是什麼？」「文學的本質與功能是什麼？」等問題後，所提出之「文能宗經，體有六義」之「體」字，在筆者的界義上，並不做「整體」之義來解讀，而是概括「情深、風清、事信、義直、體約、文麗」等六種「體式」與「體要」之「文體」概念義。因此「宗經」是劉勰「正末歸本」，針對當時「文體解散」危機，所提出之救溺之方。

此外，劉勰從〈明詩〉到〈書記〉等二十篇的文類「分體」觀念，也是他基於當時「文體解散」之文學現象，所要建構之各類「文體」的「體製」、「體貌」、「體式」與「體要」等文體規範的問題。因此其〈序志〉云：

> 若乃論文敘筆，則囿別區分，原始以表末，釋名以章義，選文以定篇，敷理以舉統。〔註42〕

這段文字可以很明確地看到劉勰無論是「論文」，或「敘筆」時，都是依照文體來加以區分的，他要從「原始以表末」來論各類文體之起源與流變；從「釋名以章義」來解釋各類文體的名稱，以彰顯其本質意義；從「選文以定篇」來確立各類文體之文學傳統與理想典範；從「敷理以舉統」提出各類文體寫作之「體要」。這些論述裡都是立基在「文體觀念」上的省思，而且從劉勰的自序可以看到他承繼曹丕《典論·論文》、陸機〈文賦〉而來的「分體」觀念，這種依「體製」來分類的「類」標準裡，隱藏著「分體文學史」的論述概念，也是劉勰反思「文體解散」的問題依據；同時也是各類「理想文體」在實際創作中明確的典範性規範。但劉勰的最終目的還是在各類文體「體要」的創作法則之建構上。因此從劉勰對〈明詩〉至〈書記〉大約二十八種「類體」的規範，以及「敷理以舉統」所呈現的「問題視域」，可以看到他反思近代辭人「文體解散」之弊端所在。

因此劉勰除了從「理論批評」的問題視域中，為文體解散找尋一個「還宗經誥」的理想「體要」典範外，他更藉由〈明詩〉到〈書記〉等二十篇之「原始以表末，釋名以章義，選文以定篇，敷理以舉統」等「實際批評」上，建構這二十八種類體的理想「體要」。準此，本文將從劉勰直接批評「近代辭人」，或是敘述各類文體之原始表末的過程中論述「時代文風」之弊，或是藉

〔註42〕同註39。

由「敷理以舉統」論各類體的理想「體要」，藉以回應當時「文體解散」的問題。可是因爲《文心雕龍》文本材料豐富，本文將在歸納整理後，採列舉說明的方式論述之。首先，例如劉勰回應近代辭人「文體解散」之弊時，點出「去聖久遠，文體解散」的文學問題，其〈序志〉云：

> 去聖久遠，文體解散，辭人愛奇，言貴浮詭，飾羽尚畫，文繡鞶帨，
> 離本彌甚，將遂訛濫。〔註43〕

劉勰直接點出「去聖久遠」是造成「文體解散」的歷史因素，此乃劉勰回應當時已然形成的「新變」說。〔註44〕而此一「新變」的文學觀，雖然旨在解決辭人墨守舊式的問題，但若從「文體通變」的視角觀之，劉勰所言「辭人愛奇，言貴浮詭」的文學現象，所面對的除了「墨守舊式」的問題外，還要面對因爲辭人愛奇而造成過於追求語言形式雕琢，導致「離本彌甚」的文學弊端。

因此，從劉勰論述語境看來，他所指「離本」乃是指近代辭人遠離聖人之「本」，這是因爲辭人「愛奇」，且將其「求奇」焦點放在語言文字上，使得創作上出現「浮詭」之文字雕琢的修辭現象，就好像「飾羽尚畫，文繡鞶帨」一般，一味地在色彩鮮麗的羽毛上面漆上顏色，在皮革上刺繡。這些因爲辭人偏愛語言修辭的外在形式追新，反而忽略各類文體之「根本」常體的規範。這正是劉勰提出「還宗經誥」，做爲拯救「文體解散」的原因。此外，劉勰在〈明詩〉、〈定勢〉、〈指瑕〉等篇章中，直接從正始文人「詩雜仙心」，「率多浮淺」，晉代文人「稍入輕綺」，以及宋初詩風「體有因革」等文體「追新」、「逐麗」、「求奇」等文體解散的痕跡，故而產生訛體、變體等「穿鑿取新」的文學問題，故其云：

> 及正始明道，詩雜仙心；何晏之徒，率多浮淺。……晉世群才，稍
> 入輕綺。……宋初文詠，體有因革。……儷采百字之偶，爭價一句
> 之奇，情必極貌以寫物，辭必窮力而追新，此近世之所競也。〔註45〕
> 近代辭人，率好詭巧，原其爲體，訛勢所變，厭黷舊式，故穿鑿取
> 新。〔註46〕

〔註43〕同註39，頁915～916。
〔註44〕梁・蕭子顯：《南齊書・文學傳論》，參見楊家駱主編《南齊書》，（臺北：鼎文書局，19872年元月），冊2，卷52，頁907～908。
〔註45〕同註39，〈明詩〉，頁84。
〔註46〕同註39，〈定勢〉，頁587。

近代辭人，率多猜忌，至乃比語求蚩，反音取瑕，雖不屑於古，而
有擇於今焉。〔註47〕

從這幾段文本，可以意識到劉勰在〈序志〉篇中對於當時「辭人愛奇」、「率
好詭巧」所造成之「穿鑿取新」、「厭黷舊式」等時代性問題，乃根源於近代
辭人不願遵循「文體規範」，因而在「不屑於古」的寫作風氣下，流於「比語
求蚩，反音取瑕」之病。雖然其所言正始詩人「詩雜仙心」，乃是受到當時玄
風影響，因而有「何晏之徒，率多浮淺」的創作問題，以及晉代詩風開始轉
向「輕綺」，最後造成「宋初文詠，體有因革」的文體之「變化」現象。這些
都是近代辭人開始競逐於語言修辭之「形式美」的雕琢使然。所以出現「儷
采百字之偶，爭價一句之奇」的極端現象；也使得當時文風出現在情感上「極
貌寫物」，在修辭上「窮力追新」等「文貴形似」的文學危機。〔註48〕這些都
是劉勰面對當時「文體解散」之問題視域所在。

其次，劉勰在《文心雕龍》裡直接針對「文體解散」，所造成之「失體」、
「凋敝」、「偏枯」等文學性問題，提出其反思時人之弊的批判，例如劉勰在
〈定勢〉中云：

故文反正爲乏，辭反正爲奇。……然密會者以意新得巧，苟異者以
失體成怪。舊練之才，則執正以馭奇；新學之銳，則逐奇而失正：
勢流不反，則文體遂弊。〔註49〕

這是劉勰從文章之「定勢」來論近代辭人「穿鑿取新」之弊，他所言「文反
正爲乏，辭反正爲奇」的問題，是從語言修辭上強調「密會者」與「苟異者」
在文學創作上，因「意新」而「得巧」；因「失體」而「成怪」，因此劉勰肯
定「舊練之才」者，可以「執正以馭奇」，而指出「新學之銳」者，往往「逐
奇而失正」，若失正過久，將會「勢流不反」造成「失體成怪」、「文體遂弊」
之不可挽回的困境。從劉勰的視域看來，這樣的創作趨勢有日益嚴重的現象，
故其在〈附會〉云：

夫文變無方，意見浮雜，約則義孤，博則辭叛，率故多尤，需爲事
賊。……統緒失宗，辭味必亂，義脈不流，則偏枯文體。〔註50〕

〔註47〕同註39，〈指瑕〉，頁760。
〔註48〕同註39，〈物色〉，頁847。
〔註49〕同註39，〈定勢〉，頁587。
〔註50〕同註39，〈附會〉，頁789～790。

劉勰看到了辭人創作時「文變無方」的創變力。但如前所述,近代辭人若只是一味地求新求變,漠視文體本身的「常體」規範,就會因為「文變無方」,使其創作時出現「意見浮雜」的問題,因此創作就會出現「約則義孤,博則辭叛」的缺失。整體而言,就會有「統緒失宗,辭味必亂,義脈不流」之憾,這就是劉勰所擔心之「偏枯文體」的創作危機。因此劉勰提出「理想文體」典範──「經書」,以及各類體之創作「體要」,做為他回應當時「文體解散」之問題視域。

再則,從劉勰「分體」觀念中所延伸出來的「體源」問題,也是劉勰「文體通變觀」用以回應「文體解散」之時代性問題的一個面向。基本上在劉勰的觀念裡,「文體通變觀」是一種將文學視為「動態歷程」的文學觀,因此劉勰不但為其文學理論找尋「五經」做為所有文體的「總源」觀外,更透過各種文類之體的「原始表末」的論述,確立各種文體本身的源流變化,因此形成各類文體在「總源」下的「支源」概念。其中就「總源」概念而言,劉勰在〈宗經〉中基於「常體」的文體規範,並將文體放置在文學史脈絡中,提出「五經」做為其界定各類文體之「總源」的典範依據,如其云:

> 故論說辭序,則易統其首;詔策章奏,則書發其源;賦頌歌讚,則
> 詩立其本;銘誄箴祝,則禮總其端;紀傳盟檄,則春秋為根。〔註51〕

從劉勰的論述語境看來,「易、書、詩、禮、春秋」等五部經書,是各類文體的「總源」,因此在相對於「五經」的總源觀下,「論、說、辭、序」,「詔、策、章、奏」,「賦、頌、歌、讚」,「銘、誄、箴、祝」,「紀、傳、盟、檄」等便是其五經「總源」觀念下之各種文類的「支流」;同時這些類體之「支流」中,又各自成為其文類之體發展之起源意義的「支源」位置。因此從文體「源流」看來,劉勰何以要用這麼多的力氣進行文類「分體」與「體源」之文學問題的論述呢?目的就是要回應當時「文體解散」之文學危機,以及建構「理想文體」之「體要」主張。

2、劉勰對當時「文質失衡」之問題視域

劉勰「文體通變觀」之問題視域裡,還有一個當時存在的文學危機,那就是當時「文質失衡」的問題。然而探討這個問題前,本文首要面對的是「文」與「質」之字義與概念義,以及「文質」逐漸成為六朝重要文學觀念的發展

〔註51〕同註39,〈宗經〉,頁32。

現象，甚至成爲六朝的一種文化現象問題，做一些概念與觀念上的釐清，才能進一步追問：當時爲何會出現「文質失衡」的文學現象？以及「文質失衡」爲何會是劉勰撰寫《文心雕龍》的問題視域之一？這些問題都是本文在此一單元所要探討的焦點問題。

其實「文質」從語詞義、概念義，逐漸成爲六朝重要的文學觀，並且普遍被文論家運用在文學理論裡；因此隨著當時文論家之文學主張與觀點的提出，使得「文質」觀念衍生出十分複雜且多元的義涵，所以從這些問題裡，包含了文化思想上的「文質」觀念，也包含魏晉六朝文論中，被運用在論文學之「形式」與「內容」，或用於語言形構之「文飾」與「質樸」的審美標準，或藉以論人之主體情性之「質」的問題，甚至於用在探討由「質」而「文」，或由「文」而「質」之「文質代變」的文學史觀等，這些都是六朝文論中的「文質」議題。然而這些「文質」議題正是齊梁時期劉勰所要回應的時代問題。

因此從實際文學發展軌跡看來，六朝文學出現「文質失衡」的實際現象，就如黃侃《文心雕龍札記》所言：「舍人處齊梁之世，其時文體方趨於縟麗，以藻飾相高，文勝質衰，是以不得無救正之術。」〔註52〕這是黃氏從劉勰所處的時代環境，提出當時文體「趨於縟麗」，文人競相以「藻飾相高」，於是出現「文勝質衰」的失衡狀況，此乃黃氏所言劉勰《文心雕龍》是就魏晉六朝文學，所提出之「救正之術」，可見「文質失衡」是劉勰回應當時的「文質」議題，提出「文體通變觀」來解決六朝時期的「時代性」問題。

然關於「文質觀念」的演變與界義，並非本文的研究焦點，因此關於「文質」在文學上所衍生之種種問題，本文將以顏崑陽〈論魏晉南北朝文質觀念及其所衍生諸問題〉之研究成果爲基礎，做爲本文探討六朝「文質失衡」現象的視角，顏氏歸納出「文質」的幾個問題，如下：

> 在第一個問題上，文即指形式，質即指內容。……文、質的辯證融合，是文學形式內容關係的理想典範。第二個問題上，是將文質由文學本身結構意義浮昇爲作品語言形相意義，文指華采藻飾的語言形相，質指質樸無華的語言形相。……在第三個問題上，魏晉才性主體的觀念，使文學內在之質定在自然生命的情性上，由情性表現爲外在作品的風格。……在第四個問題上，一代文學風尚之或文或

〔註52〕黃侃：《文心雕龍札記》，（臺北：花神出版社，民國91年8月初版），頁132。

質，常被認爲與政治教化有關……在第五個問題上，若將「文」、「質」
對立爲兩個抽象的審美標準，而加諸文學由質及文的歷史進程，即
形成「崇古」與「趨新」的史觀。〔註53〕

從顏氏這五個面向的「文質」問題可知，「文質」一詞，從詞義、概念到成
爲一家之觀念與一時之史觀，雖然其指涉的面向各有不同，但從其義涵之
演變與發展互有關涉，因此「文質」問題，除了指涉「內容」與「形式」
外，也被運用在語言形相之「文飾」與「質樸」，或是探討創作主體之才性
與作品風格之「體性」的問題，或是從教化觀點探討「一代文學風尙」，或
是成爲批評家的兩個審美標準，因而造成「崇古」與「趨新」之文學史觀
的紛爭。

　　因此筆者將就這些「文質」問題，做爲分析《文心雕龍》文本所回應之
「文質失衡」的視角。首先，就劉勰論及語言形式的「文飾」與「質樸」之
命意遣辭，以及文學創作之「內容」與「形式」不能並重的偏失，所形成之
「文質失衡」現象，如〈風骨〉中云：

文術多門，各適所好，明者弗授，學者弗師；於是習華隨侈，流遁
忘反。〔註54〕

劉勰在此明白點出其所要論證的是「文術」問題，他指出當時「文術多門，
各適所好」的文學環境，這樣的環境從黃侃的角度而言，「文術多門，各適所
好」在當時並不是主要的問題，當時最主要的問題是劉勰所說的「明者弗授，
學者弗師」的問題，也就是黃侃所言「此言命意選辭，好尚各異，惟有師古
酌中，庶無疵咎也。」〔註55〕黃氏這段話的重點，乃在強調文人們之命意選
辭要能「師古酌中」，才能「無疵咎」，否則還是無法改變「文質失衡」的文
學創作危機。這正是劉勰擔心當時文人「弗授」、「弗師」的結果，造成「習
華隨侈」之爲文造情的失衡問題。可見當時之人過度重視「形式」上的文飾，
而忽略「內容」裡的質樸問題，最後導致「流遁忘反」之「文質失衡」的文
學危機。

　　然而從劉勰「文質並重」之文學理想主張看來，當時「文質失衡」的實
際問題，是在「內容與形式」、「質樸與文飾」之失衡危機，這個危機在劉勰

〔註53〕顏崑陽：〈論魏晉南北朝文質觀念及其所衍生諸問題〉，《六朝文學觀念叢論》，
　　　　（臺北：正中書局，1993年2月），頁87～88。
〔註54〕同註39，〈風骨〉，頁553～554。
〔註55〕同註52，頁121。

的基本預設中，認為提倡「文質並重」是對應「文質失衡」的「救正之術」。
這個解弊之道是探討劉勰《文心雕龍》創作論或批評論者，都無法忽視的問
題，就如沈謙《文心雕龍批評發微》所言：

> 學者言創作與批評，不能不涉及文質問題，……或重內容實質，或
> 主外表潤飾，或持質文並重之說，爭辯不息，莫衷一是。……揢而
> 論之，要以文質並重為持平之論。……迨彥和立說，折衷群言，而
> 歸結於「質文合一」。〔註56〕

沈謙所言「學者言創作與批評，不能不涉及文質問題」，是因為在魏晉六朝的
「文質失衡」狀態中，對於文學之「內容」與「形式」孰重的問題，「爭辯不
息，莫衷一是」的亂象；因此沈謙說「迨彥和立說，折衷群言」，即是想以「質
文合一」的折衷之道，來導正「文質失衡」的弊端。換言之，在劉勰之前的
文學環境是處在「內容實質」與「外表潤飾」之爭辯中，等到劉勰《文心雕
龍》提出「折衷群言」的主張，強調「質文並重」使其能歸結於「質文合一」
的理想目標。因此「文質並重」是劉勰「文體通變觀」用來對治「文質失衡」
現象之「救正之術」。

可見劉勰回應當時「文質失衡」之問題視域，乃是從其基本假定中塑造
出一個「文質彬彬」的理想範型，希望提供文學創作也能達成「文質並重」
之彬彬的境界，實現其理想文體之創作「體要」。故如其〈情采〉篇提出「文
不滅質」的文學主張，其云：

> 夫水性虛而淪漪結，木體實而花萼振：文附質也。虎豹無文，則鞹
> 同犬羊；犀兕有皮，而色資丹漆：質待文也。……使文不滅質，博
> 不溺心，正采耀乎朱藍，間色屏於紅紫，乃可謂雕琢其章，彬彬君
> 子矣。〔註57〕

從以上文本看來，劉勰舉水性與淪漪、木體與花萼，乃是「文附質」之關係，
而虎與豹須待其身上的毛紋，才能區分兩者的不同；犀與兕亦是，亦待其皮
質來做判分的依據，這就是「質待文」的關係，這是就具體物之本質與表現
來立論，然而實際上無論是由「文附質」，或是以「質待文」，其結果都要符
合劉勰「雕琢其章，彬彬君子」的文體理想。

〔註56〕沈謙：《文心雕龍批評發微》，（臺北：聯經出版社，民國七十三年第三次印行），
頁 40。
〔註57〕同註39，〈情采〉，頁 599～600。

　　由此可見，劉勰從「彬彬君子」的概念中，想要建構之「文質並重」的文學觀念，乃取自孔子「文質彬彬」之說。孔子云：「質勝文則野，文勝質則史。文質彬彬，然後君子。」（《論語‧雍也篇》），此時之文即指「文華」，質則指「質樸」，孔子所言之「文」與「質」從相對性的兩個概念，成為兩種不同的人格特質，但唯有能「文質彬彬」的「君子」，才是孔子心中的理想人格典範。這樣的理想典範意義被劉勰運用到文學創作中，做為文體的理想典範，因此劉勰強調「文不滅質，博不溺心」，所要回應的正是當時「以文滅質」，「博而溺心」之「文質失衡」的危機。由此可知，劉勰強調「雕琢其章」要注意「質文並重」的用心，是在說明「文」與「質」是要在文學實踐中辯證融合，才可能實現文體之「文質彬彬」的完滿範型。

　　其次，就「文質」之語言形式的「文飾」與「質樸」問題，也是劉勰回應「文質失衡」現象的問題視域，就如其〈通變〉所云：

> 魏晉淺而綺，宋初訛而新。……競今疏古，風末氣衰也。……矯訛翻淺，還宗經誥。斯斟酌乎質文之間，而隱括乎雅俗之際，可與言通變矣。〔註58〕

從以上資料看來，劉勰是從語言形式之「文飾」與「質樸」，來看魏晉「淺而綺」、宋初「訛而新」的文風，這種「文質失衡」的文風，是因當時文人「競今疏古」所造成的，所以劉勰以「矯訛翻淺，還宗經誥」，做為他回應此一文學問題的答案。此外，他強調寫作文章時，只要能掌握「斟酌乎質文之間」，「隱括乎雅俗之際」的辯證性，就能明白會通與變革的「通變」文學法則，可見語言形式之「文質並重」是劉勰回應「淺而綺」、「訛而新」之「文質失衡」的文學藥方。

　　再者，劉勰也提出「質文代變」的文學觀，這是他「文體通變觀」的問題視域所在。在過去的文學傳統裡，存在著由「質」而「文」的變動軌跡；因此「質文代變」所帶出來的是一個「動態」的文學史觀，在魏晉六朝的文學主張中因其「通變」的觀念，而產生「崇古」與「趨新」兩條不同方向的文學史觀，然而無論是「崇古」或是「趨新」，若不能把握「文質並重」與「質文代變」的原則，都是會造成「文質失衡」的文學問題，如其〈時序〉云：

> 時運交移，質文代變，……蔚映十代，辭采九變。樞中所動，環流

〔註58〕同註39，〈通變〉，頁569～570。

無倦。質文沿時，崇替在選。終古雖遠，優焉如面。〔註59〕

劉勰〈時序〉是其建構「動態歷程」文學史觀的重要篇章，這是一篇劉勰對「歷史」的反省，在其問題視域中文學發展存在著一個演變的規律，這就是「質文代變」的規律；這是劉勰從文學傳統的視野，看到「蔚映十代，辭采九變」的文學現象，而且這「九變」之所以不會「太過質」，或「太過文」的原因，是因為文學傳統本身存在著「樞中所動，環流無倦」的循環性限定。可見「質」與「文」是順著時代在轉變的，它的「崇」與「替」之順勢發展與逆轉取代的關鍵，就在於人（作者）的「選擇」，因為在劉勰的文學視域裡，不但注意到文體之變的規律，而且也察覺到每個時代的文學創作者，都具有其創作的「能動性」，因此面對文學的未來發展，有其「應然」的理想選擇。也就是說，人是具備「選擇」質或文之能力或機會的，所以一方面讓文學傳統形成「時運交移」、「質文代變」的現象，另一方面也使文學創作在每一個時代裡，都能有其「質文沿時，崇替在選」的可能。

因此，此一文學發展規律，並非是純粹的客觀現象，它在時代演變中維持一定規律，卻也在規律中遭遇選擇與改變的問題，但若能維持著「文體通變」的法則，不要違反創作時之「常體」規範，並且隨時維持一種「質文並重」的基本原理原則，就可以避免「文質失衡」的文學危機，也能確保文體在「質文代變」的變動歷程中，不會出現「過文」，或「過質」的失衡現象。這就是劉勰能在〈通變〉篇中看各個時代之「質文」文學表現風格，如其云：

黃唐淳而質，虞夏質而辨，商周麗而雅，楚漢侈而艷，魏晉淺而綺，宋初訛而新。〔註60〕

從以上文字看來，若就文學發展由「質」而「文」的發展軌跡來看，劉勰闡明在「黃唐、虞夏、商周、楚漢、魏晉、宋初」的文學發展歷程裡，出現由「淳而質」，由「質而辨」，由「麗而雅」，由「侈而艷」，由「淺而綺」，由「訛而新」之文質遞變現象。然而從「質」與「文」的演變規律觀之，其實「質文」是有「質盡而文興」，「文興而文盡」，「文盡而質起」，「質起而質盡」，「質盡而後又文起」……等發展，這種質化而為文，文化而為質的「定律」中，「人」是能夠使其產生變化的重要因素。可見所謂的文學史的規律，並非是以絕對客觀的形式存在，因此六朝文學才會出現「文質失衡」的文學現象。這個現

〔註59〕同註39，〈時序〉，頁813～817。
〔註60〕同註39，〈通變〉，頁570。

象是劉勰從總體宏觀文學發展傳統時，發現當時文學走向「從質及訛，彌近彌澹」的道路，再加上近代文人「競今疏古」的文學態度，所以造成「風末氣衰」的文學危機。劉勰從面對此一危機的問題視域，提出「文質並重」之折衷思維，做為對治當時「質文失衡」的救正之術。

綜上所論，本單元是以劉勰之「問題視域」為研究焦點，依《文心雕龍》文本為範圍，分析劉勰對治當時「文體解散」與「文質失衡」等問題，所提出來的拯救之道；因為他首先針對當時「文體解散」的存在問題，面對近代辭人「愛奇」的文風，他提出「還宗經誥」之理想文體，強調「振葉尋根，觀瀾索源」的重要性，希望藉由「五經」之典範，來對治當時文學「失體」的亂象，化解當時求新、求變、求巧等「失體成怪」的歪風，進而建構其符合文章「常體」之規範與理想文體的創作。因此劉勰在〈明詩〉至〈書記〉等二十篇中，積極地為各種文類之體，建立一種客觀的文體規範：如「敷理以舉統」之文體規範與文章理想創作法則之體要的建構。其次，劉勰面對「文質失衡」的存在問題時，看到當時競逐一句之奇、麗的「形式」雕琢，所造成的文學「內容」與「形式」的對立，「質樸」與「文飾」的抗衡，「文」與「質」之審美標準的衝突，以及在「質文代變」的文學發展中，所出現的「文質失衡」問題，都是劉勰「文體通變觀」之「動態歷程」文學思維中，所體察到的文學問題。因此他藉由「文質並重」的辯證主張，挽救當時文體在內容與形式，質樸與文飾上的「失衡」亂象。

故在劉勰「文體通變觀」的問題視域下，「文體解散」與「文質失衡」問題，都是劉勰企圖為當時文學問題找尋一個客觀化、理論化的解決之道——「還宗經誥」。同時從劉勰「還宗經誥」的主張看來，「五經」在劉勰心目中正是具有「文質並重」之典範理想的文體，不但是劉勰用以解決當時文學問題的理論依據，更是他著述《文心雕龍》的準的；這就是沈謙為何會說：「彥和言文質並重，非僅空為理論，其著述實以此為準的也。」〔註61〕由此可知，「還宗經誥」是劉勰的理想文體的典範依據；「文質並重」是劉勰「辯證性」文學主張的創作法則。故從劉勰「文體通變觀」的問題視域看來，其所主張之動態文學歷程的最終目的，除了要從「過去」的文學傳統中，找尋拯救齊梁文學之道，更希望從其《文心雕龍》的理論建構，開創一個「未來」可供後人模習之「文體通變」法則。

〔註61〕同註56。

（二）近現代學者的「問題視域」與「研究成果」

如前所述，《文心雕龍》是近現代學術領域中，十分重要的研究對象。以傳播歷程看來，它從成書至元明以後，才逐漸有了一些變化，從其版本增多，就可以看出它開始廣泛的流傳；從其序跋與評點增多的現象，可以看出它開始被學者們進行全面性的論述〔註62〕。這些「版本」、「序跋」與「評點」的出現，不但顯示被研究的層面日廣，更顯現出學者逐漸從各自的視域來詮釋《文心雕龍》。因此從這些「前行研究成果」，不但可以看出《文心雕龍》的傳播歷程，還可以觀察各家學者在不同的詮釋視域中，呈現其不同的研究動機與目的。然而如前所述，《文心雕龍》「文體通變觀」是屬於「後設性」研究觀點，以下將就此觀點，藉由「以通變爲題者」與「以文體論爲題者」這兩部分，來檢視「前人」（近現代學者）豐碩的研究成果。

1、以「通變」為題者之研究成果的「問題視域」

近現代學術研究專論《文心雕龍》「通變」議題者，目前單篇論文約有十多篇以上，至於博碩士學位論文在台灣地區則有四本。〔註63〕綜觀早期研究者着重在「通變」是否爲「復古」之說，或解其爲「通古變今」之意，或論其「常變」之通變法則，或論其「通變」與宗經思想之關係等議題的探討。爾後，在西方批評術語的衝擊下，「通變」一詞也開始有人重新釋義，從「通變」之釋義的考證，得出其源自《周易》「窮則變，變則通，通則久。」〔註64〕並進行「通變創作之術」、「通變文學史觀」、「通變的批評方法」等理論建構，然而這些以「通變」爲研究議題者，是想藉此來解決怎樣的學術或時代問題？或者他們對「通變」文學觀的反省，是想要對治怎樣的文學問題？

從《文心雕龍》研究史來看，最早提出「通變」評述者，可上溯至清代紀昀。紀氏藉由劉勰「通變」觀念，回應其所對治的清代文學問題，故其云：

> 齊梁間風氣綺靡，轉相神聖，文士所作，如出一手……當代之新聲，

〔註62〕楊明照主編：《文心雕龍學綜覽》，張文勳〈中國文心雕龍研究的歷史回顧〉，（上海：上海書店出版社），頁4。

〔註63〕金民那：《文心雕龍的通變論》，（臺北：臺灣大學中國文學研究所碩士論文，1988年5月）。徐亞萍：《文心雕龍通變觀與創作論之關係》，（高雄：高雄師範大學國文研究所碩士論文，1990年，6月）。胡仲權：《文心雕龍通變觀考探》，（臺北：東吳大學中國文學系碩士論文，1990年4月）。陳啓仁：《文心雕龍「通變理論」之詮釋與建構》（臺北：臺灣大學中國文學系博士論文，2005年6月）。

〔註64〕同註8，《周易注》，頁559。

> 既無非濫調，則古人之舊式，轉屬新聲。復古而名以通變，蓋以此爾。〔註65〕

由此可知，齊梁文士之綺靡文風，出現「轉相神聖」，「如出一手」的模習現象，每個時代的文學都會面對「當代新聲」與「古人舊式」的取捨問題，從紀昀的問題視域觀之，文學創作若能從「古人舊式」中轉屬新聲，樣的「復古」行動，「名以通變」，這就是紀昀「挽其返而求之古」的「通變觀」。由此後代學者在傳習之際，承繼紀氏「復古而名以通變」觀點者，如：黃侃、范文瀾等人。黃侃云：

> 通變此篇大指，示人勿爲循俗之文，宜反之於古。……彥和之言通變，猶補偏救弊云爾。文有可變革者，有不可變革者。可變革者，遣辭捶字，宅句安章，隨手之變，人各不同。不可變革者，規矩法律是也。……所變者，變世俗之文，非變古昔之法也。……雖工變者不能越其範圍，知此，則通變之爲復古。〔註66〕

從黃侃詮釋「通變觀」可知，他認爲劉勰乃在「示人勿爲循俗之文，宜反之於古。」此一「返古」的目的乃在救當世「循俗之文」的變，然而「變世俗之文」中，有「可變革者」與「不可變革者」，若在「可變」之宅章遣辭「不變」，則易流於模擬之病；在「不可變」之規矩法律「變」，則所創之「新聲」易流於「誇張聲貌」之弊。因此黃氏認爲就算是擅長於變化之道者，也不能踰越變與不變的即定範圍，所以「知此則通變之爲復古」。至於范文瀾對「通變」的詮解，其云：

> 此篇雖旨在變新復古，而通變之術，要在「資故實，酌新聲」兩語，缺一而疏矣。〔註67〕

范氏認爲劉勰〈通變〉篇旨在「變新復古」，並且著力在「通變之術」的闡明，因此其問題視域乃在「通變」的創作之術上，並且從其「資故實，酌新聲」缺一而疏的論述語境看來，范氏之「復古說」已非純粹的「資故實」而已，還必須要斟酌「新聲」，因此所提之「變新復古」隱含著通變的「辯證性」義涵。

〔註65〕范文瀾：《文心雕龍注》卷六〈通變〉，（臺灣：開明書店，民國七十四年 10月臺十六版），頁 17。
〔註66〕同註 52，頁 123。
〔註67〕同註 39，〈通變〉，頁 569。

　　近五十年來，台灣學者對於《文心雕龍》「通變」之「復古說」，開始提
出不同的意見，如：廖蔚卿《六朝文論》是從文學史的「問題視域」入徑，
提出以變求通，以通求久的「復古與創新並重」說〔註68〕。又如：沈謙〈《文
心雕龍》之通變論〉是以建構繼承與創新的理論為主，提出「崇古宗經」、「酌
今貴創」與「通古變今」等來論文學歷史、文學創作方法與批評，〔註69〕沈
謙所提出的「通變論」，已打破一般以「文術論」來論「通變」的局部性研究，
將其往外推論到文學史觀與文學創作、批評的「通變」理論性研究，可見沈
謙「通變論」的問題視域，已是往文學理論體系的建構方向邁進。此外，強
調「常變說」的王更生提出〈《文心雕龍》的文學觀〉，則是以文學觀為「問
題視域」，藉由「通變」來論其「常變」之法則〔註70〕。他雖然已將「通變」
放置在文學觀論述，但僅將其歸類為劉勰文學觀之一，對「通變」一詞所隱
含的文體「辯證性」意義，並未有所著墨，因此其視域所見的問題，並非是
將「通變」放置在全書辯證性架構上，論其文學的形構性與規律性問題。

　　然總體而言，就如劉渼《台灣近五十年來「《文心雕龍》學」研究》中所
言，「通變」有三種基本的說法：「一是通古與新變並重；二是偏重新變；三
是從常變觀點立論。」〔註71〕這三種說法顯示出「通變」這個古典語辭，在
近現代學者的不同視域下，給出了不同的詮釋；然大都還是從紀昀「復古說」
開始，再進一步提出以「繼承與創新」為立論基礎，可見其「問題視域」已
經脫離復不復古的爭議性問題，著力在建構以「通變」為基礎之文學史、文
學創作、文學批評等理論體系。

　　除此之外，在單篇論文中開始有人注意到「通變」的辯證性問題，如：
胡森永提出〈《文心雕龍·通變》觀念詮釋〉一文，他開始從〈通變〉之客觀
「有常之體」與主觀「文辭氣力」，來論其對立統一的辯證關係，並且提出「望
今制奇，參古定法」做為通變的法則〔註72〕。可見胡氏從創作論進入，不但
是將「通變」做「顯題化」研究，而且從「通變」觀念本身的「辯證」特性，
找出文體之「主觀」與「客觀」因素的辯證統一關係。所以胡氏的問題視域
已從解釋「通變」字義，進入到「通變」論述的語境，以詮明「通變」在文

〔註68〕廖蔚卿：《六朝文論》，（臺北：聯經出版社，1978年4月）。
〔註69〕同註56，〈《文心雕龍》之通變論〉。
〔註70〕王更生：〈《文心雕龍》的文學觀〉，《孔孟月刊》第23卷第十期（1985年）。
〔註71〕同註1，頁143。
〔註72〕胡森永：〈《文心雕龍·通變》觀念詮釋〉，（臺灣大學《新潮》三一期，1976年）。

學創作論上的意義。然胡氏的問題視域是限定在「創作論」的範疇內，並不包含《文心雕龍》全書隱題性的「通變觀」。

此外，以辯證觀點來論證的學者，還有顏崑陽〈論文心雕龍「辯證性的文體觀念架構」〉，顏氏所提出的「辯證性的文體觀念」，雖非以「通變」為其議論焦點，但其所論《文心雕龍》之文體觀念的「辯證性」架構本身，其實隱含著文體的「通變」觀念，因此他提出「辯證性的文體觀念架構」所要對應的問題視域，一是，《文心雕龍》全書乃是一部論「文體」的專書；二是，劉勰採取的是「辯證性」邏輯來建構其「文體」理論〔註73〕，這兩條論述路線就是顏氏所要回應的當代「龍學」研究問題。此後，同樣以「辯證性」為論述路線的並不多，無論是單篇論文或學位論文都鮮少有人以「辯證性」做為研究《文心雕龍》「通變觀」的視角或問題視域，來反思《文心雕龍》的文學理論。直到 2005 年大陸吳海清提出〈形而上世界與歷史世界的統一——釋劉勰的通變觀〉一文，〔註74〕他企圖在「形而上世界與歷史世界」中找一個統一，因此他從反對學者或從「復古」，或從「繼承與創新」來論劉勰「通變觀」的問題視域進入，相對提出劉勰的通變理論是要在變動的歷史世界和形而上世界之間建立起統一性，而不是關於文學的復古或者繼承與創新的探索。吳氏這種從「形上哲學」基礎重新反思劉勰的「通變觀」的做法，筆者頗表認同，因為在古代文學家的世界裡，必然有一個他所要回應的宇宙、自然、人文、社會的形上世界與歷史世界，因此探討劉勰的文學時，不能忽視其思想哲學基礎，而純就文學面來談。只不過從吳氏的論述中，往往呈現出他忽略《文心雕龍》文本中劉勰自述其寫作的問題視域，而刻意要抽離劉勰所面對的文學世界，因此反而忽視劉勰想在實存世界中建構文體理論的目的所在。

至於以「通變」為題的學位論文研究方面，目前在台灣與本論題相近的學位論文約有四本，第一本是金民那《文心雕龍通變論》〔註75〕，金氏從「文學批評」的問題視域入徑，提出通變論是一切學術思想的主要課題；然而從

〔註73〕顏崑陽：〈論文心雕龍「辯證性的文體觀念架構」——兼辨徐復觀、龔鵬程「文心雕龍的文體論」〉，《六朝文學觀念叢論》，（臺北：正中書局，1993 年 2 月），頁 94～187。

〔註74〕吳海清：〈形而上世界與歷史世界的統一——釋劉勰的通變觀〉，《南京師範大學文學院學報》第 3 期（2005 年 9 月）。

〔註75〕金民那：《文心雕龍的通變論》，（臺北：台灣大學中國文學研究所碩士論文，1988 年 5 月）。

金氏對「通變」現象變化的陳述，及其所推論出的通變論，雖已呈現出普泛性的「通變」哲學觀，但卻在靜態化的史料歸類中，完成「通變」之普遍性文化意涵的敘述，未能朗現「通變」這個哲學性術語，如何成為劉勰的文學觀念，因此「通變」在《文心雕龍》理論體系的位置，並不是金氏的問題視域所在。

此外，徐亞萍《文心雕龍通變觀與創作論之關係》，〔註76〕是從「通變」的「繼承與創新」之「問題視域」立論，論文學之「通」（繼承）與「變」（創新）的創作法則，可見徐氏已跳脫「復古說」的論述框架與問題視域，而將焦點集中在創作與通變的方法上。然而從其研究成果看來，徐氏論文應屬「關係性」研究，主要問題點乃在解決「通變」與「創作」的關係，然而其在文學歷史經驗的論證中，並未對「通變」之主客辯證的創作法則，進行關係性的論證，故其對「通變」一詞的分析與界定，同樣是不從文學或文體的範疇內論證，因此本論文認為「通變」在如何成為創作法則的理論性詮釋與建構上，還有探究的研究空間。

再者，胡仲權《文心雕龍通變觀考探》，〔註77〕也是從「通變」一詞的義蘊入手，然而對於「通變」一詞如何從一般性概念義，變成劉勰《文心雕龍》之文學理論性術語，甚至成為《文心雕龍》理論的核心觀點等問題，胡氏都未加以解決，雖然他也發現了重新界定「通變」一詞的必要性，然而就其史料的運用與排列看來，胡氏並未着力在「通變」的辯證性義涵的論證上。此外，在胡氏的「通變觀」考探中，雖然提出本原論、體裁論、風格論、創作論、批評論、文學史觀等議題，但對於貫串這些議題的核心基礎為何？並未能充分說明，因此從其分類的文學框架看來，胡氏並非是以六朝「文體觀念」為其問題視域，所以「通變觀」所隱含之文學的「動態性」辯證歷程，就不是胡氏的論題焦點。

此外，還有陳啓仁的《文心雕龍「通變理論」之詮釋與建構》，〔註78〕這是一本博士論文，其「問題視域」集中在「通變理論」的詮釋與建構上，一

〔註76〕徐亞萍：《文心雕龍通變觀與創作論之關係》，（高雄：高師大國文研究所碩士論文，1990年，6月）。

〔註77〕胡仲權：《文心雕龍通變觀考探》，（臺北：東吳大學中國文學系碩士論文，1990年4月）。

〔註78〕陳啓仁：《文心雕龍「通變理論」之詮釋與建構》，（臺北：臺灣大學中國文學系博士論文，2005年6月）。

方面更細部的進行「通變」一詞的釋義，一方面旨在建構創作論中的「通變理論」，因此從其「研究成果」看來，陳氏刻意地以條列各家「通變」釋義的方式，來重新詮釋「通變」之義，目的乃在其論證之理論模式的建構。然而本論文從其條列前人對「通變」詞義的歸類看來，陳氏在各家界義的分析結果，及其「通變」源自《周易》的考察中，都是以脫離《文心雕龍》文本的論述方式來界說，因此在「通變理論」之詮釋與建構的緊密度，或是論證的邏輯推論上，尚有許多後學可以努力的空間。

其次，陳氏對《文心雕龍》「通變理論」的詮釋與建構中，並非從「通變」的辯證性義涵著墨，因此在其所提出之「道」與「技」的運用上，顯然不能明確地展現通變理論所面對的「動態性」義涵，所以陳氏雖旨意在昇華歷程的建構，但其論證的結果卻出現體系不完整的問題，在昇華歷程的說明尚有不足之處。再則，陳氏以一般的「文學」範圍來詮釋《文心雕龍》的「通變理論」，因此其論證的研究範圍，並非是從六朝「文體」觀念來建構這部書的理論架構，因此其論證「通變」在創作論的「道」與「技」的昇華歷程時，除了對客觀文體規範的形構（體製）之「道」與「技」的理論建構外，在作品風格與創作技巧，或其與作者「主觀認知」的「道」與「技」如何昇華的問題上，存在著缺乏主客辯證融合之論證過程的缺憾。這些都是本論文在反思《文心雕龍》「文體通變觀」時，想要進一步解決的文體「通變性」問題的視域來源。

這期間北京大學張少康《文心雕龍新探》提出「原道論」、「神思論」、「隱秀論」、「物色論」、「體性論」、「風骨論」、「通變論」、「情采論」、「文體論」、「文術論」、「體性論」、「時序論」、「知音論」、「折衷論」等做為其論《文心雕龍》文學理論體系及其思想淵源。這部新論在近現代《文心雕龍》的研究中，提出許多研究「龍學」時較全面化的研究視野，來論其文學「本質與起源」、「構思與想像」、「主觀與客觀」、「繼承與創新」、「內容與形式」等等具「辯證性」議題，雖然張氏是以宏觀的視野針對這每個議題給了其新的詮釋與批判，從其全書的架構看來，他雖然沒有把「通變論」放在理論體系的核心位置，但就如張氏在「通變論」中所言：

> 通變論也是貫穿《文心雕龍》全書的一個基本思想。……《文心雕龍》中專有〈通變〉一篇，但是劉勰有關通和變的論述並不僅僅限於這一篇，他在前五篇有關「文之樞紐」的總論中實際上也是從通和變的角度來寫的。而自第六篇至二十五篇的分類文體論中，也是

　　具體地貫穿了通和變的精神的。……下篇論創作、批評、作家等一
　　系列專論中，除了〈通變〉篇外，有很多篇也都論述到了通和變的
　　關係問題。……我們探討劉勰的通變論必須把這些有關論述，綜合
　　起來進行研究。〔註79〕

由以上張氏對「通變論」的問題視域看來，他是站在通和變確實是貫穿整部
《文心雕龍》基本思想來立論的，對於這一點筆者是部份認同的，因爲「通
變」不只是劉勰的基本思想，它應該是劉勰撰寫《文心雕龍》時的重要核心
觀念，因此研究此一議題必須是綜合性、全面性的研究。此外，筆者從張氏
的問題視域看來，他是以「文學」爲範疇，並不是從「體製」、「體貌」、「體
式」、「體要」之「文體觀念」，做爲其「文體論」的基礎，因此其與筆者提出
之「文體通變觀」的客觀「文體」概念義，是屬於不同範疇；但其對「通變」
的看法，則與筆者提出「文體通變觀」的動機相近。

　　故從以上這些近現代學者的前行研究看來，其範圍都是以《文心雕龍》〈通
變〉篇之「顯題化」爲研究主體，其觀點從「通變」一詞的釋義，及其與「創
作論」的關係，進而推演到劉勰在文學創作論中，所涉及如何「通變」的技
術性問題、甚至將「通變觀念」延伸到「批評論」上，認爲它是劉勰所提出
的一套「通變」的批評方法。然而從方法學而言，這些研究都未能從「全面
性」、「整體性」來看《文心雕龍》的「文體」與「通變」的問題；因此他們
的論文議題從「點」的研究，到理論系統之「體」的建構上，雖然大都接受
「通變」源自《周易》說，但卻未能從「通變」所隱含的「辯證」義涵，及
其語境的限定內涵，來詮明「通變」指涉之客觀事物的實在層，或人之主觀
意識的思維層，以及語言文字形構之語言層中，所隱含的「辯證性」義涵。

　　準此，筆者針對「通變」這個議題，有兩個面向的問題視域：其一，是
當「通變」這個《周易》宇宙論的哲學性語詞，被運用在《文心雕龍》「文體
論」的語言層論述中，成爲劉勰詮釋「文體」理論的邏輯思維模式時，所呈
現客觀文體與主觀情性之辯證依存關係，也就被大多數的研究者所忽略。其
二，「通變」除了是劉勰建構理論體系時很重要的文學思想外，它其實是貫穿
《文心雕龍》整部書的核心觀念，並不只是創作論中〈通變〉一篇文章的問
題，就如張少康所言探討劉勰的通變論必須「綜合起來進行研究」。因此在近
現代學者的研究中，「通變」雖然不斷地被反省討論，但筆者認爲研究者若不

〔註79〕同註2，頁141。

能掌握六朝人劉勰本身對「文體」觀念的重視，就很難瞭解具辯證性的「通變」觀念，在《文心雕龍》理論體系中的核心位置，對於重構劉勰《文心雕龍》文學理論的研究，將很難突破前人的豐碩研究，進行一個新的研究視域與方法的具體實踐。

2、以「文體論」為題者之研究成果的「問題視域」

從近現代學者在「文體」與「文類」之觀念混淆下，對於《文心雕龍》的「文體」研究，很明顯地對「文體」的界義上出現詮釋上的差異。故本論文從以「文體論」為題者之研究成果的「問題視域」分析中，發現從其「文體」與「文類」概念是否混淆的論述成果，可以區分出兩個不同的研究路線，這兩個不同的研究取向，很明顯地表現在他們的「問題視域」上。早期研究有關《文心雕龍》「文體」觀念的學者，有的人是始終承襲明清以來的「文體」與「文類」混淆路線，他們以近現代的「文體」（文章體裁、文章寫作之法）觀念，來詮釋六朝時期《文心雕龍》的「文體」（體製、體貌、體式、體要）觀念，勢必會出現因「文體」與「文類」之概念混淆，所造成之詮釋文本的侷限性與有效性。其實，「文體」與「文類」混淆，是一個由來已久的問題，徐復觀在論文體時，就是以宋代以來選集為對象，點出前人「編選目錄」常以「文體」為名，談論的卻是「文類」的混淆現象，如徐師曾《文體明辨》及吳訥《文章辨體》的「序說」即是。然而這種混淆現象，雖然是近現代文章編選與論述文章者常有的問題，但是以這樣的「文體」認知來理解《文心雕龍》的「文體論」，勢必會造成無法貼近《文心雕龍》本意的詮釋困境，而忽略「文體」觀念在劉勰這部《文心雕龍》中的特殊意義。

因此本論文反思近現代學者以《文心雕龍》「文體論」為題的研究中，以承襲「文體」與「文類」混淆的傳統詮釋路線者，他們在「踵謬承訛」的問題視域下，更加模糊了劉勰提出「文體」觀念的用心，因此僅能做一些文章歸類與解析的靜態性研究，例如：周弘然〈「文心雕龍」的文體論〉所言之「文體分類」的論述〔註80〕，論的也是「文類」而非「文體」。此外，王更生〈論劉勰「文體分類學」的基據〉〔註81〕，也是從文章分類來論述《文心雕龍》的文體問題，其題目雖是以「文體分類學」來立論，但實質上論的還是「文

〔註80〕周弘然：〈《文心雕龍》的文體論〉，（《大陸雜誌》五三卷六期，1976年）。
〔註81〕王更生：〈論劉勰「文體分類學」的基據〉，（《國立編譯館館刊》十七期，1988年）。

章」的分類學議題，然而關於這類的論文不少，且非本論文所採納的論證焦點，故在此不再做細部的辨析。

其次，近現代研究中，最先提出反思「文體」與「文類」混淆現象的是徐復觀。徐復觀在 1959 年《東海學報》一卷一期，就提出〈文心雕龍的文體論〉，〔註82〕他從「文體」一詞的界定進入，重新反省「文體」與「文類」混淆的現象，做為其重構《文心雕龍》「文體論」的基礎。然而從他重新釐清「文體」與「文類」的目的，可以看出他的問題視域是在重構劉勰《文心雕龍》「文體論」的論題上，最終的目標乃在建構「中國文體學」這門專業研究範疇。故從其研究成果看來，徐氏這篇論文具有「開創性」的意義，同時也提供「龍學」研究的一個「新問題意識」與「新視域」研究的方向。可是徐氏的論題在當時並未能引起學者的爭論或迴響，直到二十八年（1987）後，才出現龔鵬程〈《文心雕龍》的文體論〉，龔氏以徐復觀之「文體」與「文類」斷然二分的論點，提出他個人的反對立場，認為「文體」是指語言文字的形構，是一種完全「客觀化」的存在，是一種與作者「主體情性」無關的「語言模式」。〔註83〕姑且不論兩人的論點誰是誰非，但從《文心雕龍》「文體論」的研究史而言，龔氏這篇文是延續徐氏「文體論」的新視野，再提出一個新問題與新答案的挑戰性論述，提供了學術界一個重新論辯對話的「新契機」。

此後，在龔氏論文發表的隔年，顏崑陽提出〈論文心雕龍「辯證性的文體觀念架構」──兼辨徐復觀、龔鵬程「文心雕龍的文體論」〉，〔註84〕來辨析徐氏與龔氏二人的學術對話，從顏氏的問題視域看來：他一方面回應徐、龔二人對《文心雕龍》文體論的研究成果，另一方面在調和二家之言外，提出詮釋《文心雕龍》的「新視角」──「辯證性文體觀念架構」，企圖為此一研究領域找出一個「新答案」，一個以「辯證性」文體觀念為架構的文體論研究。準此，本論文從顏氏的詮釋觀點省思，體悟到「辯證性」文體理論架構，乃是重構劉勰文學理論的觀念核心，然而要如何具體實踐這樣的「辯證性」詮釋觀點？故從顏氏的研究成果及其問題視域中，認為在廣延的觀念論證之後，若能從「文體通變觀」來重構《文心雕龍》的理論體系，這將是本論文可以進一步探討與努力的研究空間。

〔註82〕同註 27。
〔註83〕龔鵬程：〈文心雕龍的文體論〉，（刊登中央副刊，1987.12.11~13），後錄《文學批評的視野》，（臺北：大安出版社，1990 年元月），頁 105～122。
〔註84〕同註 73。

　　準此，從「歷史」發展的面向來看近現代學者的論述成果時，大家還是普遍存在著「文體」與「文類」混淆的問題，直至今日，此一混淆的文學現象，並未能被明顯地察覺或改變，因此它恐怕不是一個「過去式」，而是一個「現在進行式」的文學問題。何以然呢？綜觀近現代之《文心雕龍》「文體論」研究成果，雖然有徐復觀、龔鵬程、顏崑陽，以及其後賴麗蓉〔註 85〕等人的論辯，但在百家爭鳴的時代裡，還是未能改變當代人從「文體」與「文類」混淆的觀念，來詮釋體、類分明之《文心雕龍》的理論。其原因何在？是「立場」的不同？亦或許是解讀前人研究成果時的「理解」謬誤？假如徐復觀所對治的是學者誤以為「文類」就是「文體」的概念混淆現象，但其後續的研究者，卻依然存在著「體」、「類」不分的問題，所以當徐、龔、顏等人的學術論辯與對話之後，1998 年劉渼所著《劉勰《文心雕龍》文體論研究》博士論文中，徐、龔、顏三人之說只是被以附註的方式簡單帶過，並且歸類為「晚近受西方流行的『文體學』影響，益增其複雜性」〔註 86〕的論說，所以劉渼將其旁置不論。此外，劉渼之論文研究主題雖是「文體學」，但從其篇章的架構看來，她在「文體」與「文類」之「體」、「類」概念上，並未能詳細的釐清，因此六朝「文體」所指涉的觀念義涵（「體製」、「體貌」、「體式」與「體要」等），並不在其探討範圍內，可見劉渼也非從六朝文體觀念，來撰寫《文心雕龍》「文體論」，反而是從近現代文章體裁之「文體」分類概念，來詮釋劉勰的《文心雕龍》，所以在她對「文體」一詞的界義與認知下，才會有徐、龔、顏等人之說，是「受西方文體論影響」之「文體學」的判斷，未能進一步分析與探討，實有待商榷。

　　因此本論文從劉渼的研究成果看來，其「問題視域」並不在詮釋、建構《文心雕龍》之「文體論」本身的體系，而是意圖提昇「文體論」在《文心雕龍》文原論、文體論、文術論與文評論之全書架構中的「地位」，劉渼從劉大杰批評《文心雕龍》「文體論」是全書「價值最低的一部分」的問題上，提出她期望提昇《文心雕龍》「文體論」地位的研究動機。因此提昇《文心雕龍》「文體論」的理論價值，是劉渼的「問題視域」，也是她的研究目的；然而，其對文體論本身既未深切的詮釋、完整的建構，那麼將如何提昇其「地位」

〔註 85〕同註 28。

〔註 86〕劉渼：《劉勰《文心雕龍》文體論研究》，「第一章第二節研究範疇」，（臺北：臺灣師範大學國文研究所博士論文，1998 年 5 月），頁 4。

呢？除此之外，筆者從劉氏的論證內容看來，這本「文體論」研究，實際上是一本以「文類」爲研究範疇的論著，因此認爲從劉渼的研究成果看來，她是從「文體」與「文類」概念混淆的觀點，來詮釋「文體」觀念明確的《文心雕龍》，其所解決的只是劉渼自己的「問題視域」，而非劉勰《文心雕龍》所要回應的「還宗經誥」、「文質並重」與「文體觀念」的問題視域，這是近現代學者所呈現的研究困境。

然綜觀投入「龍學」之「文體論」研究者眾多，對於「文體」基本問題的釐清，依然是當代研究《文心雕龍》「文體」觀念的迫切性議題。此一問題如前所述，顏崑陽在 2007 年所發表〈論文體與文類的涵義及其關係〉一文，已對「文體」與「文類」做出更明確的界義。顏氏的這篇論文雖非直接論《文心雕龍》之「文體論」，但其「問題視域」是從列舉多量的《文心雕龍》文本，做爲釐清「文體」與「文類」混淆之依據；因此從其釐清兩者之義涵與關係的論證過程中，更加確定「文體」與「文類」在抽象概念上是兩個各自獨立的語詞，然而當它們落實到實際作品時，兩者卻是以相互依存的關係存在，這樣的關係是造成近現代學者走向「文體」與「文類」混淆之路的原因之一。同時一般學者對「文體」這個語詞，大都是從一般性概念來界義，所以並不把「文體」當做一個理論性義涵，來指涉某一個時代之體（體式），或某一個人之體（體貌），或某一文類之體（類體）等等，因此也不將其用以指涉某一文體觀念或文學理論性之義涵。準此，筆者在提出「文體通變觀」時，無論是從一般性概念，或是理論性觀念的「文體」意義上，都將參酌這篇論文的研究成果。

至於有關《文心雕龍》「文體論」之篇章範圍的限定問題，雖與本論文之「文體通變觀」無直接關涉，然在歷來學者們的範疇界定上，大都採納《文心雕龍》五十篇之〈明詩〉至〈書記〉（或〈辨騷〉至〈書記〉）爲「文體論」的範圍，可見其「視域」是從《文心雕龍》之總體理論架構上圍別區分出「文體論」的思考架構而來，就如劉渼所云「民國以後」在學者的深入研究下：

> 全書的組織架構與理論體系，因而有二分法、三分法、四分法、五分法……之說，然基本上是將〈明詩〉至〈書記〉等二十篇視爲一整體，其中唯有〈辨騷〉篇的歸屬看法不同。〔註87〕

可見關於〈辨騷〉之歸屬問題，學者們在《文心雕龍》「文體論」的論證中，

〔註87〕同前註，頁 7。

也出現不少的論述對話。〔註88〕這些對話大都是集中在〈辨騷〉的歸屬上，而這樣的爭議就如牟世金所言已經長達六十餘年之久，足見近現代學者們對此一範圍界定的重視。

綜上所述，然筆者提出「文體通變觀」的研究焦點，旨在跳開傳統以「文原論」、「文體論」、「文術論」與「文評論」之理論體系的「研究模式」與「思考框架」，不從《文心雕龍》之局部性研究入徑，而是直接預設《文心雕龍》是部「論文體」的專書，做為開展本論題的基本觀點。因此從〈通變〉之「顯題化」文本進入，以「文體通變觀」為論題，期能重構《文心雕龍》五十篇之「文體通變觀」的理論架構。因此筆者在反思近現代學者的問題視域與研究成果後，更加確立《文心雕龍》「文體通變觀」這個議題的預設：劉勰《文心雕龍》的論述本身，就是直接針對「時人之弊」所發，如其〈序志〉所言「去聖久遠，文體解散」，因而呈現「離本彌甚，將遂訛濫」的文學現象，這些都是劉勰從個人的存在感受與對歷史之使命的反思。所要要補當時文論「各照隅隙，鮮觀衢路」之憾，他提出「振葉以尋根，觀瀾而索源」之主張的目的，就是要回應六朝「求新」、「求變」、「求奇」的時代性文風；而且強調「通古以變今」的文學觀點來補偏救弊，此一觀點本論文將其定名為「文體通變觀」。

此外，本論文一方面從考察劉勰所對應的文學傳統與文學環境之永續性思考，另一方面從劉勰的文本語境中，分析出其對文學在歷時性與並時性的關係中，所型塑出的「辯證性」理論架構；這是劉勰以「文體」觀念為基礎，提出一套兼具客觀與主觀的「辯證性」文學觀念論述，一方面回應當時主觀「情志批評」的文學體系，另一方面開創他個人主客合一的「文體批評」法則，〔註89〕這套「文體批評」的核心關鍵：乃是以「文體通變觀」之「變則

〔註88〕關於論證〈辨騷〉之歸屬問題，例如：段熙仲：〈文心雕龍辨騷的重新認識〉，《光明日報》（1961.12.17）。王運熙：〈劉勰為何把辨騷列入文之樞紐〉，《光明日報》（1964.8.23）。趙永紀：〈辨騷篇不屬於總論嗎〉，《復旦學報》第一期（1981）。牟世金：〈關於辨騷篇的歸屬問題〉，《中州學刊》第一期（1984）。李炳勛：〈也談辨騷篇的歸屬問題〉，《中州學刊》第五期（1984）。張少康：《文心雕龍新探》《文史哲出版社》（1997）。

〔註89〕有關「情志批評」與「文體批評」之義涵，本文乃引用顏崑陽〈文心雕龍「知音」觀念析論〉所做的界定：「情志批評」是指兩漢箋釋所求解之「作者情志」，指涉的是在某一特定個別發生的事實經驗中，作者心裡的感受或意圖，因此這「情志」是發生性的，是特別性的，每一作品的「情志」皆不相同。但是在「文體批評」中，所謂主體情性，指涉的卻是對某一主體性情概括性的、類型性的描述。因此「文體批評」即是以文體知識作為批評的主要理論依據，

堪久，通則不乏」、「望今制奇，參古定法」（〈通變〉）的辯證觀念基礎上，而
完成的「文律運周，日新其業」的永續性文學使命。

　　反觀「近現代學者研究成果」，有些人從「通變」入手，卻忽略劉勰所要
對治的六朝「文體解散」與「文質失衡」的問題，於是其論「通變」時往往
從極為廣泛的議題入徑，而沒有先做「通變」議題的限定，因此就容易淪為
哲理性「通變」概念的泛論，或是落入語言形式之語詞表層意義的詮釋，無
法體會劉勰「通變」觀念的辯證性架構，所要建構的是「文體」（體源、體製、
體貌與體式）的問題，故就其廣延的範疇性限定而言，劉勰以「通變」這個
哲學性語詞來論證文學創作與批評的問題。換言之，劉勰是從「文體通變」
的角度，來建構其對「文學」之起源、創作與批評的一套文學理論。

　　然而從近現代學者的研究成果看來，學者們各自面對劉勰「通變」議題
時，因為各自的問題視域與文學主張與觀點不同，故在詮解文本時出現不同
的詮釋結果，例如：紀昀、黃侃、范文瀾等人以「復古」來詮解劉勰「通變」
觀；或是詮釋「通變」一詞只探討其語詞的來源，並未能將其限定在「文體」
的範疇內論證；或是流於論述「通古與新變並重」、「偏重新變」、「提倡常變」、
「繼承與創新」等，而忽略劉勰所要提出的文學動態性歷程與辯證性思維等
問題；或就創作的立場探討文思與術的議題，如張健〈思無定契與理有恆存：
《文心雕龍》的文思與文術〉一文，〔註90〕就是以「辯證」的角度，進行其
相互依存關係之研究。此乃本論文反思近現代學者在「文體論」與「通變觀」
的研究成果後，選擇直接從《文心雕龍》文本詮釋契入，並預設劉勰之《文
心雕龍》「文體通變」的理論觀點研究。

二、本論文的「問題視域」與「論題界定」

　　本論文之「問題視域」與「論題界定」，主要有兩個思考面向：一是，
論「通變」必須限定在六朝「文體」觀念之中，才能貼近劉勰《文心雕龍》
的原意。二是，論「通變」時不可忽略其語詞所隱含的「辯證性」意義，以
及劉勰「變動歷程」的文學觀，這兩個思考面向正是本論題的「問題視域」

　　　而其批評的終極標的也是在乎詮釋或評價作品，是否完滿地實現某一文體的
　　　美學標準。收錄在顏崑陽《六朝文學觀念叢論》，（臺北：正中書局，1993年
　　　2月），頁188～240。
〔註90〕張健：〈思無定契與理有恆存：《文心雕龍》的文思與文術〉，淡江大學中國文
　　　學學系主辦「第十二屆 文學與美學國際學術研討會」，（2011.5.13）。

所在。因此本論題認為劉勰《文心雕龍》是以「文體通變觀」為核心基論，預設了「文體」是一種處在「動態歷程」中的文化產物；因此認為文學家對應於「文體」，不管創作或批評，都必須立基在文學的「動態歷程」上思維。〔註91〕因此他提出「文體通變」的觀點，來回應「文體規範」、「文學創作」與「文學批評」、「文學史發展脈絡」的問題，例如劉勰在〈通變〉中云：

> 夫設文之體有常，變文之數無方，何以明其然耶？凡詩賦書記，名理相因，此有常之體也；文辭氣力，通變則久，此無方之數也。名理有常，體必資於故實；通變無方，數必酌於新聲：故能騁無窮之路，飲不竭之源。〔註92〕

此處劉勰具體提出「通變」的文學觀點，認為文體之「有常」的普遍性，如「詩賦書記」等文類，因其「名理相因」的共通性、貫通性形成文學發展之「常體」的軌跡，此一「常體」是在文學傳統與文學社群的保證下，才能永續性發展。然而能讓「文體」具有未來性意義，且持續發展與創新的原因，乃在於創作者之「文辭氣力」上，而且作者之「文辭氣力」的運用，並沒有一定的規則，所以它是一種活的法則，是「無方之數」。

從以上〈通變〉篇這段資料看來，劉勰不但指出相對「客觀」的文學傳統與文體規範的問題，也強調作者「主觀」之「文辭氣力」是文學能有良好創變的關鍵，也是創作理想文體的要素，因此除了必須立基在能通古之「常體」外，還必須在「文辭氣力」上下功夫，這就是「通變」之創造力的來源，也是文學能「通變則久」之道。因此劉勰認為若想要「騁無窮之路，飲不竭之源」，就必須懂得「名理有常」的文體規範，並且在「體資故實」的前提下，掌握「通變無方」之道，才能使文學有創變的「新聲」，這是站在文學是「動態歷程」的立基點上，所提出的「通變觀」。

然而從近現代學者的研究成果看來，倘若其以「靜態化」來研究文體，就容易忽略劉勰提出文體發展之「變動性」的用心，甚至陷入片面，或局部的研究困境中，無法體會在劉勰「動態歷程」的學術視域下，所要探討的文

〔註91〕關於從動態性歷程去看待文學的創造、批評與文學史之「動態歷程」研究，顏崑陽已於〈文學創作在「文體典範」下的「經緯結構歷程」關係〉（淡江大學「第十一屆文學與美學國際學術研討會」，2009 年 5 月 8 日）與〈宋代「詩詞辨體」之論述衝突所顯示詞體構成的社會文化性流變現象〉（《中正大學中文學術年刊》2010 年第一期，總第十五期，2010 年 6 月）這兩篇論文做了明確的論證。

〔註92〕同註39，〈通變〉，頁 569。

學問題，包含「作者」主觀的「通變心」思維，也包含「作品」之客觀「通變」的形構與規律現象。這種「主客辯證融合」的文學觀，是無法從絕對主觀的「唯心」，或是絕對客觀的「唯物」觀點來詮釋文本，否則就容易陷入「靜態化」，片面化」的經典詮釋危機。如前所論，從《文心雕龍》文本的分析歸納後，再將這部《文心雕龍》放在當時的文學史脈絡中對照，便可以看出劉勰反思「近代辭人」與「詳觀近代文論」後，發現六朝文學出現「文體解散」與「文質失衡」等文學問題，而劉勰不但要面對這些文學問題，他還要提出一個理想的拯救之道。

其次，就本論文的「論題界定」而言，必須先釐清二個問題：第一個問題是「文體通變觀」與「通變文體觀」這兩個研究議題的「異同」，這個問題要從兩者在研究取向上的差別來談，如下：

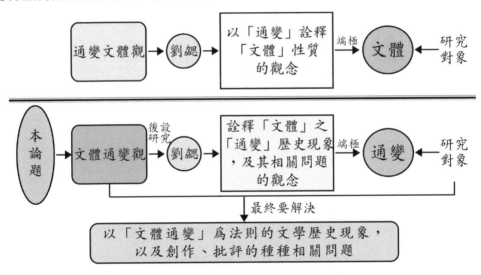

1-5　「文體通變觀」的論題界定

如上圖所示，所謂「通變文體觀」乃是去研究劉勰以「通變」詮釋「文體」性質的觀念，其端極落在「文體」，研究的對象也就是「文體」。所謂「文體通變觀」，則是後設地研究劉勰詮釋「文體」之「通變」歷史現象，及其相關問題的觀念。其端極落在「通變」，研究的對象也就是「通變」。最終要解決的是以「文體通變」為法則的文學歷史現象，以及創作、批評的種種相關問題。準此，可見「文體通變觀」的論證對象是「通變」，其限定範疇是在「文體」上，所要進行的論題是劉勰如何運用「通變」觀念來詮釋其所認知的「文體」起源、演變的歷史現象及相應的創作、批評法則。

因此「文體通變觀」除了探討「質文代變」的「歷時性」文體辯證發展的「通變」軌跡，還必須分析「崇替在選」的「並時性」文體創構之「通變」樣貌。就如顏崑陽所云：

> 必須以時間爲經，以知文體辯證發展的過程；又以空間爲緯，以知文體主客辯證相融的眞相。〔註93〕

這段話是從「形構歷程」的文學觀，來看文體的發展過程與創構，筆者認爲透過這種經緯面向的辯證思維與理論模式的建構，才能體現文體在「客觀形構形式與發展規律」中，如何與作者的「主體情性」產生主客辯證融合的關係，進而成爲論證文體創作、批評與文學歷史的有機性論述模式。第二個問題，是爲何筆者要以「文體通變觀」爲題，而非「文體通變論」爲題，其實「文體通變論」是以「文體通變」爲知識對象，進行後設性的研究，而提出一套系統性的理論，這就是「文體通變論」的定義。然而綜觀《文心雕龍》全書裡，劉勰並沒有嚴謹地表明其所提出的是一套有系統性的理論，而是筆者從「後設性」研究視域中，體察到劉勰論文體時有一個「通變」的觀念，做爲其五十篇文論的基礎，因此本論題將界定在劉勰「文體通變觀」研究。

此外，從近現代學者研究《文心雕龍》「文體論」的結果看來，其研究的基礎是在「文體」與「文類」混淆的情況下，有人誤把「文章分類」、「文章性質結構分類」、「文章之作法、功能與性質」等同於「文體分類」的觀點，並且用此觀點來詮釋劉勰《文心雕龍》的「文體論」，因此造成詮釋上的誤差。其次，在近現代學者的研究中，常從文學「靜態化」的觀點來研究劉勰《文心雕龍》，因此其研究視域自然是與劉勰所持「動態歷程」文學觀脫節，如此一來，也就容易出現詮釋上的理論誤差；因爲文體本身就存在著「辯證性」形構與發展規律，所以本論文認爲論述「文體」若從「通變觀」入手，將更能彰顯劉勰「文體批評」的特色。

因此筆者認爲要重新解讀劉勰《文心雕龍》「文體通變觀」，應先從劉勰如何運用「通變」之辯證思維，使其成爲全書文體理論的哲學基礎，一方面探討劉勰如何以其通變之心以見通變之宇宙；另一方從宇宙萬物之通變性形構，來探討其「本體與現象」、「普遍與殊異」之辯證性，以及宇宙萬物之通變性規律來論「變化與恆常」、「往復代變」的辯證性，藉由形構與規律之「主客辯證融合」關係，以建構劉勰《文心雕龍》「文體通變觀」

〔註93〕同註73，，頁104。

的哲學基礎。這些都是在劉勰預設文體有其宇宙自然的形構與規律，使其能從體現宇宙萬物之通變，進而看到「文體」本身也具有此種演變歷程；劉勰對文體通變的思維，乃緣自《周易》「化而裁之存乎變，推而行之存乎通」的「通變觀」。這個觀點結合中國傳統文化之「辯證邏輯」思維，是劉勰將「通變」從天道、人道之「實在層」與「思維層」中，具體落實在文學的「語言層」上，做爲其「文體通變」觀點的依據，於是「通變」不但是文體「生成、演變」的原理原則，也是文體「創作」與「批評」等實踐性的法則。這就如張少康所言：

> 劉勰認爲：文學創作，包括所有文章的寫作，有通的方面，也有變的方面。所謂通，是指文學創作中有些基本的原則與方法，是代代相因，必須繼承的，違背了這些基本原則和方法，文學創作就會離開正路而走上邪道。所謂變，是指文學創作過程中對這些基本的原則和方法，如何根據不同歷史時代的具體情況來靈活運用和發揮，這是可以而且也應該因時而異、因人而別的。沒有變，就沒有新的特色、新的創造，會使文學發展停滯而僵死。〔註94〕

張氏從文學創作的角度，論文學創作的基本原則和方法，如何「通」與如何「變」才能不使文學發展僵死的危機。準此，筆者將從重新詮釋《文心雕龍》文本與反思近現代研究成果中，提出「文體通變觀」之「後設性」研究，藉由「文體」與「文質」等理論性的反思，來探討劉勰「文體通變觀」所建構之「文體原理原則」、「文體源流」、「文體構成」、「文體創作」、「文體批評」與「文學史觀」等理論體系。

第三節　史料運用與研究方法

　　本節焦點是「史料運用」與「研究方法」。唯有透過「史料的檢討與運用原則」的建立，才能使學術研究取得較爲可信的基礎；藉由「研究方法」的確立，才能使「研究主題」得到更有規範、有系統的論證。

一、史料檢討與運用原則

　　《文心雕龍》從《隋志》所錄起，經過百家以上的品評、採摭、引證、考訂、序跋、校記、箋注的努力，直到晚清黃侃的評釋與章太炎的推揚，使

〔註94〕同註2，頁141。

得這部經典成爲近現代學術研究中的「顯學」，其研究議題之廣泛與多元，可想而知。就如顏崑陽在「百年龍學」的會議論文中將它歸類出三種研究型態：（一）全書或部分篇章文本的考校、注解、箋釋、翻譯。（二）針對部分文本的理論意義，隨閱讀所見而詮評。（三）針對劉勰的生平、文學思想，或《文心雕龍》某些篇章的理論涵義，或跨越多數篇章而提出綜合性的專門議題，進行現代化的系統性論述。〔註95〕可見百年來學者對於《文心雕龍》的研究，已累積出十分封豐富的研究成果，但本節在「史料檢討」上，則是採擇與本論題相關之文獻史料，做爲檢討對象，進行「版本的採擇與運用」與「近現代相關學術論著之評述與運用」的說明。

（一）《文心雕龍》版本的採擇與運用

如前所述，《文心雕龍》研究至今，就其研究方法的型態看來，這部經典已累積出豐碩的研究成果，尤其在「版本」、「校注」、「義證」、「詮評」與「作者生平與思想」等方面，早已奠下豐厚的研究基礎。然因「版本」、「校注」與「義證」並非本論文直接性的研究焦點，只因本論文的研究是以「重讀」劉勰《文心雕龍》文本爲詮釋基礎，所以面對「版本」、「校注」與「義證」如此眾多的文獻時，如何採擇最好的「版本」，將是本論文在「史料檢討」中的首要之務。

此外，就《文心雕龍》發展歷程而言，清代黃叔琳《文心雕龍》本是最被廣爲採用的古本，可算是近現代學者之版本考證的最重要底本，如范文瀾《文心雕龍注》、王利器《文心雕龍校證》、楊明照《文心雕龍校注》、詹鍈《文心雕龍義證》，以及周振甫《文心雕龍注釋》等，均以黃本爲依據。其中周振甫本有大陸人民文學出版與臺灣里仁出版的增訂本《文心雕龍注釋》，筆者將以臺灣增訂版爲引文依據，一方面因爲此一版本在近現代《文心雕龍》的「版本」、「校注」與「考證」中，因爲吸取前代和當代各家校勘上的成果，並且逐一比對各家校勘後的誤字、衍字、脫字、倒文等，尤其是臺灣里仁本更有一些增補改正，使其更加完整。〔註96〕另一方面本論文雖以周振甫增訂版《文

〔註95〕 顏崑陽：〈《文心雕龍》做爲一種「知識型」對當代之文學研究所開啓知識本質論及方法論的意義〉，湖北武漢「百年龍學國際學術研討會暨中國文心雕龍學會第十一次年會」，2011.03.26，頁1。

〔註96〕 同註39，「例言」：「本書用黃叔琳《文心雕龍》本，參照范仲澐《文心雕龍注》的校本，兼採楊明照《文心雕龍校注》及補稿和王利器《文心雕龍新書》和《文心雕龍校證》。」頁5。

心雕龍注釋》爲主，但最主要是運用其文本，若遇詮釋上有差異時，還是要參照其他版本，做爲文本詮釋的必要考證。

（二）近現代相關學術論著之評述與運用

《文心雕龍》研究在「近現代的學術研究成果」上相當豐碩，然若與本論文之主題無關者，將不納入本論文的評述。首先，是關於《文心雕龍》基礎工具書類之專門「辭典」、「索引」、「研究史」等，這些都是屬於基本工具書，提供本論文參酌時用，如周振甫《文心雕龍辭典》對於本論文在字句辭義的檢閱，或關鍵字詞的檢考；以及戚良德《文心雕龍學分類索引》與朱迎平《文心雕龍索引》可供快速簡便的查閱媒介，指引回溯本論文之考證。至於楊明照《文心雕龍學綜覽》與張少康等人之《文心雕龍研究史》，以及劉渼《臺灣近五十年來「《文心雕龍》學」研究》，都是針對《文心雕龍》學的綜合性整理，可供此一研究的歷時性彙整資料之查閱，尤其是在有關「通變」與「文體論」等議題研究之檢索。此外，「中國文心雕龍學會」主編《文心雕龍學刊》所收輯了歷來的研究成果，都是本論文「工具性」的輔助資料來源。

其次，本論文探討有關《文心雕龍》「文體通變觀」之哲學基礎時，必須使用《周易》與《老子》等古籍版本，將參酌孔穎達《周易正義》、李鼎祚輯《周易集解》，而以樓宇烈校釋《老子周易王弼注校釋》本，做爲其與《文心雕龍》「通變」考察的主要依據，其中樓宇烈校釋本是以「王弼注」爲其底本，因此在典籍文本的運用上，將以樓宇烈本爲主。此外，關於《周易》思想核心的議題，因非本論文「通變」的主要焦點，因此如徐志銳《周易陰陽八卦說解》與呂紹綱《周易闡微》等書的研究成果，本論文僅做參酌。

再則是提供本論文「問題意識」之史料來源者，本論文將分：以「通變」觀念爲題者、以「文體學」爲題者、以《文心雕龍》與《周易》或「道家」關係性研究者等三類來評述：

一是，以「通變」觀念爲題的近現代學術論著。首先，在學位論文方面，最早是金民那《文心雕龍的通變論》（1988 年，台大碩士論文），金氏認爲變通論是文學批評的重要課題，並且具有普遍的文化意義。然金氏對通變論的論證偏離文體發展脈絡，致使「通變」一詞缺乏明確限定，且偏離劉勰在文體脈絡中提出「通變」觀念的用心，此乃本論文何以會將議題限定在「文體通變觀」的原因。此外，還有胡仲權之《文心雕龍通變觀考探》（1990 年，東吳碩士論文），胡氏從「通變」義蘊、文學本原論、文學體裁論、文學風格論、

文學創作論、文學批評論、文學史觀等議題，來進行《文心雕龍》「通變觀」
的考探，然而胡氏缺乏六朝「文體」觀念爲基礎，因此造成其在「通變」界
定與金氏一樣無法聚焦（限定）在「文體」脈絡上，故其對《文心雕龍》「通
變」理論就缺乏主體核心主軸的論證步驟。而徐亞萍《文心雕龍通變觀與創
作論之關係》（1990 年，高師大碩士論文），雖然直接將「通變」概念聚焦在
「創作論」的關係性研究上，但是徐氏對「通變」語辭界定，雖從承自《易
傳》之自然或人事，然而因其未能將「通變」限定在「文體」的範疇內，故
因其缺乏六朝「文體」觀念，造成「通變」概念被無限放大，形成泛論的缺
憾，僅做表層描述歸納而已，未能將「通變」與創作論之間的關係，做更有
系統的形構分析。

　　在近現代論文中，就時間及議題與本論文「文體通變觀」最近者，當屬
陳啓仁的《文心雕龍「通變理論」之詮釋與建構》（2005 年，台大博士論文），
陳氏分析各家對「通變」詮解模式，並爲「通變」語辭所做的釋義，由於缺
乏陳氏個人的主體意識，因此流於資料排比，缺乏分析論證的過程，致使其
「通變」在《周易》之語義無法與《文心雕龍》文本做緊密結合，更無法密
切聚焦在「通變之道」與「通變之技」的論證上，給人有不相隸屬的感覺。
從陳氏的研究成果似乎看不到他對劉勰「文體」觀念的看法，因此它提供本
論文在「通變」語詞的界定與理論的建構上，許多可開展的研究方向。

　　其次在單篇論文方面，本論文檢視目前與「通變」議題相關的史料，從
1976 年開始陸續有學者投入此一議題的研究，是以其〈通變〉爲「顯題化」
研究對象，但卻忽略了「通變」在全書中的「隱題性」意義，這些單篇論著，
如：胡森永〈《文心雕龍・通變》觀念詮釋〉、沈謙〈《文心雕龍》之通變論〉、
王更生〈《文心雕龍》的文學觀〉等人都是著力在「通變」是否爲「復古說」，
或是「繼承與創新」的調和說上，或是從創作與批評方法上論「通變之術」，
如：胡健財〈論《文心雕龍》的「通變之術」〉、陳拱〈《文心雕龍》文學通變
論〉與陳允鋒〈《文心雕龍》的通變觀及其批評方法特點〉等人即是。

　　此外，張少康在 1985 年出版《文心雕龍新探》專書，是以劉勰文學理論
體系及其思想淵源爲題，其中「通變論」提出「通變」是劉勰的基本思想，
要以綜合來研究，但張氏並未專以六朝「文體」觀念來論「通變」的問題。
故綜上所述，在近現代研究中都無法將「通變」限定在「文體」的範疇上論
證，因此大都停留在資料的平面敘述，比較缺乏文學歷程性之「脈絡化」研

究價值，同時他們的研究也無法掌握劉勰之「通變觀念」的辯證性特質。

　　二是，以「文體學」爲題的近現代學術論著。有關《文心雕龍》之「文體學」的學位論文研究，目前只有劉渼《劉勰《文心雕龍》文體論研究》（1998年，師大博士論文），從其論著可以看出她並沒有魏晉「文體」（指「體製」、「體貌」、「體式」與「體要」等）意識，因此當她研究以「文體論」爲題，但實際上做的是「文類學」研究，其目的並不是在詮釋、建構「文體」理論體系，而是站在反對劉大杰之說，主張提升「文體論」在《文心雕龍》全書架構之地位，爲目的，因此其所着力之「文體論」建構，僅是「靜態性」與「單一化」的歸類與描述。故劉氏之研究成果，使本論文更加確認「文體通變觀」的研究方向與價值。至於此一議題的單篇論文部分，則有比較多學者投入研究，然從其研究成果看來，其實又可以區分出兩類：

　　第一類，是延續明清以來誤以「文體」爲「文類」者，如：周弘然〈《文心雕龍》的文體論〉、王更生〈論劉勰「文體分類學」的基據〉與〈《文心雕龍》文體論析例〉、彭慶環〈《文心雕龍》文體論〉、劉渼〈劉勰《文心雕龍》文體論選體、分體、論體的特色〉等人，在「文體」與「文類」混淆的觀念下，來研究這部以「文體論」爲主的《文心雕龍》，是無法掌握劉勰的理論核心。

　　第二類，是覺察到《文心雕龍》的「文體」觀念者，如：徐復觀〈《文心雕龍》的文體論〉、龔鵬程〈文心雕龍的文體論〉、顏崑陽〈論文心雕龍「辯證性的文體觀念架構」〉，以及賴麗蓉〈《文心雕龍》「文體」一詞的內容意義及「文體」的創造〉等人，這一類學者的研究目的著重在「中國文體學」的建構上，其中徐氏開始進行「文體」的概念界定，姑且不論其界定是否周延，但這篇論文在《文心雕龍》的「文體論」研究上是具有「開創性」意義，也是本論文所採擇的重要依據。此外，顏崑陽〈論文心雕龍「辯證性的文體觀念架構」〉與〈論「文體」與「文類」的涵義及其關係〉，對於「文體」之界定，以及「辯證性」思維，乃是本論文在觀念基礎上的重要依據。

　　三是，以《文心雕龍》與《周易》或「道家」關係性研究的近現代學術論著。這一類並非本論文的主論，但因其與「通變」一詞的界定有密切的關連，因此本論文在此亦將其歸爲一類，來進行參考文獻資料的檢討。至今可查考資料中最早注意到《文心雕龍》與《周易》之關係者是王仁鈞〈《文心雕龍》用《易》考〉，王氏採用逐一分析比對的方式，呈現兩者之關連性，雖然比對詳實，但卻缺乏進一步的詮釋，因此在本論文的史料檢選上，提供筆者

在製作「《文心雕龍》引《周易》之考察對照表」時的重要參考依據。

此外，如吳林伯〈《周易》與《文心雕龍》〉、戚良德〈《周易》：《文心雕龍》的思想之本〉、李奇雲〈影響範式研究：《周易》與《文心雕龍》〉等論文，大都不出《周易》是《文心雕龍》通變觀念來源的描述性研究，或是做兩者之間的文本對比、分類，以證成其影響關係的研究，但他們在論證過程中，由於缺乏「文體」觀念，導致概念流於鬆散，或僅是資料性比對，忽略了《周易》之「辯證性」哲學思維在《文心雕龍》中的承變意義。

至於與《文心雕龍》有關之「道家思想」的研究較少，而且並未直接提及「通變」概念，如：方波、季紅麗〈由「自然」之道和「虛靜」說看《文心雕龍》中的道家存在〉，以「自然」、「虛靜」說為題，可見大都是以「自然之道」做為道家與《文心雕龍》關係之探討焦點，忽略了自然宇宙變化的「往復」規律，因此雖未直接提及與「通變」有關之「往復」概念，但卻提供了本論文參酌的基礎。

除了以上三類研究範疇外，其他關於論《文心雕龍》理論體系、論文敘筆、文之樞紐、文學史觀等研究十分豐碩，例如：王夢鷗〈從〈辨騷〉篇看《文心雕龍》論文的重點〉；黃景進〈宗經與辨騷：劉勰論「文之樞紐」〉；王金凌〈文心雕龍文論術語析論〉、〈文心雕龍體系——文心雕龍的思想與歷史基礎〉、〈文心雕龍才性論辨析〉與〈論劉勰《文心雕龍》樞紐論〉等四篇論文；曾守正〈試論鍾嶸詩品的一個審美範疇—奇〉、〈中國「詩言志」與「詩緣情」的文學思想——以漢代詩歌為考察對象〉；張敏杰〈論劉勰的文學史觀——以《文心雕龍·時序》篇為中心〉；張健〈思無定契與理有恆存：《文心雕龍》的文思與文術〉等，都提供本論文的研究參考。

此外，還有一些與本文相關之「背景性、基礎性的參考資料」，如：廖蔚卿《六朝文論》；張雙英《中國文學批評的理論與實踐》；龔鵬程《文學批評的視野》；蔡英俊《比興物色與情景交融》、《中國古典詩論中「語言」與「意義」的論題——「意在言外」的用言方式與「含蓄」的美典》等著作；顏崑陽、蔡英俊〈中國古典文學研究的現代視域與方法〉；以及顏崑陽《六朝文學觀念叢論》、〈從反思中國文學「抒情傳統」之建構以論「詩美典」的多面向變遷與叢聚狀結構〉與〈從混融、交涉、衍變到別用、分流、佈體——「抒情文學史」的反思與「完境文學史」的構想〉等論著，都是本論文參酌的輔助性材料，在此不做一一條列。

二、研究方法

　　如前所述，「研究方法」的確立，是學術論文之「研究主題」能夠更有規範、有系統的基礎。因此本論文將從「問題視域」與「詮釋視域」以獲致「學術視域」，做為重構《文心雕龍》理論架構的基本進路。然而什麼是「視域」？筆者從顏崑陽與蔡英俊在〈中國古典文學研究的現代視域與方法〉中，得到這個研究方法的啓發，這篇「百年論學」的對話目的，面對的是中國古典範文學研究時的現代視域與方法。顏崑陽在對話中明白地指出其對「視域」的界義：

> 所謂「視域」是指我們觀看事物所見到的範圍與内容。觀看事物必
> 定繫屬於某一「主體」，即「誰」在觀看？而主體既定，則觀看就必
> 然預設了「立場」，也就是「誰」站在什麼「立場」、從什麼「視角」
> 而以什麼「觀點」在看一個特定的對象。因此談「視域」一定要顯
> 現出獨特的主體以及確定的立場、視角、觀點。而「觀點」就是以
> 什麼「答案」去回應什麼「問題」。〔註97〕

針對以上顏氏對「視域」的界定：「我們觀看事物所見到的範圍與内容。」筆者認爲其中牽涉到「主體」、「立場」、「視角」與「觀點」等問題，這樣的界定提供本論文三個後設性的連類式思考：

　　第一，若將研究「視域」的「對象」，假定爲劉勰是這個文本中的「主體」來提問：劉勰是站在什麼「立場」與「視角」？以什麼「觀點」在看哪一個特定「對象」？他想要提出什麼「答案」來回應什麼「問題」？因此從劉勰的「立場」與「視角」來看六朝時期的文學時，劉勰的存在，即是《文心雕龍》的存在，這樣的劉勰在其存在的學術傳統與社群關係中，所提出之「文體通變」觀點，是要回應怎樣的時代性文學問題？透過這樣的檢視方法以獲取筆者「文體通變觀」的基本假定。

　　第二，若將研究「視域」的「對象」，假定爲近現代學者對其研究文本中的「主體」的話，我們可以看到怎樣的「立場」與「視角」？他們各自所提出的「觀點」是否眞能如實地回應劉勰的問題視域？或者他們想提出「怎樣的答案」來解決「怎樣的文學問題」？故從《文心雕龍》之成書到清代紀昀評述的出現，甚至到近現代兩岸學者的研究視域中，大家所提出的「問題」及「答案」，是否應合了劉勰著書的動機與目的？也就是藉由反思近現代學者之「問題視域」，及其「研究成果」中未能解決的問題，做爲筆者建構「文體

〔註97〕同註33。

通變觀」的研究基礎。

第三，若是以筆者爲研究「主體」的話，那麼在劉勰的問題視域與近現代學者的研究成果上，筆者從後設性思考觀點，提出《文心雕龍》之「文體通變觀」，已意謂了「文體」是一種處在「動態歷程」中的文化產物；而文學家對應於已經存在的「文體規範」，不管創作或批評，也都應該秉持著「動態歷程」的思維。

從以上這幾點的反思，筆者在解讀《文心雕龍》時有以下幾個看法：首先，是劉勰《文心雕龍》是一部以「駢文」書寫而成形的書，因此解讀其五十篇文本時，僅從其文字之表層「語義」來看，很難做出深入的理解與詮釋，必須從其意義的「深層」（語境）進行理解與分析中，而且不斷提問「爲什麼？」來找尋「答案」，這是筆者撰寫本論題時「理解與詮釋」的重要步驟。其次，從「語境」的視角來檢視《文心雕龍》時，除了必須注意這部書的「文本語境」，還必須注意到其所隱含的「時代語境」，才能在整體文化傳統與文學史的脈絡中，爲這部承載文化傳統、社會情境、作者身世與寫作境域的專書，才能找到適合詮釋其「語境」的方法。

再則，劉勰在五十篇的論述中，往往是以「互文」的關係與文本上下語意脈絡等「文本語境」來建構其文學理論。準此，筆者認爲解讀其文本時，應深入其「語境」進行理解，才能兼得其「表層」與「深層」的意義，也才能建構一致性與完整性的理論體系，就如顏崑陽〈中國古典文學研究的現代視域與方法〉所言：

> 一篇論文內部可能由好幾個概念或範疇所組成。這些概念或範疇在邏輯上必須以可確定的『關係』做爲統整原則，以構成一致性與完整性的系統。〔註98〕

本論文就是立基於此一論點，認爲劉勰《文心雕龍》中可以統整出「文體通變」的觀點，這就是本論文採用「文體通變觀」爲基本論點，在論證步驟上希望從溯源的路徑，詮明其「文體通變觀」的哲學基礎與「文體通變」的基本觀念，開展「文體構成要素」與「文體源流規律」、「文體創作與批評法則」，以及劉勰的「通變文學史觀」等論述，藉由其邏輯上之「關係化」研究，整合劉勰「文體通變觀」的文學理論與實踐這兩個面向，進行本論題之「理論體系」的預設與建構。

〔註98〕同註33，頁16。

　　至於本論文對一般研究方法的運用，有「分析」、「比對」、「分類」、「綜合」、「歸納」與「演繹」等方法，從《文心雕龍》文本中，逐一分析其概念的「整體」與「部分」之關係；再將各個「部分」的分析結果，以「通變性」為統整原則，完成《文心雕龍》文本詮釋的「客觀性」與「整體性」的意義，避免流於「感覺直觀」的陳述。同時在這些一般研究方法的運用中，進行「文本的理解與詮釋」之基礎性與理論性研究，例如完成「劉勰引《周易》之哲學基礎分析表」（見附表一），「《文心雕龍》『通變』概念指涉分析表」（見附表二）。又如界定本論文的關鍵性語詞，建構本論題之文體構成要素與源流規律，以及文體之創作與批評法則等具「通變性」的理論體系。

第四節　章節安排與論述步驟

　　依前文所述，本論文擬以「文體通變觀」為焦點論題，因此第一序研究材料是《文心雕龍》五十篇文本，至於近現代學者的研究成果等第二序材料，乃是本論題意識之導出的反思依據。本論文將分七章來論證，以下的敘述形式，乃將結合章節安排與論述步驟並述的方式進行，簡單結圖如下：

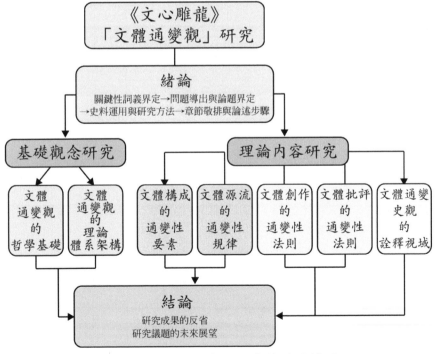

1-6　「文體通變觀」研究簡單結構圖

第一章　緒　論

本章「緒論」共分四節，包含「『文體通變觀』關鍵性詞義界定」，「問題導出與論題界定」，「史料運用與研究方法」，「章節安排與論述步驟」等。

第一節「『文體通變觀』關鍵性詞義界定」，是本論文之關鍵性語詞的界定：「通變」、「文體」與「辯證」等，藉由這些關鍵語詞的重新釐清，做為本論文之「問題視域」的基礎依據。第二節「問題導出與論題界定」，分別從劉勰對當時「文體解散」與「文質失衡」的問題視域，以及劉勰所提出之「還宗經誥」與「文質並重」等救正之術，來論劉勰「文體通變觀」之問題視域；以及反思近現代學者在「文體論」與「通變觀」等研究的問題視域，導出本論文的「問題視域」與「文體通變觀」之「論題界定」。第三節「史料運用與研究方法」，旨在進行版本釐清與檢討，並說明本論文對近現代學術論著的評述與研究方法的實際運用。第四節「章節安排與論述步驟」，說明本論文論述形構與研究步驟。

第二章　《文心雕龍》「文體通變觀」的哲學基礎

「通變」本是古人解釋宇宙萬物變化現象的觀點，劉勰繼承古人此一觀點，然而從《文心雕龍》與《周易》、《老子》有關之「通變觀念」的對照分析。本章「《文心雕龍》『文體通變觀』的哲學基礎」共分三節，包含「由通變之心以見通變之宇宙現象」、「宇宙萬物之『通變性』形構與規律」、「『通變性』哲學基礎的辯證關係」。此外，本章乃屬劉勰建構理論體系中的基礎觀念研究。

第一節「由通變之心以見通變之宇宙現象」，要先說明「聖人」如何能以「通變之心」以見通變之宇宙現象，這是「文體通變觀」中能由「通變之心」朗現「通變」之宇宙現象的根源。第二節「宇宙萬物之『通變性』形構與規律」，從宇宙萬物之「本體與現象」、「普遍與殊異」兩個部份來論證「通變性形構」，以及從「變化與恆常」、「往復代變」兩個部份論證「通變性規律」。第三節「通變觀」哲學體系的辯證性形構，是就「道、心、物」之間的辯證關係，來論「主客觀之辯證關係」與「宇宙萬物之形構與規律的辯證關係」。

第三章　《文心雕龍》「文體通變觀」的理論體系架構

本章承繼前一章「文體通變觀」的哲學基礎，提出劉勰「文體通變觀」的理論體系架構，共分二節來規劃劉勰「《文心雕龍》『文體通變觀』的理論系架構」，包含「文心之通變性思維」，以及「文體的『通變性』形構與規律」

等。本章對於「文體通變觀」之理論體系架構的探討，乃屬本論題的基礎觀念研究之一。第一節「文心之通變性思維」，主要從「通曉變化」與「會通適變」兩方面，來論「文心」之通變性思維方式與法則。第二節「文體的『通變性』形構與規律」，一方面從「文體的通變性形構」，談「文體之本質與形構」、「文體之普遍與個殊」這兩個形構性議題；另一方面從「文體的通變性規律」，談「文體之變化與恆常」、「文體之往復代變」這兩個規律性議題。

第四章　文體構成與源流之「通變性」關係

本章「文體構成與源流之通變性」，共分兩節來論證：「文體構成之通變性要素及其關係」與「文體源流之通變性規律及其關係」。文體的「構成」與「源流」是兩個與文學之本質相關的議題，因此本論文將其放在同一章論述。此外，本章乃屬筆者「理論內容研究」的一部份。

第一節「文體構成之通變性要素及其關係」，是從三個子題來論，包含「文體構成的通常性要素」、「文體構成的殊變性要素」，以及「文體構成要素之『通變性』關係」等。先從「文體構成的通常性要素」，以「文體規範」之「常體」觀念，來論「常規性」體製與「正典性」體式的問題。再就「文體構成的殊變性要素」，論「創變性」文辭與「個殊性」氣力的問題。最後以「文體構成要素之『通變性』關係」，做為探討文體構成問題中，所存在之要素與要素間的「通變性」關係。

第二節「文體源流之通變性規律及其關係」，則是從兩個面向來論，包括「文體源與流之通變性規律」、「文體總源與支源之通變性關係」等。劉勰所要揭明之文體的「源」與「流」從概念的對立，抽離出來放在實存作品時，「源」與「流」具有「通變性」的規律，也是以「辯證規律」的關係相互依存。此外，劉勰對文體之「總源」與「支源」的詮釋，其實可從其《文心雕龍》五十篇文本的篇章安排看到劉勰的用意，劉勰提出「五經」為文體之「總源」，是一切文體的理想典範；而從〈明詩〉至〈書記〉等二十篇則是以文類之體為主題的「文體」論述，而且在劉勰「原始以表末」的敘述中，成為各類體的「支源」，這是劉勰從「通變性」的脈絡視角，詮釋文體「源流」之通變性關係。

第五章　文體創作與批評之「通變性」法則

本章「文體創作與批評之通變性法則」，共分兩節：「文體創作法則之通變性」與「文體批評法則之通變性」。在古代文學中「創作」與「批評」是一

體的，因此本論文將其放在同一章論述。此外，本章亦屬筆者「理論內容研究」的一部份。

第一節「文體創作法則之通變性」，包含三個子題：「文體規範對作者文心之制約」、「作者文心對文體典範之創變」、「作者文心與文體規範之主客通變關係」等。其一，就「文體規範對作者文心之制約」而言，從創作的歷程來看，創作者選擇一種「文體」（體製）時，必然是以其中最理想的典範為依據，因此創作者的「文心」要受文體規範：「宏大體」、「資故實」、「即體成勢」的制約，才能在「規略文統」、「名理有常」與「因情立體」的創作自覺中，給予文體一個「創變」的可能性。其二，就「作者文心對文體典範之創變」而言，「文心」在創作的過中，因為能「洞曉情變，曲昭文體」，所以能「通變無方」而創造「新聲」，並且在主體「情性」的文心作用下，依循傳統之「文體規範」，給出一些創變的可能性法則，這種法則也是取決於文體創作的「通變性」。其三，就「作者文心與文體規範之主客通變關係」而言，創作主體（「文心」）與文體規範之間是一種「辯證性」的關係。主體「文心」以其「通變」的觀點來創作時，必然是以歷史實存的客觀「文體規範」為依準，才能寫出合乎要求的作品；同時這些客觀的「文體規範」在文學發展的歷史中，也具有「通變性」的規律與形構關係。《文心雕龍》既是一部體系完整的專書，從其對文體的構成與源流的建構中，可以看出其目的乃在為文體的「創作」找到一個最具典範理想的「通變性」創作法則。

第二節「文體批評法則之通變性」的論述，共分兩個子題，包含「通變觀在「六觀」批評法則中的位置」、「『觀通變』之評價判準與應用」等。先從通變在「六觀」批評法則中的位置，論其在文體的「主觀情性」與「客觀規範」相互辯證的批評法則。再從論「觀通變」之評價判準與應用，探討其所展現的「通變性」批評思維。這是以「文體批評」的視角，探討劉勰回應古代文學批評的問題，以及他企圖建構的一套「文體」之主客辯證融合的客觀文學批評法則。

第六章 劉勰「文體通變史觀」之詮釋視域

本章「劉勰『文體通變史觀』之詮釋視域」，將從「『還宗經誥』之理想性」、「『類體因革』之通貫性」與「『質文崇替』之更代性」等三節來論證。《文心雕龍》是劉勰從文體的「實然」歷史事實，開出其「應然」之理想文體的文論典籍，從其對文體之「原始以表末」、「選文以定篇」、「敷理以舉統」的

「文學性」論述中，處處可其論文體的「歷史性」，因此也隱含著「古代文學史」之特質。第一節將從「文體『總源』之理想性典範」與「『文質彬彬』之理想性典範」兩個子題，來論劉勰「還宗經誥」之理想性。第二節則藉由「循環相因，終入籠內」與「變則堪久，通則不乏」等兩方面來談劉勰「類體因革」之通貫性。第三節則是以「質文沿時」之更代性與「崇替在選」之更代性為子題，論證劉勰「質文崇替」之更代性。準此，本論文將其定位在帶有「文學史」性質的文學著作，它是劉勰透過文學傳統之「文學性」與「歷史性」，所提出的一套「文體通變」史觀的詮釋視域，藉以規創其文學理論體系架構。故本章也是筆者「理論內容研究」的一部份。

　　第七章　結　論

　　本章「結論」將藉由「研究成果的反省」與「研究議題的未來展望」這兩個部份，來總結全文的論證。本論題雖是屬於《文心雕龍》之「龍學」研究的熟題，但經由探討前人研究成果後，筆者將議題聚焦在「文體通變」這個觀點上，重新詮釋劉勰《文心雕龍》「五十篇」文本後，更加確立劉勰《文心雕龍》「文體通變觀」，不僅是解讀文學的「方法」，也是一套具辯證性的「文學史觀」，更是一種創作理想文體的「法則」，一套客觀文體批評的「判準」，若能將這些研究議題，重新放回整個文學史發展脈絡中，相信對於古典文學與現代文學的學術研究，是具有指引未來的展望。

第二章 《文心雕龍》「文體通變觀」的哲學基礎

　　「文體通變觀」是筆者在《文心雕龍》文本解讀，以及反思近現代學者之研究成果後，所提出之「後設性」論題：旨在重新詮釋、建構劉勰文學理論體系。因此筆者是以「文體通變觀」為視角，來分析劉勰《文心雕龍》文本，進行此一後設性詮釋與批評的「文學性」探討，但在進入主要論題前，筆者必須先釐清以下幾個問題：其一，「『通變』一詞本身為何會具有『辯證』概念義涵？」這一點筆者在第一章關鍵語詞界定時已做說明；其二，「『通變』這樣的『辯證性』哲學基礎，有何詮釋或論證上的特殊模式？」這一點是本章所要論述的焦點；其三，「劉勰是如何運用『通變觀』做為他『文體通變觀』的基本觀念？」這一點筆者將在第三章論證；其四，「劉勰是如何運用『通變觀』，做為其建構『文體通變』之創作論、批評論，以及文學史觀？」這一點筆者將在四、五、六章中論證；透過以上這些議題的研究，期能重構劉勰《文心雕龍》的理論體系。故本章的焦點議題在近現代學者研究中，最少可有兩方面的研究成果：

　　一是，以《文心雕龍》文學思想為題的研究，這是就整部書受到哪一家思想（如儒家，或道家，或佛教）影響？或哪一本書（如《周易》，[註1] 或

〔註1〕近現代學者以《文心雕龍》與《周易》之關係性研究的論文如：1970 王仁鈞〈《文心雕龍》用《易》考〉、1984 吳林伯《周易》與《文心雕龍》、1988 李煥明〈《文心雕龍》與《易經》〉、2001 黃高憲〈《周易》對《文心雕龍》「原道」論的影響〉、2004 戚良德《周易》：《文心雕龍》的思想之本〉、2004 李奇雲〈影響範式研究：《周易》與《文心雕龍》〉、2004 高林廣〈《文心雕龍》

《老子》，或《莊子》，或《荀子》）的影響？可分述如下：

第一，《文心雕龍》受到哪一家思想（如儒家，或道家，或佛教）影響？這一類研究大多數學者，是以劉勰是否爲「儒家思想」做爲對話的焦點，例如：楊明照《文心雕龍校注拾遺》提出：

> 劉勰以儒家思想爲出發點，所以他用〈原道〉、〈徵聖〉、〈宗經〉三篇來籠罩《文心雕龍》全書，確立了文學的基本原則：「道心」是文學的本原，「聖人」是立言的標準，「經書」是文章的典範。〔註2〕

楊明照認爲「劉勰以儒家思想爲出發點」，提出以〈原道〉、〈徵聖〉、〈宗經〉爲《文心雕龍》全書的文學基本原則。楊氏的說法其實與其他主張從〈序志〉「予生七齡」、「隨仲尼而南行」之「儒家思想」主張並無太大差異；然而以此出發也出現許多異於「儒家思想」之說，如馬宏山《〈文心雕龍・辨騷〉質疑》提出「『以佛統儒，佛儒合一』之『道』的體現者」觀點〔註3〕，且不論其問題焦點爲何，我們均可從中得知其有別於「儒家思想」之說。此外，周振甫在〈談劉勰的「變乎騷」〉則認爲：

> 劉勰論文，不但不主張用儒家思想來寫作，還對用儒家思想來寫作的加以貶低。他在〈論說〉裡，⋯⋯劉勰讚美這些論文，由於它們是師心獨見，不是用儒家思想來寫的。其中像嵇康、夏侯玄、王弼、何晏不是儒家，他們的理論傾向道家，是不符合儒家思想的。可見劉勰論文並不要求用儒家思想來寫作。〔註4〕

周氏這段話是從「寫作」的角度，來談劉勰的「思想」問題，基本上周氏是反對「儒家」是劉勰唯一的思想來源；針對周振甫的說法，王運熙在〈劉勰對東漢文學的評價〉中不認同周振甫所言「用儒家思想來寫作，寫不出好作品」的說法，他特別舉出〈體性〉爲例來回應周振甫的說法，認爲：

> 劉勰列舉各代的大作家，漢代除了班固、張衡外，西漢還有賈誼、

對《周易》的批評〉、2004 黃高憲《〈周易〉與〈文心雕龍〉研究的回顧與展望〉、2005 王小盾《〈文心雕龍〉風格理論的〈易〉學深淵〉、2006 姚愛斌《〈文心雕龍〉寓言詩學的原範例——〈周易〉對〈文心雕龍〉關係另解〉等等單篇期刊論文。

〔註2〕 楊明照：《文心雕龍校注拾遺》，（上海：上海古籍出版社，1982 年 12 月），頁 5。

〔註3〕 馬宏山：《〈文心雕龍・辨騷〉質疑》，（烏魯木齊：新疆人民出版社，1982 年 5 月），頁 44。

〔註4〕 周振甫：〈談劉勰的「變乎騷」〉，《古代文學理論研究》第 2 輯，（上海：上海古籍出版社，1980 年 7 月），頁 177。

司馬相如、揚雄、劉向四人，其中揚雄、劉向兩人的文章，儒家思想也是很濃的。〔註5〕

從周振甫與王運熙二人的主張看來，他們都是以「儒家思想」來討論劉勰文論中所呈現之思想主張，並不是要討論劉勰所承繼之傳統思想的哲學基礎問題。

第二，《文心雕龍》受哪一本書（如《周易》，〔註6〕或《老子》，或《莊子》，或《荀子》）的影響？這一類的影響性研究很多，多數採「概論」的詮釋方式，來分析《文心雕龍》與《周易》的承繼關係，其中如李奇雲〈影響範式研究：《周易》與《文心雕龍》〉一文，是特別以《周易》對《文心雕龍》之影響範式為題的研究，李氏運用科學量化的方法，做了「量化」與「定性」的實際比對式研究，來探討兩者之間的影響深度。然而筆者認為若僅從「量化」數據考察進入，想要完成等同於「質」的影響深度問題時，將會受到客觀材料是否準確的問題所約制；例如在劉勰「直接引用」《周易》之書名、篇名，或原典語句的這個部份雖然爭議較少，但這只能證明劉勰在書寫文論時，是將《周易》視為古代文獻中的重要史料而已，並無法證明兩者之間的哲學性影響，或「通變觀」的承繼問題。

此外，李氏對劉勰「間接引用」《周易》材料的界定上，存在著許多論述者個人「主觀」的判斷與認定。因此在論證的過程中，一方面容易出現取材誤判的危險性，使得李氏終究難以達成科學性判讀的準確。另一方面從李氏的論述焦點看來，他並非以「通變」為其中心焦點，故其文本引用史料的「量化」研究結果，卻只能說明《文心雕龍》裡，有大量運用《周易》材料的現象而已。故筆者在反思李奇雲之「影響範式研究」成果時〔註7〕，發現在此一議題的研究中，若僅想呈現《文心雕龍》與《周易》之淵源關係，或企圖以「量化」結合局部「質化」的方式，來論證兩者間的影響性關係，都無助於本論文對劉勰「文體通變觀」之辯證哲思的研究。

另外，這一類研究學者，已有人採融通式的觀點，來研究其與《文心雕龍》哲思的相關議題；例如陶禮天〈視域融合：《文心雕龍》審美心物觀之建構論〉一文，他認為先秦儒家重視心對物的積極作用，是劉勰強調審美主體

〔註5〕王運熙：〈劉勰對東漢文學的評價〉，收錄戶田浩曉等著，曹順慶編：《文心同雕集》，（成都：成都出版社，1990年6月），頁169。

〔註6〕同註1。

〔註7〕李奇雲：〈影響範式研究：《周易》與《文心雕龍》〉，（《西南民族大學學報》總25卷第1期人文社科版，2004年）。

感物而動的思想基礎，而戰國至兩漢時期，從《易傳》、《呂氏春秋》、《禮記》
及《春秋繁露》等融入陰陽五行學說的儒學，所蘊發的「氣」、「物」感人的
文藝思想，是構成劉勰「物色感召」的基礎；至於道家「虛而待物」的思想
則是貫通其「虛靜」說的依據。此外，也有人從其與「心物觀念」相關的六
朝玄學、佛學（般若、即色、心無思想）等研究，更潛藏在劉勰審美心物觀
中，被運用在語言的思維形式上〔註8〕；故從其研究之基本假定看來，陶氏雖
然認為劉勰是繼承傳統之多元化哲思，但其問題焦點並不是從「文體」與「通
變」來省思劉勰的哲學思想。

　　二是，以「通變」為題之思想性或哲學觀研究，這一類近現代研究學者
也很多，但絕大多數聚焦在其與《周易》思想之承繼脈絡為題，強調兩者在
「通變」觀念上的關係性，大約有十多篇單篇論文，以及台灣地區的四本博
碩士論文。〔註9〕這些論文對於「通變觀」的處理，早期或以「復古」說為題，
或解其為「通古變今」之意，或論其「常變」之通變法則，或論其「通變」
與宗經之關係，甚至有從西方批評術語來重新詮釋「通變」之義；但大多數
學者對於「通變」之釋義的考證，是以源自《周易》「窮則變，變則通，通則
久」為依據，〔註10〕以開展他們對劉勰《文心雕龍》之「通變創作之術」、「通
變文學史觀」、「通變的批評方法」等理論的建構，然而對於劉勰「文體通變
觀」的哲學基礎，並未能做理論的深層論述。

　　因此從《文心雕龍》的研究史看來，最早提出「通變」的紀昀，也只說
到「挽其返而求之古」的「通變觀」。〔註11〕至於黃侃從「可變革者」與「不
可變革者」，提出「知此則通變之為復古」之說。〔註12〕范文瀾則以「變新復

〔註8〕陶禮天：〈視域融合：《文心雕龍》審美心物觀之建構論〉，（《政大中文學報》
　　　第四期，2005 年 12 月），頁 3。

〔註9〕金民那：《文心雕龍的通變論》，（臺北：臺灣大學中國文學研究所碩士論文，1988
　　　年 5 月）。徐亞萍：《文心雕龍通變觀與創作論之關係》，（高雄：高雄師範大學
　　　國文研究所碩士論文，1990 年，6 月）。胡仲權：《文心雕龍通變觀考探》，（臺
　　　北：東吳大學中國文學系碩士論文，1990 年 4 月）。陳啓仁：《文心雕龍「通變
　　　理論」之詮釋與建構》（臺北：臺灣大學中國文學系博士論文，2005 年 6 月）。

〔註10〕王弼：《周易注》，見樓宇烈《老子周易王弼注校釋》，（臺北：華正書局，1983
　　　年 9 月初版），頁 559。

〔註11〕范文瀾：《文心雕龍注》卷六〈通變第二十九〉，（臺灣：開明書店，民國七十
　　　四年 10 月臺十六版），頁 17。

〔註12〕黃侃：《文心雕龍札記》，（臺北：花神出版社，民國九十一年 8 月初版），頁
　　　123。

古」，著力在辯證的「通變之術」。〔註13〕近人廖蔚卿提出以變求通之「復古與創新並重」說〔註14〕；沈謙提出「崇古宗經」、「酌今貴創」與「通古變今」，以論文學之創作與批評方法，〔註15〕以及強調「常變說」的王更生，〔註16〕，提出「望今制奇，參古定法」做為通變的法則的胡森永。〔註17〕至於以「辯證性的文體觀念架構」為題的顏崑陽，〔註18〕提出「形而上世界與歷史世界的統一──釋劉勰的通變觀」的吳海清，〔註19〕這些單篇論文對於劉勰「通變觀」的處理，都是將其「哲學基礎」視為理所當然的存在，並不做專題論證。

此外，金民那以「文心雕龍通變論」為題的學位論文，僅推論出「通變」的普泛性哲學觀點，未能朗現「通變」這個哲學性術語如何成為劉勰的文學觀念。〔註20〕徐亞萍的學位論文是以「通變觀與創作論」為題，進行關係性的研究，在其文學歷史經驗的論證中，並未涉及「通變」之主客辯證的的哲學性問題。〔註21〕至於胡仲權的學位論文在「通變觀」考探時，雖是從「通變」詞義入手，但其目的並不是想以「通變」的哲學基礎，來建構其本原論、體裁論、風格論、創作論、批評論、文學史觀等文學理論，因此也並未著力在「通變」的辯證性義涵上。〔註22〕另外，陳啓仁的博論題目是「文心雕龍『通變理論』之詮釋與建構」，其中在「通變」釋義與理論建構時，雖點出源自《周易》，但並未著力在其理論的「哲學基礎」上做辯證邏輯的推論，反而

〔註13〕同註11，頁19。
〔註14〕廖蔚卿：《六朝文論》，（臺北：聯經出版社，1978年4月）。
〔註15〕沈謙：〈《文心雕龍》之通變論〉，《文心雕龍批評論發微》，（臺北：聯經事業公司，1977年）。
〔註16〕王更生：〈《文心雕龍》的文學觀〉，《孔孟月刊》第23卷第十期（1985年）。
〔註17〕胡森永：〈《文心雕龍‧通變》觀念詮釋〉，（臺灣大學《新潮》三一期，1976年）。
〔註18〕顏崑陽：〈論文心雕龍「辯證性的文體觀念架構」──兼辨徐復觀、龔鵬程「文心雕龍的文體論」〉，《六朝文學觀念叢論》，（臺北：正中書局，1993年2月），頁94～187。
〔註19〕吳海清：〈形而上世界與歷史世界的統一──釋劉勰的通變觀〉，《南京師範大學文學院學報》第3期（2005年9月）。
〔註20〕金民那：《文心雕龍的通變論》（臺北：台灣大學中國文學研究所碩士論文，1988年5月）。
〔註21〕徐亞萍：《文心雕龍通變觀與創作論之關係》（高雄：高師大國文研究所碩士論文，1990年，6月）。
〔註22〕胡仲權：《文心雕龍通變觀考探》（臺北：東吳大學中國文學系碩士論文，1990年4月）。

將其歸類在論「通變之道」的闡述。〔註23〕可見這些博碩士專論，並未能從宇宙論的哲學觀，來探究劉勰如何運用「通變」的哲思，來處理「文體」的議題。

　　準此，在學者們的「問題視域」與「詮釋視域」中，是將「通變」直接做為「文學」觀念去詮釋，而不能認知到劉勰《周易》宇宙論的「哲學」觀點來做為詮釋「文體」的理論基礎，從而解決文類與文體、內容與形式、文與質、常體與變文等，這類具辯證關係的文學性問題，就是劉勰從哲學上的「通變」觀，應用到「文學」的論述。因此，假如我們不做這根源性的理解，往往在研究《文心雕龍》時，就只能從其語言表層義來詮釋，因而也就很難理解劉勰要以「文體通變觀」來解決當時文學問題的使命感與理想性。所以筆者認為這些前行研究成果中，無論是那一種詮釋觀點，都必須回歸到整部《文心雕龍》的文本語境重新省思，才能貼近劉勰用「通變」之辯證邏輯思維，所要建構之動態歷程「文體通變觀」的價值意義。

　　此外，關於本章研究材料的運用上，如《文心雕龍》與《周易》之影響關係，將藉由文本的比對，依據周振甫《文心雕龍注釋》、詹鍈《文心雕龍義證》、樓宇烈《老子周易王弼注校釋》等版本，參酌王仁鈞〈文心雕龍用易考〉與李奇雲〈影響範式研究：《周易》與《文心雕龍》〉等研究成果，進行《文心雕龍》與《周易》之文本的細部比對，並將其結果逐一表列於「劉勰引《周易》之哲學基礎分析表」（如附表一）中，一方面做「量化」的歸納，另一方面進行「本體與現象」、「普遍與殊異」、「變化與恆常」、「往復代變」等「通變」議題的歸類，以下為簡單量化結果：

1.《文心雕龍》有 43 篇，引《周易》108 條。
（1）直接引列「《易》曰」：有 13 條。 （2）直接引用《周易》原典語辭：有 42 條。 （3）間接引用《周易》文義相近：有 53 條。
2.以上（1）（2）（3）直接含「通變觀念」者（以 A 代號）有八篇 14 條。

　　經由以上筆者實際文本的考察結果：證實了《文心雕龍》確實是大量引《周易》哲學觀念，做為其文學理論基礎。此外，在此尚須說明：雖然筆者

〔註23〕陳啟仁：《文心雕龍「通變理論」之詮釋與建構》（臺北：臺灣大學中國文學系博士論文，2005 年 6 月）。

在前文曾對李奇雲「量化」研究提出研究方法上的質疑，但卻也受其啓發；故在此議題的研究方法上，亦藉由重返文本對比的方式，一方面藉以回應李氏在「量化」研究本身的不周全問題；另一方面更想藉此證成《文心雕龍》「文體通變觀」明顯地承襲自《周易》的哲學基礎。

同樣的有關《老子》對《文心雕龍》的影響，在近現代研究議題中相對的較少，大多數學者是以劉勰與「道家」自然思想爲焦點來研究，他們或從劉勰〈原道〉所云：「心生而言立，言立而文明，自然之道也」、「夫豈外飾，蓋自然耳」等運用到「自然」一詞，而以「自然」爲焦點，加以論證劉勰與「道家」之關係。或從劉勰〈神思〉中所言「陶鈞文思，貴在虛靜」之「虛靜」義涵，探討道家「虛靜」與《文心雕龍》「神思」之關係。然而筆者預設劉勰的「文體通變觀」裡，亦有受《老子》哲學的影響，只是本章的論證並不從「自然」之道與「虛靜」之說立論，而是想從其「觀復說」及辯證邏輯思維，做爲反思《老子》哲學中所隱含之「通變」辯證哲學觀念，因此筆者亦將其納入劉勰「文體通變觀」之哲學基礎的研究範圍。

另外，也有學者論及《荀子》「通變觀」時，點出其影響《文心雕龍》的文學理論的關係性，如：陳昭瑛〈「通」與「儒」：荀子的通變觀與經典詮釋問題〉一文，認爲絕大多數的荀子研究不涉及通變觀，而絕大多數關於「通變」觀的研究也不提荀子。但事實上荀子的通變觀不僅影響史學領域中由司馬遷「通古今之變」所彰顯的通變觀，也影響文學理論中由劉勰《文心雕龍・通變》所總結的通變觀。〔註24〕是的，有關荀子研究很少有人論及荀子的「通變觀」，就算有談到也只是點到爲止，例如張少康《文心雕龍新論》在「通變論」時提到：

> 劉勰關於通變思想的歷史淵源主要來自《周易》和荀子。……荀子的發展變化觀點是十分突出的，……他在〈勸學〉篇中說：「《禮》、《樂》法而不說，《詩》、《書》故而不切。」……荀子所提出的這種政治思想文化領域內的變化發展觀，與《易經》及〈繫辭傳〉中的通變觀也是完全一致的。

從張氏的話可以看出他認爲荀子的「變化發展觀」就是《周易》的「通變觀」。其實只有少數學者點出《荀子》與《文心雕龍》的關係，但筆者從王邦雄〈論

〔註24〕陳昭瑛：〈「通」與「儒」：荀子的通變觀與經典詮釋問題〉，《臺大歷史學報》第 28 期，2001 年 12 月），頁 207～208。

荀子的心性關係及其價值根源〉中，提到荀子「化性起偽」乃是實踐孔子「文質彬彬」之美的法則時，得到一些體察，其云：

> 荀子的人性觀，是自然人性的觀點，人性是無善無惡，可善可惡的，
> 此一本始材樸，不事而自然的「性」，切近孔子所說的「文質彬彬，
> 然後君子」（論語雍也篇）的「質」，質與文相對，本始材樸與文理
> 隆盛亦相對，而文理隆盛可以化成本始材樸之美，正與以「文」化
> 「質」，可以化成彬彬之美等同。〔註25〕

從王氏對荀子「化性起偽」之心性關係與價值根源的思想論述中，點出其繼承孔子「文質彬彬，然後君子」之思想而來的「化性」與「起偽」，是「以文化質」的辯證性邏輯思考問題，而這與劉勰在〈情采〉篇所言「雕琢其章，彬彬君子矣」的想法一致，可見《荀子》對《文心雕龍》的影響，並非只有張少康所言與《周易》「通變觀」一致的「變化發展觀」而已。

準此，雖然很少有人提出《荀子》對《文心雕龍》的影響，然而實際上劉勰是繼承整個中國文化大傳統的人，他是一個「博通」的文學理論家，他所受之傳統文化思想影響的「深度」與「廣度」十分明顯。因此從《文心雕龍》與《荀子》的傳承關係來看，這樣的關係雖非是單一個殊性的理論性影響，但卻可以看出劉勰所吸納的傳統「哲學」，絕非單從儒家，或道家，或佛教的研究，就可以通透瞭解劉勰撰寫「文體通變觀」的哲學基礎，這就是本文不採取《文心雕龍》與任何單一文本的比較研究，而是直接從文本的深層意義揭明《文心雕龍》之「通變」哲學基礎。

其實就如前所述，在近現代學者的研究成果中，還是有不少人以劉勰源自「那一家」為題，然而筆者認為無論是主張從儒家，或道家，或佛教而來做影響性研究，都很難呈現劉勰傳承、融合、轉化古人哲思之「通變」文學觀；當然也更難以突顯劉勰對文體之「通與變」，或「通乎其變」的論述，以及他「通古今」以「創變」的文學理想。雖然筆者在材料的解讀時，是以「文本」逐一條列的比對與分類，並以「附表」方式處理之，但筆者在本章的書寫模式，並不做《文心雕龍》與《周易》，或《老子》，或《莊子》，或《荀子》之哲思的「影響」研究，而是詮釋各家含有「通變」之義的哲思，以論證劉勰「文體通變觀」之哲學基礎，其論證的結構圖如下：

〔註25〕 王邦雄：〈論荀子的心性關係及其價值根源〉，參見《中國哲學論集》，（臺北：臺灣學生書局有限公司，2004年三月增訂三版），頁36。

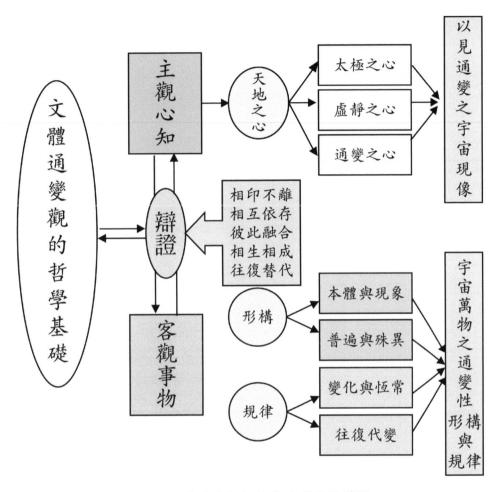

2-1 文體通變觀之哲學基礎的結構圖

　　準此，本章的詮釋焦點是放在《文心雕龍》「文體通變觀」的哲學基礎上，故凡與「通變」無關之哲學性議題，在此將暫且不論述，而將議題聚焦在主觀「通變之心」與客觀「宇宙通變現象」的研究：一方面從「由通變之心以見通變之宇宙現象」為題，探討「聖人之心」如何能見通變之宇宙現象，從而建立「通變」哲學觀。另一方面從宇宙萬物之「通變性」形構與規律為題，探討宇宙萬物之「本體與現象」、「普遍與殊異」的通變性形構，及「變化與恆常」、「往復代變」的通變性規律，以及這兩者之間的辯證關係，進而揭明劉勰「文體通變觀」之哲學基礎。

第一節　由通變之心以見通變之宇宙現象

　　劉勰「文體通變觀」既是承繼中國古代多元的「通變」哲學觀而來，那麼論「由通變之心以見通變之宇宙現象」這個命題時，就不該是分項論述《文心雕龍》與《周易》，或與《老子》，或與《荀子》，或與其他先秦兩漢思想家哲思等，而是要從劉勰是如何運用這些古代哲學觀，來建構其「文體」理論體系，尤其是《周易》「窮則變，變則通」的「通變觀」，其本身即已具「主客辯證融合」之義涵，然而這樣的宇宙萬物通變之自然現象，是如何被史學家看到，並將其運用在「通古今之變」的動態歷程史觀上？它是如何被文學家劉勰看到，將其運用在建構「文體通變觀」之原理原則、構成與源流的要素、創作與批評的法則，以及文學史觀上？這些都是筆者所要找尋的答案，因此筆者做了以下的基本假定：

　　第一，在本論題的基本假定裡，無論哲學家、史學家或文學家，他們在論「通變」之時，都不得不面對的一個問題，那就是客觀宇宙萬物之「通變」自然現象是由誰得知？這個問題的答案在中國古代哲學、史學、文學中均指向「聖人」。在他們的預設中「聖人」就是能通變之人，如：《周易》所云：

> 咸，感也。……二氣感應以相與。……天地感而萬物化生，聖人感
> 人心而天下和平。觀其所感，而天地萬物之情可見矣。〈咸卦·彖傳〉
>
> 〔註26〕
>
> 聖人設卦觀象，繫辭焉而明吉凶，剛柔相推而生變化。……聖人有
> 以見天下之動，而觀其會通，以行其禮。……聖人以通天下之志，
> 以定天下之業，以斷天下之疑。〈繫辭傳〉〔註27〕

從以上〈咸卦〉與〈繫辭傳〉所言可知，聖人是可以見天地在陰陽、剛柔等二氣相感以使萬物化生，而且因為聖人能以其感「天地萬物之情」之心，所以能使天下和平。因此聖人「設卦觀象」，作繫辭以「明吉凶」，知宇宙萬物之變化就在「剛柔相推」之中相互激盪連續發生而成，就如《周易》所言「一闔一闢謂之變」的變動狀態，即是指天地萬物彼此之間，由於存在著闔閉與開闢的依存關係，所以在其互動中產生交互的變化現象之外，也如《周易》所言「一陰一陽謂之道」的變動規律中，呈現陰陽、剛柔「相推而生變化」的軌跡。這些變化須仰賴「聖人」能體察天地之道的心智，才能產生效用。

〔註26〕同註10，《周易注》，頁373。
〔註27〕同註10，《周易注》，頁537～551。

由此可知，《周易》中的「聖人」，是能「見天下之動」者，並且藉由體察天地萬物之變化者，而「通天下之志」與「定天下之業」，甚至能「斷天下之疑」。人文之道是藉由聖人「體現」天地之情，「見動」、「通志」、「定業」、「斷疑」，而朗現宇宙萬物之「通變」現象及其道。因此「實在層」中所存在的「客觀」自然現象與「聖人」之主觀心知產生關係，所以聖人之「心」是使自然界「客觀事物」得以進入「人文社會」的關鍵。這種聖人可以見「天地萬物之情」，所形成的「主觀與客觀」，或「主體與客體」之關係，即是一種「通變」的辯證性關係。

　　準此，筆者認為自然宇宙的存在，就是一個「道」在運轉，然後「心」才能將此「道」內化。因此聖人，或得道之人的「太極之心」，就是宇宙之「太極」的本體；其「虛靜之心」就是宇宙「虛靜」的狀態；其「通變之心」就是宇宙「通變」的現象，就如孟子所講「踐仁以知天」，踐是實踐，指人本身有一良心善性，若能在日常生活中去實踐其「良心善性」的「仁」，就能知道「天道就是仁」，否則怎麼能知道呢？因此天之德，天之道，不是一種抽象概念思考，它是一種體驗、直觀、體悟，但人本身都不具備此一「直觀體悟」的主體「心」，又如何能直觀體悟呢？所以必須先由「通變之心」以見「通變之道」；所以「道」是因為人之心而顯現的，這就是「主客合一」之道。

　　第二，觀察歷來學者討論《文心雕龍》「通變觀」時，都是從哲學上論《周易》「通變」的宇宙論，或存有論的問題，但這樣的論證方式如前所述，它一方面容易忽略劉勰「通變觀」所要對治的是「文學」問題；另一方面則會將焦點集中在《周易》客觀宇宙萬物的「通變」現象，而忽略《周易》裡對於聖人主觀思維之「通變心」的論述，以及其塑造「聖人」形象的關鍵性意義，因此也就會忽略聖人由其「通變之心」以見「通變之宇宙現象」之事實，這正是筆者在論宇宙萬物之「通變性形構」與「通變性規律」等客觀事物之現象前，必須先釐清聖人是如何經由其主觀思維，察知「通變」之宇宙現象，進而落實成為人文社會中「通變」的辯證性思維。

　　第三，筆者從劉勰在〈原道〉的論述中做了一個預設，那就是「聖人之心」就是「天地之心」的基本假定。在劉勰「本乎道」的通變觀裡，他認為「聖人」是人類文化的創生者，故其「仰觀」、「俯察」天地之間，定出「高卑」，創生陰陽「兩儀」，使其能與天地並列為「三才」，其云：

> 仰觀吐曜，俯察含章，高卑定位，故兩儀既生矣。惟人參之，性靈
> 所鍾，是謂三才。爲五行之秀，實天地之心，心生而言立，言立而
> 文明，自然之道也。〔註28〕

劉勰這段話的哲學基礎，來自《周易‧繫辭傳》。〈繫辭傳〉中提到透過「聖人」的主觀心知的「觀」與「察」，而能知天地之間「幽明」變化的原因，並將其體察天地之通變現象體現出來，故其所著之《易》能總攝「天道」、「地道」與「人道」，並定立出「高卑」，「貴賤」之二元對立的人文社會，其文如下：

> 仰以觀於天文，俯以察於地理，是故知幽明之故。〈繫辭上傳〉〔註29〕
>
> 天尊地卑，乾坤定矣。卑高以陳，貴賤位矣。〈繫辭上傳〉〔註30〕
>
> 易之爲書也，廣大悉備，有天道焉，有人道焉，有地道焉。兼三才
> 而兩之，故六；六者非它也，三才之道也。〈繫辭下傳〉〔註31〕

可見《周易》點出「聖人」的主觀思維，使其能觀察到「天文」與「地理」中宇宙萬物之「通變」現象，因此他能從實在層的「道之文」中，將宇宙自然天象與地形之文，藉由其心理層之「心」的仰觀與俯察，朗現抽象的宇宙天地之心，並經由語言文字的表達，定出陰陽、乾坤之兩儀，也給出「天尊地卑」之主觀心知的貴賤觀念。這就是劉勰「心生而言立，言立而文明」這段話的哲學基礎所在，因由「聖人之心」的「生」，也就是主觀心知的「運作」、「作用」，而使其能「立言」，這裡的「言」指的是「語言文字」，指的是規範人文社會的「經典」，這樣的「經典」之「言立」的「立」，就是指人文社會的一切禮教秩序被建立的意思，一旦「聖人之言」被確立之後，人類的「文明」也就形成了。

準此，聖人是能總攝「天道」、「地道」與「人道」之人，而「聖人之心」等同於「天地之心」，換言之，如果以「聖人之心」觀「太極」的宇宙本體與現象，「聖人之心」就是「太極之心」；觀「虛靜」的宇宙本體與現象，「聖人之心」就是「虛靜之心」；觀「通變」的宇宙本體與現象，「聖人之心」就是「通變之心」。因此從聖人的「觀」、「察」、「參」、「覽」之「主觀心知」的作

〔註28〕 梁‧劉勰：《文心雕龍‧原道》，參見周振甫：《文心雕龍注釋》，（臺北：里仁書局，2001年9月28日初版四刷），頁1。

〔註29〕 同註10，《周易注》，頁539。

〔註30〕 同註10，《周易注》，頁535。

〔註31〕 同註10，《周易注》，頁572。

用，是可以看到聖人「太極之心」、「虛靜之心」與「通變之心」，是其能體現宇宙之「太極」、「虛靜」與「通變」之本體與現象的依據，就如《周易・復卦・象傳》所言：「復其見天地之心乎！」〔註32〕這裡的「復」指的是「反本」，即回歸返天地之心，然而誰使其能「反本」？誰能「復見」天地之心者？在此言外之意，隱含有個具顯「道心」之人，也就是劉勰〈原道〉篇所言「言之文也，天地之心哉！」〔註33〕

　　因此本單元將先論聖人的「太極之心」，探討其主觀心知在體察「天道」與實現「人道」過程中的「道心」，這顆「太極之心」是聖人「主觀心知」本體，以見形上超越之道的本體。此「太極」即是道之「體」，聖人以「太極之心」見宇宙之「太極」時，此一「太極」亦內化而爲「聖人之心」的本體。其次，論聖人「虛靜之心」，探討聖人以其「主觀心知」體察「天道」之「相」，體察「道」所呈現之理想狀態。此「虛靜」即指道之「相」，聖人以「虛靜之心」，以見宇宙之「虛靜」時，其心能隨時處「虛靜」狀態，因而使其不落入「執著」與「拘泥」之偏執。再則，論聖人「通變之心」，探討聖人「通變之心」之「通與變」與「通乎其變」的作用，以見宇宙之「通變」現象。此「通變」即是道之「用」，即聖人「通變之心」的作用。準此，筆者將從由「太極之心」、「虛靜之心」與「通變之心」以見宇宙之「通變」，來論證聖人的主觀思維。

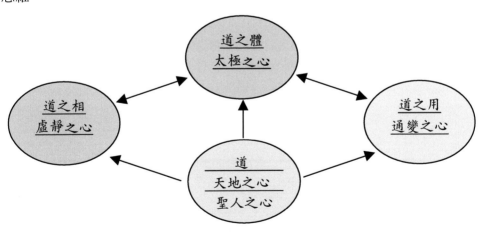

2-2　道體──道相──道用的結構圖

〔註32〕同註10，《周易注》，頁336。
〔註33〕同註28。

一、由「太極之心」以見宇宙之「通變」

　　「由太極之心以見宇宙之通變」是筆者的基本假定之一。「太極」乃指道之「體」。因此從古代哲學的聖人觀來看，因爲聖人有一顆「太極之心」，所以可以體察「天道」實現「人道」，因此這顆「太極之心」就是能見宇宙天道的「道心」，且是聖人主觀心知的本體，例如《周易‧繫辭傳》所云：「《易》有太極，是生兩儀，兩儀生四象，四象生八卦。」〔註34〕這裡指出《周易》中有一「太極」是生兩儀、四象、八卦的本體；然言外之意，這「太極」是「道」的本體，也是聖人之心的本體，因由聖人的「太極之心」所以才能看到宇宙之「太極」，也才能創造「語言層」上的《易》之「太極」。這個「太極」是形上之道，也是《周易》裡談論「形上之道」時的依據，其論宇宙萬物之「形上之道」與「形下之器」時，指出：

> 形而上者謂之道；形而下者謂之器；化而裁之謂之變；推而行之謂之通。〔註35〕

這個形上之道是抽象的存在，卻相即於其顯形的自然世界之物象與人文世界之器象，而能洞察「器物之象」，以見其本體之道，並顯現其功能與作用的是聖人，聖人以其太極之心「化而裁之」、「推而行之」，才使這形上之「道」被聖人之心所見，並以這顆「道心」規創「人文社會」中之一切秩序，可見是聖人擬「天地之心」的「道心」，使其能見形上之道，並製定形下之器。準此「太極之心」是聖人規創「人文」社會之心的「本體」，就如劉勰〈原道〉所言：

> 人文之元，肇自太極，幽讚神明，易象惟先。庖犧畫其始，仲尼翼其終。而乾坤兩位，獨制文言。言之文也，天地之心哉！若乃河圖孕八卦，洛書韞乎九疇，玉版金鏤之實，丹文綠牒之華，誰其尸之，亦神理而已。……至夫子繼聖，獨秀前哲，鎔鈞六經，必金聲而玉振；雕琢情性，組織辭令，木鐸起而千里應，席珍流而萬世響，寫天地之輝光，曉生民之耳目矣。〔註36〕

從劉勰對「人文之元，肇自太極」的論述中，可以看到「太極」是「天道」與「人道」之間的連結，「聖人」體察「天道」所規創出來的「人道」依據，

〔註34〕同註10，《周易注》，頁553。
〔註35〕同註10，《周易注》，頁555。
〔註36〕同註28，頁2～3。

就是《周易》所提出的「太極」，因此從以上《周易・繫辭傳》所言，可從兩個面向來思考：

其一，《易》，也就是《周易》是聖人所作，《周易・說卦傳》云：「昔者聖人之作易也，幽贊神明而生著，參天地而倚數，觀變於陰陽而立卦，發揮於剛柔而生爻。」〔註37〕高享注：「言聖人作《易》，暗中受神明之贊助，故生著草，以爲占筮之用。」可見聖人作《易》之時，是幽贊神明、參合天地之數所完成。因此聖人主觀之「參」，於是有「庖犧氏」之畫八卦，有「孔子」之做〈十翼〉，也有像劉勰所說的「河圖孕八卦，洛書韞乎九疇，玉版金鏤之實，丹文綠牒之華」等人文化育的傳說，這就是《周易・繫辭下傳》所言：

> 古者包義氏之王天下也，仰則觀象於天，俯則觀法於地，觀鳥獸之文，與地之宜；近取諸身，遠取諸物，於是始作八卦，以通神明之德，以類萬物之情。〔註38〕

可見聖人「包義氏」即劉勰所言「庖犧」，是以其「天地之心」來「觀象於天」、「觀法於地」、「觀鳥獸之文，與地之宜」，且因其主觀心知「近取諸身，遠取諸物」之「取」的作用，所創造出來的「八卦」，被後人藉用來「通神明之德」、「類萬物之情」，此一聖人之心是具有「太極之心」者，劉勰用疑問句法問：「誰其尸之？」就是接受自《周易》之聖人窺見「神理」通變之現象，以其主觀之心來呈顯宇宙之道心——「太極」；這個「太極」是創生人文世界的「本體」、「根源」所在。

其二，從「易有太極，是生兩儀，兩儀生四象，四象生八卦」〔註39〕的層遞形構來看，劉勰接受到《周易》所指人文創生之哲學觀，所以提出「人文之元，肇自太極」之說。在《周易》的哲學思想中，一切文明都是「聖人」創生的，因此從「上古結繩而治，後世聖人易之以書契。」〔註40〕所以人類從鳥跡取代結繩，開始「文字」、「書契」的時代，也開始了「太極」生「陰陽」、「乾坤」之兩儀，兩儀生「太陽、少陽、太陰、少陰」之四象，四象生「乾、兌、離、震、巽、坎、艮、坤」之八卦；此一「創生」歷程或規律，是源自「太極」，源自一切「道」之本體，故其生「兩儀」之陰陽二氣，是經

〔註37〕同註10，《周易注》，頁575～576。
〔註38〕同註10，《周易注》，頁558。
〔註39〕同註10，《周易注》，頁553。
〔註40〕同註10，《周易注》，頁560。

由二元辯證融合、對立相生、相互依存，是事物發展變化之「生生不息」的通變性規律。這樣的創生規律是聖人以「太極之心」（道心），順性命之理，來立「天之道」、「地之道」、「人之道」，如《周易・說卦傳》所云：

> 昔者聖人之作易也，將以順性命之理，是以立天之道曰陰與陽；立地之道曰柔與剛；立人之道曰仁與義。〔註41〕

可見由聖人「太極之心」，所看到的「天道」是一個「陰陽」對立辯證之道；所見之「地道」是一個「剛柔」對立辯證之道；進而藉由其「主觀心知」以體現「主客合一」之道，朗現人文世界裡「立人」的仁義之道。故如《周易・繫辭上傳》所云：

> 探賾索隱，鈎深致遠，以定天下之吉凶，成天下之亹亹者，莫大乎蓍龜。是故，天生神物，聖人執之。天地變化，聖人效之。天垂象，見吉凶，聖人象之。河出圖，洛出書，聖人則之。〔註42〕

如上所述，聖人是能「探賾索隱，鈎深致遠」之人，因此聖人能「執」天生神物，能「效」天地變化，能「象」天象之吉凶，能「則」河圖洛書。然而為什麼「聖人」能夠有「執」、「效」、「象」、「則」等行動呢？在這些行動中他是如何「定天下吉凶」？如何「執天生神物」？如何「效天地變化」？其實支持聖人做出這些行動，甚至判斷、選擇的正是聖人的「主觀心知」。因此，「聖人之心」即是「太極之心」，正因聖人心中有「太極」，所以能見宇宙「太極」之通變現象。

二、由「虛靜之心」以見宇宙之「通變」

「由虛靜之心以見宇宙之通變」是筆者的基本假定之二。「虛靜」乃指道之「相」（狀態）。聖人的「虛靜之心」，使其體察天地之道時所須維持的「虛靜」狀態，唯有這顆「虛靜之心」才能使聖人見天地萬物之自然變化，而不會受到主觀心知的「執着」與「拘泥」所限，也才能讓宇宙顯其虛靜的本體與所朗現物物各在其自己的現象。在筆者的預設中，聖人之「虛靜心」是其能整合「心」、「物」、「道」之關鍵，也是其能見客觀宇宙之「通變」形構與規律的原因。準此，在古代文獻的哲思中，論及聖人「虛靜」之心靈者，如《老子》所言：

〔註41〕同註10，《周易注》，頁576。
〔註42〕同註10，《周易注》，頁554。

致虛極，守靜篤。萬物並作，吾以觀復。夫物芸芸，各復歸其根，
歸根曰靜，是謂復命。復命曰常，不知常，妄作凶。知常容，容乃
公，公乃全，全乃天，天乃道，道乃久，沒身不殆。〔註43〕

老子在十六章裡雖然沒有明白指出「聖人」兩字，但從其語境觀之，唯有能
「致虛極，守靜篤」，聖人才能「觀復」，觀天地萬物並作，也觀天地萬物「各
復歸其根」之自然現象。可見老子在這裡所要強調的是，因由聖人致力於維
持心靈的「致虛」與「守靜」，所以才能體察天地「靜」、「常」的自然之道。
同時聖人「虛靜」之心，無偏執、無障隔，因而能知天地萬物「生生不息」、
「往復不已」之常道。因為聖人之「虛靜心」使其化解「成心、成見」，而廣
納萬物，並體察宇宙之真相。由此可見，道家這種「去成心，去成見」的「虛
靜心」，能使聖人體察天地萬物「自生」、「並作」之復歸的現象。老子認為宇
宙的本體之道是虛靜的，才能生成變化萬物；故其虛靜心就是本體之心。牟
宗三在《中國哲學十九講》論道家式的形上學、存有論的實踐時，提出道家
是「境界形態」的形而上學，談到得道者以其「虛靜心」觀照萬物不受主觀
情識造作之心的分、支配，乃能各在其自己（本性），而呈現渾然如一的情境
〔註44〕。此一哲思被劉勰運用在論述創作者「陶鈞文思，貴在虛靜」〔註45〕
的主觀思維上。其實在《老子》第五章以「橐籥」（大風箱）為例，來說「天
地不仁」所以能「虛」，「聖人不仁」所以能「虛」之道，其云：

天地不仁，以萬物為芻狗；聖人不仁，以百姓為芻狗。天地之間，
其猶橐籥乎！虛而不屈、動而愈出。〔註46〕

由此可見，因為聖人不執著「仁」之美名，所以不會以「執著」的心，要求
限制百姓的一舉一動，以達成自己的美譽，只是老子在此用譬喻的方式，點
出聖人「以百姓為芻狗」，所以不會特意執著自己是否能有仁君之表現，因此
百姓就能像草編的「芻狗」一般，自由自在的順任自然。此外，道家運用「不」、
「絕」、「無」，都不是相對於肯定的否定之說；也就是說聖人「不仁」之心，
並非相對於肯定性的「仁」而否定。所以道家之不、絕、無皆是一種主觀修
養工夫的「超越」義，「不仁」即超越「仁」的名相與規範的價值限制。因此

〔註43〕同註10，《老子注》，頁35～37。
〔註44〕牟宗三：《中國哲學十九講》，（臺北：臺灣學生書局，73年10月初版），頁
121～123。
〔註45〕同註28，〈神思〉，頁515。
〔註46〕同註10，《老子注》，頁13～14。

聖人「不仁」就是一種「虛靜心」，所造成之「虛而不屈、動而愈出」的自然現象，給出了虛空但無窮盡，源源不絕的無限可能。

此外，儒家《荀子》思想所言「化性起偽」談的就是「本心」、「天性」的問題，如《荀子・解蔽篇》中提到：

> 人何以知道？曰：心。心何以知？曰：虛壹而靜。心未嘗不藏也，然而有所謂虛；心未嘗不滿也，然而有所謂壹；心未嘗不動也，然而有所謂靜。〔註47〕

從這段話看來，能夠「化性起偽」的聖人，因為他的「心」而使他能夠知曉「道」；然而面對「心何以知」這個問題時，荀子給了「虛壹而靜」這個答案，因為人之心會因外在環境的影響，因此在「藏」、「滿」、「動」的情緒下，造成認知上的偏執，進而思維蔽塞。王邦雄認為荀子是：

> 以心知「道」，故心是認知心。何以能知，以其虛壹而靜的作用。此虛靜心，不同於老子對物作一超越的觀照，而是對物作一平面的認知。而認知必執取，執取即不虛靜，不虛靜即失去其客觀認知的功能。〔註48〕

可見荀子「虛壹而靜」是在人的主觀心知對客觀事物的現象認知上，所以它並不同於老子「致虛極，守靜篤」之主觀心知的超越與觀照，這就是張少康所言：

> 荀子在〈解蔽〉篇中所提出的，由「虛壹而靜」而「大清明」的境界，是比較全面的，它既沒有老莊論虛靜那些缺點，又比較注意到了老莊論虛靜的積極方面。〔註49〕

由此可知，張氏在論創作之神思問題時，認為劉勰「陶鈞文思，貴在虛靜」之心，比較接近荀子「虛壹而靜」之「虛靜心」。至於張氏所言荀子的「虛靜」論述「是比較全面的」說法，乃是指荀子的「虛壹而靜」是經由主觀與客觀的認知心而來的，這與劉勰「文體通變觀」之主客辯證、調合折衷的主張比較接近。準此，劉勰立足在古代哲學的基礎上，對於聖人的「虛靜之心」也是有其主張與立場，因此聖人要有一顆「虛靜之心」，是其第一個基本預設；聖人要使其心不受外在事物干擾，並且始終維持「虛靜」狀態，才能以「不

〔註47〕唐・楊倞、清・王先謙集解：《荀子集解・考證》，（臺北：世界書局，2000年十二月二版一刷），頁365。

〔註48〕同註25，頁42。

〔註49〕張少康：《文心雕龍新探》，（臺北：文史哲出版社，民國86年6月初版二刷），頁51。

執着」與「不拘泥」之心，體察宇宙萬物之「通變」現象。

三、由「通變之心」以見宇宙之「通變」

「由通變之心以見宇宙之通變」是筆者的基本假定之三。「通變」乃是道之「用」。在論聖人的「通變之心」前，筆者須先做以下三個前題的說明：其一，聖人同時具備「太極心」、「虛靜心」與「通變心」。「太極之心」是聖人之「道心」的本體，「虛靜之心」是聖人之「道心」的狀態，在此兩心的基礎上，聖人才能在感物與應事之際，藉由其「通變之心」以見宇宙「通變」之現象。其二，在筆者的預設中，客觀存在的「宇宙」本身就是結合動態歷程與形構關係之實存的自然世界，因此被聖人的「通變之心」所察知與體現：宇宙萬物「通與變」之形構關係、「通乎其變」之規律軌跡。其三，從《周易》、《老子》、《荀子》等文本提及聖人之「知」、「識」、「見」、「鑒」、「觀」、「察」、「思」、「慮」等關鍵考察，認為大體上從這些關鍵詞進入，可以分析出有關聖人主觀心知之「通變」思維的運作。基於以上這三個前提，筆者將從古代哲學論著中，探討聖人由「通變之心」以見宇宙之「通變」現象。

聖人之「知」是其能「通變」的關鍵，《周易・乾卦・文言》中云聖人之「知」：

> 天且弗違，而況於人乎？況於鬼神乎？亢之爲言也，知進而不知退，知存而不知亡，知得而不知喪。其唯聖人乎？知進退、存亡，而不失其正者，其爲聖人乎？〔註50〕

從這段話可以看到《周易》對聖人之「知」的界定，其從一般人「知進不知退，知存而不知亡」之弊，來突顯「唯」聖人能「知」進退、存亡、得喪，且不失「正」之人。言外之意，是指聖人之主觀心知的運作，使其在面對人道之「進退、存亡」的選擇與判斷時，能不偏不倚「不失其正」地實踐人際之道。然而聖人何然？聖人之主觀之「知」如何運用？才能使其知何時進？何時退？理解如何可存？如何將亡？筆者從其語境觀之，認為聖人之「知」，是一種主觀「通變心」之運作，故其能「知周乎萬物，而道濟天下。」〔註51〕由此可知《周易》立聖人之「知」的目的。此外，《荀子・性惡》中對聖人之「知」亦有論述，如其云：

> 言之千舉萬變，其統類一也，是聖人之知也。〔註52〕

〔註50〕同註10，《周易注》，頁217。
〔註51〕同註10，《周易注》，頁540。
〔註52〕同註47，頁410。

《荀子》在這裡確認了聖人之「知」，使其能體察宇宙萬物之千變萬化之紛雜現象，又能「統類」使其歸於「一」，此處之「一」：可解爲聖人主體認知能力，而使萬物由雜「多」以歸於純「一」；亦可解爲聖人之「知」，使其能體察客觀宇宙萬物「千舉萬變」之殊異（殊種之「多」）與「統類一也」之普遍（共類之「一」）。

故此一「聖人之知」的觀點，被劉勰轉用到〈徵聖〉篇中，藉由聖人「鑒周」的「通變之心」，來論其見自然世界之「日」與「月」的通變現象，其云：「鑒周日月，妙極幾神；文成規矩，思合符契。」〔註53〕這四句話指出「聖人」具通變之「心知」的哲學觀，在劉勰的論述中聖人必須具備一顆「鑒周日月，妙極幾神」的通變心，才能使其「文成規矩，思合符契」。換言之，劉勰認爲聖人的主觀心知是一種「通變思維」的運作，因此聖人能知「通」宇宙萬物之變化現象，「日月」就是宇宙萬物代表，同時聖人能知宇宙自然之「變化」的「妙」與「神」，所以能從整體「實在界」之日月星晨的宇宙自然中，察知其「周遍」、「周全」、「周圓」等普遍性與規律性，此一察知的「鑒」指的就是聖人以其「通變之心」見宇宙之變化現象，並從中體現其自然「變化」的神妙。準此，從「幾，機也」，這個動態性語詞，可以看到聖人「應機」的主觀思維，以及妙用神理、應變化無方之「玄妙」，這就是劉勰繼承《周易》聖人「知周乎萬物」之「通變」哲學觀。

因此就整體來觀察宇宙事物之「通與變」的關係時，能夠體察宇宙事物前後「貫通」的變化規律，或超越個殊而形成「共通」不變之普遍的本質，即是具「通變心」的聖人，因此《周易‧繫辭傳》中認爲聖人所作的《易》，是其觀宇宙萬物之通變現象，而歸納出「易窮則變，變則通，通則久」〔註54〕這套法則。藉由這種「通與變」，是使聖人能見宇宙「窮盡」的危機與轉機。換句話說：聖人不但看到自然萬物的極致與有限，也看到此一「窮盡」是造成「變化」的基礎。這樣的「變化」必須萬物具備「共通」的普遍性，才不會因「窮盡變化」而造成事物變質失當的危機。可見聖人的「通變之心」，可以看到宇宙萬物之「窮」、「變」、「通」、「久」的規律。此一觀點即是劉勰〈通變〉篇所言：「變則其久，通則不乏。」〔註55〕因爲「變」使其不會窮盡而能

〔註53〕同註28，〈徵聖〉，頁17。
〔註54〕同註10，《周易注》，頁559。
〔註55〕同註28，〈通變〉，頁570。

恆久；因爲「通」使其不會匱乏而失質。可見恆久與不乏是聖人主觀「通變之心」的終極目標。

此外，聖人因具有「通乎其變」的心知，使其能從宇宙萬物中洞察其貫通與共通之「本體與現象」、「普遍與殊異」、「變化與恆常」，以及「往復代變」之宇宙通變的現象。例如《周易・賁卦・象傳》所云：「觀乎天文，以察時變；觀乎人文，以化成天下。」〔註56〕這裡預設了一個「觀者」，因其「觀天文」、「觀人文」的主觀心知，其實就是在「通」天文與人文的一切外在事物。因此使其能「觀天文」而後「察時變」的原因，是因爲他有一顆「通變之心」使其能「觀」、「察」宇宙通變之道，進而「化成天下」。劉勰在〈原道〉篇所言「觀天文以極變，察人文以成化」，除了是引用《周易》此一語句外，這裡所言聖人主觀心知的「通變之心」，更是劉勰「文體通變觀」之主觀通變思維的哲學基礎。

因此關於聖人如何「通其變」這一點，在《周易・繫辭傳》中有云：

> 神農氏沒，黃帝、堯、舜氏作。通其變，使民不倦；神而化之，使民宜之。〔註57〕

> 參伍以變，錯綜其數，通其變，遂成天地之文；極其數，遂定天下之象。〔註58〕

由上可知，像「神農氏」、「黃帝」、「堯」、「舜」等聖人，因其能「通其變」，通物之變，所以能讓人民「不倦」，因其能「化之」所以知道要如何對待人民才是最適宜之事。可見聖人「通其變」，也就是能以其主觀心知而「通乎其變」，即體察外在宇宙之「通變」現象。因此聖人「參伍以變」與「錯綜其數」的做法，既能參伍通曉卦象之變，以見宇宙現象，並將「天地之文」轉而化成人文，又能錯綜究極蓍草之「數」，以「定天下之象」。由此可知，訂定宇宙萬物之「象」，是聖人主觀「通變之心」的體察結果。這樣的觀點乃是劉勰〈物色〉篇之「通變思維」的哲學基礎，其云：

> 古來辭人，異代接武，莫不參伍以相變，因革以爲功，物色盡而情有餘者，曉會通也。〔註59〕

〔註56〕同註10，《周易注》，頁326。
〔註57〕同註10，《周易注》，頁559。
〔註58〕同註10，《周易注》，頁550。
〔註59〕同註28，〈物色〉，頁846。

劉勰是從人的主觀「通變之心」來論述經由「參伍」、「因革」之通變思維，是使古代文人雖處「異代」，但在描寫自然景象的創作上，卻能因承前代的表現手法而又有新的創變；故描寫客觀物色的語言形式即使有窮盡之時，但在主觀情志的抒發上，卻仍然有很大的殊變空間。《周易》中的聖人是能「通乎其變」的人，所以聖人透過其「見」、「觀」、「化」、「裁」、「推」、「行」之會通，寫成「鼓天下之動」的「辭」，這些「辭」存乎變，也存乎通，其云：

> 聖人有以見天下之動，而觀其會通，……鼓天下之動者存乎辭；化
> 而裁之存乎變，推而行之存乎通。〔註60〕

上文指出聖人因為具備預見「天下之動」的心智，所以能「觀其會通」。這裡的「其」指的是外在客觀事物而言，可見聖人是以其主觀「通變之心」，一方面藉由「化而裁之」體察事物之變化與鎔裁，另一方面藉由「推而行之」落實會通事物之推演與實踐，使其辭能「鼓天下之動」。此外，從《周易》的語境看來，聖人不但能「見天下之動」，且能「鼓天下之動」，他還能將其所見之宇宙萬物的「通變」現象，落實在「語辭」表達，以達成其人文教化的功能。由此可見，聖人之「鼓天下之動」的辭，乃是其見天下之通與觀天下之變的「通變心」的具體實踐。而《周易》此一觀點，被劉勰吸納在〈原道〉篇中，直接引用：「《易》曰：『鼓天下之動者存乎辭。』辭之所以能鼓天下者，乃道之文也。」〔註61〕這樣的運用隱含著劉勰對「聖人之文」與「道之文」之關係的規創，亦呈現劉勰運用聖人「通變心」以見宇宙「通變」現象的哲學基礎。

第二節　宇宙萬物之「通變性」形構與規律

　　在筆者的預設裡，論劉勰「文體通變觀」之哲學基礎，除了本章第一節所論「由通變之心以見宇宙之通變現象」之聖人的主觀心知議題外，還有宇宙萬物之「通變性」的形構與規律，這個客觀事物如何存在的議題，這兩個議題是具有主觀與客觀、時間與空間、動態與靜態之「通變性」辯證關係。準此，以下本節將從宇宙萬物之「通變性」形構與規律為題，探討客觀的宇宙萬物存在著「本體與現象」、「普遍與殊異」等「通變性形構」之外，還存在著「變化與恆常」、「往復代變」等「通變性規律」。

〔註60〕同註10，《周易注》，頁555。
〔註61〕同註28，〈原道〉，頁3。

一、宇宙萬物之「通變性形構」

本單元將焦點集中在宇宙萬物之「通變性形構」上，論劉勰「文體通變觀」的哲學基礎。首先，筆者必須先說明何謂「通變性形構」？所謂「通變性形構」指的是各事物在「並時性」形構中，因由多種因素所形成之對立而統一的辯證關係。其實在宇宙事物的「對立」關係中，並非全都是具有二元對立的「辯證性」，因此本論文所要探討對象乃是指兩個實體或概念所形成的「相互依存」關係，這樣的辯證形構關係其實在我們對自然宇宙，或人文社會中常見，例如「父子」、「夫婦」等均為相互依存的關係，又如「陰陽」、「乾坤」、「剛柔」等，彼此「相生相成」的二元對立統一關係等，都屬於本節「通變性形構」關係的研究範疇。

其次，在論客觀宇宙事物之「通變性形構」之前，筆者還必須做一個引用上的說明：那就是「實在界」裡所有事物之意義，約可從「物自身」、「形構」、「樣態」等三義〔註62〕，來探索事物與事物之間的「通變性形構」關係：

一是，從事物「本身」來看，它存在著事物之「本體與現象」的形構辯證關係，常被運用在探討事物之「本質」，也就是「本體」的問題。然而抽象的「本體」在中國古代哲學思想的論述上，因其抽象不可知，所以往往以「體」與「用」對舉而合一的辯證思維，發展出「體用不二」的存有論，藉以論述存有之抽象「本體」，乃經由事物之「用」來顯現，而「體」即「用」，這個顯現之「象」具體存在。於是「物自身」並非指與「現象」二元對立的「本體」，而是「本體」與「現象」雖二元對立，卻又相即不離的樣態。準此，將其與「通變觀念」結合思考時，可以發現劉勰「通變觀念」中，藉由宇宙萬物之「本體與現象」的通變性形構，做為其詮釋文體的哲學基礎。

二是，從物的「形構」與「樣態」之形構來看，它存在著「普遍與殊異」的辯證性關係，這是因為客觀事物的「自身」，必須取得特定「形構」才能顯現出來。然而各種事物之形構有同有異，於是事物與事物間就形成一種聚同別異的種類關係。所以從形構關係來看，各事物的本身有其局部與局部的關係，也有個體與總體的關係。然而無論是屬何者，它都是指在事物的形構之中，所存在的連結秩序相對關係。

〔註62〕以上有關「物身義、形構義、樣態義」等概念義的運用，乃採自顏崑陽〈論「文體」與「文類」的涵義及其關係〉對「體」字的「詞典性涵義」所歸約出「一般概念性涵義」。(《清華中文學報》第一期 2007.9)，頁 11～13。

　　因此從事物之「總體」與「個體」相對來看，就有「普遍」之共相與「個別」之殊相的對照。所以就「普遍」的「共相」形構而言，當事物越往「普遍」趨近時，其「共相」就往「一」發展；因此中國古代哲學中談「道」的普遍性時，就出現「道一」的觀念。反之，若事物往「個別」趨近時，其「殊相」就會展現其「多樣化」的差異形構。因此在哲學上，「普遍與殊異」雖是指事物形構之「同」與「異」，但兩者卻又在對反關係中相互依存。在劉勰的「通變觀念」中，乃藉由事物之「普遍與殊異」關係，做為其論證「文體」在文學傳統與文體規範中之「通變性形構」的哲學基礎。

　　準此，從「本體」與「現象」的辯證關係觀之，我們可以看到宇宙萬物一方面有其各自的組成要素及所顯現之殊相；另一方面又有普遍本質以彼此連結而形成總體存在之共相。從宇宙總體存在的形構關係觀之，可以看到共類的個別事物間，依某種秩序而連結在一起的狀態，這種「關係」必須以某種「普遍形式」具體呈現。相對而言，從事物個體存在的狀態觀之，也必須以某一「個殊形式」具體呈現。所以宇宙事物具有「普遍與殊異」之通變性形構關係。準此，以下本節將就宇宙萬物之「本體與現象」、「普遍與殊異」來論證其「通變性形構」。

（一）宇宙萬物之「本體與現象」

　　「本體」與「現象」是哲學上常用術語，故在此採一般概念，不再重新界定。如前所述，就「實在層」而言，從事物自身所見之「本質」，即是從宇宙萬有的總體說其形上「本體」，因此綜觀中國哲學思想中，凡論「本體與現象」均從宇宙萬物之「存有」的總體，來說其形上本體──「道」，乃相即於宇宙萬物「通變性形構」關係所展現的「現象」，以朗現超越而抽象的「本體」，則「本體與現象」乃以相即不離的辯證關係而存有。

　　在中國古代哲學中，論證宇宙萬物之「道」的「本體與現象」關係時，揭明了「道」與「器」對舉的通變性形構；雖然關於「道」與「器」之辯證關係，並不能完全涵蓋「本體與現象」相即不離的通變性議題，然而就如《周易‧繫辭上傳》所云：

　　　　一闔一闢謂之變；往來不窮謂之通。見乃謂之象，形乃謂之器。……
　　　　形而上者謂之道，形而下者謂之器。〔註63〕

───────────

〔註63〕同註10，《周易注》，頁553～555。

這是《周易》從「實在層」點出宇宙自然之「道」，藉由「坤」、「乾」的「闔」、「闢」之「變」，及其往來不窮之「通」，來通顯「自然現象」在形構關係與演變規律之上，存有的「本體」——「道」。此一「道體」是抽象的、超越的，藉由自然萬物之「象」使其「見」，故曰「見乃謂之象」；另者，人文社會之成「形」者稱之為「器」，故曰「形乃謂之器」。所以《周易》將其定義為「形而上者謂之道，形而下者謂之器。」可見一切的「本體」都必須藉由「象」與「器」來朗現。

　　準此「道」與「器」雖為二分，卻以辯證的關係相即不離而為一體，此乃「本體不離現象」、「現象不離本體」的通變性形構。這種「形上之道」與「形下之器」，「本體與現象」相即不離的辯證關係，是中國傳統思想中的核心概念之一。劉勰在〈夸飾〉篇中，明顯地運用「道」與「器」之體用不二的觀念，來論證語言的表現效用，如其云：

　　　　夫形而上者謂之道，形而下者謂之器。神道難摹，精言不能追其極；

　　　　形器易寫，壯辭可得喻其真。〔註64〕

以上劉勰雖然只引用《周易》：「形而上者謂之道，形而下者謂之器。」〔註65〕這兩句，而沒有引出其後「化而裁之謂之變；推而行之謂之通」的原文，但卻也表達了文章寫作必須既「通」且「變」的主張。故從劉勰以《周易》之「道」與「器」的關係，來揭明「神道難摹」與「形器易寫」的對照，因為形上之「神道」超越而抽象，故而「難摹」，縱然用盡修辭，也很難將它描寫來。反之，「形下」之「形器」，由於物象具體存在，相對比較「易寫」。這也就是為什麼「壯辭」可以寫其「真」的原因。劉勰這樣的論述思維本身就是從「本體與現象」相即不離的形構關係進入，只是他談的不是宇宙自然萬物，而是文章「修辭」之抽象「神道」與具體「形器」的問題。

　　其實就「本體與現象」的概念而言，兩者是各自獨立的語詞，但放置在具體存在事物而言，兩者卻又是以「相即不離」的關係存在。因此從先秦諸學說所提出之「道」的思想核心看來，無論是儒家的「仁」，或是道家的「無」，都是依據各自之學說體系，所界定出來的「本體」，以做為存有的形上依據，然而他們對所有抽象「本體」的存有，往往必須藉由事物之具體「現象」的本質與功能的關係，來朗現其「本體」之存有。因此在先秦諸子思想中，有

〔註64〕同註28，〈夸飾〉，頁555。

〔註65〕同註10，《周易注》，頁555。

「體用」的辯證，也有「道器」的辯證，形成道與器「相即不離」的「體用」
關係：如《周易‧繫辭上傳》論及「大衍之數」之「體用」觀時云：

> 大衍之數五十，其用四十有九。分而爲二以象兩，掛一以象三，揲
> 之以四以象四時，……凡天地之數五十有五，此所以成變化而行鬼
> 神也。乾之策，二百一十有六。坤之策，百四十有四。凡三百有六
> 十，當期之日。二篇之策，萬有一千五百二十，當萬物之數也。是
> 故，四營而成《易》，十有八變而成卦。八卦而小成，引而伸之，觸
> 類而長之，天下之能事畢矣。！〔註66〕

從《周易》這段資料可以看到「大衍之數」是由天道之「本體」而來，這
裡存在著「本體與現象」之辯證邏輯思維在內，一切「天地之數」都是以
「天道」爲體，然而「道體」是一抽象的存在，所以將其轉化成具有象徵
意義的之「數」，如「天地之數五十有五」，就是象徵天地萬物之「用」，可
以「成變化而行鬼神」；並將其納入「乾」、「坤」兩策的範疇中，形成「萬
有一千五百二十」之「萬物之數」，指的就是「萬物之象」，聖人以「數」
的變化而規創出八卦，並藉由「引而伸之，觸類而長之」的運用，最後使
其能涵盡「天下之能事」。這都是《周易》「本體與現象」之通變性形構的
哲學觀。

　　至於《周易》所言「大衍之數五十，其用四十有九」，這裡雖只談四十九
根蓍草之「用」，然而「用」是要在「體」的概念下，才能「即體即用」，「以
用顯體」。但是從「大衍之數五十」與「其用四十有九」的語境中，實際上存
在一個「一」的問題，這五十與四十九之間所相差的「一」，指的是什麼？王
弼認爲這個「一」應當是指天道之「太極」，其云：

> 演天地之數，所賴者五十也。其用四十有九，則其一不用也。不用
> 而用以之通，非數而數以之成，斯易之太極。〔註67〕

雖然王弼所注解的《周易》帶有道家思想，未必與劉勰詮釋《周易》相合，
然筆者在此藉用王弼所注「其一不用」的說法，目地在面對「太極」之一的
問題，因此王弼在此所指之「不用而用以之通」，「非數而數以之成」的太極
之道，其所言「不用而用之」、「非數而數之」中，其隱含之通變性是使這個
「太極」能成爲「萬物」之根本所在。這樣的哲學觀念也被劉勰運用在《文

〔註66〕同註10，《周易注》，頁 547～549。
〔註67〕同註10，《周易注》，頁 547～548。

心雕龍》總體篇章的架構上，他在〈序志〉篇中引用了《周易》的「體用」哲學觀，其云：

> 蓋文心之作也，本乎道，師乎聖，體乎經，酌乎緯，變乎騷，文之樞紐，亦云極矣。若乃論文敘筆，則囿別區分，⋯⋯至於剖情析采，籠圈條貫，⋯⋯長懷序志，以馭群篇⋯⋯。位理定名，彰乎大易之數，其爲文用，四十九篇而已。〔註68〕

這段話除了是劉勰介紹《文心雕龍》全書的基本內容及寫作體例外，他直接告訴我們他撰寫這部書時要做「位理定名」，並且以《周易》「大衍之數五十，其用四十有九」之說，轉用在其文論的篇章形構上，他明白地表示目的乃在「彰顯」大易之數，以確定其四十九篇文章之「用」。因此從本體之「體」與現象之「用」的觀念來看，扣掉這四十九篇的「用」，劉勰所言「大易之數」還有「一」指的是什麼？是篇章呢？還是《周易》中的「太極」觀念？如果這個「本體」指的是王弼所言「其一不用」之「一」是指「太極」，那麼劉勰的「一」指的是什麼呢？歷來學者在此的說法多有出入，例如：詹鍈在其《文心雕龍義證》中提出「『四十九篇』不包括〈序志〉，一說不包括〈原道〉。按仍以前說爲妥。」〔註69〕那麼到底是《文心雕龍》五十篇中的〈序志〉？還是〈原道〉？筆者從劉勰「位理定名，彰乎大易之數，其爲文用四十九篇而已」的語義，以及《文心雕龍》五十篇文章是完整形構的預設來看，詹鍈主張「其一不用」是指〈序志〉的說法，可以被理解；但是若從「體用」的哲學基礎來看，則「其一不用」是指「太極」的話，那麼應當是指〈原道〉篇中所引用之「太極」的哲學觀念，因爲劉勰認爲「人文之元，肇自太極」，〔註70〕可見「太極」是一切文章的根源。準此，筆者順此哲學脈絡來看，《周易》之「本體與現象」的「體用」與「太極」觀念，是劉勰規創《文心雕龍》「文體通變觀」哲學基礎之一。

此外，從《周易·繫辭傳》所言：「天一地二，天三地四，天五地六，天七地八，天九地十」〔註71〕的敘述中，可以看到「天地之數」是一種「通變性形構」，在這對立辯證的「現象」變化中，朗現「天道」之「本體」，這種

〔註68〕同註28，〈序志〉，頁916。
〔註69〕詹鍈：《文心雕龍義證》（下），（大陸：上海古籍出版社，1989年8月第1版，2008年3月重印），頁1931。
〔註70〕同註28，〈原道〉，頁1。
〔註71〕同註10，《周易注》，頁551。

演變之道，除了是在「道」之本體——「太極」的基礎上，所形成相即離的形構關係外，這「太極」之道也是讓宇宙萬物在創生的歷程中，呈現其各自之「象」的本體，《周易‧繫辭傳》云：

> 《易》有太極，是生兩儀，兩儀生四象，四象生八卦，八卦定吉凶，
> 吉凶生大業。〔註72〕

由上文可知，「太極」之本體為宇宙萬物之創生根源，因而呈現「生生不息」、「循環不已」的自然現象。「太極」生「兩儀」，也就是說「太極」這個宇宙本體，是經由陰陽、剛柔之「兩儀」的辯證形構現象，才朗現出來，因此宇宙萬物之「象」的體現，即是「太極之道」的體現。以此類推，「兩儀生四象」、「四象生八卦」，都是屬於「本體與現象」相即不離的通變性形構關係。《周易》這樣的哲學觀點也被劉勰運用在〈原道〉篇，其云：

> 夫玄黃色雜，方圓體分，日月疊璧，以垂麗天之象；山川煥綺，以
> 鋪理地之形：此蓋道之文也。仰觀吐曜，俯察含章，高卑定位，故
> 兩儀既生矣。〔註73〕

從劉勰的敘述語境看來，他預設了一個形上之「本體」的道，在道的運行下，天地自然呈顯「玄黃」、「方圓」、「日月」、「山川」等現象，經由聖人「仰觀」天之象、「俯察」地之形，而後從這「道之文」定義出天高地卑的位置，以及一切用以指二元對立所形成之天地、陰陽、乾坤、剛柔等「兩儀」的觀念因此產生了。這樣的敘述都隱含著「本體與現象」相即不離的辯證邏輯思維，劉勰就是以此做為其文論敘述之「通變性形構」的哲學基礎。

（二）宇宙萬物之「普遍與殊異」

在哲學中，「普遍與殊異」、「抽象與具體」、「共性與個性」是三對相關術語。「普遍」一詞除了有「各方面都能顧及到」的義涵外，它還被用以指涉一切事物所具有的共通、全部的形象及性質、功能與效用。相對的，「殊異」這個術語，指涉的是事物個殊的、差異的形象及性質、功能與效用。然而，落實在具體事物時，除了存有的「自身」，每一事物必須以特定「形構」顯現與其他事物或同或異的性相，因而形成彼此相互依存的關係；例如事物本身局部與局部關係，或是多種事物間個體與總體的關係，形成「共相」與「殊相」的對立。因此當宇宙萬物或某一種類之事物，越趨近於共相之「一」時，即

〔註72〕同註10，《周易注》，頁553。
〔註73〕同註70。

形成中國古代哲學之「道一」觀念。反之,當宇宙萬物或某一種類事物,越具體化,其「殊相」就越加分明,顯現事物「多樣性」形構。故「普遍與殊異」常被用以描述事物「靜態」的共相與殊相的形構性現象。

因此在「普遍與殊異」之辯證關係下,若從邏輯分類來看,天地萬物間有「類」,有「種」;「種」亦是「類」,只是相對於「共類」而言,它是「殊種」。因為「種」是外延較小的次類。準此,天地之間紛雜的萬物由共相與殊相的對立關係,形成了「共類」與「殊種」的區分。此時,「共類」概念中隱含著「普遍」之「共相」;而「殊種」的概念,則是在共相概念下,所對應出特殊性與差異性的「殊相」。因此「普遍與殊異」是相互依存的概念。「共類」為普遍時,「殊種」相對於「共類」是殊異;但上一層級的殊種,相對於下一層級的殊種,則又是「共類」。以此推衍,只有「道」是絕對普遍,只有「個體」是絕對的殊異。例如「人」相對於「動物」,是一「殊種」;但若從兩足無毛的「共相」觀之,在「人類」的共相下依其不同膚色而出現「人種」的差異;但是每一「人種」本身卻又顯現此一人種相對普遍的「共相」,而只有個體才顯其獨一無二的「殊相」。因此「共相」是種類事物之普遍的形構特徵,而殊相是個別事物之具體顯現的殊異形構。因此本單元在哲學基礎的論證上,將從「普遍與殊異」之「共相」與「殊相」的「對立」辯證,以揭明事物普遍「共相」之「通」,同時又呈現其具體事物「殊相」之「變」,這就是「通變」的辯證關係。

因此「普遍與殊異」這組通變性形構關係,若從「實在界」而言,「普遍與殊異」是相互依存的辯證關係,因此「由一而多」所要處理的是宇宙創生與演變歷程的問題,但從「一」與「多」的對照性來看,隱含著事物之共相與殊相之別,「共相」用以指涉「共類」事物之「普遍」形構,而此一共相形構卻又不能離個別事物「殊異」的具體形構,例如《周易》之「易有太極,是生兩儀,兩儀生四象,四象生八卦。」〔註74〕這條資料除了具有「本體與現象」之通變性形構外,從其「太極」生「兩儀」,「兩儀」生「四象」,「四象」生「八卦」的過程,可以看出其形構上是「由一而多」的通變性關係。假如,我們由「八卦」所顯示種類的「共相」再往下推衍,必然至於萬物個體的「殊相」。而由共相以至殊相,乃是相互依存的通變性形構關係。《周易》這種「太極」觀念下,所形成之「普遍與殊異」的通變性形構,也是劉勰用

〔註74〕同註10,《周易注》,頁553。

以理解「文本於道」的哲學基礎，從其對文學理論的規創性主張：「人文之元，
肇自太極」一說來看，這也是劉勰從《周易》哲學觀中，所承繼之「普遍與
殊異」的通變觀念。

因此「普遍與殊異」其實是就事物的本質性問題來看：所以「一」是指
「普遍」中所求取的「共相」，此一「共相」是在客觀宇宙萬物之「多樣」且
「殊異」所得出的普遍性，就如《周易》所言「一陰一陽之謂道。」〔註75〕
這裡指出「道」的普遍與「陰」、「陽」兩儀的殊異，因此兩者之間存在著「普
遍與殊異」的辯證關係。倘若從本體之「普遍性」面向來看，古代哲學之「一」
的概念，其中隱含著「多」的殊異概念；因此萬物以多元「殊相」各自顯其
樣貌。因此「一」存在著事物之共相的義涵，相對「二」、「四」、「八」等由
「一」分殊出來的「多元」現象，在劉勰〈宗經〉篇中有云：

　　　三極彝訓，道深稽古。致化惟一，分教斯五。〔註76〕

劉勰在這裡以天地人的「三極」來推究其「經久不變」之道理，就如劉勰所
言「經也者，恆久之至道，不刊之鴻教」，他認為「經」之普遍性是使其能成
為恆久不變之道，而且「經」的內容所承載的「教化」本質與功能。在劉勰
的認定中是「惟一」而「普遍」的「道」，而且其同時具備「分教斯五」的個
別「殊異」，像劉勰這樣的論述模式，也是從「普遍與殊異」的通變性形構而
來。

此外，筆者在此並不處理「道」由一而多，在「演變」歷程中的源流問
題，而是從「形構」來看事物本身所存在的「普遍與殊異」關係，亦即由事
物之「共相」與「殊相」的形構，進而體察其共通性與殊變性的辯證現象。
其實宇宙形上之「道」的「本體」，不但是超越的、抽象的，也是普遍存在天
地之間，並且藉由萬物之「象」來朗現。故從「道生萬物」來看，其「道」
在顯相中形構出各種事物的「殊異」樣貌。由此可見，中國古代思想家往往
以辯證性的思維模式，向上揭明「道」的普遍性，向下體察萬物變化之殊異
性。可見「普遍」涵蓋「殊異」，同時「殊異」也不能離開「普遍」而獨自存
在，這就是事物的「通變」現象。例如劉勰在〈體性〉篇中所云：

　　　八體雖殊，會通合數，得其環中，則輻輳相成。〔註77〕

〔註75〕同註10，《周易注》，頁541。
〔註76〕同註28，〈宗經〉，頁32。
〔註77〕同註28，〈體性〉，頁536。

從劉勰所言「八體雖殊，會通合數」，可以知道雖然典雅、遠奧、精約、顯附、繁縟、壯麗、新奇、輕靡等「八體」分殊不同，但這八種「體式」（風格），在實際創作時，作家可以將它們融會貫通，產生變化，所以這八種體就會像「輻輳」一樣相輔相成。可見劉勰在此亦是以「普遍與殊異」之通變性形構，做為他「文體通變觀」的哲學基礎。

二、宇宙萬物之「通變性規律」

　　所謂「通變性規律」指的是事物在變動的「歷程」中，因其對立與統一的規律，而產生「相互」的辯證性關係，例如事物在生滅、陰陽、消長、盈虧等自然變動規律下，產生了「變化與恆常」、「往復代變」的變化，並且藉由相互依存，或相互轉化，或相互貫通的規律，最後實現另一種新事物或新樣態，此一變動模式隱含著「通變性規律」的辯證關係。

　　從宇宙本體之「恆常性」觀之，自然界的一切事物都在「時間」與「空間」的向度中，實現其自身的變化與發展，由此一「動態」的歷程，方能使其生生不息。因此察看天道之規律，可從「時空」的面向，觀其「變化與恆常」以及「往復代變」的演化歷程。舉例言之，萬物由「生」而「死」，因「死」而再「生」，其再「生」而後再「死」，其中每一次的「生」或「死」，都是在不同的時空中實現，因此前後之事物不能等同視之，就好像陰陽之變化，從其「時空」的歷程觀之，由「少陰」到「老陰」，由「老陰」到「少陽」，由「少陽」到「老陽」，由「老陽」到「少陰」的演變中，前一個「少陰」不等同於後一個「少陰」，其他亦是；而從變化規律觀之，陰陽在同一個時空中，是以「變化與恆常」的辯證關係相互依存，故其在「恆常」的本體中，同時存在其個體之「變」的規律性；又如「春、夏、秋、冬」四季之變化，以及日月之更替等自然演變歷程，均呈現「天道」運行之「窮則變，變則通，通則久」的通變性規律。

　　準此，事物在「復」與「歸」的辯證過程中，維持其「生生不息」，如前所云，陰陽之變動歷程，雖是從「少陰」→「老陰」→「少陽」→「老陽」→「少陰」的演變，然而在其「往復代變」的循環規律中，一個「生命」不斷的再生與改變，形成一種「往復」的規律，因此形成其「復命」的自然現象，但卻又在其不停更生中維持恆常樣態。換言之，在辯證的規律中既維持「共相」的恆常，又保有「殊異」的變化，兩者之間存在著通變性規律。此

一「通變性」規律可分別從「變化與恆常」與「往復代變」二個面向來探討。以下本單元將就宇宙萬物之「變化與恆常」、「往復代變」來探討《文心雕龍》「通變觀念」中所隱含之哲學基礎。

（一）宇宙萬物之「變化與恆常」

「變化」與「恆常」是一組對立性的語辭，用以詮釋天地萬物是以一種「變動」的模式在演化。凡事物之「不變」的狀態，往往以「恆常」一詞指涉之，從宇宙萬物存在的時間歷程觀之，事物的「恆常」並非靜止不動，而是通過不斷的「變化」來維持，故「變化」與「恆常」乃是相即不離的辯證關係。因此從客觀宇宙現象來看，事物與事物之間在時間的過程中，有其變與不變的現象，例如潮汐、日月、春夏秋冬等，都是藉由運動而產生其外在形式的變化現象，並且在這樣的「變化」中確保其「恆常」的本質，及其「無窮」的歷程，這就是《老子》第二十五章所云：「獨立而不改，周行而不殆」〔註78〕的哲學觀。所謂「獨立不改」是指「道」恆常不變之本質，宇宙萬物「生生不息」之變化的依據，至於其「周行不殆」則是指「道」的作用中，萬物由「變化」而得以「恆常」的「通變性規律」。

因此從「生生不息」之變動規律來看，「天道」本身存在著「正」與「反」之對立性動力，就如《老子》所言「反者，道之動。」〔註79〕這是「道體」之運行的規律，是指萬物之生→息→生→息……的循環運動，宇宙因此而恆存。故《老子》所言「反」即為「返」之義，也就是對反、回復之義，是在揭明「道」的本體有其作用，使萬物產生的對反性動向「歷程」，例如花開，即向凋謝變動。而花凋謝，又以種子再生，而向花開變動。又如人一出生，即向死亡變動。而人死亡，又以子孫而向出生變動。如此循環不已，以保持總體宇宙恆常不變。恆常不是靜止不變的狀態，而是由每一個體不斷之生生息息所維持總體不變（不增不減）的渾一之象。亦如長江中每一滴舊水入海而去，但每一滴新水又注入長江；因由個體水滴生生息息，而使整條長江從古至今能恆常存在而不變。就如《莊子‧養生主》之「薪盡火傳」就是「變化與恆常」之義，故恆常之不變，乃指個體雖變化，卻因生生息息的循環而無窮無盡，故總體永續而存在。又如蘇東坡〈赤壁賦〉所謂自其變者觀之，天地曾不能以一瞬；自其不變者觀之，物與我皆無窮盡，此即為「變化與恆常」之義。

〔註78〕同註10，《老子注》，頁63。
〔註79〕同註10，《老子注》，頁109。

因此就天道而言，天地能成為萬物之母，除了因為它「獨立不改，周行不殆」之外，《老子》將這種變動性規律稱之為「常」，如其第十六章所云：「夫物芸芸，各復歸其根，歸根曰靜，是謂復命。復命曰常。」〔註80〕此處所指之「常」是一種「恆常」之「道」，而「道」在萬物，必經由萬物生生息息而無窮無盡的現象展示出來。因此從萬物「芸芸」而生，到「各復歸其根」，是一種生與息的辯證歷程，從「生」之「動」，到歸根之「靜」，復由靜之止息再「生」而「動」，如此生息動靜交互辯證推演，以維持其「恆常」不變之存在。

這種「變化與恆常」的通變性規律，在《周易・繫辭傳》中亦有云：

易之為書也，不可遠；為道也，屢遷。變動不居，周流六虛，上下
無常，剛柔相易，不可為典要，唯變所適。〔註81〕

這裡所談的是宇宙之「道」，然道何以會「屢遷」呢？或說其「屢遷」的意義何在？《周易》之「天道」乃是一種宇宙萬物的「變動性」存在，然其變動過程中卻又是以「不居」的方式相對應，這充分說明了《周易》之哲學思維乃具有「變動」的特性，故其所論之「道」具有「變動不居，周流六虛，上下無常，剛柔相易」等規律，其「變動不居」是指「道」以「變動不止」之象，維持其變化而有常的規律狀態，「周流六虛」是指道作用於萬物，無所不在。「上下無常」是指天地陰陽變化無常規、無定則。「剛柔相易」則是指道以剛柔二種對反的動力相推而生變化之象，這些現象都是順任自然而來。因此人們面對天道，「不可為典要，唯變所適」；也就是不可建立固定的準則，必須依循它的變化而適應之，這種「變化」觀念勞思光在《中國哲學史》論《周易》之哲學思想時，認為：

「變化」觀念是易之卦爻組織之基礎，……就各狀態之相續而論，
有變化觀念出現。但分別就每一狀態論，則每一狀態中又皆有一可
供選擇之「中」。……「中」觀念即涵有「變中不變」之義。〔註82〕

勞氏從「物極必反」的觀念，提出古代哲學思想之「變化」觀念，進而推出「中」的哲學觀，這個「中」是經由「辯證」所產生的結果，因此它的「變中不變」就是在事物與事物的「變化」融合中，維持其恆常不變的狀態，因此「變中不變」之「中」是經過辯證才能朗現的結果。

〔註80〕 同註 10，《老子注》，頁 36。
〔註81〕 同註 10，《周易注》，頁 569。
〔註82〕 勞思光：《中國哲學史》第一卷（香港：香港中文大學・崇基書局，1968 年正
月初版），頁 13。

此外，《老子》的「復命曰常」，「《周易》的「變動不居」的哲學觀念，也是劉勰「常體」觀念的哲學基礎，運用在〈通變〉篇中之云：

> 夫設文之體有常，變文之數無方，何以明其然耶？凡詩賦書記，名理
> 相因，此有常之體也；文辭氣力，通變則久，此無方之數也。〔註83〕

劉勰提出「設文之體有常，變文之數無方」，這裡所言「有常之體」指的是文體的「恆常」，而「無方之數」則是指文體之「變化」。劉勰對每一種文類之體，都有其不可變之「常理」，也就是此一類體的本質與功能，做為創作者的寫作規範。但每一篇文章因作者個人之「文辭氣力」的不同，因此其創變乃「無方之數」，只是其在創變中必須維持「變而不離其常」的原則。這種辯證關係是以其「不變」的恆常性來確保「變」的原則及規律；相對的，以其「變」來讓「不變」得以維持生生不息的發展性，避免文學停滯與僵化的危機。因此「變」而不能「離常」，否則就不叫做「變」。而且是另一個「新」的事物產生；這也就是勞氏所說的「變中不變」的辯證性觀念。如此可見，劉勰繼承《周易》及《老子》「變化與恆常」之「通變性規律」的觀念，做為他規創論述文體的哲學基礎。

此外，《周易》：「易窮則變，變則通，通則久」〔註84〕的論述，亦具有「變化與恆常」之「通變性規律」，這裡所指「窮則變」是指事物在發展過程中，因即將窮盡或竭盡而產生新的「變化」，這個「變化」在發展中必須要能前後「通貫」，也就是連續不斷的發展，如此才能使其「久」，這個「久」的「恆常」，是由無盡的變化，前後通貫，連續發展所顯示出來。因此，「變化」與「恆常」是一種相即不離的辯證關係。這樣的觀念被劉勰用在「文體通變」上，他在〈通變〉篇云：

> 文律運周，日新其業。變則堪久，通則不乏。〔註85〕

這四句話是劉勰對文體「通變之術」所做的「總結」，在其「變動」文學觀裡，文體是以「動態」的規律在發展，其中包含「變化與恆常」的規律，它是讓文體能「日新其業」，變化長久而不會匱乏的原因。因此文體在不同時代的演變過程中，有其「不變」的常規，也有其創變的自由。如此，其「日新」的結果才不會流於僵化之弊；同時也能確保文學發展久遠的關鍵。故綜上所述，「恆常」一詞實乃具有二義：一是「並時性」之義，乃指事物之共通性普遍

〔註83〕同註28，〈通變〉，頁569。
〔註84〕同註10，《周易注》，頁559。
〔註85〕同註28，〈通變〉，頁570。

本質的「恆常」；一是「貫時性」之義，指事在前後通貫，連續不斷中維持其「恆常」；並且這兩者彼此關連，即維持其不變的普遍本質，又持續其變化的前後通貫。這種「在變中求不變」，或「在不變中求變」，都是在宇宙萬物之「變化與恆常」規律中，所顯現「通變性」的辯證關係。

（二）宇宙萬物之「往復代變」

在劉勰「文體通變觀」中，除了隱含宇宙萬物之「變化與恆常」的通變性規律外，筆者還要提出其「往復代變」的通變性規律。然而何謂「往復代變」？其「代」字有何意義？是如何「代變」的？在代變中有無通貫的規律？在「往復代變」中有那些不同的「型態」？又能形成什麼樣的「代變」結果？古人是如何去因應「往復代變」的客觀規律？這些都是本單元要面對的問題。故就「往復代變」之「代」字來看，「代」在《說文》裡解為「代，更也。」因此具有「更替」之義，「更替」一詞指的是「以此一事物取代彼一事物」；因此它是指當舊的事物被新的事物所取代後，便隨之消失不見的意思。

此外，從「代」字之詞性來看，它當「動詞」用時，一是，「次第」的更替義，這是用以指出兩種以上之不同事物或現象，產生「更替」的循環變化，例如日月寒暑、春夏秋冬之「循環式」的更替。二是，「取代」的更替義，這是指在各個朝代裡，所出現之延續性的取代或更易，它就像是一條線「取代式」的更替，例如《孟子・滕文公》所言：「堯舜既沒，聖人之道衰，暴君代作。」〔註86〕這裡所指的「代」是世衰道微的時代裡，聖人隱沒，而暴君「取而代之」，以亂天下的「更替」。至於「代」字被當「名詞」用時，它是指「世代」更易的概念，例如《論語・八佾》所云：「周監於二代，郁郁乎文哉！吾從周。」〔註87〕這裡所指的「二代」應該是指夏、商兩個朝代的更易而言。然而筆者要問「如何代變」這個問題時，除了可指春夏秋冬之秩序或次第之四季「循環式」的變化，也可以指事物與事物之間的「取代式」的變化；此外，亦可指政治權利上之改朝更代的「世代更易」的變化。

這種「往復代變」的通變性規律，也是中國古代哲學的重要觀念，它是指二種事物在貫通的時間歷程中，交相輪替之往復變化的觀念，例如《周易・繫辭傳》所言：

〔註86〕宋・朱熹：《四書章句集註》，《孟子・滕文公》，（臺北：鵝湖出版社，73年9月初版），頁271。

〔註87〕同前註，《論語・八佾》，頁65。

> 日往則月來，月往則日來，日月相推而明生焉。寒往則暑來，暑往
> 則寒來，寒暑相推而歲成焉。〔註88〕

這裡所論述的是「日月」、「寒暑」往復的自然現象，從《周易》這段資料看來日月、寒暑是「相推而明生」、「相推而歲成」，因此將「日往則月來，月往則日來」一起看時，其日月的「往來」中，即是指「日」的往復，「月」的往復，於是形成「往來」、「相承」的循環性規律。就其整體而言，「日月」、「寒暑」在貫通的時間歷程中，交相輪替，造成「往復代變」的循環通變規律。此外，《周易・繫辭傳》亦云：

> 日月得天，而能久照，四時變化，而能久成，聖人久於其道，而天
> 下化成；觀其所恆，而天地萬物之情可見矣！

由此資料可知，天地之間的「日」與「月」返復變化，故使其能恆久「照耀」；春夏秋多四時返復代變，故使其變化以維持其恆常；聖人因為能得「天道」，因此能從天下之變動中教化天下之人，藉由「日月久照」、「四時久成」、「聖人久道以化成」等「恆常性」，具體呈現「天地萬物之情」；這些也是「往復代變」之通變性規律使然。另外在《老子》第四十章中所提到的「道」之「無」的「有無」代變問題，其云：

> 反者，道之動；弱者，道之用。〔註89〕

《老子》所言之「反」即是「返」之義，這裡指出「道」是藉由返復循環的「動態」來維持其「本體」的存在。因此從「往復代變」的視角觀之，其乃指客觀宇宙萬物在貫通的時間歷程中，因其交相輪替而朗現返復循環的動力與連續不斷的變化狀態，這種樣態即是筆者所指「往復代變」現象。這就好像自然界中「水循環」的道理一樣，當江水向東流入大海後，海面上經由水蒸氣上升，形成雲氣，雲氣又在風的動力下，吹向內陸，匯聚成雨，落入溪流，又流向大海，再聚氣成雲……而就是這「水循環」的往復代變過程，使得萬物能生生不息。同樣的「月亮之盈虧」與「潮汐之消長」等，也都是在時間歷程中因其循環「變化」而往復不已，每一次月亮的「盈」，都是往「虧」發展，同樣的每一次「虧」，也都是往「盈」更替，潮汐之「消長」亦是；因此它是一種「往復替代」的辯證模式，筆者將其界定為「往復代變」的通變性規律。

〔註88〕同註10，《周易注》，頁 562。
〔註89〕同註10，《老子注》，頁 110。

　　準此，《老子》在「反」的哲學觀裡，除了「反者，道之動」外，他還提出「各復歸其根」與「復命曰常」的思想，從其「復歸」與「復命」之語境看來，它不但具有「變化與恆常」之變化規律，還具有「往復代變」的之循環現象，因爲如果沒有「往」又何來「復歸」與「復命」之「復」呢？可見在宇宙萬物之時間性貫通的歷程中，往復是指二種事物交相更替且連續循環的狀態，是這種狀態讓天地之道如《老子》所體察的「周行而不殆」。這種「周行不殆」的循環規律，就是藉由事物之貫通性變化所形成的「往復代變」關係。

　　此外，《周易》的「太極」之「圓」的哲學觀念，也是具有宇宙萬物之自然循環性規律；如：《周易・繫辭傳》所言：「易有太極，是生兩儀。」〔註90〕這裡的「兩儀」就是《周易・繫辭傳》所言「乾陽物也，坤陰物也。陰陽合德，而剛柔有體，以體天地之撰，以通神明之德」。〔註91〕亦即「兩儀」指的是「乾坤」、「陰陽」、「剛柔」，這類二元對立而辯證統一的現象。由此可知，「太極之道」即爲「一陰一陽之謂道。」〔註92〕這裡的「陰」與「陽」是對立辯證融合的兩個事物，是在「太極」的範圍內，「由陰而陽」，「由陽而陰」地「往復代變」的循環規律。「陰陽」是如此，「剛柔」也是以此通變性規律，進行其「往復代變」的辯證性關係，以維持「道」或「太極」的永恆存在。

　　至於《周易》所云：「易窮則變，變則通，通則久」的哲學觀念，以及〈復卦〉「復：亨。出入無疾，朋來無咎。反復其道，七日來復，利有攸往。」〔註93〕從這兩條文本，也是《周易》所要提出的是「變動」的哲學觀，強調「窮則變」、「變則通」與「通則久」之「反復其道」的發展模式，這是藉由變動性規律，預見「久則窮」可能會有「窮盡」的危機，所以要找尋一種「代變」而使其長久的新契機，這就是萬物能生生不息，永不停滯與匱乏的關鍵。這樣「往復代變」的辯證哲學觀，一方面，被劉勰運用在文學創作上，如其〈通變〉篇所云：「變則堪久，通則不乏。」這是從「通變性」來規創其可以「堪久」與「不乏」的理想文學願景。故從其敘述的語境看來，劉勰是從「往復代變」的觀念，來詮釋文體的「通變」現象。因此他從「過去」（傳統）的文學典範中，汲取知識與經驗，進行「現在」文學創變的反思，以做爲其規

〔註90〕同註10，《周易注》，頁553。
〔註91〕同註10，《周易注》，頁564。
〔註92〕同註10，《周易注》，頁541。
〔註93〕同註10，《周易注》，頁336。

創「未來」的理想文體的創作法則。另一方面，被劉勰用來觀察「時運交移，質文代變」的文學歷史發展的軌跡，如其〈時序〉篇所云：

> 時運交移，質文代變……贊曰：蔚映十代，辭采九變。樞中所動，
> 環流無倦。質文沿時，崇替在選。終古雖遠，傻焉如面。〔註94〕

劉勰這種「質文代變」的文學觀點，乃預設文學是在「動態歷程」的「往復代變」的下，所產生的文體通變性規律，因此每個時代風氣是在交互更替中發生變化，因此由「質樸」轉向「文飾」，或由「文飾」轉向「質樸」，都是隨著不同時代來改變，這是劉勰對魏晉以前文學傳統的觀察，所以他認爲「蔚映十代，辭采九變」，此處之十代、九變指的是從古代到齊梁文風的「質」與「文」，乃循著「代變」的規律向前推廣。從這文學歷史變遷的劉勰認爲它「樞中所動，環流無倦」，因此這「質」與「文」之變動，是在一定的規律下循環流轉不停，可見它是以「循環更替」的辯證模式存在。這就是劉勰繼承古代哲學中「往復代變」之通變性規律觀念，做爲他規創《文心雕龍》的哲學基礎。

第三節　「通變觀」哲學體系的辯證性形構

　　本節乃綜合「由通變之心以見通變之宇宙現象」與「宇宙萬物之通變性形構與規律」這兩節的論述，進一步探討這「通變觀」哲學體系的辯證性形構；這樣的辯證性形構，是討論劉勰「文體通變觀」之哲學基礎時，必須要面對的關鍵性問題，主要是論「心」、「物」、「道」三者的辯證性形構，其關係圖如下：

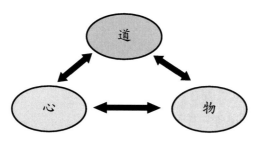

2-3　「心」、「物」、「道」三者的辯證性形構

　　這三者的形構關係是辯證的，在筆者的預設中，「道」指形上本體，它是既超越在「心」、「物」之上，又內在於「心」、「物」之內，因此宇宙萬物之

〔註94〕同註28，〈時序〉，頁813～817。

性就是「道」之體現。「心」則是指人之德性之心，心是人能體察天道的依據，所以由「太極之心」以見「太極之道」；因此能以「虛靜之心」、「通變之心」觀宇宙萬物之道。「物」指的是人以外的客觀宇宙之萬有，從實存的角度來說，宇宙萬物以其形構關係存在，也以其規律變化而生生不息，再加上宇宙萬物之性即道，因此人能以「心」感知萬物而悟道，這就是由現象以知本體的辯證關係，因此在本論文的基本假定中，宇宙萬物存在著「通變性形構」外，同時也存在著「通變性規律」，然這兩者所指涉的對象是同一宇宙萬物，故其形構與規律之關係是一「辯證依存」關係。準此，筆者將藉由「主客心物之辯證關係」與「宇宙萬物之形構與規律的辯證關係」，這兩個面向來談「通變觀」之哲學體系的辯證性形構：

第一，「主客心物之辯證關係」：基於筆者的預設：劉勰在撰寫《文心雕龍》時，是以一個動態的、辯證的「通變觀」為基礎，做為他規創「文體」理論系統的核心觀點。所以論劉勰「文體通變觀」的哲學基礎時，除了要從「太極之心」、「虛靜之心」、「通變之心」等主觀心知，來論證「由通變之心以見宇宙通變之現象」外，還必須結合客觀層面上，宇宙萬物存在著形構與規律之「通變」現象哲學觀點，也是論「文體通變觀」之哲學基礎的重要議題。

首先，必須先有一個認知前提，那就是這樣的主觀「心」與客觀「物」之「辯證依存」關係，是因為預設了一個超越主客觀之「道」的存在，並在此一「獨立而不改，周行而不殆」〔註95〕的超越之「道」，就如《老子》第五十一章所言：

> 道生之，德蓄之，物形之，勢成之。是以萬物莫不遵道而貴德。道
> 之生，德之貴，夫莫之命而常自然。故道生之，德蓄之，長之育之，
> 亭之毒之，養之復之。生而弗有，為而弗恃，長而弗宰，是謂玄德。
> 〔註96〕

從《老子》對「道」這形上實體所提出之哲學義涵的觀念看來，「道」生宇宙萬物，因此包括人在內，「萬物莫不遵道而貴德」，但這一切都是由「自然」而來，因此由「道」所具之「生而弗有，為而弗恃，長而弗宰」等「玄德」特色來看，「心」能見「道」之超越、見「道生之」，「物形之」，而體察「道」

〔註95〕同註10，《老子注》，頁63。
〔註96〕同註10，《老子注》，頁136～137。

生、養、復萬物；又「弗有」、「弗恃」、「弗宰」。此外，《周易‧繫辭傳》提出「聖人」之觀天下以會通時，云：

> 聖人有以見天下之動，而觀其會通，以行其禮。……聖人以通天下之志，以定天下之業，以斷天下之疑。〔註97〕

在這裡《周易》雖然沒有提到「道」，但卻預設了一個超越而存在的「道」，使聖人之「心」能「見」、「觀」、「通」天下之道，這個實存的、變動的「天下」之道，是使聖人之心可以「通天下之志」、「定天下之業」、「斷天下之疑」的依據，兩者之間主客辯證，都不會超出天道之形構與規律的範疇。

準此，沒有聖人主觀的「通變之心」，要如何能看到宇宙萬物之「通變」現象？同樣的客觀宇宙世界如果沒有實存著「通變」現象，聖人又要如何能以其「通變之心」知其「通變」之形構與規律呢？可見這主觀心知與客觀宇宙萬物之間，呈現出「相互依存」的辯證關係；因此當我們談到「聖人」之心時，其「太極心」、「虛靜心」、「通變心」其實就是他觀看宇宙，觀看萬物的詮釋依據，所以才能以「太極之心」觀宇宙之「太極」，以「通變之心」觀宇宙之「通變」，這都是心物主客「辯證」的關係。可見人的「主觀」之心與物的「客觀」之象的辯證關係，是劉勰「文體通變觀」的哲學基礎之一。這樣的觀點跟陳昭瑛〈「通」與「儒」：荀子的通變觀與經典詮釋問題〉所論之《荀子》通變觀很相近，其云：

> 「一與多」在《荀子》大致呈現為主體認知能力或主體持有之理（「一」）與對象世界中之萬物、萬變（「多」）。掌握「一與多」之互動關係的能力（或活動），便是「通」。〔註98〕

這是陳氏從《荀子》的通變觀中，體會到經由「主體認知能力」與「主體持有之理」，同時要面對「世界中之萬物、萬變」之通；可見《荀子》的「通變觀」是主客辯證融通的哲學觀。

第二，「宇宙萬物之形構與規律的辯證關係」：如前所述，宇宙萬物有其「通變性形構」與「通變性規律」存在。因此當我們論「本體與現象」、「普遍與殊異」之通變性，對於事物之「靜態性」、「並時性」的形構時，其實是不能忽略，或不能將其抽離出實存之「變化」狀態來看。同樣的，當我們分析宇宙萬物之「變化與恆常」，或「往復代變」的通變性規律時，則須仰賴實

〔註97〕同註10，《周易注》，頁545～551。
〔註98〕同註24，頁215。

存事物之「本體」，或「現象」的形構，來顯其變化規律。例如：《周易‧繫辭傳上》所云：

> 一闔一闢謂之變；往來不窮謂之通。見乃謂之象，形乃謂之器。……
>
> 形而上者謂之道，形而下者謂之器。〔註99〕

這段話中可以看到「道、器」之「本體與現象」的辯證關係，也可以看到在「一闔一闢」的變化現象中，朗現宇宙本體之「道」的存有；又在「往來不窮」的貫通規律現象中，維持「道」之本體的一貫性；展現出形而上之道的「本體」與形而下之器的「現象」，就如《周易》所云「見乃謂之象，形乃謂之器」，即是由現象見本體，由具體事物之「器」體現抽象之「道」的辯證關係，但這樣的關係是必須依賴著事物之變化軌跡，才能彰顯其辯證關係。另外，從《周易‧繫辭傳》所云：「《易》有太極，是生兩儀，兩儀生四象，四象生八卦。」〔註100〕從這則文本來看，太極之道是一個「普遍」、「本體」的存有，其生「兩儀」、「四象」、「八卦」等，是在創生的變化規律中，呈現出事物的「現象」。又如《周易‧繫辭傳》：「一陰一陽之謂道。」〔註101〕同樣也是從陰陽二氣的「通變性」形構與規律的辯證關係，來呈現宇宙之「道」。因此《周易》云：「易窮則變，變則通，通則久。」此處之「窮則變」是從事物之形構變化來看，至於「變則通」則同時有形構的「共通」與規律的「通貫」，並在其形構與規律的辯證後，得到一個「通則久」的完滿結果。

此外，又如《老子》所云：「夫物芸芸，各復歸其根，歸根曰靜，是謂復命。復命曰常。」〔註102〕這裡指出宇宙事物之「各自歸根」與「各自復命」中，因其「復命之常」而朗現宇宙萬物之生生不息。同時也指出天地之間有一個「可以為天下母」之「道」存在著，因由此一「道」的本體，是藉由客觀事物之現「象」來顯其「道」的存有，故如《老子》云：

> 有物混成，先天地生，寂兮寥兮，獨立而不改，周行而不殆，可以
>
> 為天下母。吾不知其名，字之曰道。〔註103〕

這個「道」的形構是一「寂兮寥兮」之「無」的普遍本體，然因為它「周行

〔註99〕同註10，《周易注》，頁553～555。

〔註100〕同註10，《周易注》，頁553。

〔註101〕同註10，《周易注》，頁541。

〔註102〕同註10，《老子注》，頁36。

〔註103〕同前註。

不殆」的變化規律，使其能讓「天下萬物生於有，有生於無」。〔註104〕像這樣通變性關係，一方面可從形構來見其規律，另一方面卻也可以從規律來看其形構，所以兩者之間也是以「辯證依存」關係存在。

準此，這樣的主觀之心與客觀之物、動態與靜態、時間與空間、縱向與橫向等「辯證關係」之哲學觀，正是劉勰從文化傳統思想中所找到「文體通變觀」的依據，是他藉以拯救文體之弊的良方解藥，也是他以「動態歷程」哲學為基礎，規創「文質彬彬」的理想典範，做為其未來文體創作的法則，以及建構《文心雕龍》之文學理論體系。

〔註104〕同註10，《老子注》，頁110。

第三章　《文心雕龍》「文體通變觀」 的理論體系架構

　　前一章論及劉勰承繼傳統之「通變」哲學觀，並將其轉用到「文學」的議題。本章將延續前章所建立的「哲學基礎」，提出「文心之通變性思維」與「文體之通變性形構與規律」，揭明劉勰「文體通變觀」所隱涵的理論體系架構。首先，論「文心」如何運用「辯證性」思維，以詮釋文體的「通變」現象；其次，從「辯證性」關係的觀點探討文體的「本質與形構」、「普遍與個殊」之共通性形構，以及文體的「變化與恆常」、「往復代變」之貫通性規律。其架構圖如下：

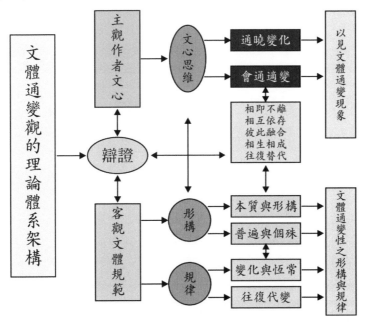

3-1　文體通變觀的理論體系架構圖

第一節　文心之通變性思維

　　探討「文心之通變性思維」這個議題，是要揭示「文心」的思維方式及法則。準此，本議題限定在思維的一般形式、方法，而不涉及所思維的對象，及其內容。至於「文心」一詞，即是劉勰所言「爲文之用心」，其云：

　　　　夫文心者，言爲文之用心也。昔涓子琴心，王孫巧心，心哉美矣，

　　　故用之焉。古來文章，以雕縟成體，豈取騶奭之群言雕龍也？〔註1〕

從這段文本不但可以看到劉勰開宗明義地爲《文心雕龍》之成書命名及指出自己的寫作動機。同時，也可以理解到劉勰所要處理的問題，包括文學家主觀的「爲文之用心」與文章客觀的「雕縟成體」，這二者是構成文學的基本要素。準此，筆者在此追問「文心」之思維時，所問的是「文心」怎麼去思維的方式與法則。假設此人爲「創作者」，那麼「文心」所指的就是「寫作文章的心」；倘若其爲「批評者」或「讀者」，那麼「文心」就是「批評之心」，或「鑑賞之心」。討論劉勰的「文體通變觀」必須先解決與「文心」有關的幾個問題：

　　第一，「通變」的這一用詞，含有主客辯證融合之義。而客觀文體卻是人爲的產物，它是經由人心創造而來。如果沒有人之主觀「文心」的作用，又如何能有客觀文體的產生？這就是筆者論劉勰「文體通變觀」時，爲何要從主觀「文心」之通變性思維進入的原因。

　　第二，「通」字具有「通曉」之義，這個概念隱含人之「主觀心知」。這個「人」在劉勰的文論體系中具有「創變力」，通常被用來指涉「作者」或「讀者」（鑑賞者），而其主觀心知對文體之「通曉」，乃是一種辯證性思維的運作。所以透過「文心之通變性思維」：一方面通曉客觀文體的「共通性形構」與「貫通性規律」，另一方面則在客觀文體的規範下，經由「文心」的「會通」，表現作家情感與思想。

　　第三，如前所述，劉勰在當時「文體解散」與「文質失衡」的問題視域下，提出「文體通變觀」的目的，除了要對治六朝文學的問題外，更站在文學傳統針對總體文學進行反思。「文體」既是人爲的產物，而其自身不會主動發展，故「文體解散」與「文質失衡」等問題，並不在「文體」自身，而是出於「文心」的偏差。換言之，文體會面臨「解散」的危機，或是文質會產

〔註1〕梁・劉勰：《文心雕龍・序志》，參見周振甫：《文心雕龍注釋》（臺北：里仁書局，2001 年 9 月 28 日初版四刷），頁 915。

生「失衡」的現象，都是因爲創作者之「文心」使然。所以就劉勰「文體通變觀」的文學視域而言，這是創作者之「文心」不能「通變」所造成的結果。

　　本節議題設定在「文心」之通變性思維上，順著筆者在「文體通變觀」之哲學基礎所言：「由『通變之心』以見宇宙『通變』之現象」的思路。以此類推，由文心之「通變性思維」以見文體規範之「通變性」形構與規律；也就是說從「文心」之「通曉」、「會通」，才能看到文體的通變現象，或以「通變」的「文心」去創造理想的文體。劉勰將「文心的通變性思維」，放在其理論的主導性位置。因此以下筆者將就文心之「通曉變化」、「會通適變」的思維，來論「文心」的「通變性思維」。

一、文心之「通曉變化」的思維

　　「通變」一詞，從「通曉變化」之義而言，前行研究學者中有些人將其解爲「繼承與創新」，就如陳啓仁將其歸類爲「結合派之詮釋模」中，並且認爲「繼承與創新論」者，是學界的主流派，他說：

> 此派乃是學界之主流派，在 60～80 年代，其說甚爲風行。雖然 80
> 年代以後，陸續受到後起學者的質疑與挑戰，氣勢稍減，但堅持此
> 論者依然大有人在，而且其中不乏龍學名家。〔註2〕

可見主張「繼承與創新」者在龍學研究領域中的地位；但筆者在關鍵詞的界義時，既已指出「通變」或指「通與變」，或指「通乎其變」；一般常用的概念義，則指「懂得順應時勢的變遷而作改變」之意，因此不知道應時勢而改變者，往往被稱爲「不知通變」。在劉勰文本中也有「變通」一詞，「變通」與「通變」這兩個語詞，不但在文字排序上有不同，其在概念指涉上也有差異；「變通」一詞與「通變」比起來，所指涉的是人的主觀心知。因此往往被用以指人依其所處情況，能做出與規格不同的調整或變動；也就是說在遇到特殊情況時，具有酌情處理的應變能力。能夠具備這樣能力的人，在《文心雕龍》裡只有兩種人：一是聖人，一是通才之人；是劉勰爲創作者之「文心通變性思維」，所提出的典範。

　　劉勰希望藉由「聖人之心」與「聖人之境」的通變，做爲一般文心之「通曉變化」的模習典範，就如劉勰在〈徵聖〉篇所云：

〔註 2〕陳啓仁：《文心雕龍「通變理論」之詮釋與建構》，（臺北：臺灣大學中國文學系博士論文，2005 年 6 月），頁 19。

夫鑒周日月，妙極幾神；文成規矩，思合符契；或簡言以達旨，或
博文以該情，或明理以立體，或隱義以藏用。……繁略殊形，隱顯
異術，抑引隨時，變通適會，徵之周孔，則文有師矣。〔註3〕

這段文字指出因為「聖人之心」能夠「鑒周日月，妙極幾神」，所以能「文成
規矩，思合符契」。故就劉勰所言「鑒周日月，妙極幾神」這兩句話看來，他
雖然沒有直接指明「通變」，但在其語境中明白的指出聖人能「通曉」宇宙自
然之神妙的變化，可見這兩句話是指聖人能「通乎其變」，且能進行「通與變」
之辯證思維。「鑒周日月」之「鑒」乃是聖人「主觀心知」的作用，而「日月」
是指自然世界的「物象」；至於「周」則有周遍、周全之意，因此隱含「普遍
性」、「全面性」之概念外，它也具有「循環性」之義。這就是聖人能「鑒周
日月」，透過其「通變性」思維，能周遍地觀察宇宙萬物，進而能「通」觀宇
宙萬物之整體及其「變化無方」之神妙，而掌握「應機」之道；這正是聖人
之心能「通曉變化」的思維使然。

由此可知，劉勰舉聖人「鑒周日月，妙極幾神」之通變心知，做為創作者
之「文心」的模習典範，並在此一「主觀心知」的通變性思維下，讓自己也能
達到如同聖人「文成規矩，思合符契」的理想境界。所以劉勰提出「聖人之境」
的目的，是想要做為「文心之通變性思維」的典範依據；期待作者「文心」能
像「聖人之心」一樣，在「通變性思維」中察見文體「通變」之道，進而明白
「博文該情」與「簡言達旨」之「繁略殊形」的不同面貌，以及「隱義藏用」
與「明理立體」之「隱顯異術」的不同表達方式；掌握創作時要隨著不同需要
與不同情勢而變化的原則，這才是文心之能善用「通曉變化」的思維。

此外，劉勰提出除了「周公」、「孔子」等聖人之心外，還特別稱許「通才」
之人，希望以「通才」為典範，例如其在〈詮賦〉、〈體性〉、〈才略〉篇云：

「偉長博通，時逢壯采。」〔註4〕

「平子淹通，故慮周而藻密。」〔註5〕

「孫楚綴思，每直置以疏通……其品藻流別，有條理焉。……溫太
真之筆記，循理而清通：亦筆端之良工也。」〔註6〕

〔註3〕同註1，〈徵聖〉，頁17～18。
〔註4〕同註1，〈詮賦〉，頁138。
〔註5〕同註1，〈體性〉，頁536。
〔註6〕同註1，〈才略〉，頁864。

由以上文本看來，劉勰舉出偉長（徐幹）淵博通達之「博通」，平子（張衡）
淹博通達之「淹通」，孫楚疏朗通達之「疏通」，溫太眞（溫嶠）有條有理且
清晰通達是能「循理清通」之人；這些作者因爲其「文心」之思維，是能「通
達」之人，因此這些「通才」的作品受到劉勰肯定與讚美。例如劉勰稱許張
衡能夠「淹博通達」，所以其作品展現「慮周藻密」的特色；而溫嶠的「循理
清通」，使其能成爲「筆端之良工」。可見這些作者在創作之時，因其「文心」
的通變性思維，而使其作品更爲完善，乃成爲劉勰心中的典範作家。

　　由此可見，在劉勰的觀念裡，「通才之心」的通變性思維，雖不等同於「聖
人之心」，但是劉勰舉出「通才之心」的目的，其實就是希望藉其通曉變化，
做爲創作者模習的典範。例如〈總術〉篇云：

　　才之能通，必資曉術，自非圓鑒區域，大判條例，豈能控引情源，
　　制勝文苑哉！〔註7〕

從以上文本看來，劉勰所言「區域」與「條例」是指客觀形式規範下，所顯
現出來的「區隔」、「界域」、「條規」、「例證」。這些客觀存有的規則，必須經
由文學家「圓鑒」與「大判」之「文心」的作用，使其能從「通曉」文體之
總體，進而在圓融觀察一切文體變化後，綱舉目要條例出文章法則。這是范
文瀾所言：「圓鑒區域，謂審定體勢，……大判條例，謂舉要治繁。」〔註8〕
由其所言「圓鑒區域」是指文心之能「審定體勢」，通曉各種類體之「體」與
「勢」；且作家要以「宏觀」的視野「大判條例」，才能舉要以治繁，掌握寫
作文章的法則。因此作者「文心」之能「通曉文術」，圓鑒其總體，分判其個
體，這種控制內心之情志，是能制勝文壇的「通才」之人。可見「文心」是
能否「控引情源，制勝文苑」的關鍵。此外，再舉一個劉勰論「議」這一類
體的寫作原則，來看他強調文心要有通變性思維的重要性；如其〈議對〉篇
所云：

　　故其大體所資，必樞紐經典，採故實於前代，觀通變於當今。〔註9〕

從這段文字也可看到一個創作者的思維須能「通曉變化」。劉勰強調「議」
之體要以「經典」立論之外，更在此一基礎上提出「採故實於前代，觀通
變於當今」之道。從「通變」的角度觀之，「採故實於前代」就是「通」，

〔註7〕同註1，〈總術〉，頁802。
〔註8〕范文瀾：《文心雕龍注》，（臺北：臺灣開明書店，1993年5月），頁15。
〔註9〕同註1，〈議對〉，頁462。

即作者要能「通曉」前代之「故實」的變化。此處所指「故實」乃指〈通變〉篇所言「名理有常，體必資於故實」之說，指出創作文體時必須藉由過去的文體常規、慣例。此外，更要能「觀通變於當今」即酌情處理當代的經驗題材，並以其「通曉變化」的能力，體察當代持續發展的新文體。因此從其語境看來，這裡的「採」與「觀」都是「文心」之通變思維的運作。無論是「採故實於前代」，還是「觀通變於當今」，都必須仰賴文心之「通曉變化」的思維。

由此可見，在劉勰「文體通變觀」的系統架構中，主觀「文心」之能「通曉變化」，是控制一切創作之關鍵性動能，假使人在「文心」的作用層上，不能「通曉變化」，那就會出現該通而未通，該變而不變的困境；或是既不能控制「情志」，也不能掌管文墨，因而導致創作上的瑕疵。就如〈指瑕〉篇所言：「情訛之所變，文澆之致弊。」〔註10〕所謂「情訛之變」是指所表現的情志偏邪不正。「文澆之弊」是指文風澆薄所形成的弊端。但這個問題追根究柢還是出在「文心」之思維不能「通變」使然。

二、文心之「會通適變」的思維

「會通」在此指文心之能「融會貫通」而言。而「適變」中的「適」，有「適當」、「適度」、「適時」等義，因此「適變」一詞，可以解為「適當變化」、「適度變革」、「適時改變」等義涵。在前行研究學者中，亦有些人是將「通變」解為「會通與適變論」，就如陳啓仁將其歸類為「結合派之詮釋模」中，並且認為「會通與適變論」是學界中質疑「繼承與創新」之主流派，所提出的另一種說法，其云：

> 大約在 80 年代以後，質疑上述主流觀點（指「繼承與創新論」者）
> 的學者漸多，在反對派中，個別之間的見解卻又不盡相同。……其
> 中以劉建國先生與祖保泉先生為代表。〔註11〕

從陳氏的論述中可以得知，主張「會通與適變」者，所要對治的是「繼承與創新論」之說。但這樣的說法與筆者的論述方向不同。筆者將「會通適變」安置在文心之思維上論述，並且認為它是屬於劉勰「文體通變觀」的系統架構中，文心之「通變性」思維之一。

〔註10〕同註1，〈指瑕〉，頁760。
〔註11〕同註2，頁22～23。

　　準此，在劉勰對文體創作的基本觀念裡，作者文心除了要能「融會貫通」之外，還要能「適當變化」、「適度變革」、「適時改變」。因此「會通適變」思維是劉勰對「文心」之思維方式及法則的規定。舉例來說，劉勰在論文章的「定勢」問題時，指出文心要能「融會貫通」，才能在「情」與「文」之中，找到「因情立體，即體成勢」的創作法則，例如〈定勢〉篇云：

> 然淵乎文者，並總群勢，奇正雖反，必兼解以俱通；剛柔雖殊，必
> 隨時而適用。〔註12〕

這段文本點出深通創作之道的「淵乎文者」，由於他能夠「並總群勢」地掌握各種文章之體勢，因此「奇」與「正」雖然相反，他也能將其「融會貫通」；而「剛」與「柔」雖然有別，他也可以隨著不同時機，或場合做出最適當合宜的運用。這些都是作者「文心」使其能在「會通適變」之文心思維下，發揮才氣學習，達成「兼解俱通」、「隨時適用」之文心通變的理想。

　　然而，倘若作者之文心「不通」；也就是說，其文心不能「會通適變」的話，那麼在文體創作上就會出現不合乎「文體規範」的「訛體」危機。例如其〈序志〉、〈定勢〉、〈通變〉、〈指瑕〉等篇中直接指出「近代辭人」之弊，其云：

> 去聖久遠，文體解散，辭人愛奇，言貴浮詭，飾羽尚畫，文繡鞶帨，
> 離本彌甚，將遂訛濫。〔註13〕
>
> 自近代辭人，率好詭巧，原其為體，訛勢所變，厭黷舊式，故穿鑿
> 取新。〔註14〕
>
> 近代辭人，率多猜忌，……雖不屑於古，而有擇於今焉。〔註15〕
>
> 魏晉淺而綺，宋初訛而新。……競今疏古，風末氣衰也。〔註16〕

從以上資料看來，劉勰感受到當時文學環境，由於離開聖人太遙遠，使得文體的創作越來越不遵守其客觀文體規範，於是造成「文體解散」的危機。因此在劉勰的眼中「近代辭人」因為「愛奇」、「好詭巧」、「多猜忌」，再加上其「言貴浮詭」、「厭黷舊式」的寫作習慣，所以往往造成「穿鑿取新」之錯誤

〔註12〕同註1，〈定勢〉，頁585。
〔註13〕同註1，〈序志〉，頁916。
〔註14〕同註1，〈定勢〉，頁586。
〔註15〕同註1，〈指瑕〉，頁760。
〔註16〕同註1，〈通變〉，頁569～570。

行為，就像「飾羽尚畫」與「文繡鞶帨」，這些多餘的行為，不但是不守文體基本規範，還出現越來越乖謬與浮濫的文風，就如魏晉文章「淺薄而綺麗」，宋初文章「訛謬而新奇」一樣。然而造成這些文學危機的關鍵，就在近代辭人之「文心」追求的是「競今疏古」求新求變的文學表現；因而忽略文心的通變性，而未能掌握「兼解俱通」、「隨時適用」，既「會通」舊體，又「適變」今文的通變之道。

因此寫作文章要從「文心」出發，才能以「心」統御文章之總綱，並且開拓文學創作的「通變」之道，就如劉勰〈通變〉篇所云：

> 然後拓衢路，置關鍵，長轡遠馭，從容按節，憑情以會通，負氣以適變。〔註17〕

從這段文字可見劉勰強調「文心之通變性思維」，對掌握文學創作法則是具有關鍵性功能；因為能「拓衢路」、「置關鍵」的是作者，能「長轡遠馭」，「從容按節」的也是作者。唯有作者之「文心」才能做到「憑情以會通，負氣以適變」。因此從劉勰所使用的「拓」、「置」、「馭」、「從容」、「按節」、「憑情」、「會通」、「負氣」、「適變」等語詞看來，每一項都是指向主觀「文心」之「會通適變」的通變性思維，是作者能否可以統御文章的思維方式與法則。

此外，從歷史的發展脈絡來看，「通變性」思維所要面對的是動態的文學歷史傳承，因此從古代辭人異代相傳的脈絡中，若非以動態歷程之「會通適變」角度來看，將很難掌握「文心之通變性思維」在創作道路上的價值意義，如劉勰在〈通變〉篇中云：

> 古來辭人，異代接武，莫不參伍以相變，因革以為功，物色盡而情有餘者，曉會通也。〔註18〕

劉勰在此明確地指出「古來辭人」，雖然時代不同，但卻能先後繼承的原因，就是因為他們的「文心」能夠「參伍相變」，也就是在錯綜複雜的文體規範與創作中尋求「適變」的法則，使其能「因」也能「革」，藉由因循前代，繼承前人，以及革新變化的「通變性」思維，最後才能達成「物色盡而情有餘」的創作效果。從這段話看來，「文心」不但要在文體的形構上「會通適變」，更要在總體文學傳統的發展規律中，進行「通古變今」之「會通適變」，能夠達成此一理想目標者，在劉勰的概念裡就是個「曉會通」之人。

〔註17〕同前註，頁570。
〔註18〕同註1，〈物色〉，頁846。

第二節　文體的「通變性」形構與規律

　　延續第一節「文心之通變性思維」後，筆者進一步要探討的是「文體通變觀」之理論系統架構中，相對客觀的「文體規範之形構與規律」。在我們的基本假定裡，客觀文體存在著「通變性」形構與規律。當劉勰以「文體通變」為詮釋對象時，這樣的認知乃成為他建構文學理論的基本觀念，以重新思考文體是什麼？又如何存在？如何發展？而我們所要問的是：這樣的文體「通變性」形構與規律，如果是劉勰的基本觀念，那麼它是早在劉勰提出詮釋觀點之前，就已經存在的客觀現象？或僅是劉勰對「文體」所做純為主觀的規定？

　　準此，筆者預設劉勰從文學傳統中，體察到有一種「文體通變」的現象，它是一種「動態」的文學產物，是在文學傳統裡逐漸被客觀化後所訂定出來的文體規範。在這文體規範裡，含有文體在「並時性」與「歷時性」的「通變性」形構與規律，並顯示著文學傳統與每一個時代文學社群活動之繼承與創新。因此，假設「文體通變觀」是劉勰檢視文體的基本觀念，而它並非憑空而來，那麼劉勰在面對文學傳統與時代環境時，其所持有的「動態性」與「未來性」意識，乃成為他建構文學理論時很重要的文學視域；因此當他在考察「過去」文體的傳統典範，「現在」文體的創變實況，進而希望能規創「未來」理想文體的創作法則時，「本質與形構」、「普遍與個殊」、「變化與恆常」、「往復代變」等通變性形構與規律，乃是支撐他開展「文體通變觀」時，幾個很重要的詮釋觀點。準此，以下筆者將以文體之「通變性」形構與規律為題，來探討這四個基本觀念。

一、文體的「通變性形構」

　　關於「通變性形構」一詞，筆者在第二章第二節已做說明，在此將其延伸引用在對「文體」的詮釋。準此，所謂「文體的通變性形構」，是指文體在「並時性」的形構中，由多種因素所形成之對立而統一的形式關係所形成的結構，假使是由「通」的因素與「變」的因素辯證統合為一體，即是「通變性形構」。準此，在「文體通變觀」裡，劉勰認為文體的形構實具有「通變性」。有關「文體」的界定，筆者第一章「關鍵性語詞的界定」中，已做過簡要的定義。本節所謂「文體」，就字面義而言是指「文章之體」，顏崑陽曾提出「體」之三義：

> 文體或指文章之「自身」,即其本質與功能;或指文章之「形構」,
> 即所謂「體裁」;或指文章之「樣態」,即所謂「體貌」、「體式」或
> 「體格」。〔註19〕

據此,「文體」這個語詞,藉由「體」之「物身義」、「形構義」與「樣態義」,
而延伸出「文章」的「體裁」、「體貌」、「體式」與「體格」等概念來。其中,
體裁指文章的指「形構」,亦即是「文章的形式結構」。〔註20〕

　　從「形構」的概念而言,指組成一個事物之各要素或各部分間,彼此依
特定之關係,所連結而成之靜態性的存在整體。事物的「形構」,包括二個條
件:一是「形構要素」,一是「形構關係」。所謂「形構要素」是指組成事物
的必要素材。而「形構關係」則是指事物之間依某種秩序而連結在一起的狀
態,這種「關係」必須以某種「形式」做具體的呈現,故謂之「形構」。此在
劉勰的基本觀念裡,文體的形構具有「通變」的特性,因此它並非固定物,
而是在變化的動態歷程中呈現其形構關係;故其「變化」也非全無規律可言,
而是在其「靜態性」與「動態性」形構上,顯其「常」與「變」之辯證關係。

　　從這些基本概念來檢視文體的「形構」時,必須要面對的除了文體的形
構要素外,最重要的是文體的形構關係,或可說是文體會以怎樣的「通變性」
來呈現其形構關係?準此,筆者將從「文體之本質與形構」、「文體之普遍與
個殊」,來探討劉勰對文體之「通變性形構」的基本觀念。

(一)文體之「本質與形構」

　　文體之「本質與形構」的辯證關係,是「文體通變觀」的基本觀點之一。
但在論述此一議題前,必須先說明什麼是「本質」?與「形構」有何關係?
「形構」一詞前文已做過簡要論述。至於「本質」之義,並不是指外在形體,
而是指內在的性質,然其內在性質終究必須藉由外在形構,才能使其顯現,
因此「本質與形構」之間,是一種辯證依存的關係。故就「文體」知識來「本
質與形構」時,就如顏崑陽所言:

> 在「文體」的論述中,所謂「文」指的卻是個別具象之文章,「體」
> 字所指涉的「物身」也是具象事物之「如此這般」的「物性本質」
> (Physical Essence),以及相應於此一本質所具有的功能。……凡屬

〔註19〕顏崑陽:〈論「文體」與「文類」的涵義及其關係〉,(《清華中文學報》第一
　　　　期 2007.9),頁 40。
〔註20〕同前註,頁 11~43。

「恆定不變」者皆是某事物之為某事物的「本質」，亦即某事物之「自身」。……準此，在這一語脈中，所謂「設文之體有常」、「此有常之體」，其「體」字之義，即指「物身」，而且是「物性本質」的概念。〔註21〕

顏氏提出的「物性本質」概念，以論述詩、賦、書、記、論、說、哀、辭等類體之「常體」功能，來顯此類體的本質義涵。因此各文類之體所顯現之「物身」的形構與樣態裡，同時也藉由此一類體之「物性本質」的功能意義。

　　文體之「本質與形構」是屬於「彼此融合」的辯證關係。就「文體」而言，「本質」與「形構」雖然是兩個不同概念的語詞，但從文體「實存」的本身來看，兩者是彼此融合而展現為某一文類之「體」。故藉由「本質」與「形構」之彼此融合關係，而使某類文體之「形式」與「內容」相融在一起，就變成一個客觀存在的「類體」，這樣的形構關係具有「通變性」義涵。準此，沒有文體的「本質」無法使其「形構」變成有意義的文學作品；同樣地，如果沒有文體的「形構」又如何能呈現作品的「本質」與「功能」？準此而言，文體本來就存在著「本質與形構」的「通變性」關係。

　　由此進一步來說明：什麼是「文體的本質與形構」？簡單說，「本質」指某一類文體本身內在的普遍性質，而「形構」則指某類文體外在形式結構與樣態。如前文所言，在文體的概念裡，包含了文章的「物身」、「形構」與「樣態」三義；其中「物身義」即指文體自身的「本質」，而「形構義」與「樣態義」即指文體之形構。故文體之「本質」與「形構」的關係，並非斷然二分，乃彼此融合。準此，在劉勰對文體的基本觀念裡，他從形上之「道」，來為其「文體」的本質下定義，或者應該說為其文學的「本質」找一個超越的依據，如其〈原道〉篇所言：

　　　　文之為德也大矣，與天地並生者何哉？……故知道沿聖以垂文，聖因文而明道，旁通而無滯，日用而不匱。……辭之所以能鼓天下者，乃道之文也。〔註22〕

從上述文本可以理解，劉勰對文體「本質」的界定：一方面從形而上的宇宙之「道」，找尋文體之「道」；另一方面從這宇宙之「道」的本質與功能，轉用以規創「文體」之本質與功能，就如劉勰所言「文之為德大矣」，是將人的

〔註21〕同註19，頁14～15。
〔註22〕同註1，〈原道〉，頁1～3。

文化創造力放在「與天地並生」的位置上，而文體正是人所創造出來的文化
產物之一。因而此處之「德」字，並非是指心性之德，而是指文體之本質與
功能而言，他是在文之「體用」概念下，強調文的本質、功能與意義，這一
點在詹鍈在《文心雕龍義證》中，乃以「體用」來談文之功能與意義，如其
云：

> 德即宋儒「體用」之謂，「文之爲德」，即文之體與用，用今日的話
> 說，就是文之功能、意義。重在「文」而不重在「德」。由於「文」
> 之體與用大可以配天地，所以連接下文「與天地並生」。〔註23〕

由上可知，詹鍈從「體用」來論「德」乃指「文」之功能與意義。因此劉勰
從文之「本質」與「功能」詮釋「文」的重要性，重要到足以與天地並生，
這是從三才之「天、地、人」的創生作用，來推論「文學」之本質。由此可
知，在「體用」觀念下，以功能之「用」來顯其本質之「體」，因此在劉勰的
文體觀念裡，本質與功能一致，猶如：詩之爲詩、賦之爲賦、檄之爲檄，移
之爲移，頌之爲頌、論說之爲論說、書記之爲書記等等，這些「文體」自身
的「本質」與「功能」，都是「以體顯用」，例如：摯虞《文章流別論》所言：
「哀辭之體，以哀痛爲主。」〔註24〕這說明了「哀辭之體」即是此一類體「自
身」的本質是以「哀痛」爲主，所以其功能亦爲表「哀痛」之用。

此外，也要有能夠表現此「哀痛」之本質的外在語言形構，換言之，「哀
辭之體」的本質與形構之間是彼此融合的辯證關係，從劉勰在〈哀弔〉篇爲
「哀」體所做的界定來看，其云：

> 賦憲之謚，短折曰哀。哀者，依也。悲實依心，故曰哀也。以辭遣
> 哀，蓋下流之悼，故不在黃髮，必施夭昏。……觀其慮瞻辭變，情
> 洞悲苦，敍事如傳，結言摹詩，促節四言，鮮有緩句；故能義直而
> 文婉，體舊而趣新，金鹿澤蘭，莫之或繼也。原夫哀辭大體，情主
> 於痛傷，而辭窮乎愛惜。幼未成德，故譽止於察惠；弱不勝務，故
> 悼加乎膚色。隱心而結文則事愜，觀文而屬心則體奢。奢體爲辭，
> 則雖麗不哀；必使情往會悲，文來引泣，乃其貴耳。〔註25〕

〔註23〕詹鍈：《文心雕龍義證》（上），（大陸：上海古籍出版社，1989年8月第1版，
2008年3月重印），頁2。
〔註24〕晉・摯虞：《文章流別論》，參見嚴可均：《全上古三代秦漢三國六朝文》（臺
北：世界書局，1982年4月），冊四，卷77。
〔註25〕同註1，〈哀弔〉，頁239～240。

這是劉勰根據古代典籍《尚書·洪範》的記載，來定義未冠者之死爲「短」，未婚者之死爲「折」，故劉勰云「短折曰哀」是有對象性的指涉，這樣的悲傷依著「心」而來，特指對「未冠」與「未婚」者之殤，而不是指對老者之喪。因爲對象是「夭殤」者，故其體的本質之哀，不同於對「老死」之悲，所以其在語言「形構」的用辭遺句上，必須把握「義直而文婉」、「體舊而趣新」的寫作原則，而且在不變的「本質」上要「情主於痛傷」，但在「形構」的表現上雖然要掌握「辭窮乎愛惜」的修辭原則，但隨著寫作者對所哀悼者之情感與彼此間的關係，會使其在用詞上有所變化，這是因爲「本質與形構」是一體兩面的「通變性」關係。準此，若忽略此一彼此融合關係，就容易用情過度，而出現「幼未成德」卻讚譽太過的瑕疵；或者過於「奢體爲辭」，而造成「雖麗不哀」的弊病；從這些現象可推知文體在「本質與形構」上，必須要能掌握其「通變性」的關係。

　　此外，這種「體用」關係在劉勰〈徵聖〉篇中，亦有從此一「通變性」形構，來論文體中的「本質」之「體」與「形構」之「用」的問題，如其云：

　　　　夫鑒周日月，妙極幾神；文成規矩，思合符契；或簡言以達旨，或
　　　　博文以該情，或明理以立體，或隱義以藏用。〔註26〕

劉勰在這段話中，點出聖人因爲能「通」曉宇宙萬物，察知其最細微、最神妙的「變」化，這是聖人能「文成規矩」，即合乎文體形構之規範；又能「思合符契」，即文思與客觀事物相一致的原由。就因爲聖人能以其主觀通變之心，體察客觀宇宙之通變現象，因此能夠「簡言達旨」、「博文該情」、「明理立體」、「隱義藏用」。詹鍈認爲「以上四句意謂聖人著作，有時用簡單的語言來表達意旨，有時擴大篇幅、縟說繁辭來詳盡地抒發感情；有時顯明事理來樹立文章的體制，有時隱晦含蓄把作品的用意暗藏起來，使讀者有想像的餘地。」〔註27〕由此可知，「簡言」、「博文」、「明理」、「隱義」，都是指文體之「形構」；而簡單的語言「形構」是爲了能表達精要的意旨；擴大篇幅、縟說繁辭，也是爲了能詳盡地抒發內心的感情；至於顯明事理來樹立文章之體，隱晦含蓄地隱藏作品之用意，這些寫作的原則，都可以看到文體的「本質與形構」間，所存在的「通變性」關係。

〔註26〕同註1，〈徵聖〉，頁17。
〔註27〕同註23，頁40。

另外，在詩、賦、檄，移，頌等文類之「體」裡，都存在著文體的「本質與形構」的通變性關係。這種內容與形式之間「彼此融合」的關係，可從劉勰「有常之體」與「變文之數」的辯證來理解，如其〈通變〉所云：

> 夫設文之體有常，變文之數無方。……凡詩賦書記，名理相因，此有常之體也。〔註28〕

劉勰這裡的「有常之體」指的是文體本質的「恆常不變」之意，在文體通變的基本觀念中，文體本身有其「恆常與變化」的規律性，但這規律性是在其「不變」的本質保證下才能產生的「通變性」規律。因此就文體之「本質」而言，詩、賦、書、記等類體本身，就如劉勰所言「名理相因」，亦即諸類文章之「體」的「本質與形構」，存在著相互辯證的「通變性」關係，因而形成「常體」。準此，就如詩、賦、檄，移，頌等「類體」，各有其「本質」與「形構」之辯證關係與表現模式，這種「本質與形構」之彼此融合的辯證關係，正是劉勰「文體通變觀」裡，有關文體形構的基本觀念之一。

此外，「本質與形構」的通變關係，亦可從劉勰〈明詩〉至〈書記〉等二十篇對各類文體所作「原始以表末」、「釋名以章義」、「選文以定篇」、「敷理以舉統」，看出他對各種類體的定義、源流與寫作法則的論述裡，都隱含著對文體本質與形構之通變性關係的觀念，筆者舉其〈明詩〉為例，其云：

> 詩者，持也，持人情性；三百之蔽，義歸無邪，持之為訓，有符焉爾。……若夫四言正體，則雅潤為本；五言流調，則清麗居宗。華實異用，惟才所安。〔註29〕

由以上這段文字看來，何謂「詩」？劉勰界定「詩」之體的本質、功能與意義，認為用《詩經》「思無邪」一句即可概括其義，因此「持」之意，是指「持人情性」，以使人不偏邪之意。在詩的演變中出現「四言」與「五言」之「形構」，然這四言詩與五言詩雖然都有其形構上固定的「體製」，但正宗的「四言詩」形構，體式以「雅潤」為本，不同於當時流行的「五言詩」形構，體式以「清麗」為主；可見，不同的「體製」形構，表現出不同的「體式」，但其為詩之「本質」，即「思無邪」，卻沒有差異。準此，「詩體」之「本質與形構」之間，會因創作者之情性與文體形構的差異，而有不同的表現效果，但無論在「形構」上是四言還是五言，其為詩的「本質」卻是不變。

〔註28〕同註1，〈通變〉，頁569。
〔註29〕同註1，〈明詩〉，頁83～85。

（二）文體之「普遍與個殊」

在劉勰「文體通變觀」的基本觀念裡，還有另一個文體的「通變性」形構義涵，那就是「普遍與個殊」的辯證關係；「普遍」與「個殊」兩個語詞在抽象概念上相互對立，但落實在「文學作品」時，兩者卻是相互依存的「通變性」關係。在劉勰的「文體」觀念裡，「文體」不但包含文類的「普遍性」，也存在個別作品之「個殊性」，兩者形成「相互依存」的辯證關係。因此筆者將從以下幾個面向談文體之「普遍與個殊」的問題：

其一，在文體的範疇內，一篇作品同時具有「普遍」的共相與「個殊」的殊相，因此成為古代文論與文選中，「依體分類」，或「循類辨體」之基礎。由此可見，從「共類」與「殊種」的概念，是可以看到「普遍與個殊」之文體「通變性」形構。準此，在文體共類的「普遍」概念裡，同時隱含其「個殊」概念中的「殊種」問題。由此看來，從文章的「體類」（文章群）與「類體」（文章本身）概念來看，〔註30〕「體類」與「類體」兩者並不直接存在「普遍與個殊」之文體「通變性」形構問題，但文體之所以能形成文體類聚之「文章群」的「體類」結果；或是就「文類辨體」所形成「文章本身」的形構或樣態的「類體」區分，都是根據文體本身具有的「普遍與個殊」之「通變性」形構使然。準此，在劉勰的基本觀念裡，「文體」一詞從「抽象概念」到「實存作品」的指涉裡，無論是限定在文章分類之體的「類體」概念，或是文體分類之「體類」概念中，都必須同時面對此一客觀文體之「普遍與個殊」的「通變性」形構。

其二，從「常體」概念來看，「常體」是經由歷代文學典律作品所歸約而成之「體」，所以它是在文學歷史發展之中，被人們創造出來的文化產物；因此「常體」成為文體的常規的原因，是因為基於文體本身所具有之「普遍與個殊」的通變性形構，而使其「普遍性」被歸約成體，這樣的文體常規對於後代創作者來說具有指導性與典範性意義。但這樣的「普遍與個殊」的辯證形構，不是從抽象概念中呈現，而是在作家實際創作的過程裡，完成一篇即「普遍」即「個殊」的文學作品，這就是筆者所言文體之「普遍與個殊」的「通變性」形構。

〔註30〕同註19，「體類」一詞雖具有「體」的內涵概念，但它所指涉之「標的性對象」卻是「類」，亦即具有相似之「體」的那一「類」文章群而不是「體」的自身。……「類體」：若從「循類辨體」這一行為指向觀之，「文體」相對依待「文類」而存。我們可以將這種由特定「文類」所範限及規定的「文體」稱為「類體」。……是文章自身的「形構」與「樣態」而非這諸多類聚的文章群。頁57～59。

因此劉勰提出「望今制奇，參古定法」，指出「常體」規範做為創作法則外，其中隱含著「通變性」形構的觀念，他一方面從「變」來談文體創作要能「望今制奇」，才能有其「個殊」的創見。另一方面從「通」來談文體創作要能「參古定法」，才能合乎常體之「普遍性」規範。其實自古以來，優秀文人之創作應該都是「通」於文體之「普遍」常規，並發揮其個人「文辭氣力」的創變力，使其作品即具有「個殊性」特色，又合乎文體的「普遍性」規範。準此，「有常之體」是要通曉常體規範，來確保文體的「普遍性」形構，而「無方之數」是要以創變方法，來維持文體的「個殊性」形構，就如劉勰〈通變〉篇所云：

　　夫設文之體有常，變文之數無方，何以明其然耶？凡詩賦書記，名理
　　相因，此有常之體也；文辭氣力，通變則久，此無方之數也。〔註31〕

此乃劉勰在「普遍與個殊」之「通變性」觀念下，所提出之「設文之體有常」的「常體」規範，以及「變文之數無方」的創變之術，做為其「文體通變觀」的依據。劉勰在此雖無直接點出文體之「普遍與個殊」問題，但若不從文體本身既已存在之「普遍與個殊」的通變性形構來看，他又如何能體察出「詩賦書記」等經由「名理相因」所形成的「有常之體」，以及作家藉由其個人的「文辭氣力」，發揮「無方之數」的創作，使其既符合文學傳統的「普遍」常規，又能表現其個人「才氣」的創變力，讓文體在發展與變化中能長久發展下去。

其三，從「文原」的觀念來看，劉勰〈原道〉篇是要為文體找一個形上本體之「道」，做為其「文體通變觀」的理論性依據。但筆者認為他是想以「道」的「普遍」義，做為文體結構的觀念基礎，因此他一方面提出〈徵聖〉，想以「聖人之心」的普遍性，做為「文心」之典範；另一方面提出〈宗經〉，想藉由「經典」的普遍性，做為理想文體的典範。就如其〈原道〉篇所言：

　　道沿聖以垂文，聖因文而明道，旁通而無滯，日用而不匱。〔註32〕

因此「道」、「聖」、「文」之間的關係，在劉勰「文體通變觀」的觀念下，其本身的「普遍與個殊」乃辯證依存，從劉勰的敘述看來，首先，由於「道」的「普遍」存在，使「聖人」可以體察其「普遍」之理；其次，由於「聖人」秉持「普遍與個殊」的「通變性」思維，所以能使道「垂文」為經典。再則，因為聖人的「垂文」而使眾人受其教化而能通曉宇宙之「道」。因此道以其「普

〔註31〕同註1，〈通變〉，頁569。
〔註32〕同註1，〈原道〉，頁3。

遍」存在，而聖人以其「普遍」與「個殊」的通變性思維，使其能「垂文」
以顯道的「普遍性」之理。而且這「普遍性」之理，並沒有取消「道」與「聖」
的個殊性。因此若〈原道〉所言之「道」是一「普遍」之理，那麼〈徵聖〉
與〈宗經〉則是這「道」之「普遍」下的「個殊」表現。故就客觀文體規範
來說：「五經」是有超越各經的普遍性，故其所具之典範意義，乃是即「普遍」
即「個殊」的存在，因此它不但是各類文體的「普遍」典範依據，也是文體
的總源所在。就如劉勰〈宗經〉篇所言：

> 論説辭序，則《易》統其首；詔策章奏，則《書》發其源；賦頌歌
> 讚，則《詩》立其本；銘誄箴祝，則《禮》總其端；紀傳盟檄，則
> 《春秋》爲根。〔註33〕

從劉勰所提出之「五經」爲文體「總源」之說來看，因爲「五經」具有文體
的「普遍性」，所以能成爲總源依據。而這樣的「普遍性」同時涵著「個殊性」。
因此就「易統其首」、「書發其源」、「詩立其本」、「禮總其端」、「春秋爲根」
等「根源性」而言，劉勰指出「五經」的文體，有其共相的「普遍性」與殊
相的「個殊性」形構關係。

綜上所述，「普遍」與「個殊」雖然是兩個不同的概念，然而在文體的「實
存」形構裡，兩者卻是「相互依存」，而這種辯證關係必須建立在事實的「存在」
中，才能呈現其形構的「通變性」。假使作品的「普遍性」要素是眾多文章的共
相，那麼在形構上，每一篇作品並不會因其「普遍性」，而失去其本身的「個殊
性」。同樣的，一篇作品的「個殊性」存在，也不能取消其本身所應具備類體的
「普遍性」，因爲離開這「普遍性」，這篇作品的「個殊性」就脫離此類文體的
限定範圍，而無法被歸類去進行理解。因此離開「個殊」看不到「普遍」，離開
「普遍」也看不到「個殊」。這就是文體的「通變性」形構。正如顏崑陽所言：

> 「文體」完整的概念與實存狀態應是一「篇」（或一家）文章之「殊
> 相」與一「類」文章之「共相」的辯證統一。〔註34〕

就顏氏所言，文體無論是從抽象概念或從實存狀態來看，一首詩的「殊相」
不能脫離其類體的共相，因爲兩者之間是「辯證統一」的概念，也是「辯證
統一」的實存狀態。這種「辯證統一」的關係，就是文體之「普遍與殊異」
的「通變性」形構。

〔註33〕同註1，〈宗經〉，頁32。
〔註34〕同註19，頁60。

二、文體的「通變性規律」

　　在劉勰「文體通變觀」裡，文體具有「通變性規律」也是他的基本觀念之一。關於「通變性規律」一詞，筆者在第二章第二節已做說明，在此僅將其延伸應用於論「文體」。所謂「文體的通變性規律」，是指文體在「歷時性」的演變中，藉由「變化與恆常」、「往復代變」之相生相成，或彼此更替的過程，維持其生生不息的通變性規律。這也是劉勰從宇宙萬物之「變化與恆常」、「往復代變」的軌跡中，體察自然界一切事物之「時間」與「空間」的「動態」向度，維持其生生不息的規律，並將它轉用到觀察文體的演變，從而建構「文體通變觀」。準此，以下筆者將就「文體之變化與恆常」，以及「文體之往復代變」這兩個面向，做為探討的焦點。

（一）文體之「變化與恆常」

　　「變化與恆常」之通變性規律，筆者在第二章第二節已做過哲學性的探討。總體而言，事物一旦發生「變」，那麼原先的事物，就不再是原有的樣貌，而逐漸從舊體中變化出新體來。但在變化的過程中，必須要能維持其「恆常」不變的本質，否則就會在變盡舊體後產生與原本之體完全不相關之「新」事物；而一旦有了這樣的新結果，就不能稱其為「變化」了。可見「變化」與「恆常」兩者雖是概念對立的語詞，但在實質的事物演變上，卻是辯證統一的規律關係。

　　這樣的「通變性」規律現象，也發生在文體的演變上。假使文體沒有「變化」就無所謂「恆常」。同樣的，假使沒有「恆常」不變之「常體」，「變化」就會失去其原有的本質。換言之，文體之「通變性」規律中隱含著「變化」能維持其「恆常」的本質；同時藉由「變化」無窮，以維持其永續的存在。劉勰在論證「文體」時，是以「變化與恆常」之「通變性規律」為其基本觀念，舉例如下：

　　首先，「求新」、「求變」為何會造成「文體解散」的危機？因為「離本彌甚」，「本」就是「恆常」的本質，如〈序志〉所云：

　　　　去聖久遠，文體解散，辭人愛奇，言貴浮詭，飾羽尚畫，文繡鞶帨，

　　　　離本彌甚，將遂訛濫。〔註35〕

劉勰直接指出近代辭人「去聖久遠」，在力求「變化」時「離本彌甚」，亦即不能維持文體之「恆常」本質，於是出現「言貴浮詭，飾羽尚畫，文繡鞶帨」

〔註35〕同註1，〈序志〉，頁915～916。

的弊端,結果是「將遂訛濫」而「文體解散」。例如〈明詩〉云:

> 儷采百字之偶,爭價一句之奇,情必極貌以寫物,辭必窮力而追新,
> 此近世之所競也。〔註36〕

劉勰直接指出劉宋時期走向追求「新變」之形式辭采雕琢的道路,就這樣「儷采百字之偶,爭價一句之奇」的「逐儷」、「求奇」的創作潮流,只求「極貌寫物」、「窮力追新」;甚至出現「穿鑿取新」的極端現象,就如〈定勢〉篇所云:

> 近代辭人,率好詭巧,原其為體,訛勢所變,厭黷舊式,故穿鑿取
> 新。〔註37〕

由此可見當時辭人喜愛「詭巧」,為了得到奇巧的創作成果,他們「厭黷舊式」,並且不惜以「訛」體來求變,這種求變而不能守其「常規」的結果,反而會造成「穿鑿取新」弊病。這就是六朝文學不符文體之「變化與恆常」之「通變性」規律使然,而這樣的基本觀念就是劉勰「文體通變觀」之問題意識的來源。

其次,在劉勰的「常體」觀念裡,除了前文用以探討文體之「普遍與個殊」的通變性形構外,此一「常體」具有「變化與恆常」之基本觀念,例如劉勰〈通變〉所云:「設文之體有常」與「變文之數無方」。〔註38〕他站在創作的觀點,來談「有常之體」與「無方之數」的通變性外,從其敘述語境看來,他一方面點出「常體」是經由歷代文學典律作品,在「變化與恆常」之辯證統一下所歸約而成,因此它的「常」是經「變化」之後的「恆常」,於是能成為文體的客觀規範。另一方面每一種文類之「常體」,既然都是經由「辯證統一」所形成的「常規」,那麼以「詩體」為例,四言有四言的「常體」,五言有五言的「常體」,創作者必須要能掌握「變化與恆常」之通變性規律,才能在「變化」中維持「恆常」,又不墨守其「恆常」成規。由此可見,在劉勰的基本觀念中,所謂「常體」並非完全不變的「定型化」之體,而是動態歷程中「變化與恆常」辯證統一的「常體」。

因此這種「有常之體」是在動態歷程中,經由「變化」與「恆常」的辯證所形成。所以在不變之「常體」規範下,方能使文體之「變化」,不會「離本」,這就是「變化」狀態下的「恆常」現象。準此,在文體的「通變性規律」

〔註36〕同註1,〈明詩〉,頁84。
〔註37〕同註1,〈定勢〉,頁587。
〔註38〕同註1,〈通變〉,頁569。

裡，存在著以「變」來確保其「不變」的恆常之外，更以「變與不變」的辯證讓文體得以維持「生生不息」的創變力，使其避免文體解散、停滯或僵化的危機。所以「變化」要有「本」，才能「恆常」；而「恆常」要有「變」，才能持續其「恆常」，這就是文體之「變化與恆常」的「通變性」規律。

再則，從「可通」、「可變」的視角來看，在文體的「通變性」規律中，「何者可通」？「何者可變」？假使如筆者的預設，在「通」與「變」之中存在著「變化」與「恆常」的規律性，那麼文體爲何要「通」？爲何要「變」？是因爲六朝出現的「不通」、「不變」的文學危機？還是在這樣的危機中劉勰想要提出「可通」、「可變」的創作法則？這些問題可從黃侃《文心雕龍札記》中所言「可變革」與「不可變革」來談，其云：

> 文有可變革者，有不可變革者。可變革者，遣辭捶字，宅局安章，
>
> 隨手之變，人各不同。不可變革者，規矩法律是也。〔註39〕

就如黃侃所言，文學創作中有「可變革」與「不可變革」者，這也是站在「變化」與「恆常」來看，他認爲文學創作之「可變革者」，是在「遣辭捶字，宅局安章，隨手之變，人各不同」的部份，藉由人之「才氣學習」的差異，表現在文章修辭上，也就會有所不同，這給出創作者「可變革」的空間，也是創作主體的創變價值的呈現。然而客觀「規矩法律」，則是「不可變」的，因爲這些「規矩」是指文體的客觀規範，也就是文體的「常規」。

然而從黃侃的論述看來，他只是就文學之「變與不變」的現象做出區分，但實質上「遣辭捶字，宅局安章」雖然是「可變革者」，但其可變的「捶字」與「安章」，也不能違反其文體本質的規範，因此雖「可變」卻不離其「恆常」規範。所以必須在「變化與恆常」中求其「變」。至於黃侃所言「不可變革者」是文體的「規矩法律」，也就是文體的傳統規範，可是既然「文體」是人爲產物的話，「規矩法律」也是人所訂定出來，這些看來是不可變的「規矩法律」，在實際的流變中還是會有被修正變化的可能，因此筆者認爲文體之「不可變」者，是在「變化與恆常」中所求得的「常」。因此劉勰所要強調的「常」，是必須經歷辯證性的變動關係，才能呈現其「常」；由此可見它並不是一種制式化的標準格式；而是一種「辯證」的結果；這就是劉勰在「通變性」規律中，對文體之「變化與恆常」的基本觀念。

〔註39〕黃侃：《文心雕龍札記》，（臺灣：花神出版社，九十一年8月），頁123。

（二）文體之「往復代變」

文體之「往復代變」，也是劉勰「文體通變觀」的基本觀念之一。關於宇宙事物之「往復代變」的通變性規律，在第二章第二節已進行哲學基礎的論述。本單元就在此一哲學基礎上，將焦點集中在「文體」的議題，論述文體具有「往復代變」的規律。準此，筆者要問：文體是如何「代變」？在文學創作中，文體的「往復代變」規律具有怎樣的意義？以及「往復代變」爲何會是劉勰動態歷程文學觀的基本觀念？

「代」字當「動詞」之「更替」與「代替」使用時，所指的是：以此「舊體」取代彼「新體」，這種「取代」指的是原有的「舊體」在被「新體」取代之後，便隨即消逝；而且同時在其一再被取代的過程中形成線性的循環「更替」現象。於是此一持續變化所形成的整體性軌跡，即是「往復代變」之循環性發展現象。此外，「代」字若當「名詞」用時，「代變」可指「時代」的變化，或「世代」的更易。這兩種文體之「往復代變」的通變性規律，都是劉勰在論文體觀念時的基本觀念所在。

在中國古代文學傳統中，「質」與「文」存在著「往復代變」的規律，劉勰觀察到當時文壇日漸出現「文體解散」與「文質失衡」的危機，因而提出「質文並重」的文學視域。他就在文體之「質」與「文」的「代變」現象中，體察出「質盡」而「文生」，「文盡」而「質生」等往復更替的規律。〈通變〉篇云：

> 黃歌斷竹，質之至也；唐歌在昔，則廣於黃世；虞歌卿雲，則文於唐時；夏歌雕牆，縟於虞代；商周篇什，麗於夏年。至於序志述時，其揆一也。暨楚之騷文，矩式周人；漢之賦頌，影寫楚世；魏之篇製，顧慕漢風；晉之辭章，瞻望魏采。搉而論之，則黃唐淳而質，虞夏質而辨，商周麗而雅，楚漢侈而艷，魏晉淺而綺，宋初訛而新。從質及訛，彌近彌澹，何則？競今疏古，風末氣衰也。〔註40〕

劉勰明白提出「動態歷程」的文學觀念，而支撐此一文學觀的基礎，則是對文體之「往復代變」的基本觀念。因此從「黃歌斷竹，質之至也；唐歌在昔，則廣於黃世」等語境看來，他一方面點出「時代」與「時代性典範作品」；另一方面則說明時代文風之「質文代變」的軌跡。故他從「黃歌」，「唐歌」，「虞歌」，「夏歌」，至「商周」之「質」與「文」的發展規律變化中，看到唐歌「廣於黃世」，虞歌「文於唐時」，夏歌「縟於虞代」，商周「麗於夏年」的文學現

〔註40〕同註1，〈通變〉，頁569。

象。因此若從他所說：由「質」而「文」，由「文」而「縟」、「麗」之「質文代變」的文體發展規律來看，文體之「往復代變」，不僅是語言形式之美的變化規律，也是文學之「內容與形式」的變化規律。因此從「質盡」而「文興」，「文興」而「文盡」的過程中，到了近代已產生「從質及訛，彌近彌澹」的文學危機，如何再從質而文，甚且「文質彬彬」？便是他所亟思解答的問題。可見在劉勰對文體之發展規律的觀念裡，「質」與「文」是一種二元對立，交互替代的通變性關係。

　　劉勰對文體所提出之「質文代變」文學觀，乃是以「往復代變」為其基本觀念。在此一基本觀念下，劉勰看到各個時代的氣運興衰與治亂變化之外，也體察到文體在發展變化中，存在的「質」、「文」相互交替的文風轉變現象，因而形成其「動態歷程」的文學觀點，就如其〈時序〉篇所云：

> 時運交移，質文代變，古今情理，如可言乎？……蔚映十代，辭采
> 九變。樞中所動，環流無倦。質文沿時，崇替在選。終古雖遠，儻
> 焉如面。〔註41〕

這裡指出「時運交移」與「質文代變」是古今文化流變的情理所在，它是劉勰從「通古變今」的視域中所見到的現象，其實是以「往」與「復」的規律形成辯證關係。從總體文學的發展脈絡來看，每一時代文風的產生，都非「偶然」，因為文體的「質」與「文」的存在著「往復代變」的「通變性」規律；這就是劉勰所看到的「蔚映十代，辭采九變」的文學現象。

　　由此可知，在「質」與「文」的循環取代歷程中，「蔚映十代」、「辭采九變」是指漫長的文學歷史中，文體之「質」與「文」，並非是一「靜態」不變的存在，「常體」也不是固定不變的格式。相反的，在文學傳統中「質」與「文」是要順應時代的變化，於是文體的「典範」意義，乃是作家在觀念中所追尋的理想標準，而不是固定不可取代的體式，因此從劉勰提出「質文沿時，崇替在選」這兩句話的語境來看，在其文體觀念裡，除了作者「崇替在選」的主觀「通變心」外，相對也突顯客觀文體「質文沿時」的通變現象。這種文體「往復代變」生生不息的基本觀念，是讓後代作者面對遠古文學時，會有彷彿古人就在眼前一般的體悟。

〔註41〕同註1，〈時序〉，頁813～817。

第四章 文體構成與源流之「通變性」關係

文體「構成要素」與「源流規律」之「通變性」關係，乃是筆者繼探討劉勰「文體通變觀」之哲學基礎與理論系統架構後，進一步以後設性詮釋的視角，針對《文心雕龍》文本提出「理論」內涵的研究之一。然如前所述，在筆者的基本假定裡，劉勰是以「文體通變」的觀點，來詮釋中國文學傳統與當代文學。基於此一預設筆者提出「文體通變觀」來重新詮釋劉勰對於文體的「構成」、「源流」、「創作」、「批評」與「文學史觀」等文學理論的建構。從其論述不但可以窺知劉勰對「文學是什麼」的定義，也呈現出劉勰從傳統文學現象中，早已體察到一種動態歷程的「辯證性」現象。這種具有主客辯證融合的文學特性，筆者稱之為「通變性」。故本章將以「通變性」為視角，探討劉勰對文體之「構成要素」與「源流規律」等文學本質性議題。但是在進行此議題前必須先做一些說明：

其一，承前所述，本章論題乃是預設劉勰是以「文體通變觀」為其理論體系的核心觀點，所以研究範疇限定在「文體」上，並以「通變」為其研究對象，所以就「文體通變觀」而言，劉勰所要探討的範疇，或所要建構的理論，是一種「動態歷程」的文學觀。此中包含了「人」（創作者、讀者或批評者）的主觀文心與「文體」的客觀規範（形構與規律），如何在文學的實踐過程中產生相互依存的「通變性」關係，這樣的關係分別可從文體的構成、源流、創作、批評與文學史觀等五個構面，來呈現其相互依存、環環相扣的「通變」特性。對於這樣的關係性研究，筆者並不從一般傳統的「靜態化」觀點進入，而是以本論文第三章「本質與形構」、「普遍與個殊」、「變化與恆常」、「往復代變」等具辯證性的文體通變觀念為依據，做為檢視劉勰對文體中所存在之相互依存、彼此

融合、相生相成、往復替代等主客辯證融合之「通變性」義涵。

其二，在筆者「文體通變觀」的基本假定下，劉勰自序裡對於「釋名以章義」、「原始以表末」、「選文以定篇」、「敷理以舉統」的論述，應該可以看到他以「文體通變觀」為理論核心，展開對各種文類之「體」的「形構」與「生成」的論述，甚至還可一窺他對文學傳統中各文類之「起源」與「流變」之軌跡的體察與歸納。因此本章焦點乃在文體的「通變性」考察，並且預設劉勰在論文體「生成」問題時，是在「形構」的限定中，論述文體的變化歷程；同樣地，他在論文體「形構」時，要有文體「生成」的流變觀念；此外，論文體源流時，也必須仰賴文體之客觀構成要素，以做為其「囿別區分」的依據。可見文體的「形構」與「源流」之間，存在著一種「通變性」的辯證依存關係。

準此，在劉勰「文體通變觀」的文學視域裡，「構成」與「源流」面對的是同樣的「對象」，但其中還是有其從屬性關係，例如在論「構成」時要以文體的「形構」為主，「生成」為輔，才能完成文體構成要素之本質性的界定；而論文體「源流」時，則是要以文體起源與流變始末為主，而以文體形構為輔。如此一來，不但不會讓文體「形構」出現「變而失常」的危險；另一方面也可以使類體有一個客觀的形構，做為探討其源流規律的依據。因此兩者之間所存在的「相互依存」之辯證關係，這正是筆者為何要將「構成」與「源流」安置在同一章的原因。本章論證架構圖如下：

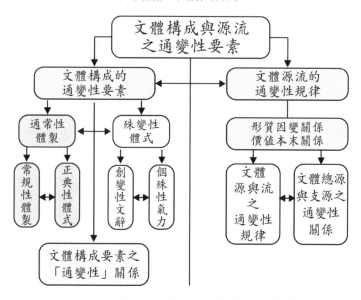

4-1　文體構成與源流之通變性架構圖

　　基於以上的說明，本章將以劉勰面對傳統文學之文體「源流」與「構成」之「通變性」的反思與論證為依據，將「構成要素」與「源流規律」分立為兩小節：第一節以構成要素之「通變性」為題，藉由「通常性」與「創變性」要素，來分析劉勰之文體構成要素之「通變性」的問題，並且首先從文體規範之「通常性」要素，探討文體之「常規性」體製與「正典性」體式。其次，從作者文心之「殊變性」要素，探討創作者之「創變性」文辭與「個殊性」氣力的運用；最後總結文體構成之主客觀要素的「通變性」關係。至於第二節則以文體源流規律之「通變性」為題，藉由劉勰對文學歷史的「體源」概念，探討文體之「源」與「流」的辯證依存關係，以及在其「文體通變觀」裡，文體之「總源」與「支源」是如何呈現其「通變性」的源流規律。

第一節　文體構成之「通變性」要素及其關係

　　承前所述，本節焦點是以「文體構成之通變性要素及其關係」為題，進行這個屬於文學本質性問題的研究。然而在進入此一議題前，先做本節之關鍵語詞的界定：何謂「構成」？「構成」一詞，就其表層字義而言，是「構造」與「生成」的複合概念性。然而在實際文學作品中，兩者彼此依存。將這概念用在文體的存有，就如顏崑陽所說：

> 所謂「構成」意為「構造形成」，並非僅指文體本身內部各因素靜態性的連結關係，更指文體由於受到外部社會文化性因素所引導，甚至滲透、內化而決定、改變其功能、形構與樣態的流動性現象。〔註1〕

由上段文本可知，「構造形成」是顏氏對文體「構成」所做的界定。就文體本身的形構而言，他一方面指出其靜態性的內、外部因素「構造」之連結關係，亦即指組成事物的各要素或各部分間，彼此依特定之關係連結為靜態性存在的整體。另一方面則指出其動態性之文體「生成」的過程，亦即是指個別事物，或一種類事物的總體，由其原始之形式的創生，變化，最後完成之動態性存在的歷程。由此可見，面對「構成」一詞時，除了文體本身的靜態因素的結構關係外，還必須從「動態歷程」的發展事實中，觀察其與社會文化因

〔註1〕顏崑陽：〈宋代「詩詞辨體」之論述衝突所顯示詞體構成的社會文化性流變現象〉，《中正大學中文學術年刊》2010年第一期（總第十五期）2010年6月，頁4。

素之間所產生互涉、變化的「流動性現象」；這種在文體「形成」要素中的「流動性」變化現象，是以一種「通變性」關係存在的。

此外，「文體」是人類文化的產物，所以它是在特定的歷史時空中，被人們所創生出來的事物之一，隨著各個不同時代與不同階段之變化過程，最終藉由語言文字等符號形式表現爲成品。因此研究文體「構成」前，必須先瞭解其存在的「靜態性」形構與「動態性」生成問題之外，還必須掌握二者之間的辯證性依存關係。當然如前所述，文體構成要素從抽象概念來看，每一類文體「形構」本身並非是一固定物，因爲它的存在同時也是一種動態性的「生成」變化歷程。相對的，文體的「變化」也不是全無規律可言，因爲在文體的動態變化規律之中，同時也呈現其「靜態性」之常體。準此，若以具體存在的作品來論其構成要素時，無論是「篇體」的單一作品，或是「類體」的某一文類作品的論述，都可以呈現其靜態性形構因素與動態性生成規律之辯證依存關係，這種關係就是筆者所要探討之文體「通變性」的問題。

其次，筆者的基本預設：一個文學家想要建構一套文學理論時，必然要先問：「構成文學的要素是什麼？」這個問題，因爲這是一個文學本質性的議題，它關涉到文學之功能與價值的界定，以及詮釋文學的視角。因此在近代一般學者對「文學是什麼」的定義中，大都是以「內容」與「形式」做爲最普泛的界定。用「文學是什麼」這個問題，推而檢視六朝文論家的回答時，必須要深入文本才能一窺其對此議題的界義；然而綜觀當時文論可知，除了《文心雕龍》外，還有最早討論文體問題的曹丕《典論·論文》，以及陸機〈文賦〉、摯虞〈文章流別論〉……等，他們開始對於文學本身的構成，以及如何創作，進行論述；並且開始建構文體知識，將文學作品區分出各種類別，及其相應之作者情性、構思，終而表達爲文體的實踐法則。

因此在筆者的預設中，劉勰對於文體構成要素的觀念，乃源於六朝時期之文體觀，因此在其「文體通變觀」之問題視域下，劉勰建構文體的理想目標，乃在於當時文學風氣要如何才能擺脫「文體解散」與「文質失衡」的危機；以及在這樣的時代性反思中，劉勰進一步提出「文體通變」的動態歷程文學觀，強調除了「作品」本身之內容與形式二大要素外，還可從「作者」文心來探討其形構要素。所以就如筆者在第三章提出本質與形構、普遍與個殊、往復代變、變化與恆常等基本觀念，這些觀念是筆者藉由相互依存、彼此融合、相生相成、往復替代等具「通變性」的視角，來檢視《文心雕龍》

理論架構中，所隱含「文體通變觀」之基本觀念。準此，本章亦將以此文體
「通變性」爲基本假定，用以檢視劉勰對構成文體之主觀情性的「殊變性」
與客觀文體形構的「通常性」要素，以及兩者之間的「通變性」關係。

　　此外，詳觀近現代龍學研究中，與本議題相關的研究成果裡，除了徐復
觀、張少康、龔鵬程、顏崑陽等人之主題與本論文較相近外，王運熙、王夢
鷗、陳啓仁等人在論風格與體要時，亦有論及《文心雕龍》文學構成的問題，
但多數都是站在泛論文學的立場上，而不是從「文體通變」的視角。其中與
筆者研究議題相近者，如徐復觀〈文心雕龍的文體論〉認爲構成文體的有「語
言文字」、「內容的思想情感」、「藝術表現的形相性」等三大重要因素，他並
提出文體有語言形構之「體裁或體製之體」；有「形相性」昇華後，出自「文
學的實用性」，而以事義爲主的「體要之體」；有來自文學的藝術性，而以作
者感情爲主的「體貌之體」。〔註2〕從其「體」之三義說看來，徐氏對文學「構
成」問題已跳脫一般文學構成要素之泛論，而將其焦點放在「文體」的建構上。

　　另如龔鵬程〈《文心雕龍》的文體論〉一文〔註3〕，將研究其焦點設定在
客觀文體之「語言文字的形式結構」上，認爲「文體是指語言文字的形式結
構，是客觀存在，不與作者個人因素相關之語言樣式。」〔註4〕他反駁徐氏之
說提出文體是一種客觀的成素與常規，因其與作者個人因素無關。在他切割
式的認知下，其所指客觀「語言樣式」之文章辭采、聲調、序事述情、章句
對偶等形式要素，只讓我們看到文學構成之靜態要素的部份，而疏忽了創作
歷程中作者文心的創變力，也是構成文體的重要因素之一。

　　就文體構成要素而言，顏崑陽曾明白地點出龔氏是以文學作品在「未實
現」之前的「普遍性的文類形式」爲「文體學」對象，終究導致「文體」變
成「只具形式不含內容（思想情感）」的空概念，因此對文體的構成要素就僅
是一種形式邏輯上的知識而已。顏氏從劉勰〈宗經〉的「六義」與〈體性〉
的「八體」，爲「文體是什麼」，提出其概念上的答案：

　　「主觀材料、客觀材料與體製、修辭，經體要的有機統合之後，乃
　　整體表現爲作品的體貌；然後觀察諸多作品體貌，歸納形成具有普

〔註2〕徐復觀：〈文心雕龍的文體論〉，收錄於《中國文學論集》，（臺北：臺灣學生
　　　書局，1985年1月），頁2～59。
〔註3〕龔鵬程：〈《文心雕龍》的文體論〉，收錄於《文學批評的視野》，（臺北：大安
　　　出版社，1990年元月），頁108～116。
〔註4〕同前註，頁108。

> 遍規範性的體式。」這實是一主與客、形式與內容辯證融合的文體
> 觀念。〔註5〕

由此可見,文體構成有諸多重要元素,無論是事、義的「客觀材料」,或是情、志的「主觀材料」,都須經每種類體之「體要」(理想創作法則)有機統合,藉由語言形式以呈現作家之「體貌」,類聚諸多作品形成普遍性的「體式」。顏崑陽所提出的辯證性文體觀念,乃從劉勰動態歷程文學觀分析詮釋所隱含「主客辯證融合」的文體構成要素。

綜上所述,探討劉勰「文體構成要素」的觀念時,筆者將以主觀材料、客觀材料與語言形式等做爲論述文體構成要素之基礎概念,進而探討主觀「個殊創變」與客觀「常體規範」的辯證關係,來回答文體構成要素之「通變性」問題,這個問題就如劉勰〈通變〉篇所提出之「騁無窮之路,飲不竭之源」的創作法則。他從其傳統文學中,反思各類文體之「名理相因」裡,其因變的過程中乃藉由不變且可通的構成要素,逐漸形成其常體與成素。從劉勰的論述,可看到他對文體構成要素的基本預設:一是「名理相因」之文體的「客觀材料」,二是「文辭氣力」之作者文心的「主觀材料」。

準此,本節將從文體構成之「本質與形構」、「普遍與個殊」的「通變性」視角進入,探討劉勰「文體通變觀」裡對於文體構成要素的論述:一方面探討劉勰在「通變性」視角下,如何運用文體形構之「通常性」要素,來論述文體形構從創生、演變到形成的問題。在此敘述語脈裡,筆者要從「常規性」體製,一是「正典性」體式要素,分析劉勰之文體構成的「通常性」要素。另一方面除了客觀材料外,在劉勰的論述中亦不可忽視主觀材料的問題,主觀材料是文體在創作生成的過程中,能夠有「創變」的可能元素,因此它是屬於文體生成的「殊變性」要素,此一要素來自作者的「才性、情感與思想」,因此可能出現作者的「創變性」文辭與其「個殊性」氣力。同時無論是「通常性」的客觀要素,或是「殊變性」的主觀要素,在劉勰論述中都不是單向獨立的思考,兩者之間具有主客辯證相成的「通變性」關係。

一、文體構成的「通常性」要素

「通常性」是指事物普遍不變的性質,在本文中用以指劉勰所言「設文之體有常」之「常體」所具普遍不變的性質,從劉勰「文體通變」的視角觀

〔註5〕顏崑陽:〈論文心雕龍「辯證性的文體觀念架構」〉,出自《六朝文學觀念叢論》,(臺北:正中書局,1993年2月),頁180。

之，這個「通常性」存在類體的基模形構與典範作品中。故本單元預設：文體自身本就存在構成的「通常性」要素。我們必須體察到劉勰從傳統的文體流變中，所歸約出來的「通常性」構成要素，並非只停留在抽象概念式中，就如其〈序志〉所言：

> 若乃論文敍筆，則囿別區分，原始以表末，釋名以章義，選文以定篇，敷理以舉統，上篇以上，綱領明矣。〔註6〕

由以上這段文字看來，其一，因為「文」與「筆」是兩種不同的文體形式，就如〈總術〉篇所云：「今之常言，有文有筆，以為無韻者筆也，有韻者文也。」〔註7〕因此「有韻、無韻」的客觀外在「形構」，除了成為文體「囿別區分」的分類依據外，「有韻、無韻」更是「文」與「筆」的不同形構要素之一。其二，從劉勰「釋名以章義」、「原始以表末」、「選文以定篇」、「敷理以舉統」之論述中，亦可一窺各類文體之構成要素，茲分述如下：「常規性」體製要素與理想文體之「正典性」要素。

（一）「常規性」體製

首先，所謂「體製」，依顏崑陽的界定，云：

> 「體製」（體裁）是指文體之「形構」，並且多繫屬某一特定文類而言，在文體論述上，所指涉的應該是文章可分析的「形構性之體」。
>
> 例如：五言絕句是以「一首四句，一句五個字」為其基本的結構。
>
> 〔註8〕

由其界義可知，在文體論述裡，「體製」所指涉乃是文章可分析的「形構性之體」，亦即是指某一文類之語言形式的基本形構。它是文類之體的最外在、最客觀化的「形式結構」：語言文字。所以它是可被規範出來的特定文體形式，這種指文類語言文字的組織形構，亦即顏氏所稱之「基模性形構」。準此，在文學傳統裡各類體之體製，是最顯性、最客觀、最具體的存在，因此這種文章的基本形構要素，所以此一文章之體在被歸類模習的過程中，形成一種「常體」，即是一種文體的「常規」。

〔註6〕梁・劉勰：《文心雕龍・序志》，參見周振甫：《文心雕龍注釋》（臺北：里仁書局，2001年9月28日初版四刷），頁916。

〔註7〕同註6，〈總術〉，頁801。

〔註8〕顏崑陽：〈論「文體」與「文類」的涵義及其關係〉，（《清華中文學報》第一期2007.9），頁22～26。

其次，所謂「常規」是指通常的規則，或指一般的規則，或指沿襲下來的經常性規矩。就文體而言，它是在文學創作的變動歷程中所形成的規範，也是在規範被實現的同時連續地維持著。準此，筆者所言「常規性」乃指客觀文體之經常性、共相性、普遍性的規範而言，乃藉由各種文類之體「通」與「變」的辯證關係，使其體製的「常規性」成為其文學創作永續性的規範。因此，筆者認為體製的「常規性」要素是一種類體之外在的、客觀的語言形式規範。就如龔鵬程在〈《文心雕龍》的文體論〉一文中所言：「每一文體都有其成素與常規。」〔註9〕這種成素與常規既是一種客觀的「語言形式」，因此也是每一種「文類之體」囿別區分的依據；並且藉由文體的生成歷程，可以見其在歷史傳習中，呈現他對文學創作的「常規性」作用。

其三，在劉勰「文體通變」之動態歷程文學觀中，「體製」是一種客觀「固定」形式，因此在文學傳統的發展中，逐漸形成一種文類的「常體」。此一觀念就如劉勰所言「設文之體有常」與「名理相因」〔註10〕，可見體製常規是在創作實踐中被型塑出來；因此這種「常規性」體製並不是一種恆常不變的定式，它必須仰賴文學創作之變化與恆常的「通變性」形構，維持其「常規性」，在「變而不離其常」的原則下，依循「常體」規範而能被不斷模習與創新，以型塑出文類的「常規性」體製。故筆者從「詩賦書記，名理相因，此有常之體」的論述視角，來探討文體構成要素之「常規性」體製時，除了從〈總術〉所論「文筆」的「囿別區分」，以及〈明詩〉至〈書記〉等「有常之體」的詮釋外，另外，透過〈神思〉、〈體性〉、〈通變〉、〈章句〉、〈練字〉、〈麗辭〉、〈聲律〉、〈鎔裁〉等篇章，亦可從其文學創作與批評法則，來看文體「常規性」體製的規範。

其四，從「宗經」觀點來看，劉勰在〈通變〉中所言「望今制奇，參古定法」，若如筆者之預設：劉勰以「經書」為典範依據，那麼「望今」與「參古」，都是劉勰站在時間的「動態歷程」思考文體「制奇之變」的構成要素，以及「定法之通」的構成要素；其中劉勰所言之「定法」乃是從「參古」而來，因此承載此一「定法」的語言形構，便是劉勰所說的「常體」，這樣的常體其實就是指具有文體「共相」之「普遍」法則。所以劉勰所「參」之「古」是指「還宗經誥」的「經典」。可見劉勰「文體通變觀」是從文學傳統發展的

〔註9〕同註3。
〔註10〕同註6，〈通變〉，頁569。

整體觀察，來確立文體之「名理有常，體必資於故實」〈通變〉的「通常性」形構要素：一方面呈現常體之「普遍與個殊」的辯證成果所形成的「常規性」體製。這種常規是經由「變化與恆常」的通變性而來。另一方面從不同的文體，如：詩、賦、書、記等，經由「名理相因」的釋義，也可認識到類體「常規性」的體製。

此外，就劉勰在〈總術〉篇裡對當時「文筆二分」的反思觀之，可以看出他對文體「常規性」體製的觀點，如其所云「今之常言，有文有筆，以為無韻者筆也，有韻者文也。……文場筆苑，有術有門。務先大體，鑒必窮源。」〔註11〕可見劉勰藉由反思當時「文筆」之「有韻」、「無韻」的體製，來說明文學傳統的變動歷程之中，各種文類都具備「有術有門」的常規，因此「務先大體，鑒必窮源」之「大體」，即含有體製「常規性」的要素。雖然劉勰在〈明詩〉至〈書記〉這二十篇中，並沒有直接以「文筆」為題，但在其篇章秩序的安置上，卻明顯地呈現出文與筆的區分，這種區分隱含著客觀、外在的「常規性」體製觀念，就是劉勰所指出的「論文敘筆，則囿別區分。」〔註12〕

依據劉勰自云：「原始以表末，釋名以章義，選文以定篇，敷理以舉統。」〔註13〕可見其寫作《文心雕龍》所依據的是古來文體本就具有「體製」之固定化形式，並在這種「常規性」體製定式下，區分出「有韻」的詩、樂府、賦、頌、讚、祝、盟、銘、箴、誄、碑、哀、弔、雜文（包含七發、連珠等）與諧、讔等十七體的「文」；以及「無韻」的史傳、諸子、論、說、詔、策、檄、移、封禪、章、表、奏、啓、議、對、書、記等十七體的「筆」。這種以「有韻、無韻」為分類標準，呈現出每一類文體在語言形構規範上，都隱含其構成文體的「通常性」要素，此一要素是經由類體的「通變性」辯證關係，使其在動態歷程的變化中，逐一被型塑出來的「常規性」要素。

所以從對各種文類之「常體」，亦可觀察到劉勰對文體之「形構」與「生成」的通變性論述中，是以「常規性」體製為其論證的基準，例如以劉勰在〈明詩〉篇中對於「四言詩」與「五言詩」的源流考辨為例，其云：

　　漢初四言，韋孟首唱，匡諫之義，繼軌周人。……孺子滄浪，亦有
　　全曲；暇豫優歌，遠見春秋；邪徑童謠，近在成世：閱時取證，則

〔註11〕同註6，〈總術〉，頁801～802。
〔註12〕同註6，〈序志〉，頁916。
〔註13〕同前註。

> 五言久矣。……然詩有恆裁，思無定位，隨性適分，鮮能通圓。……
> 至於三六雜言，則出自篇什；離合之發，則萌於圖讖；回文所興，
> 則道原爲始；聯句共韻，則柏梁餘制：巨細或殊，情理同致，總歸
> 詩囿，故不繁云。〔註14〕

劉勰點出漢初「四言詩」是「繼軌周人」，可見周代以來的「四言」定式是詩的體製常規，這樣的定式如何往「五言」的體製變化？劉勰論及「五言詩」之起源時，提到「遠見春秋」、「近在成世」，所要強調的是「閱時取證，則五言久矣」。可見「五言詩」起源甚早，歷時久遠，所以「五言詩」早已是詩體的構成「常規」。再加上劉勰「敷理以舉統」的論述中，特別指出「詩有恆裁，思無定位」的主客觀材料問題。

由此可見，客觀體製的語言形構與主觀情思之間，是「有恆裁」與「無定位」的通變性關係。就如摯虞〈文章流別論〉論詩云：「古之詩有三言、四言、五言、六言、七言、九言。古詩大率以四言爲體……後世演之，遂以爲篇。」〔註15〕從摯虞論詩體之發展中，可以看到劉勰所言的「恆裁」，他們都是從整體詩歌流變中，歸納出詩之體的常規定式，所以無論是「四言」、「五言」，或是「三六雜言」，「離合」，或是「回文詩」、「聯句共韻」、「柏梁臺詩」等「常體」格式，都是在動態歷程中經由「普遍與個殊」、「變化與恆常」的辯證融合，逐漸形成其「常規性」的體製形構。就如劉勰在〈明詩〉篇中對詩歌之文體「常規性」的預設一般，他在〈樂府〉至〈書記〉篇的論述預設也是如此。舉例來說，他在〈頌讚〉所云：

> 魯國以公旦次編，商以前王追錄，斯乃宗廟之正歌，非讌饗之常詠
> 也。時邁一篇，周公所製；哲人之頌，規式存焉。……然本其爲義，
> 事在獎歎，所以古來篇體，促而不廣，必結言於四字之句，盤桓乎
> 數韻之辭。約舉以盡情，昭灼以送文，此其體也。發源雖遠，而致
> 用蓋寡，大抵所歸，其頌家之細條乎！〔註16〕

劉勰在此指出「魯頌」這樣的宗廟正歌，會被收錄在《詩經》的原因，是因爲它是「周公所製」，雖然這樣的祭祀歌曲並非是當時常詠的宴饗之樂詩，然而就是劉勰所說的「哲人之頌，規式存焉」，可見頌之「常規性」體

〔註14〕同註6，〈明詩〉，頁83～85。
〔註15〕晉・摯虞：〈文章流別論〉，參見嚴可均：《全上古三代秦漢三國六朝文》，（臺北：世界書局，1982年2月），冊四，卷77。
〔註16〕同註6，〈頌讚〉，頁163。

製在周公時期已經存在了。此外，劉勰在〈頌讚〉中對於讚之類體特色，亦有作簡單的說明，認為「讚」之體「古來篇體，促而不廣，必結言於四字之句，盤桓乎數韻之辭」，因此可知其「常規性」體製是：四言詩體、數韻盤桓的語言形構，以及其內容要能「約舉以盡情，昭灼以送文」，這些是寫作頌體的「常規」。至於「讚體」其本義是在獎勵與讚嘆，其與頌體之描繪盛大功德與事蹟的對象不同；因此自古以來所構成的「讚體」，都是「促而不廣」的簡短篇章，而非長篇鉅著，雖然其文字形式也是「四字之句」的常體，因而被歸類為「頌家之細條」。由此可見，頌與讚兩體之間存在著「常規性」體製的通變。

　　綜上可知，文體構成之「常規性」體製要素，是在「同一文類」的「常體」下，所構成之共相的「經常性」規範，就如顏崑陽所云：

> 「文類體裁」所指涉的不是一篇作品的形構「殊相」——即所謂「篇
> 體」；而是諸多作品「聚同」而成「類」之後的形構「共相」，也就
> 是某一文類公約性而成規化的普遍形構與對應之功能——即所謂
> 「類體」。〔註17〕

根據顏氏這樣的說法來看，文體構成之「常規性」體製要素，必須從「類體」的外在形構去認知，並在「篇體」的構成概念下，以「篇體」的單一「殊相」要素為基礎，進而探討「篇體」與「篇體」之「聚同」要素，藉由文體之「普遍與個殊」的通變性形構，找尋其被公約化後的普遍與固定的共相，這樣的共相中隱含著理想範型的觀念在內，就如劉勰在〈體性〉中所言：

> 故童子雕琢，必先雅製，……故宜摹體以定習，因性以練才，文之
> 司南，用此道也。〔註18〕

這是劉勰從學習「貴乎始」的立場，所詮釋的文章之「體」的問題，他認為一個童子在修辭「雕琢」的學習上「必先雅製」，然其所謂「雅製」之義，也就是筆者所提出的「常規性」體製。此一「常規性」體製可對初學者產生規範性的制約；從劉勰對「雅製」的重視，以及他強調「摹體以定習」的主張看來，經由變動歷程所形成之「雅製」，乃是他面對文體的構成問題時，所歸納而成的文體「常規性」體製。

〔註17〕顏崑陽：〈論「文類體裁」的「藝術性向」與「社會性向」及其「雙向成體」的關係〉，《清華學報》新三五卷，第二期，2005年12月，頁19。

〔註18〕同註6，〈體性〉，頁536。

（二）「正典性」體式

所謂「正典」（canon），乃源於希臘文之 kan&Eacuten，原指織工或木匠使用的校準小棒，後來延伸成為法律或藝術上的「尺度」或「規範」。然而筆者所謂「正典性」一詞，乃是指文體被「類型化」後，所形成的理想風格的「尺度」或「規範」；這樣的「正典性」是將「典範」的概念放在文體的脈絡之中，經由「普遍與個殊」的通變性辯證融合，最後取得一個最理想的範型，此一理想性規範是經由文學傳統歷程之「即普遍即個殊」的辯證結果，這樣的結果筆者將其界定為「正典性」。

此外，所謂「體式」，是指文體具有「範型」性的「樣態」，是直觀而致的整體審美形相，並可以做為創作之法式。這是依據顏崑陽的定義，云：

> 「體式」指文體具有「範型」性的「樣態」，同時必須兼合著文類「形構性」的「體裁」，以及作家作品「樣態性」的「體貌」二個要素，再加上「範型性」此一規定，才是完整的涵義。若此「一家」或「一時」之「體」被「範型」化後，即形成「體式」，如：「陶體」、「謝靈運體」、「徐庾體」、「杜甫體」、「李白體」，乃由個人風格，逐漸形成「範型」，於是就從個別的「體貌」範型化為「體式」。〔註19〕

既然「體式」是指文體具有範型性的「樣態」，那麼探討它時就必須兼具文類之形構性「體裁」，以及作家作品之樣態性「體貌」，才能算是完整的「體式」涵義。從顏氏的界定看來，「體式」從「陶體」、「謝靈運體」、「徐庾體」等個人風格的「體貌」，逐漸形成「家體」，範型化為「體式」。因此「體式」乃兼具文體「樣態」與文類「形構」，經由文體之「普遍與個殊」的辯證後，所型塑出的「正典性」風格。

準此，在劉勰「文體通變觀」的視域中，無論在〈序志〉所提出之「蓋文心之作也，本乎道，師乎聖，體乎經，酌乎緯，變乎騷」之文章「樞紐」說；或是〈宗經〉：「文能宗經，體有六義」說；或是〈明詩〉至〈書記〉之「選文以定篇」；或是〈神思〉以降，劉勰在論創作時；其實都隱含著他個人心中對文體的「正典性」觀念，做為他論述文體的理想標準。準此，筆者從「文體通變觀」的視角觀之，認為在劉勰文體構成的「通常性」要素中，除了有客觀語言形構之「常規性」體製外，還有「正典性」體式的要素；而從其對文體構成之「正典性」要素的探討，也最能凸顯劉勰《文心雕龍》對文

〔註19〕同註8，頁28～33。

體之理想性立場與觀點。

此外，從文體之創生、變化，終而形成之動態性歷程觀點而言，在劉勰提出「還宗經誥」之說，就已表現他想以聖人「經典」做為文章之體（「體製」、「體式」與「體要」）的客觀創作典範。〔註20〕因此其所言「宗」字乃具「宗奉」之義。而「經典」乃古代聖人所規創出的「正典性」文本。在〈徵聖〉中劉勰特別強調「窺聖必宗於經」〔註21〕，可見其「宗經」之「正典性」意義，乃是要為創作找尋一個「理想」的文體典範，因此「文體通變觀」才能有「通古以變今」之典範模習的可能，如〈宗經〉云：

> 邁德樹聲，莫不師聖，而建言修辭，鮮克宗經。以楚艷漢侈，流弊
>
> 不還，正末歸本，不其懿歟！〔註22〕

從其敘述語境中可知，面對「楚艷漢侈，流弊不還」的文學危機，唯有「宗經」才能「正末歸本」。也就是說，劉勰的「文體通變觀」裡，文體構成的「正典性」體式要素，就存在「文學傳統」之經典裡，若要想為未來的創作塑立一套可以依循之「體製」與「體式」的規範，就必須從「還宗經誥」做起。這就是劉勰〈宗經〉裡直接提出「文能宗經，體有六義」的目的，其所言之「六義」是劉勰對「正典性」體式之構成要素所做的規定，云：

> 文能宗經，體有六義：一則情深而不詭，二則風清而不雜，三則事
>
> 信而不誕，四則義直而不回，五則體約而不蕪，六則文麗而不淫。
>
> 〔註23〕

以上這段文本，約可分成三大類：第一類是「情」與「風」：指的是情、思、意、志等主觀材料；第二類是「事」與「義」：指的是已發生之事物或普遍之理的客觀材料；第三類是「體」與「文」：指的是文體外在的語言文字表現形式，這些都是屬於文體構成的通常性要素。其中除了點出「情」、「風」、「事」、

〔註20〕同前註，關於「文體」之理論性義涵，筆者是以顏崑陽此文之定義，整理如下：（一）體製、體裁：指文體之「形構」，並且多繫屬某一特定文類而言，在文體論述上，所指涉的應該是文章可分析的「形構性之體」。（二）體式：是指文體具有「範型」性的「樣態」，同時必須兼合著文類「形構性」的「體裁」，以及作家作品「樣態性」的「體貌」二個要素，再加上「範型性」此一規定，才是完整的涵義。（三）體要：是指文體創作之法，從「範型」中歸納出「法」，成為創作者或批評者心中，最理想的文體創作法則。頁22～43。

〔註21〕同註6，〈徵聖〉，頁18。

〔註22〕同註6，〈宗經〉，頁32。

〔註23〕同前註。

「義」、「體」、「文」等六個「文體」要素外，他還藉由「經典」之「深而不詭」、「清而不雜」、「信而不誕」、「直而不回」、「約而不蕪」、「麗而不淫」，來規範這些構成要素的理想性質。

因此就創作的實踐面來看，劉勰這「六義」並非是一成不變的構成要素，其中都隱含著劉勰對文體的「通變性」思維。例如他點出「情深而不詭」、「風清而不雜」、「事信而不誕」、「義直而不回」、「體約而不蕪」、「文麗而不淫」的主張裡，就隱含著「本質與形構」、「普遍與個殊」、「變化與恆常」的通變性。所以想要讓「情」的構成要素能維持在「深而不詭」的理想狀態時，就必須隨時保持「通變性」的辯證思維：才能不讓「情深」淪為「詭異」、「詭譎」之弊，這是維持「情深而不詭」的關鍵。以此類推，在「風清而不雜」、「事信而不誕」、「義直而不回」、「體約而不蕪」、「文麗而不淫」等語境中，亦隱含著彼此辯證互成的「通變性」思維。此外，除了〈宗經〉「六義」談到文體構成要素外，劉勰在〈附會〉篇中亦以「人體」構成要素，來比擬「文體」的構成要素，其云：

> 夫才童學文，宜正體製，必以情志爲神明，事義爲骨髓，辭采爲肌膚，宮商爲聲氣，然後品藻玄黃，摛振金玉，獻可替否，以裁厥中。〔註24〕

這是劉勰從童子學文的寫作視角，來談「宜」正體製的法則，「必」以「情志爲神明，事義爲骨髓，辭采爲肌膚，宮商爲聲氣」。這「宜」與「必」之間，展現出劉勰對一篇文章構成要素的規定：「情志爲神明」、「事義爲骨髓」、「辭采爲肌膚」、「宮商爲聲氣」等。而這些構成要素中，無論是像神明般的「情志」，或是如骨髓般的「事義」，或是像肌膚般的「辭采」；像聲氣般的「宮商」，都是缺一不可的構成要素，這些無論是主觀材料的「情志」，或是客觀材料的「事義」，或是語言表達形構之「辭采」、「宮商」。同時，結合這些構成要素的基本原則，則在於「獻可替否，以裁厥中」的「通變性」思維。

因此劉勰「宗經」的目的，並不是像紀昀等人所言之文學的復古，或是模擬，他其實是想要爲文體之「貴創」找一個典範性的創作依據。所以這「經典」的六義，提供了文學創作者客觀規範與主觀文心通變之「正體」。因此劉勰在〈通變〉中反思六朝文體之弊時，提出「矯訛翻淺，還宗經誥。」

〔註24〕同註6，〈附會〉，頁789。

〔註25〕其目的如前所言，一方面回應當時的「文學環境」與「文學傳統」的問題，另一方面反思到創作時，如何掌握「質文」與「雅俗」之「通變性」原則；此一「折衷」與「調合」的辯證性思維，是以「正典性」來使文體免於步上「新聲」、「奇詭」之危機。

　　由此可知，劉勰之「宗經」是希望以經書之理想文體爲「正宗」典範，以建立其「常體」觀念，故其在〈宗經〉篇中提出各種文類的「總源」，是源自於易、書、詩、禮、春秋等「五經」。就是因爲這些經典是各文類的總源，因此是各種文類之體所必須宗奉的「常體」，就如劉勰〈宗經〉所云：「《易》統其首」，「《書》發其源」「《詩》立其本」，「《禮》總其端」，「《春秋》爲根」。〔註26〕因此從以上劉勰所言「體有六義」之「體」，乃是劉勰心中的「常體」，這些「常體」不但具有典範性，也具有指導性意義。因此劉勰指出各種文類都有其「常體」存在，就如其在〈通變〉所言「凡詩賦書記，名理相因，此有常之體也」〔註27〕從文體「有常」的觀點來看，「名理相因」的「詩、賦、書、記」，也是源於經典而來，因此劉勰說「體必資於故實」。這個故實之「常體」，必然有其通常性形構與規律性變化。因此劉勰提出「易、書、詩、禮、春秋」做爲五大類文體的「正典」，如：「論、說、辭、序」等次文類，是以「易」爲其正典；而「賦、頌、歌、讚」則是以「詩」爲其正典，可見劉勰論「五經」之文學性問題時，其「常體」是具有根源性、普遍性之「正典性」價值。

　　準此，劉勰的「正典性」體式，一方面指出本身所具備的「共相性」，另一方面也保留其殊相性。例如「論說辭序，則易統其首」，指的就是論、說、辭、序是以「易」爲其「正典性」體式，因此「論說辭序」有其各自之殊相，也同時是被統攝在「易」之體的共相之中。此外，在各文類的「常體」規範下，才有可能實現劉勰「體必資於故實」的理想。就如其在〈議對〉所言「其大體所資，必樞紐經典，採故實於前，觀通變於當今。」〔註28〕可見劉勰的「體資故實」，只是一個開端而已，在劉勰「文體通變觀」的視域下，「通古」的目的應是在「變今」的未來理想。所以劉勰要我們「體資故實」，除了是要「通古」之「大體」（經典），也就是以「古」爲正典之外，更重要的是藉由

〔註25〕同註6，〈通變〉，頁570。
〔註26〕同註6，〈宗經〉，頁32。
〔註27〕同註6，〈通變〉，頁569。
〔註28〕同註6，〈議對〉，頁462。

「觀通變於當今」，以實踐而開展「文體通變」的未來理想。因此古代之「經典」才會是劉勰心目中最理想的「正典性」體式，也是他針對後代文學創作者，所要建構的「正典性」體式要素。

此外，劉勰在〈體性〉中提出「八體」之說，亦可見其對文體風格之「正典性」體式。這八種文章類型之「正典性」體式，就如其〈體性〉所言：

> 若總其歸途，則數窮八體：一曰典雅，二曰遠奧，三曰精約，四曰顯附，五曰繁縟，六曰壯麗，七曰新奇，八曰輕靡。典雅者，鎔式經誥，方軌儒門者也。遠奧者，複采典文，經理玄宗者也。精約者，覈字省句，剖析毫釐者也。顯附者，辭直義暢，切理厭心者也。繁縟者，博喻釀采，煒燁枝派者也。壯麗者，高論宏裁，卓爍異采者也。新奇者，擯古競今，危側趣詭者也。輕靡者，浮文弱植，縹緲附俗者也。故雅與奇反，奧與顯殊，繁與約舛，壯與輕乖，文辭根葉，苑囿其中矣。〔註29〕

從以上文本看來，劉勰從總體文學裡，歸納出這八種「體式」：一是「典雅」，二是「遠奧」，三是「精約」，四是「顯附」，五是「繁縟」，六是「壯麗」，七是「新奇」，八是「輕靡」等。這八種「正典性」體式，又呈現出四組對立性的風格範型：一是「雅與奇反」，二是「奧與顯殊」，三是「繁與約舛」，四是「壯與輕乖」。從劉勰對這八種「體式」的細部分析看來，他是想為創作者提供文體構成要素之「正典性」體式。因此從文體構成要素的角度而言，「典雅」之「體式」是要能「鎔式經誥，方軌儒門」，即從經典中鎔通其意，取法於儒門之作，這是「典雅」之作品的「正典性」體式。然而若想寫與「典雅」相反的「新奇」之作，也必須要掌握「擯古競今，危側趣詭」的辯證性要素，也就是要拋棄古舊，競創新體時，千萬要小心不要在危險側徑之中追求詭奇之趣味。由此類推，其餘六體之「正典性」體式風格要素亦如是。

可見體式之「正典性」要素，也是文體構成在「常體」觀念下之「範型性」要素。然而「體式」的概念就如顏崑陽所言：包含「家體」、「時體」與「類體」等三種「體式」範型。〔註30〕雖然在《文心雕龍》中，沒有明確使用「家體」、「時體」與「類體」之語詞，然在其「選文以定篇」中，卻隱含著「一家之體」之作者作品風格的範型，如其在〈辨騷〉篇中指出「不有屈

〔註29〕同註6，〈體性〉，頁535。
〔註30〕同註8，頁28～31。

原，豈見離騷？」〔註31〕這裡所謂沒有「屈原」就沒有〈離騷〉的語境中，
點出屈原開創辭賦之體，成為後代模習的典範，這就是辭賦之「家體」範型。
另外，劉勰從文學歷史的脈絡中，點出「時代之體」以做為文體構成要素之
「正典性」體式，如〈明詩〉所云：

> 暨建安之初，五言騰踊，文帝陳思，縱轡以騁節，王徐應劉，望路
> 而爭驅；並憐風月，狎池苑，述恩榮，敘酣宴，慷慨以任氣，磊落
> 以使才。〔註32〕

這種指出「建安」時期的詩風是「慷慨以任氣，磊落以使才」，從曹丕、曹植，
到建安七子的詩歌，形成其「一時之體」，因此「慷慨磊落」成為「建安體」
之「體式」。至於「一類之體」的理想範型，劉勰在〈明詩〉篇也有明確的指
出，其云：「四言正體，則雅潤為本；五言流調，則清麗居宗。」〔註33〕就是
指出「雅潤」是四言詩的「類體」範型，而「清麗」則是五言詩的「類體」
範型。這種「正典性」體式在〈定勢〉亦云：

> 是以括囊雜體，功在銓別，宮商朱紫，隨勢各配。章表奏議，則準
> 的乎典雅；賦頌歌詩，則羽儀乎清麗；符檄書移，則楷式於明斷；
> 史論序注，則師範於覈要；箴銘碑誄，則體制於宏深；連珠七辭，
> 則從事於巧豔：此循體而成勢，隨變而立功者也。雖復契會相參，
> 節文互雜，譬五色之錦，各以本采為地矣。〔註34〕

這裡是劉勰針對創作而言，他認為深得創作之道者，都善於「括囊雜體」，因
為其能綜合各種體勢，所以能「隨勢各配」，即銓衡各種「正宗」與「奇變」
文體的本質與形構的功用。因此從創作的角度言之，「章表奏議，則準的乎典
雅」，是指像章、表、奏、議等文體創作，要依典雅為標準；換言之，章、表、
奏、議最終表現出的體式，應以「典雅」為其「正典性」準的。以此類推，
從劉勰的論述語境看來，一方面可以瞭解「章表奏議」要「典雅」；「賦頌歌
詩」要「清麗」；「符檄書移」要「明斷」；「史論序注」要「覈要」；「箴銘碑
誄」要「宏深」；「連珠七辭」要「巧豔」等體勢的表現。就創作法則而言，
所謂「準的」、「羽儀」、「楷式」、「師範」、「體制」、「從事」，就是對文體表現
的「要求」，涵有「規範」之義，這就是「體要」的觀念。若就構成要素而言，

〔註31〕同註6，〈辨騷〉，頁65。
〔註32〕同註6，〈明詩〉，頁84。
〔註33〕同前註。
〔註34〕同註6，〈定勢〉，頁585～586。

所謂「典雅」、「清麗」、「明斷」云云，則是對「正典性」體式的規定。另一方面從劉勰所言「循體而成勢，隨變而立功」的主張看來，依不同的文體構成要素就會形成不同的文勢，這些「正典性」體式是在適應變化當中達成其體勢之功效。由此可見，從「體式」的正典性來看，無論是「家體」、「時體」，或是「類體」，它們除了是創作的規範性法則外，更因其「隨變」而「立功」，使其一旦成為文體構成之普遍要素後，其「體式」的正典性，乃在提示作者面對文學傳統，必先瞭解其在文體結構與生成之歷程裡，應當以「通常性」要素為基準，再進行個人的創變。

二、文體構成之「殊變性」要素

承前所論，文體構成除了有普遍客觀之「通常性」要素外，在劉勰「文體通變觀」的構成要素裡，還有屬於主觀之「殊變性」要素。歷來專論《文心雕龍》的學者們，對於劉勰文體構成要素的論證，大都是從「靜態化」的角度來談其構成要素，較少人從「動態性」的主客辯證融合的觀點，來論證其對文體構成要素之客觀材料與主觀材料之運用的「通變性」關係。當然也很少人會將作者的「通變心」，結合客觀文體的「通變形構」，形成辯證融通的創作思維。

所謂「殊變性」是指不同的變化特性；用它來解釋文體構成要素時，所要呈現的是作家個人情性在創作實踐的過程中，因其「文辭氣力」而使創作能產生個殊性與創造性的變化。這種「殊變性」要素，並無一定的通則或定式，它會隨著作家個人的「才、氣、學、習」，「情、性、神、思」而有所不同，因此就如劉勰〈通變〉篇所言：「變文之數無方……文辭氣力，通變則久，此無方之數也。」〔註35〕從其「變文之數無方」的觀點來看，「變文」之所以是「無方之數」的原因，是因為能否「變文」的關鍵是受作者的主觀情性所主導，因此它沒有一定的法則或定式，它當然也很難被客觀規範；因此唯有作家運用其「文辭氣力」，藉由「通變」的原則，才能使其主觀情性的創作能源遠流長，這是作家個人情性之「殊變性」使然；此一「無方之數」也是文體構成中，不可或缺要素。

這樣的主觀情性之「殊變性」要素，從劉勰名其書為「文心雕龍」的動機中，即可窺知其用心所在：他一方面強調作者「文心」之「用」，另一方面也確立文章「雕縟成體」的規範性；可見其對文體構成要素之主觀「文心」

〔註35〕同註6，〈通變〉，頁569。

與客觀「雕龍」，兩者存在不可偏廢的「通變性」關係。準此，劉勰除了提出文體構成之「普遍客觀要素」外，關於「人」的主觀個殊性，即「文辭氣力」，則隨著作者的的「才氣性情」表現，而使創作有其「創變性」價值。然而就如劉勰〈體性〉所言「才有庸儁，氣有剛柔，學有淺深，習有雅鄭」，故其云：

> 辭理庸儁，莫能翻其才；風趣剛柔，寧或改其氣；事義淺深，未聞乖其學；體式雅鄭，鮮有反其習：各師成心，其異如面。……夫才由天資，學慎始習，……八體雖殊，會通合數，得其環中，則輻輳相成。故宜摹體以定習，因性以練才，文之司南，用此道也。〔註36〕

從劉勰論述的語脈可知，人的才氣是一種天賦，所以「辭理」平庸或是俊秀，都不能「翻其才」；而「風趣剛柔」也是受人的氣質所主導；至於「事義淺深」與「體式雅鄭」，都是必須仰賴「學習」而來，所以「學慎始習」是創作者可尋之道。因此從劉勰所言「摹體以定習，因性以練才」中，可以看到他提出的寫作指南外，更可見其對創作之主觀之「才、性、學、習」的累積，以及「文辭氣力」的結合，非常強調；而認為這是文學創作之能「殊變」的原因。因此從文體構成要素的角度觀之，「文心」的主觀情性要素，是使文體能在「通變無方」的特性中維持其「通變則久」的發展。然則，論證此一構成要素時，必須是在文學的「創作情境」中，才能體現其「動態性」的主客辯證關係。在文體構成之「殊變性」要素裡，筆者將從「創變性」文辭與「個殊性」氣力兩個面向來論述。

（一）「創變性」文辭

筆者在此所指之「文辭」要素，並非是指還未被使用前之「語言文字」的符號本身，而是作者「才、性、學、習」下，經由「積學以儲寶，酌理以富才，研閱以窮照，馴致以繹辭」〔註37〕之後，所累積出來的「用辭遣句」的「創變性」修辭，這是劉勰論文體構成之「殊變性」要素之一。由此可見，劉勰在面對構成文體之主觀要素時，除了〈通變〉之「文辭氣力，通變則久，此無方之數」的論述外，在〈體性〉、〈風骨〉、〈定勢〉、〈情采〉、〈事類〉、〈養氣〉、〈才略〉等篇章中，都有論及屬於個人風格之「家體」的構成要素，如其〈體性〉云：

> 若夫八體屢遷，功以學成，才力居中，肇自血氣；氣以實志，志以

〔註36〕同註6，〈體性〉，頁535～536。
〔註37〕同註6，〈神思〉，頁515。

定言，吐納英華，莫非情性。是以賈生俊發，故文潔而體清；長卿
傲誕，故理侈而辭溢；子雲沉寂，故志隱而味深；子政簡易，故趣
昭而事博；孟堅雅懿，故裁密而思靡；平子淹通，故慮周而藻密；
仲宣躁競，故穎出而才果；公幹氣褊，故言壯而情駭；嗣宗俶儻，
故響逸而調遠；叔夜儁俠，故興高而采烈；安仁輕敏，故鋒發而韻
流；士衡矜重，故情繁而辭隱：觸類以推，表裏必符；豈非自然之
恒資，才氣之大略哉！〔註38〕

從以上本看來，劉勰提出「八體屢遷，功以學成」的文學現象後，對於文
人作家個人風格的表現上，他列舉出賈生、長卿、子雲、子政、孟堅、平
子、仲宣、公幹、嗣宗、叔夜、安仁、士衡等十二位文人之「家體」特色，
藉以呈現作者自身在「才力居中，肇自血氣」的殊變性要素下，一方面用
以印證「文體」和「才性」之關係，另一方面從這些文人的創作成果，如
賈誼因其才氣英俊而使其「文潔而體清」；司馬相如因其「傲誕」而使其「理
侈而辭溢」等；以此類推，而有揚雄文辭「志隱而味深」、劉向文辭「趣昭
而事博」；班固文辭「裁密而思靡」；張衡文辭「慮周而藻密」；王粲文辭「穎
出而才果」；劉楨「言壯而情駭」；阮籍文辭「響逸而調遠」；嵇康文辭「興
高而采烈」；潘岳文辭「鋒發而韻流」；陸機文辭「情繁而辭隱」，這些論述
呈現出這十二個人都有其不同的「創變性」修辭表現，其個人才氣與情性
的結合，使其個人的文辭吐納，展現出異於別人的「家體」風格，並且在
表裡合一、相互符應下，顯示出作家個人的「創變性」文辭的特色。又如
〈定勢〉篇云：

是以繪事圖色，文辭盡情，……桓譚稱「文家各有所慕，或好浮華
而不知實覈，或美眾多而不見要約。」陳思亦云：「世之作者，或
好煩文博採，深沉其旨者；或好離言辨句，分毫析釐者：所習不同，
所務各異。」言勢殊也。〔註39〕

就如劉勰所言「文辭盡情」一樣，當作者能夠盡其個人之情在文章的修辭表
現上時，隨其不同情性亦呈現出異於他人的「創變性」文辭。因此劉勰從桓
譚分析作家個人愛好時，點出「或好浮華而不知實覈，或美眾多而不見要約」
的現象。以及曹植對「世之作者」之分析時，認為隨著他們個人的習性不同，

〔註38〕同註6，〈體性〉，頁536。
〔註39〕同註6，〈定勢〉，頁586。

在修辭上有些人「好煩文博採，深沉其旨」，有些人「好離言辨句，分毫析釐」，這些都是造成作家在修辭表現上，因「所習不同，所務各異」而呈現個人表現風格之「勢殊」的「創變性」。

（二）「個殊性」氣力

筆者在此所言「個殊性」，是就文體構成要素的視角，探討作者主觀情性之「氣力」表現，構成文體「殊變性」的要素之一。這種作者「主觀情性」，是「文體通變」之「變」的關鍵性要素。從劉勰論創作的理論看來，作者之才性和文體的表現息息相關，作者之才、性、學、習的「體性」表現，是一篇文章之構成的關鍵；就如劉勰〈體性〉篇所言：「若夫八體屢遷，功以學成，才力居中，肇自血氣；氣以實志，志以定言，吐納英華，莫非情性。」〔註40〕可見面對「八體屢遷」的文學現象，仰賴的是作者本身「功以學成」的努力，以及內在肇自「血氣」的「才力」。

所以能吐納出華美之文辭，乃來自其內在「情性」的主導。因此論述作者之才性和文章風格的關係時，這種來自作者「情性」的個殊創造力，是不能忽略的構成要素之一。這就是劉勰〈體性〉「贊曰」要說「才性異區，文體繁詭。辭為肌膚，志實骨髓。」〔註41〕他要強調的是作者的才性氣力各有區別，因此在文體的表現上是變化多端，所以他用「肌膚」來形容文辭，用「骨髓」來喻指情志。所以作家內在情志，藉由其「個殊性」氣力，朗現在文辭的創變上，呈現其「殊變性」的不同風格。準此，作者之「氣力」是由天生的血氣之性而來，故如〈體性〉所云：「才力居中，肇自血氣。」因此「氣力」即肇自天生血氣，那麼它必然會因為個人不同的「天資」才能，而產生其「個殊性」氣力的表現。又如〈風骨〉所云：

> 故魏文稱「文以氣為主，氣之清濁有體，不可力強而致。」故其論孔融，則云「體氣高妙」；論徐幹，則云「時有齊氣」；論劉楨，則云「有逸氣」。公幹亦云：「孔氏卓卓，信含異氣，筆墨之性，殆不可勝。」並重氣之旨也。〔註42〕

以上這段文本是劉勰藉由魏文帝《典論・論文》所提出之「文以氣為主」，且作家之「氣」或清或濁，其各自之「體」是「不可力強而致」；並藉由分析出孔融

〔註40〕同註6，〈體性〉，頁535～536。
〔註41〕同前註，頁536。
〔註42〕同註6，〈風骨〉，頁553～554。

「體氣高妙」，徐幹「時有齊氣」，劉楨「有逸氣」，以及劉公幹所言孔融很傑出確實有異於他人的氣質等說法，雖是以文章之「氣」爲論述的焦點，但從魏文帝與劉楨重氣之說法，可以看到作家的「個殊性」氣力，乃是構成文體的要素之一。可見作者之才氣情性的朗現，是支撐文體之「殊變性」要素的來源。

此一構成文體的要素：「個殊性」氣力，在劉勰論作家「才略」時，便可見其對歷代文人之才氣情性的個殊性表現，如〈才略〉所云：

> 魏文之才，洋洋清綺。舊談抑之，謂去植千里，然子建思捷而才俊，
> 詩麗而表逸，子桓慮詳而力緩，故不競於先鳴；而樂府清越，典論
> 辯要，迭用短長，亦無懵焉。但俗情抑揚，雷同一響，遂令文帝以
> 位尊減才，思王以勢窘益價，未爲篤論也。〔註43〕

從以上這段文本看來，劉勰論魏晉作家之「才」時，特別從「舊談」貶低曹丕之「才」說起，他有意反駁曹丕「去植千里」之說，認爲曹子建「思捷而才俊」，因其文思敏捷，才華俊逸，這樣的「個殊性」氣力表現在詩歌上時，呈現出「詩麗而表逸」的個人風格；然而曹子桓「慮詳而力緩」，就因爲他思慮周詳，而思力遲緩，所以看起來就會有「不競於先鳴」的結果。劉勰在此雖然針對曹子桓不能跟曹子建相爭的「舊談」，提出他不同於前人的看法；並且強調曹子桓在樂府詩的「清越」表現與《典論・論文》的「辯要」得當，亦有其「個殊性」氣力的表現。因此，從劉勰對曹氏二人之才的辯析，除了反省前人批評不夠客觀外，從其論述亦可見其對作家個人「作品」的表現，來論其表現風格之「個殊性」氣力的表現，亦是構成文體「殊變性」要素之一。

三、文體構成要素之「通變性」關係

綜上所述，天地事物都有其組成的諸多元素。從劉勰「文體通變觀」這個視角觀之，其所言之文體構成要素，是一種在實存作品的實踐歷程中，才能顯現。這些構成要素在劉勰動態歷程的文學觀中，是一種「辯證性」的存在關係。這種關係就如顏崑陽從當代之文學研究角度，以《文心雕龍》做爲一種「知識型」的預設立場，所強調的觀點：

> 「世界」始終以「動態歷程結構」的模態，在其自身或觀視者心靈
> 中，實現各層面諸要素，或對立、或同應、或並存，而彼此交涉、
> 衍變又統合爲混融的總體性存在；「結構」即是各因素、元質之間「有

〔註43〕 同註6，〈才略〉，頁863。

機性」的連結「關係」。〔註44〕

這段話是顏氏從活用「易學」的本質觀出發，用一種整體知識世界的視域，預設各要素之間是一種「有機性」的連結關係，因此構成文體的要素與要素之間，或對立、或同應、或並存的交融模式；這種辯證性模式之「關係」，就是本單元所要論述的「通變性」關係。客觀文體的「通常性」要素與主觀情性的「殊變性」要素，實以「通變性」的辯證關係彼此依存；也就是說，劉勰是以文體通變的辯證性思維，來探討文體的構成要素：

其一，是「普遍與個殊」之相互依存的「通變性」關係：從劉勰「設文之體有常」而「變文之術無方」的說法，可以看到他的語境中，所隱含文體之「普遍與個殊」的要素，是一「相互依存」的通變性關係；這種文體現象具有「即個殊即普遍；即普遍即個殊」、「即具體即抽象；即抽象即具體」的特徵：一方面「有常之體」存在著「常規性」體製與「正典性」體式的「通常性」要素，使文學傳統維持永續發展的「通貫性」；另一方面變文的「無方之數」則存在著「創變性」文辭與「個殊性」氣力的要素，使得文體的生成，能在發展歷程中維持其生生不息的「殊變性」；這是劉勰對「普遍與個殊」之文體構成要素，所揭明的「通變性」關係。

此一關係是劉勰藉由動態歷程的文學觀點，來檢視「文體構成要素」，不但要掌握文體之「基模性」的靜態形構要素，而且還要在動態歷程中掌握其「殊變性」的生成要素。因此劉勰在〈體性〉篇云：

> 八體雖殊，會通合數，得其環中，則輻輳相成。故宜摹體以定習，
> 因性以練才，文之司南，用此道也。〔註45〕

這段話是劉勰從八種體式中，提出「會通合數」的通變性創造，藉由其辯證歷程「得其環中」，所形成之「輻輳相成」的結果。這樣的觀念顯現劉勰所持動態歷程的文體構成要素之思考，就如顏崑陽所言：

> 任何一個還『存活』於文學社群及傳統中之『在場性』的文體，其
> 『構成』都屬『進行式』。它絕非一種已固態化的存有物，而是一種
> 在歷史進程中不斷流變的文學形式現象。〔註46〕

〔註44〕顏崑陽：〈《文心雕龍》做為一種「知識型」對當代之文學研究所開啓知識本質論及方法論的意義〉，2011.03.26，湖北武漢大學，「2011百年龍學國際學術研討會暨中國文心雕龍學會第十一屆年會」，頁4。

〔註45〕同註6，〈體性〉，頁535～536。

〔註46〕同註1。

從以上文本看來，文體「構成」在劉勰的論述中，並不純屬抽象概念的說明，因為它始終不會離開歷史，而且在歷史不斷流變的情境中維持其文學形式，因此就如顏氏所言它是一種「在場性」的「進行式」的文體構成現象。這種文學現象，其實是要靠文體的「通變性」，才能看到它在歷史進程中，「不斷流變」的形式。正為如此，所有文體才會有劉勰〈宗經〉所言「往者雖舊，餘味日新」〔註47〕的可能。

其二，是「主觀與客觀」之彼此融合的「通變性」關係：作者主觀「文心」要素與客觀「雕龍」之語言形構要素間，實存在著彼此融合的「通變性」關係。依前文所述，劉勰在〈宗經〉「體有六義」與〈體性〉「八體」中，都有論及文體構成之主客觀「通變性」要素。因此他從人的主觀情性來論作者「文心」之「才、氣、學、習」，以及文章形式「雕龍」之「體」，能在「主觀與客觀」的「通變性」關係下，達成其構成要素的「辯證融合」；就如顏崑陽所言：

> 文體的客觀規範有它的局限，斷不能掩滅了主體的才性、情志、學養。它與主體的關係，是透過「限制」的手段，達成「生成」的目的。換句話說，那完全是辯證融合的關係，而不是對立的關係。〔註48〕

從顏氏這段論述所說的「主客觀辯證融合」關係，可藉以理解劉勰強調文體「常規性」體製的限制，相對透過「作者」主體才性、情志、學養的創變，兩者的辯證乃成為決定文章風格之關鍵。這就指出作者必須通過文體規範的「限制」，最後達成其文體「生成」的目的。

其三，是「變化與恆常」之相生相成的「通變性」關係：既然「文體」是後天「人為」所規創出來的文化產物，而且具有社會文化精神與經驗之內涵的特定語言形構存在物，在時空歷程中不斷被創生、變化。因此就如黃侃所言：

> 文有可變革者，有不可變革者。可變革者，遣辭捶字，宅句安章，隨手之變，人各不同。不可變革者，規矩法律是也，雖歷千載，而粲然如新，由之則成文，不由之而師心自用。〔註49〕

〔註47〕 同註6，〈宗經〉，頁32。
〔註48〕 同註5，頁172～173。
〔註49〕 黃侃：《文心雕龍札記》，（臺灣：花神出版社，91年8月），頁123。

從黃氏「可變」與「不可變者」之說看來，其不可變的「規矩法律」，指的就是文章形構的基本規範，也就是劉勰〈通變〉篇所言之「有常之體」，更是本章所提出之文體構成的「常規性」體製與「正典性」體式的「通常性」要素。至於黃氏所言「可變革者」，是「遣辭捶字，宅句安章，隨手之變，人各不同」，指的就是能夠「遣」、「捶」、「宅」、「安」的作者之「手」，這即是劉勰〈通變〉篇所言之「無方之數」，也就是本章所言：文體構成之「創變性」文辭與「個殊性」氣力的「殊變性」要素。這正是劉勰「文體通變觀」透過「變化與恆常」的辯證性，來檢視過去、現在與未來之文學視野。大陸學者李平針對劉勰此一「通變」的辯證觀點，提出：

> 劉勰並沒有機械地看待文體之常與術數之變，而是認為文體之常是常中有變，術數之變是變中有常。……有常之體是經歷了歷史的演變才形成的，是由變中得來的；無方之術經過逐漸積累總結，也必然有常方向發展，在一定程度上變成有常之規。這就是劉勰分辨證的常變觀。〔註50〕

就如李平所言「劉勰並沒有機械地看待文體之常與術數之變」；然而筆者認為無論是「常中有變」，或是「變中有常」，這樣的辯證觀點正是筆者檢視劉勰「文體構成要素」之通變性時，看到劉勰從「變化與恆常」之相生相成所提出的「通變性」視角與觀點。

其四，是「往復代變」之相互替代的「通變性」關係：在劉勰「動態歷程」的文學視野裡，文學傳統中關於文體構成要素的形成，並非只是一種並時性的靜態化形構，因此從文體的「生成」要素來看，就如其〈通變〉「贊曰」所云：

> 文律運周，日新其業。變則堪久，通則不乏。趨時必果，乘機無怯。
> 望今制奇，參古定法。〔註51〕

從這段話可以看到劉勰受《周易》「易窮則變，變則通，通則久」之說的深遠影響，因此在他活用「易學」思想，做為《文心雕龍》的理論基礎時，原本是對應宇宙自然的辯證性形構與規律，被劉勰轉用到文體的論述上來，「文律運周」就是指出文學創作具有一種規律現象，它是週而復始，循環運行。在

〔註50〕李平：〈論《文心雕龍》的文化意蘊〉，《文心雕龍綜論》（北京：中國文聯出版社，1999 年 12 月），頁 58。

〔註51〕同註 6，〈通變〉，頁 570。

這週而復始的「運行」中不停向前「變化」，這種是一種「取代性」的變化，所具有的「日新」又新的概念，是使文學活動能不斷創新的原因；更因其融「通」古今而能推陳出新，而使其能永不匱乏；同時也因其「變則堪久，通則不乏」的文學觀，在「文律運周」之文體形構與規律的基本觀點下，揭明文學應該往「日新其業」的理想邁進。

因此從「文律運周」的觀點來看，文體構成要素在文學發展歷程中，文體從創生、變化到完成，不斷呈現著「往復代變」的現象。準此，從文體的「完成」而言，它非指「終止」，而是在「通變」歷程中經由一次「完成」後也同時又展開創新、變化，並且再往另一次「完成」的理想去實現，如此循環不息。因此無論是就形構或是就生成，在劉勰「運周」、「日新」、「堪久」、「不乏」、「趨時」、「乘機」的「通變觀」下，藉由「通」與「變」之要素的相生互成、往復替代的辯證，使文體的本質功能、形構，既能因承傳統精神，又能切合當代社會文化情境，成為同時通古而變今的產物。正因為文體構成要素中有這樣的「通變性」關係，所以劉勰才會提出「望今制奇，參古定法」的文學主張。

第二節　文體源流之「通變性」規律及其關係

本節是以「文體源流規律之通變性及其關係」為題，藉由後設性詮釋劉勰《文心雕龍》「文體通變觀」中，有關文體源流之變化規律。就如前節所述，筆者預設文體的構成要素與文體源流兩者之間，存在著「通變性」的辯證關係。這樣的「通變性」關係：一方面藉由文體的結構與生成要素，做為詮釋文體源流規律的基礎；另一方面藉由文體的起源與分流的辯證規律，做為衡定文體之本質與功能的基準。因此兩者都是文論家要問：「文學是什麼」、「文學如何起源與演變」。

然在進入本節議題前，必須先界定「源流」這個關鍵性語詞。「源流」一詞，乃由「源」與「流」組合而成的複合詞。就概念義而言，「源」與「流」是二個對立性的概念；將其用以指涉實存物（如文體）時，兩者之間是具有辯證性關係的存有；故從文學「流變發展」的歷史脈絡看來，「源流」乃指文體「起源」與「分流」，兩者之間在實際文學作品中，乃屬不可分割之相互依存的「通變性」關係。因此關於「源流」一詞的界義，在顏崑陽〈中國古代

原生性「源文學史觀流」詮釋模型之重構初論〉一文中，已有十分詳實的界義。因此以下筆者將以顏氏研究成果爲依據，對於「源」、「流」、「源流」等語詞之義做一些歸納整理：

首先，「源」：亦作「原」。顏氏歸納「源」之義，約有事物之「出自」、「始自」、「價值所本」等三義：一是，「出自」之義：顏氏從許慎《說文解字》：「源，水本也。」將此一「水本」之本義，安置在文學之起源時，所要問的是：文學之創生乃「出自」什麼根源性的原因？二是，「始自」之義：顏氏從《禮記‧月令》所云：「命有司爲民祈祀山川百源。」鄭玄注：「眾水始所出爲百源。」因此其本義乃指「水始出」之概念義，所指的是「事物在發展歷程上的時間開端，或空間起點」的概念。三是，「價值所本」之義，顏氏從《荀子‧儒效》：「俄而原仁義，分是非。」楊倞注：「原，本也。謂知仁義之本。」此處乃指事物之「價值所本」的概念。〔註52〕

其次，「流」：「流」字之本義，乃指「水行」之義。顏氏從《說文解字》：「流，水行也。」指出「水」流動運行之義，因此是指一切事物連續不斷變動之現象，如：《呂氏春秋‧審分》云：「意觀乎無窮，譬流乎無止。」高誘注：「流，行」。此處所指「流乎無止」既是指連續變動之義。然而從其狀態可以推出「水流」擴散漫佈之狀；又從其「擴散漫佈」推出事物「一源多流」之的分化現象。若將「源」與「流」兩字並列觀之，則一指起端，一指末端，用以指涉同一事物在動態的發展過程中，所呈現之「起源」與「末流」時，「源」之「價值所本」乃具崇高之價值義涵，相對的「末流」之價值是比較低下的。〔註53〕

至於「源」與「流」之本義與一般概念義的論述，顏崑陽提出「描述義」、「詮釋義」、「評價義」等三方面來談「源流」之義：一是「描述義」：指一個事物的「起源」必有一個時間歷程或空間位置的始端，而其現象也往往向前進行連續性的散佈，形成由一往多的「分流」變化。二是「詮釋義」：是指一個事物「起源」之後，必可由既有之「分流」現象逆溯它所以發生的根源性原因或條件。三是「評價義」：目的在指出一個事物初始發生時，已隱含其所本之理想價值；而愈趨末流，則其初始之作理想價值，就愈漸淪失。〔註54〕

〔註52〕 以上所整理資料，乃參考自顏崑陽：〈中國古代原生性「源流文學史觀」詮釋模型之重構初論〉，《政大中文學報》第十五期，2011.6），頁246～247。
〔註53〕 同註52，頁247。
〔註54〕 同註52，頁248。

　　此外，筆者進入論文主題前，還有幾個必須思考的問題與預設：第一，在劉勰反省時弊、規創未來的文學使命中，他所企圖重構的文學圖譜，是一個兼具過去、現在與未來之「理想」文學傳統。因此其具有「歷時性」與「並時性」之文學藍圖，是一種「通變性」的辯證思維。準此，若從劉勰「文體源流」的通變觀點來看，「傳統」是支撐劉勰規創《文心雕龍》這部書的知識寶庫。然而什麼是「傳統」？什麼是「文學傳統」？更重要的是劉勰所認知到的「文學傳統」是什麼？這樣的「文學傳統」就如筆者在前面章節所論，它是一種以「通變」為其哲學基礎所理解的文學傳統；因此從其文體源流規律之「通變性」，可以一窺劉勰心中對文學的理想。

　　第二，筆者認為劉勰撰寫《文心雕龍》時，所面對的是一個變動、連續的「文學傳統」。一般對於「傳統」的認知，都是從「靜態化」、「事件化」之時間歷程的視角，藉由線性因果來論述「傳統」，因而忽略了「傳統」在演化過程中所涵蓋的精神、理念等「文化價值」，是各不同時代之社會存在與歷史存在的特殊義涵所在。然而筆者從《文心雕龍》的文本語境，卻看到劉勰所認知的「文學傳統」包含了文化、文學，或文體之因果關係組合，除了時間與事件之連續性、傳遞性外，還包含諸多人類文化與社會元素下，所型塑而成的「文體」總體性義涵，因此他提出「五經」為各種文體之「總源」，就是從「動態歷程」的角度來看「傳統」，這樣的文學「傳統」視域，就如顏崑陽所言：

> 「傳統」，我們認為它指的不是諸多在時間序列中的事件之線性因果關係的敘述；而是文化上一種與「價值」有關的精神、理念或意識形態；在文化發展的歷程中，因不同時期的社會條件，取得既殊異又類似的質料及形式而表現為具體的現象。前後諸多現象雖有其變易，卻可從中觀察、詮釋其連續、貫穿而自成統緒的構成因素、發展規律及總體情境。因此，「傳統」的論述，不是「敘述史學」的議題，而是「文化觀念史」的議題。〔註55〕

這是顏氏所反省的「傳統」，這樣視域與一般「靜態化」、「事件化」認知的「文學傳統」不同；但筆者卻認為這樣的「傳統」定義，是最能詮釋劉勰「文體通變觀」的說法。就如劉勰在〈時序〉中所云：

〔註55〕顏崑陽：〈從反思中國文學「抒情傳統」之建構以論「詩美典」的多面向變遷與叢聚狀結構〉，《東華漢學》第9期（2009年8月），頁2。

時運交移，質文代變，古今情理，如可言乎！……故知歌謠文理，
與世推移，風動於上，而波震於下者也。……蔚映十代，辭采九變。
樞中所動，環流無倦。質文沿時，崇替在選。終古雖遠，優焉如面。
〔註56〕

從劉勰對文學傳統之「時序」詮釋，不難看出「十代九變」的形成，並非憑
空而來的，它是在「時運交移，質文代變」中，經由許多時序的事件，而使
其在「歌謠文理，與世推移」的動態變化中，產生「風動於上，而波震於下」
的影響作用；文化傳統精神就滲透在文學傳統精神中，於是使其「樞中所動，
環流無倦」，形成一套融合文化精神與文學精神的傳統；這是作家在文學傳統
的規範下，隨著「質文沿時，崇替在選」的主客交互作用，才使其能維持「終
古雖遠，優焉如面」的文學理想。

　　換言之，顏氏這種對人類的存在精神、理念、意識型態，在不同社會、
歷史存在中，以一種「變易性」形構與規律，成為其「文化觀念史」的傳統
視域。這樣的傳統視域與劉勰的文體源流視域相近，他們都是用力在表現「文
化源流」的「通變性」辯證觀念。所以「文體」是文化的產物，而文體的「源
流」，或說「傳統」就是表現這文化產物之流變的洪流，提供一個文學發展的
方向與規範，同時也等待新的創變可能，以延續其傳統規律。

　　準此，筆者基於上述預設，認為從「文體通變觀」的視角，不但可以見
到劉勰是以整體「傳統」視域，來描述各類文體在時間與空間的連續性散佈
過程中，所形成之「起源」與「分流」現象；並且詮釋各類體之「起源」與
「分流」的發生原因或條件；以及評價文學傳統中的實存文學作品，因而開
展具有「典範性」的文體源流視域，以提供創作者一個理想文體的準據。這
種詮釋視域的開展，其目的乃是要回應當時「文體解散」與「文質失衡」的
文學危機。因此劉勰的「體源」觀其實也是具有「通變性」意涵，這樣的詮
釋觀點從顏崑陽原生性「源流文學史觀」之論述，所提出二種次類的詮釋模
型，可以幫助筆者探討劉勰「文體源流之通變性規律」時，做為參考，其云：

　　「文體形質因變關係」的詮釋模型：……從不同文體的形質，詮釋
　　它們在時間歷程中的發生、因變，甚至終結的規律，以建構不同文
　　體之間的「源流終始」關係；這是對「過去」之文學歷史的反思與
　　詮釋。……「文體價值本末關係」的詮釋模型：……是從文體的源

〔註56〕同註6，〈時序〉，頁813～817。

流，溯末以尋，從而規定此一文體存在的價值性依據，再建構出創化、開展的實踐規範；這是對「未來」之文學歷史的導向與創造。……
〔註57〕

從顏氏所歸納的二種詮釋模型：一是「文體形質因變關係」，一是「文體價值本末關係」看來，這二種原生性「源流文學史觀」既然是顏崑陽從文學傳統的分析歸納而來，那麼他所面對的「原生性」文體源流問題當中，有一部份是跟劉勰「文體源流」視域融合；因此筆者預設這種「源流」觀念的詮釋模式，應該可以做為檢視劉勰「文體通變觀」之「文體源流規律」的通變性問題：一方面以顏氏所言「文體形質因變關係」，來探討劉勰論述不同文體之「形」與「質」的變化關係，藉由這種從「過去」已發生、因變，最後完成的文學軌跡或文學傳統，顯現其不同文體間的「源流終始」關係，這種「形質因變」的辯證性，就是筆者在本節所要研究之——「文體源與流的『通變性』規律」。另一方面，從顏氏所謂「文體價值本末關係」，來探討劉勰從文體溯源尋根的「本」與「末」的演化關係。這種「價值本末」的辯證性，就是筆者在本節所要研究之——「文體總源與支源之通變性關係」。

因此本節將以普遍與個殊、變化與恆常、往復代變等基本觀念，來檢視文體之形質因變過程中的源流規律。首先，藉由各類體之間交融、衍變的「通變性」，〔註58〕以及劉勰揭明「經典」為文體理想之「典範」，一方面確立其為文體之「總源」，做為建構文體「支源」的依據。其次，說明在劉勰「文體通變觀」中，所有文體的「分流」都是從「總源」分出來的「支源」；同時其「支源」又是該類體分流中的「起源」。這種文體「總源」與「支源」間的「相互依存」關係，乃是他論述文體價值本末之辯證依存的「通變性」依據。

一、文體源與流之「通變性」規律

如前所述，「源」與「流」在概念上是各自獨立的語詞，但在實存文體發展中「源」與「流」之間，則時常是以辯證的「通變性」規律相互依存與相生相成。在劉勰「文體通變觀」裡，「源流」規律，就是一個「通變性」的辯證議題。對於文體之起源與分流的「釐別區分」，目的是要確立文體的本質與功能，及其前後演變的關係。因此在面對創作與批評前，必須先解決文體的

〔註57〕同註52，頁249～250。
〔註58〕顏崑陽：〈從混融、交涉、衍變到別用、分流、佈體——「抒情文學史」的反思與「完境文學史」的構想〉，2009.12，《清華中文學報》，第三期。

形構性與根源性的問題。準此，筆者接續「文體構成要素」之探討後，進一步從「一致性」、「脈絡化」的基本預設，來看劉勰文體「源」與「流」之「通變性」規律問題。然而在進入本議題探討前，筆者要先做一此概念上的說明：

其一，在筆者「文體通變觀」的預設中：文體的構成、源流、創作與批評等四者在抽象概念義上，是互不相涉的範疇。然而四者在實存文體中，卻是相互依存的關係。因此任何一個範疇，都無法脫離其他面向而單獨存在。因此從劉勰對創作之原理原則的討論時，可以看到他基於「普遍性」與「恆常性」的基本觀念，認為創作者要能從「通曉變化」、「會通適變」之文心的思維，來回應傳統文體規範，以及各種類體在文學史脈絡中的因革與承變，做為其創變的基礎；因此對於類體本身，或各類體與類體之間的相互依存、相生相成、彼此融合、往復替代的辯證規律，不能不做「文體源流」的整體認識。

其二，文體源流之「起源」的問題，是文論家建構理論時，首須面對的基礎性議題；因此無論他們是從「歷史起點」論文體之「實然」的起始之作；或是從「價值所本」的基準，提出其個人規創的「應然」文體之作等，都呈現出文論家各自的立場與主張；都隱含著文論家心中的文學圖譜與文體價值定位。然而筆者認為在劉勰「文體源流」觀念裡，其實是以「應然開實然」的過程，來展現其未來的理想，而要完成這樣的理想主張，就必須掌握文體本身所存在的「通變性」辯證關係。

因此從劉勰「體源」觀念，可以探討他論述文體價值的「本末」關係，並不只是想要為各類體做「尋根溯源」而已，而是要為文體樹立一個理想「典範」，提供給各類體書寫「未來」理想文體的依據。筆者從他在〈序志〉中直接提出：

> 若乃論文敘筆，則囿別區分，原始以表末，釋名以章義，選文以定
> 篇，敷理以舉統。〔註59〕

這段話是劉勰直接談到其「文體論」之文體源流始末、釋名定義、選文定篇，以及歸約「體要」法則。其中從他對類體之「原始以表末」的論述，可以得知他追究各種文體的發生與形成，充分表現出劉勰的「體源」觀念裡，含有文體價值之「本末」關係，有文體「承變」與「因襲」之「源」與「流」的「通變性」規律。因此從劉勰結合「原始以表末」與「選文以定篇」的論述模式，為中國古代「分體文學史」：整理出一套以「實際作品」為對象的源流規律，確認每一種「類體」在歷史脈絡中的「源」與「流」定位。

〔註59〕同註6，〈序志〉，頁916。

其三，要說明文學發展本身，並非是一個「靜態」的結構現象，它是一種「動態」規律的存在。所以文論家談「起源」的目的，乃是要爲其「分流」找尋一個傳統，或是一個文學演變軌跡；當然在談「分流」之變化軌跡時，同樣也是早已預設類體有一個「源頭」存在，以做爲新類體的「根源」依據。劉勰在〈序志〉篇中反思近代之論文者，都「未能振葉以尋根，觀瀾而索源。」〔註60〕在〈原道〉篇中強調孔子創典述訓「莫不原道心以敷章，研神理而設教。」〔註61〕在〈宗經〉篇中更是強調「楚艷漢侈，流弊不還，正末歸本，不其懿歟！」〔註62〕可見劉勰對於「溯源尋根」是有其文學理論上的主張與目的。這就如黃侃所言：

把其流者，必探其原，攬其末者，必循其柢，此爲文之宜宗經一矣。
〔註63〕

從黃侃的看法可以有兩個層面的思考：一是，他肯定劉勰「宗經」的目的是要爲文學找一個「本源」；二是，他點出「源」與「流」之間相互依存關係，黃氏雖然沒有直接提出「源流通變」的問題，但是「把流必探原，攬末必循柢」，這樣的敘述語境就是一種「通變性」的詮釋模式。

其四，就如本論文第一章對「近現代學者的研究成果」所述，近現代學者雖然大都以〈明詩〉至〈書記〉做爲「文體論」範疇，但卻因爲「文體」與「文類」的觀念混淆，因而造成對「文體」詮釋的差異。無論是周弘然的「文體分類」，〔註64〕或是王更生的「文體分類學」〔註65〕等單篇論文的論述；或是劉渼以「文章體裁分類」爲研究的博士論文；都無法回應劉勰揭明「去聖久遠，文體解散」與「離本彌甚，將遂訛濫」的問題視域；因此就劉勰對當時文論「各照隅隙，鮮觀衢路」之憾，而提出的「振葉以尋根，觀瀾而索源」等期待，以及揭明「通古以變今」的解弊之道，懂能做局部的回應；或以「論說辭序，則易統其首；詔策章奏，則書發其源」的本源說，做爲類體源流上的歸類依據。

〔註60〕同前註。

〔註61〕同註6，〈原道〉，頁2。

〔註62〕同註6，〈宗經〉，頁32。

〔註63〕同註49，頁17。

〔註64〕周弘然：〈《文心雕龍》的文體論〉，（《大陸雜誌》五三卷六期，1976年）。

〔註65〕王更生：〈論劉勰「文體分類學」的基據〉，（《國立編譯館館刊》十七期，1988年）。

此外，陳啓仁更以〈明詩〉至〈書記〉的「原始以表末」的歸納，做爲其探討劉勰論文章的源流發展之「體」：一是「從初體到正式」，二是「從正式到流變」等兩個發展階段。然而從其「原始表末」的推論看來，其所提出來的「初體」概念，是指某一特殊文體的「形成淵源」，或「初始型態」；而「正式」則是指某一特殊文體之「正式形成」，即是指其「名稱形成」與「實質意義」達成「名實相符」的一體概念；然後在「流變」中出現他所謂「個別文體」之「通變正體」、「通變奇體」、「訛變體」、「褒貶相參的變化體」、「中性的變化體」的論述，卻都是從「靜態化」的角度，來做文章歸類的研究工作。〔註66〕這樣的研究乃忽略劉勰是以「體源」觀念來論證各種「類體」的源流變化規律，因此其研究目的與筆者論源流規律之通變性焦點不同，藉此先做一些說明。

準此，筆者預設在劉勰「文體通變觀」裡「源」與「流」是一種「相互依存」、「相生相成」的辯證關係；這種關係是建構在「形質因變」的體源觀念上。倘若從劉勰「文體通變觀」中「本質與形構」的辯證看來，文體的「形」與「質」之間存在著「因變」的關係，這種關係是建立在文體「基模性形構」與「意象性形構」之因變關係上。然而什麼是「形」、「質」？依據顏氏對文體之「形」與「質」的界義看來，其所言「形」是指文體的「外現的形構」，也是就筆者在「文體構成要素」所談到的「常規性」體製與「正典性」體式；而「質」之所指是「內在的性質」，也就是文體的本質與功能。

如前所述，類體的「形」與「質」是相因變革的關係，就如劉勰〈通變〉舉出「枚乘七發」、「相如上林」、「馬融廣成」、「揚雄校獵」、「張衡西京」等篇章，就這些作品對於日、月、蒼天、東海的書寫，從「形」與「質」之同與異的表現，推論出其「循環相因」、「終入籠內」之通變性說法，其云：

> 夫誇張聲貌，則漢初已極，自茲厥後，循環相因，雖軒翥出轍，而終入籠內。枚乘七發云……相如上林……馬融廣成……揚雄校獵……張衡西京……此並廣寓極狀，而五家如一。諸如此類，莫不相循，參伍因革，通變之數也。……文律運周，日新其業。變則堪久，通則不乏。趨時必果，乘機無怯。望今制奇，參古定法。〔註67〕

〔註66〕陳啓仁：《文心雕龍「通變理論」之詮釋與建構》（臺北：臺灣大學中國文學研究所博士論文，2005.6），頁149～238。

〔註67〕同註6，〈通變〉，頁569～570。

無論歷來學者對於劉勰舉出這些作品的評價是優是劣？都不影響其對於「形質因變」的論證；因此他以賦體的創作為例，認為發展至漢初時期，賦體的「誇張聲貌」已經到了極致，此後的所有發展都像是相互沿襲一般，就算有人想「軒翥出轍」地逃離文體的規範，但最後還是落入樊籠；這是因為它「循環相因」之「通變之數」使然。所以在劉勰的觀念中，文體源與流之通變性規律，是藉由「形」與「質」因變關係，才使整體文學發展形成「文律運周，日新其業」的結果，也讓各類文體的創作能在「變則堪久，通則不乏」之生生不息的情況下，守住「趨時」、「乘機」的基本原則，讓創作者能「望今制奇，參古定法」。

如前所述，文體之「源」有三：一指「出自」之源，二指「始出」之源，三指「價值所本」之源，關於這三義可從顏崑陽在〈六朝文學「體源批評」的取向與效用〉一文的文體「體源」界定中，有更接近「文體」範疇的解說：

> （一）指「歷史時程的起點」，也就是某一文體在歷史時程上最早出現的作品，即為此一文體的起源；（二）指「發生原因」，即該文體之所以發生的「原因」。這又分為「內在原因」與「外在原因」。內在原因，是指此「原因」為人之內在情性或心理；外在原因，則是指此「原因」為社會文化之某一事物。（三）指「價值之所本」。這時所謂「源」，指的就不是事實經驗在時程上的「始出」或發生上的「原因」，而是價值判斷上的「優先」或「本原」。〔註68〕

以上對文體之「源」的界義，是顏氏提出六朝「體源」論述四大取向的基礎，就其第一取向之「歷史時程的起點」，認定體製之外在形式特徵的「始出」之作。這樣的文體起源論述，可從劉勰〈明詩〉到〈書記〉二十篇的「分體文學史」中，對類體之「原始以表末」的論述，體察劉勰對「始出」之作的歷史考察。如下列表格：

劉勰「原始以表末」所規劃之「始出之作」的歷史考察

篇　　名	原　　文	篇　　名	原　　文
〈明詩〉	昔葛天樂辭，玄鳥在曲	〈樂府〉	鈞天九奏，既其上帝；葛天八闋，爰及皇時

〔註68〕顏崑陽：〈論六朝文學「體源批評」的取向與效用〉，《東華人文學報》第三期 2001 年 07 月，頁 7。

〈詮賦〉	昔邵公稱公卿獻詩	〈頌讚〉	昔帝嚳之世，咸墨爲頌，以歌九韶。……贊者，……昔虞舜之祀
〈祝盟〉	昔伊耆始蜡，以祭八神	〈銘箴〉	昔帝軒刻輿几以弼違
〈誄碑〉	自魯莊戰乘丘，始及於士	〈哀弔〉	昔三良殉秦
〈雜文〉	宋玉含才，頗亦負俗，始造對問，以申其志	〈諧讔〉	昔華元棄甲，城者發睅目之謳
〈史傳〉	軒轅之世，史有蒼頡，主文之職，其來久矣	〈諸子〉	昔風后力牧伊尹，咸其流也
〈論說〉	昔仲尼微言，門人追記，故抑其經目，稱爲論語	〈詔策〉	昔軒轅唐虞，同稱爲命
〈檄移〉	昔有虞始戒於國	〈封禪〉	昔黃帝神靈，克膺鴻瑞，勒功喬岳，鑄鼎荊山
〈章表〉	故堯咨四岳，舜命八元	〈奏啓〉	昔唐虞之臣，敷奏以言
〈議對〉	昔管仲稱軒轅有明臺之議，則其來遠矣	〈書記〉	大舜云：「書用識哉！」所以記時事也

　　從以上表格的列述看來，劉勰對於「歷史時程的起點」有許多是引用「神話傳說」，例如「蒼天」、「帝嚳」、「帝軒」、「黃帝」、「唐堯」、「虞舜」等，做爲其「始出」之作，來界定其對該類體的「體製」規範，這些類體的外在形式特徵也隱含其本質與功能。此外，就顏氏所論的第二、三取向來看，劉勰在〈明詩〉到〈書記〉二十篇的「論文敘筆」，亦可區分出顏氏所指「實用性」的頌、讚、祝、盟、銘、箴，以及「抒寫情志」的詩、樂府、賦等文類，劉勰論述這兩種「體源」取向之「發生原因」的目的，是在爲該類體之「體要」找尋其合理的根源依據。因此往往從其對文體的功能定位、寫作態度、修辭原則之詮釋時，呈現出文體「形質因變」之源流規律的「通變性」。

　　這種「形質因變」的源流規律，以〈辨騷〉篇爲例：劉勰在〈序志〉提到「變乎騷」，但在〈辨騷〉用的篇名卻是「辨」。雖然無論劉勰所論是指「辨騷」或是「變騷」，其實都無損其對〈離騷〉在中國文學傳統上的「體源」定位。然而「辨」與「變」這兩個字的差別，提供筆者探討劉勰文體源流之通變性規律的視角：從「變」字來看，劉勰是以「動態歷程」文學觀爲視角，來看〈離騷〉相對於「三百篇」之「變」，一方面指出中國傳統文學之「變」的規律性軌跡，從〈離騷〉之形式（形）與內容（質）相對於「三百篇」的「變化」，使其能「酌奇而不失貞，翫華而不墜其實」，〔註69〕爲文學的新變

〔註69〕同註6，〈辨騷〉，頁65。

指出一條新的創作之道；另一方面其對〈離騷〉之「變」的提出，也呈現出文學傳統之「變」是一種必然性與必要性的規律。因此就如其在〈辨騷〉篇所言：

> 自風雅寢聲，莫或抽緒，奇文鬱起，其離騷哉！固已軒翥詩人之後，奮飛辭家之前，豈去聖之未遠，而楚人之多才乎！昔漢武愛騷，而淮南作傳，以爲「國風好色而不淫，小雅怨誹而不亂，若離騷者，可謂兼之」。……及漢宣嗟歎，以爲皆合經術；揚雄諷味，亦言體同詩雅。〔註70〕

劉勰在此開宗明義地說：「自風雅寢聲，莫或抽緒，奇文鬱起，其離騷哉！」從文體源流的角度而言，劉勰指出〈離騷〉是繼《詩經》之「風雅」而來的「新」文體，這當中含有「已軒翥詩人之後，奮飛辭家之前」的「形質因變」關係，就如劉勰所言在「騷體」的發展變化之中，或「以爲皆合經術」，或「亦言體同詩雅」。所以從「辨」字來看，劉勰是想從〈離騷〉中，分辨出其與經典之「同」與「異」處，如其〈辨騷〉所言「同於風雅者」：

> 故其陳堯舜之耿介，稱禹湯之祗敬，典誥之體也；譏桀紂之猖披，傷羿澆之顛隕，規諷之旨也；虯龍以喻君子，雲霓以譬讒邪，比興之義也；每一顧而掩涕，歎君門之九重，忠怨之辭也：觀茲四事，同於風雅者也。……固知楚辭者，體憲於三代，而風雜於戰國，乃雅頌之博徒，而詞賦之英傑也。觀其骨鯁所樹，肌膚所附，雖取鎔經意，亦自鑄偉辭。〔註71〕

這裡劉勰點出〈離騷〉同於風雅者：有「典誥之體」、「規諷之旨」、「比興之義」、「忠怨之辭」等，劉勰認爲這四點是屈原〈離騷〉從「取鎔經意」、「參古定法」中，取法經典之總源而來。此乃從「同源」來論其「體憲於三代」繼承經典之「通」而「變」乎己，呈現出其與經典之「形質因變」的關係。此外，劉勰也提出〈離騷〉「異乎經典」之「流變」處，如〈辨騷〉所云：

> 至於託雲龍，說迂怪，豐隆求宓妃，鳩鳥媒娀女，詭異之辭也；康回傾地，夷羿彈日，木夫九首，土伯三目，譎怪之談也；依彭咸之遺則，從子胥以自適，狷狹之志也；士女雜坐，亂而不分，指以爲樂，娛酒不廢，沉湎日夜，舉以爲歡，荒淫之意也：摘此四事，異

〔註70〕同前註，頁63～64。
〔註71〕同註6，〈辨騷〉，頁63～64。。

　　乎經典者也。〔註72〕

這是劉勰站在經典的角度，提出〈離騷〉有四點「異」於經典的「詭異之辭」、「譎怪之談」、「狷狹之志」、「荒淫之意」的「流變」。雖然從「子不語怪、力、亂、神」的論點來看，屈原〈離騷〉在神話取材上，所出現的詭異、譎怪、狷狹、荒淫現象，是其異於經典的「變」，然而在這些「變」與「異」的「自鑄偉辭」中，卻也出現「朗麗以哀志」，「綺靡以傷情」，「瑰詭而慧巧」，「耀艷而深華」，「標放言之致」，「寄獨往之才」之修辭法則，這些修辭法則正是劉勰提出「辨騷」的目的所在，也是〈離騷〉可以成為文學創作之「奇變典範」的原因。故從其〈辨騷〉所述之「形質因變」關係，最能體現其文體源與流之通變性規律的詮釋視域。

　　此外，從劉勰在〈明詩〉到〈書記〉等二十篇的類體論述中，是從類體的釋名界義進入，藉由其「形」與「質」的發生、因變，到終結的文學發展過程，呈現出文體源流的「通變性」規律：文體由於「繼承」（因）與「創新」（變）的「通變性」規律關係，而有文類之「正體」、「變體」與「訛體」等「形質因變」問題。舉例來說，如其〈頌讚〉所云：

> 讚者，明也，助也。昔虞舜之祀，樂正重讚，蓋唱發之辭也。及益讚於禹，伊陟讚於巫咸，並揚言以明事，嗟嘆以助辭也。故漢置鴻臚，以唱言為讚，即古之遺語也。至相如屬筆，始讚荊軻。及遷史固書，託讚褒貶，約文以總錄，頌體以論辭；又紀傳後評，亦同其名。而仲治流別，謬稱為述，失之遠矣。及景純注雅，動植必讚，義兼美惡，亦猶頌之變耳。然本其為義，事在獎歎，所以古來篇體，促而不廣，必結言於四字之句，盤桓乎數韻之辭。約舉以盡情，昭灼以送文，此其體也。發源雖遠，而致用蓋寡，大抵所歸，其頌家之細條乎！〔註73〕

從以上劉勰對「讚體」所做的「原始以表末，釋名以章義，選文以定篇，敷理以舉統」的文體論述看來，「讚者，明也，助也」指的是其功能，這樣的界定表面上看起來是與「頌者，容也，所以美盛德而述形容也」的界義不同，但頌之美盛德而述形容的功能，其實就有「明」，即彰顯功績之義。在劉勰對「頌」與「讚」的論述中，可以看到兩者在形質上：一為「源」

〔註72〕同前註，頁64。
〔註73〕同註6，〈頌讚〉，頁162。

一爲「流」的因變關係。因此從劉勰談昔日「虞舜之祀，樂正重讚」開始，
至「益讚於禹」、「伊陟讚於巫咸」，以及漢代設置鴻臚一職「以唱言爲讚」，
而後有「司馬相如」、「司馬遷」、「班固」等人之作品，劉勰將其歸類爲「頌
體以論辭；又紀傳後評，亦同其名」，點出「讚體」在歷史分流的過程中，
由「揚言以明事」，由「嗟嘆以助辭」，最後成爲「史書」中的「贊曰」形式
式。其間亦有被摯虞「謬稱爲述」。爾後，出現東晉郭璞之〈爾雅〉圖讚，
因其「動植必讚，義兼美惡」，被劉勰歸類爲「頌之變耳」。可見劉勰經過
「原始以表末」、「選文以定篇」之「形質因變」關係論述，最後藉由「敷
理以舉統」的步驟，從讚體「事在獎歎」的本義，「促而不廣」的特性，「四
字之句」、「數韻之辭」、「約舉盡情」、「昭灼送文」的文體規範，推出其乃
爲「頌家細條」之源流關係。這樣的論述模式，其實呈現出其對「頌」與
「讚」之體，在「價值之所本」上，所做的「優先」或「本原」之源流因
變關係的定位式判斷。

最後，在劉勰「文體通變觀」裡，對於文學發展史之總體「形質因變」
關係中，亦可見其對文體源與流之「通變性」規律的論述，如其在〈通變〉
篇云：

> 是以九代詠歌，志合文則。黃歌斷竹，質之至也；唐歌在昔，則廣
> 於黃世；虞歌卿雲，則文於唐時；夏歌雕牆，縟於虞代；商周篇什，
> 麗於夏年。至於序志述時，其揆一也。暨楚之騷文，矩式周人；漢
> 之賦頌，影寫楚世；魏之篇製，顧慕漢風；晉之辭章，瞻望魏采。
> 榷而論之，則黃唐淳而質，虞夏質而辨，商周麗而雅，楚漢侈而艷，
> 魏晉淺而綺，宋初訛而新。從質及訛，彌近彌澹，何則？競今疏古，
> 風末氣衰也。〔註74〕

從〈通變〉篇這段文字看來，劉勰以「詩歌」爲例，認爲「九代詠歌，志合
文則」，既是如此，那麼詩歌在其內容與形式的「形質因變」中，自然形成其
「通變性」規律，就如劉勰所言：從黃帝〈斷竹〉之歌的質樸開始，唐堯〈在
昔〉歌「廣於黃世」，虞舜〈卿雲〉歌「文於唐時」，夏禹之〈雕牆〉歌，更
是「縟於虞代」，商周之〈詩經〉則「麗於夏年」，這樣的敘述模式呈現出來
的正是「形質因變」的文體發展關係。而這樣的「通變性」規律在「楚之騷
文」、「漢之賦頌」、「魏之篇製」與「晉之辭章」中，都可以看到它們矩式、

〔註74〕同註6，〈通變〉，頁569。

影寫、顧慕、瞻望前代的因變軌跡。所以就如劉勰對這種文體因變關係的總結：「黃唐淳而質，虞夏質而辨，商周麗而雅，楚漢侈而艷，魏晉淺而綺，宋初訛而新。」這種由質及訛，彌近彌澹的因變危機，是劉勰「文體通變觀」想從「文體源與流的通變性規律」中，找出可以對治當時「競今疏古，風末氣衰」的創作之道。

二、文體總源與支源之通變性關係

　　如前所述，藉由顏氏「源流史觀」中所提出之「文體價值本末關係」說，來探討劉勰對文體「本末」之演化關係的視域時，可以看到他從「文體通變觀」的視角，提出其對「未來」文學的創化、開展基本觀點與價值定位。準此，筆者預設劉勰是想從文體之「價值本末關係」，來建構其「文體通變觀」的文學理論，因此對於文體的「總源」與「支源」之本末演化關係論述：一方面顯示出文體的「通變性」規律，另一方面應是他想要藉由對文體「總源」的理想性定位，以開展各類體之總源與支源的「通變性」規律關係，做為他建構文體之創作與批評的理論基礎。因此本單元將在此一基本假定與前項所論之「文體源與流之通變性規律」的基礎上，進行劉勰對文體「總源」與「支源」之通變性關係的研究。

　　關於《文心雕龍》之源流問題的探討，大多數學者是從〈序志〉篇「原始以表末」的說法，做為其論述劉勰「文原論」與「文體論」之觀念依據，例如王更生在其〈文心雕龍「文體論」〉研究中，藉由「文體論」與「五經」之系統性關係，將〈明詩〉至〈書記〉這二十篇，規劃出「五經與後世各種文體關係系統圖」，〔註75〕如下表：

五經	諸子	聖賢並世，經子異流
易經	論說	論說辭序，則易統其首
書經	詔策、章表、奏啓、議對	詔策章奏，則書發其源
詩經	明詩、樂府、詮賦、頌讚、雜文、諧讔	賦頌歌讚，則詩立其本
禮經	祝盟、銘箴、誄碑、哀弔、封禪	銘誄箴祝，則禮總其端
春秋	史傳、檄移、書記	紀傳盟檄，則春秋爲根

〔註75〕王更生：〈《文心雕龍》「文體論」〉，《文心雕龍研究》（臺北：文史哲出版社，1984 年 10 月），頁 335。

從王氏所整理的系統圖看來，他未明白指出「五經」是劉勰所認定的文體「總源」；但從他將「五經」與後代各種文體建立關係，可以看到他以五經爲文章「本源」的立場，王氏這樣的觀點與筆者「文體源流規律」之「總源」觀念相近。

此外，在近現代學者論「通變」的研究成果中，往往將其與劉勰「還宗經誥」之宗經觀念聯結，例如葉繼奮〈從「還宗經誥」談劉勰的通變觀〉一文，從總體文學的範疇內談宗經與通變的關係，其目的乃在探討劉勰「還宗經誥」的實質意義，及其與通變觀間的聯結，以肯定劉勰之通變觀的辯證思維對其論文學創作的指導性意義。〔註76〕又如王少良〈劉勰「宗經」觀念下的文學「通變」論〉一文，點出「劉勰對於經典著作視其爲各體文章的典範。」認爲劉勰是以「宗經法古」爲本，以創新爲用，所以王氏提出本於經而求乎變的「通變」論，預設《文心雕龍》是具有嚴密體系性的文學理論，強調「通變」是全書的論文主綫，而劉勰是以「宗經」來言「通變」的基本假定。〔註77〕

然而筆者對此一議題的預設，卻是從劉勰「文體通變觀」是一種藉由「普遍與個殊」、「變化與恆常」的通變性視角，來探討經典與各類體之源與流的「通變性」規律關係；因而預設「經典」不但是劉勰文體源流規律中之發生性的「總源」歷史起點，更是他建構文體典範性的「總源」價值依據。然而「經典」爲何能重要到成爲各種類體「支源」的「總源」依據？這一點從劉勰在〈宗經〉爲經之爲「經」所下的定義可知，如其云：

> 經也者，恒久之道，不刊之鴻教也。故象天地，效鬼神，參物序，
>
> 制人紀，洞性靈之奧區，極文章之骨髓者也。〔註78〕

這說明了因爲「經典」裡講的是恆久不變的根本之道，就因其「不刊之鴻教」。因此經典裡的至道與鴻教，乃是效法天地自然之道，參酌宇宙萬物之生生不息，進而制定人倫禮秩，洞察人文精神之性靈奧妙而來。因此從文體根源性問題而言，就是因爲它「即普遍即個殊」之理想典範文體，所以才能成爲各種類體的「總源」依據。而從其影響性而言，劉勰提出「正末歸本」的宗經

〔註76〕 葉繼奮：〈從「還宗經誥」談劉勰的通變觀〉，（《杭州教育學院學報》第17卷第1期，2000年1月），頁33。

〔註77〕 王少良：〈劉勰「宗經」觀念下的文學「通變」論〉，（《黑龍江社會科學》第1期，總第88期，2004年1月），頁109～110。

〔註78〕 同註6，〈宗經〉，頁31。

主張，就如其所云：

> 根柢槃深，枝葉峻茂，辭約而旨豐，事近而喻遠。是以往者雖舊，
> 餘味日新。後進追取而非晚，前修運用而未先，可謂太山遍雨，河
> 潤千里者也。……邁德樹聲，莫不師聖，而建言修辭，鮮克宗經。
> 是以楚艷漢侈，流弊不還，正末歸本，不其懿歟！〔註79〕

從這段文字看來，劉勰「宗經」的目的乃在「正末歸本」。所以他從反思文學傳統進入，認爲經典「根柢槃深，枝葉峻茂，辭約而旨豐，事近而喻遠」，這種「根深」、「葉茂」、「辭約」、「旨豐」、「事近」、「喻遠」的成果，是劉勰肯定經典的主要依據，也是他之所以能在面對六朝文學：「文體解散」與「文質失衡」時，提出「楚艷漢侈，流弊不還」，唯有「還宗經誥」這帖靈藥，才能讓當時文人之創作回歸正途。可見在劉勰「文體通變」的觀點下，「經書」是可以提供創作者面對「前代」經典，開創「當代」甚至「未來」文學的最佳模習典範，因此他才會說「往者雖舊，餘味日新」。這種「餘味日新」的無窮性啓發，使得當代創作者能從其「後進追取而非晚，前修運用而未先」的語境中，得到無窮的創作能量。又從劉勰對於經典如「太山遍雨，河潤千里」之影響力的肯定中，更可確認他建構文體「總源」與「支源」之通變性關係的目的所在。

由此可見，標舉「還宗經誥」是劉勰想要藉由「探本溯源」來完成其文學改革的目標，就如〈序志〉自云：

> 唯文章之用，實經典枝條，五禮資之以成，六典因之致用，君臣所
> 以炳煥，軍國所以昭明，詳其本源，莫非經典。而去聖久遠，文體
> 解散，辭人愛奇，言貴浮詭，飾羽尚畫，文繡鞶帨，離本彌甚，將
> 遂訛濫。蓋周書論辭，貴乎體要；尼父陳訓，惡乎異端；辭訓之異，
> 宜體於要。於是搦筆和墨，乃始論文。〔註80〕

劉勰體會到文章之用，雖只是經典的枝條，然而面對當代「文體解散」、「辭人愛奇」、「言貴浮詭」的文學危機，基於「去聖久遠」的因素，加上惟恐「離本彌甚，將遂訛濫」的危機意識，他才會提出「詳其本源，莫非經典」的通變性思維，希望爲文體創作建立一個理想典範。所以在他「振葉以尋根，觀瀾而索源」的通變原則下，從傳統中找尋經典的價值，也從經典中找到文體創作的理想典範，並且確定「貴乎體要」、「惡乎異端」、「矯訛翻淺，還宗經

〔註79〕同前註，頁 32。
〔註80〕同註 6，〈序志〉，頁 915～916。

誥」，才能端正當時偏失文風。這就是劉勰爲何在〈宗經〉篇的論述中，要明白條舉「五經」與各類體之「總源」與「支源」的關係，如其云：

> 故論說辭序，則易統其首；詔策章奏，則書發其源；賦頌歌讚，則詩立其本；銘誄箴祝，則禮總其端；紀傳盟檄，則春秋爲根：並窮高以樹表，極遠以啓疆，所以百家騰躍，終入環內者也。若稟經以制式，酌雅以富言，是即山而鑄銅，煮海而爲鹽也。〔註81〕

這段文字是學者們討論劉勰文章之體源自「五經」之說的重要依據。從劉勰「文體通變觀」之理想文體的「總源」看來，其所謂「易統其首」、「書發其源」、「詩立其本」、「禮總其端」、「春秋爲根」，都是站在「動態歷程」的文學演化基礎上，爲各類體做文體溯源的工作。然而在筆者對文體源流規律的觀念中，認爲若從文學傳統的發展脈絡觀之，劉勰將「易」、「書」、「詩」、「禮」、「春秋」定位爲各類文體之「總源」位置，應當不僅是要做「尋根」的目的而已，他推崇這五種已然存在的經典，所具有的「統其首、發其源、立其本、總其端、以爲根」的文學定位，除了提供各類文體理想的模習典範外，最重要的是要從其「總源」的觀念，開顯各類體之「支源」的發展與變化的「通變性」規律。

因此劉勰之文體「總源」與「支源」的通變性關係，是他對文學「規創性」預設，也是他對文學「過去、現在、未來」之價值本末關係的認知；就如他在〈序志〉所言：「蓋文心之作也，本乎道，師乎聖，體乎經，酌乎緯，變乎騷：文之樞紐，亦云極矣。」從劉勰對「文之樞紐」的強調看來，他的〈原道〉是要取法「天道」，以做爲文學創作的「形上」依據。〈徵聖〉則是以「聖人」能明道垂文的模式，做爲理想文體之主觀「文心」的人格典範。而〈宗經〉則是要建立理想文體，以做爲「正宗」的模習典範，至於〈正緯〉與〈辨騷〉從廣義的角度來看，它們在〈徵聖〉與〈宗經〉的前題下，在「文體通變」關係的辯證下，所呈現文體的「創變」，以做爲相對「正宗」之外的「奇變」典範。〔註82〕因此「經典」是聖人「本乎天道」所垂之文，它是塑立各類體的「本源」所在，這是劉勰何以能將經典定位在「百家騰躍，終入環內」的高標準與高視野的文價值之所本，提供後世「窮高以樹表，極遠以啓疆」的文體通變視域。

〔註81〕同註6，〈宗經〉，頁32。

〔註82〕陳秀美：〈從「文質彬彬」論劉勰「文體通變觀」裡的典範意義〉，「2011年中國文學與文化全國學術研討會」論文集，2011.11.25，龍華科大通識教育中心，頁98。

這樣文學視域就如顏崑陽在〈六朝文學「體源批評」的取向與效用〉中所說的劉勰之文體「總源」思考，乃是「諸體歸源的理論建構」的取向。〔註83〕這種文學「本質與形構」的辯證性思考，所要強調的並不只是「經典」為一切文體的根源，更要強調創作者：一方面透過「還宗經誥」之溯本深源的精神，學習聖人創造經典之「通變」思維，才能使其創作實踐，產出不偏不倚的理想文學作品；另一方面則是提供經典之文體典範，做為文人創作的標準。就如劉勰〈宗經〉「文能宗經，體有六義」所言：「一則情深而不詭，二則風清而不雜，三則事信而不誕，四則義直而不回，五則體約而不蕪，六則文麗而不淫。」這「六義」除了詮釋理想文體的構成之外，更提出各文類之「體要」，亦即創作法則。

就如顏崑陽所言：「實現某一文類之理想體式所必須遵守的要則，屬於『法則』的抽象性概念。」顏氏所指之「體式」是超越個別作家作品之上，所總結出來的規範性要則。所以他指出的「體要」是實現理想「體式」的創作法則。至於〈宗經〉之「六義」，在顏氏的詮釋指出「情」和「風」是主觀材料，「事」和「義」是客觀材料，至於「體」與「文」則是指語言形式，而這文體之「六義」彼此之間亦是一種相生互成的「辯證」關係，因此顏氏稱其為「有機體」，用「源頭」的視角觀之，它不特定指涉某一作品，而可以用來普遍觀察各類體之個別作品的依據。〔註84〕這就是筆者認為劉勰是以「創作」的立場，推崇「經」是各類文體之「總源」的主要原因。

綜上所述，筆者認為劉勰是從「通變性」的視角，來建構其文體「總源」與「支源」關係。因此我們除了從其「易統其首」、「書發其源」、「詩立其本」、「禮總其端」、「春秋為根」等五經，來論其文體「總源」的詮釋觀點，更不可忽略劉勰建構出《易》與「論、說、辭、序」；《書》與「詔、策、章、奏」：《詩》與「賦、頌、歌、讚」；《禮》與「銘、誄、箴、祝」；《春秋》與「紀、傳、盟、檄」等，種種「總源」與「支源」之通變性關係的目的所在；在劉勰「結構歷程」之「文體通變觀」下，類體與類體之間的「並時性」與「歷時性」辯證性關係，是劉勰建構其文學理論體系中不可或缺的一環。

故從其〈宗經〉之「五經」總源，及其所列舉之二十個類體「支源」之通變性關係的論述，是其文體論的基礎，因此無論其對「文之原」五篇，或

〔註83〕同註68，頁23。

〔註84〕同註5，頁82。

「文之體」二十篇，或是「文之術」二十篇，或是「文之評」四篇的論述，都是依其文體「總源」與「支源」的通變性關係爲基礎，進行「文之樞紐」的典範定位，「論文敘筆」之「原始以表末，釋名以章義，選文以定篇，敷理以舉統」的論述，以及「剖情析采」之創作與批評法則的建構。此外，劉勰除了在〈宗經〉進行文體「總源」與「支源」之通變性論述外，他更藉由〈明詩〉至〈書記〉二十篇文章，爲其各類體之「支源」建構文體之源與流的通變關係系統。

第五章　文體創作與批評之「通變性」法則

　　如前所述，在筆者「文體通變觀」的論述裡：文體構成、源流、創作與批評等四大議題，在文體的抽象概念義指涉上是互不相涉的範疇；然而面對傳統中實存的文學活動時，這四者從劉勰《文心雕龍》「文體通變觀」的詮釋視域觀之，則是一種相互依存的「通變性」關係。因此在筆者認為此「四者」的研究範疇限定在「文體」上，其研究對象是「通變」，其最終要解決的是「文體通變」為法則的文學歷史現象問題。因此除了探討文體之「質文代變」的歷時性「通變」發展軌跡外，更要分析「崇替在選」之文心的「通變」思維。準此，筆者在探討文體構成要素與源流規律之「通變性」關係之後，更進一步要探討的是劉勰所提出文體創作與批評的「通變性」法則。本章論證架構圖如下：

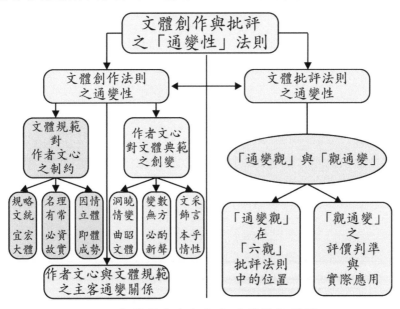

5-1　文體創作與批評之通變性架構圖

　　至於本論文爲何將文體的創作與批評，安置在同一章來論述？這個問題，筆者認爲文體創作法則，是以「作者」立場，及觀點爲主，探討主觀文心與客觀文體規範，在創作活動中如何交互作用的法則。而文體批評法則乃站在「批評者」的閱讀立場及觀點上，探討主體文心與客觀規範如何在批評活動中交互作用的法則。兩者所要面對的文本內容，或文學歷史傳統，或社會文化因素與條件實爲相近，它們同樣都受以上這些存在情境所限制。這就是筆者爲何會將兩者併在同一章來論述的原因。此外，在進入本章議題論證之前，還有些問題與基本預設，必須先說明與釐清：

　　首先，本章所論述的焦點，是放在文體創作與批評的「通變性」法則上，不僅做理論之「靜態性」結構分析，還要從文體的「通變」關係，來詮釋創作及批評的「通變性」法則：一是，人，也就是作者及批評者的「主觀」文心之「創變性」；這「創變性」可以表現在創作及批評上；創作固然要能創變，批評又何嘗不需「獨具慧眼」的創造性詮釋？二是，文體的「客觀」雕龍，透過「常規性」體製與「正典性」體式，做爲文學創作與批評的典範。因此從《文心雕龍》的篇章形構關係，可以一窺劉勰爲文之「道心」的創作原理與原則，亦可見其論主觀「文心」與客觀「文體」規範之創作法則中，所存在之「本質與形構」、「普遍與個殊」、「變化與恆常」、「往復代變」等具辯證性的「通變」文學觀。

　　準此，筆者認爲劉勰的文學觀念，一方面藉由作者之「通曉變化」、「會通適變」的文心運作，論述如何反思文學傳統的文體規範，而從各種類體之「形質因變」關係，找尋可供創變的依據。另一方面亦須從客觀類體本身，或各類體之間的「價值本末」關係，確立文體之「正宗」與「奇變」的相對典範，做爲創作與批評準據。然而劉勰的終極目標：則是要從「內容與形式」、「主觀與客觀」等面向的辯證，來彰顯「文心」與「雕龍」的通變性關係。因此，筆者從「通變」的視角，所要面對的是在創作與批評中，劉勰要如何藉由「通變性」法則來揭明其心中的理想文體？

　　其次，筆者認爲劉勰文體創作與批評之「通變性」法則，是其文學理論體系中最具核心的觀念。這是劉勰所要對治六朝「文體解散」與「文質失衡」的問題。因此在筆者認爲劉勰「文體通變觀」是要爲創作「理想文體」，提出一套「通變性」的創作與批評法則。準此，研究此一議題時，必須要問：一、從創作的「通變性」法則中，「文體規範」對「作者文心」的運作，將會有何

「制約性」的規範？二、創作者之「文心」的通變性思維對「文體規範」，將會有何「創變性」的可能？三、主觀「作者文心」與客觀「文體規範」之間，如何形成「主客辯證融合」的通變性關係？四、在批評的「通變性」法則下，「觀通變」在劉勰〈知音〉的「六觀」中，具有怎樣的批評「位置」？這樣的定位隱含著怎樣的文體批評效用？五、劉勰「觀通變」裡有那些評價判準與應用原則？這些問題，都是筆者透過「後設性」詮釋，來探討劉勰「文體通變觀」中所涵具創作與批評的法則。

　　再則，在近現代學者的研究中，論「通變觀」確實是以文學創作爲主，雖然有些學者論「通變」時，只是點到「通變觀」的哲理性思維，或僅提出其緣自《周易》「通變」哲學觀，或是拘限在變或不變的爭論而已。因此往往忽略劉勰將哲學性的「通變觀」，運用在他所建構「結構歷程」的文學觀上，所以無法從總體文學或各類文體的視角，來看劉勰所要規創的是一個依「不變」之「常體」來支撐「變」之「創體」的文學世界；更無法從文體之源流因變，理解各種類體「變化與恆常」的規律性法則。

　　準此，筆者對於本章之「文體創作與批評之通變性法則」，將從兩個部份來論述：一是「文體創作法則之通變性」，一是「文體批評法則之通變性」。首先，藉由「文體規範對作者文心之制約」、「作者文心對文體典範之創變」、「作者文心與文體典範之主客通變關係」等三個子題，來探討第一節「文體創作法則之通變性」議題。其次，以「通變在「六觀」批評法則中的位置」以及「『觀通變』之評價判準與實際應用」，來探討劉勰「文體批評法則之通變性」議題。

第一節　文體創作法則之「通變性」

　　筆者認爲劉勰撰寫《文心雕龍》是要建構未來性、有機性，可供文學創作者模習的一套具有「形質因變」與「價值本末」關係的文學理論。因此在第四章所探討文體構成之「通變性」要素，以及文體源流之「通變性」規律等論述之後，本節將一方面依據前章「常規性」體製與「正典性」體式之通常性要素，以及「總源」與「支源」之源流規律的通變性關係，做爲本節的主論基礎；另一方面則以前章「創變性」文體與「個殊性」氣力之殊變性要素，以及文體之源與流的通變性規律，做爲本節另一個相對的立論基礎。因

此筆者在此，旨在探討劉勰論文體創作要如何藉由「通變性」思維，來建立其所主張的文學創作法則。

劉勰「文體通變觀」的文學視域裡，主要探討的焦點：乃在客觀文體與主觀文心之間的「通變性」辯證關係。基於這樣的觀點，筆者認爲《文心雕龍》全書中，對於文體典範的建立是不遺餘力的，如〈原道〉至〈辨騷〉之「正宗典範」與「奇變典範」的建構，以及〈明詩〉至〈書記〉「論文敘筆」之「選文以定篇」所標舉的「典範之作」，都可以看到劉勰是以「文體通變」的視角，來論述文體規範對「作者文心」的制約，以及「作者文心」對文體典範的創變之間，同時存在著兩者的主客通變性關係。準此，筆者有以下幾項說明：

首先，本節焦點旨在論文體創作的法則，屬於《文心雕龍》「文體論」中的「體要」範疇。「體要」之義就如筆者在緒論中之界定，它是一個抽象概念詞，用以指實現某一文類的理想文體必須依循的法則。因此乃融合作家情、思、意、志等主觀材料與體製、體式規範事、物、理等客觀材料，所形成之創作法則。歷來學者自黃侃以降，對於《文心雕龍》之創作理論的研究，多不勝數；然將「文體」與「通變」兩個議題結合，並深究其「創作論」者甚少。此如筆者在緒論中，反思近現代學者之問題視域與研究成果所言：劉勰是以「文體」觀念爲基礎，提出一套兼具客觀與主觀辯證的文學觀：一方面回應當時「情志批評」的文學體系，另一方面開展「文體批評」的法則。〔註1〕這套「文體批評」的核心關鍵：乃是在「文體通變觀」之「變則堪久，通則不乏」、「望今制奇，參古定法」（〈通變〉）的觀念基礎上，完成「文律運周，日新其業」的永續性發展。然而如前所述，在「近現代學者研究成果」中，論「通變」議題者往往忽略劉勰對治六朝「文體」危機，而卻或僅論「通變」之概念義，或泛論其哲學義涵，無法朗現劉勰要以「文體通變觀」之辯證性架構，來建構其文學理論的原因與目的。

〔註 1〕有關「情志批評」與「文體批評」之義涵，本文乃引用顏崑陽〈文心雕龍「知音」觀念析論〉所做的界定：「情志批評」是指兩漢箋釋所求解之「作者情志」，指涉的是在某一特定個別發生的事實經驗中，作者心裡的感受或意圖，因此這「情志」是發生性的，是特別性的，每一作品的「情志」皆不相同。但是在「文體批評」中，所謂主體情性，指涉的卻是對某一主體性情概括性的、類型性的描述。因此「文體批評」即是以文體知識作爲批評的主要理論依據，而其批評的終極標的則乎評斷作品是否完滿地實現某一文體的美學標準。收錄在顏崑陽《六朝文學觀念叢論》，（臺北：正中書局，1993 年 2 月），頁 188～240。

　　其次，在前行研究成果當中，雖然不是以「文體規範」與「作者文心」之對舉語詞來談劉勰《文心雕龍》之文體創作問題；但大多數人就如黃侃從〈總術〉「思無定契，理有恆存」兩句之詮解，〔註2〕做爲展開其文「有無」定格，思「妄不妄」的議題。這樣的論述，成爲張健〈思無定契與理有恆存：《文心雕龍》的文思與文術〉一文的研究起點，張氏從黃侃詮解劉勰「思無定契，理有恆存」之義，提出其對文思與文術的論題，是就創作的立場探討文之思與術的問題，他雖未直接點出「辯證」，卻是從相互依存的關係做爲此一議題的論述主軸，因其與本節所言之「文心」相關，故將藉以做爲此一單元的研究基礎。張健云：

> 在黃侃看來，「思無定契」代表劉勰對作家創作獨特性的認識，意味著「文無定格」；「理有恆存」代表劉勰對文章法度的認識，意味著「不可妄爲」。黃侃認爲，「文有定格」與「文可妄爲」代表著文壇對文章的錯誤觀念及創作傾向，劉勰此論正可糾正以上兩種錯誤傾向。……事實上，劉勰論文思，有兩個重要面向。一是思與物的關係，「神與物遊」所表述的正是此一面向；一是思與術的關係，「思無定契，理有恆存」，「心總要術」，所代表的乃是此一面向。前一面向較多受到研究者的關注，後一面向則關注甚少。研究者多就文術本身立論，鮮有討論文思與文術之關係。〔註3〕

這是張健從黃侃對〈總術〉篇「思無定契，理有恆存」之義，推論出劉勰之文思有兩個重要面向：一是「神與物遊」：思與物之關係；一是「思無定契，理有恆存」、「心總要術」：思與術的關係，並且點出歷來學者研究焦點，大多數是以論「思與物」之關係爲主，較少人是從「思與術」來看兩者之關係。因此張健以此開展其個人對「作者之思與聖人之思」、「思無定契的開展」、「理有恆存與文體多術」、「執術馭篇與因時順機：文思與文術的契合」等綱要來論述《文心雕龍》的文思與文術。因此筆者從其論述語境觀之，張健對於劉勰之文思與文術之關係的論述固然整密，但卻忽略劉勰是在「文體通變觀」的視域下，開展其文體之構成要素、源流規律、創作與批評法則，都具有「通變性」關係。因此筆者並不採用「文思」與「文術」之說。而是以「文體規

〔註2〕黃侃：《文心雕龍札記》，（臺灣：花神出版社，民國91年8月），頁255。
〔註3〕張健：〈思無定契與理有恆存：《文心雕龍》的文思與文術〉，淡江大學中國文學學系主辦「第十二屆文學與美學國際學術研討會」，（2011.5.13），頁1。

範」、「作者文心」，以及兩者之「主客通變關係」，做為探討劉勰文體創作的「通變性」法則。準此，筆者將先說明以下論述步驟的三個概念性預設：

其一，就「文體規範對作者文心之制約」而言，所要談的是創作實踐歷程的法則，也就是說創作者的「主觀文心」是從其選擇那一種「體製」時就開始運作了，所以在作者的自我選擇中，劉勰認為他們都是能自覺地找尋最具理想的典範，而作者的「文心」必須受文體所規範。因此能夠「宏大體」、「資故實」、「即體成勢」的作者：一方面懂得自我約制，另一方面也因為能「宏大體」所以能「規略文統」；因為能「資故實」所以能掌握「名理有常」的體式；因為能「即體成勢」所以能從「因情立體」的創作法則中，找到更多「創變」的可能性。因此就「制約」兩字所具之限制約定之義，從積極面來看，藉由「文體典範」的制約，可以讓創作之「文心」能有最佳典範可以模習，以避免造成謬體、訛體之弊。而從消極面來看，這樣的限制，是因為劉勰面對的是當時「文體解散」與「文質失衡」的時代性危機。因此，他提出「文體典範」的目的，是想藉由彰顯「理想文體」的樣態，建立對文體優劣的判準，以及正本清源之創作法則。

其二，就「作者文心對文體典範之創變」而言，這是劉勰「結構歷程」文學觀中，強調「文體通變」的終極目標。因為一篇作品完成前，除了要先受「文體規範」的制約外，作者主體「文心」的運作，提供了個殊創變的可能性。藉由作者之「洞曉情變，曲昭文體」，使其「通變無方」的創造力，可以表現出「新聲」。這種觀念展示了「典範」是在創作歷程中，被型塑出來外：更告訴我們「文體規範」並非僵化不可變動的樣態。在「文體通變」的觀念裡，典範是在創作實現的過程中，有其被模習的理想性，也有其被超越的創變性。

其三，當然上述兩者，從實踐的視角觀之，在文體創作的歷程中，是一種「主觀與客觀」相互依存的通變性關係；也就是作者文心與文體規範之間，在文學實踐過程中是一種「辯證性」的依存關係。就是因為主體之「文心」以其「通變」的觀點，進行文學實踐時，必然是以歷史實存的客觀「文體典範」為其寫作基準，才能創作出合乎常規的文體：「常規性」體製規範與「正典性」體式典範；此外，這些客觀的「文體典範」在文學發展的變動性歷程中，保持其「通變性」規律與形構關係。因此《文心雕龍》這部體系完整的專書，從其對文體構成要素與源流規律的主張中，處處可見其想為「創作」建立一個最具典範性的理想文體，以做為模習的標準。

一、文體規範對作者文心之制約

　　如前所述，「文體」是人類創造出來而被客觀化的產物。因此從歷史的積澱看來，「文體」被創造、塑型而得以完成其最佳表現形式，形成各類體的理想「典範」，這樣的「文體典範」是前代作者之主觀創造的產物，經由歷史淘洗後的累積，逐漸型塑出其外在形構的「體製」，及表現個人風格樣貌的「體貌」，以及整體風格型態的「體式」，當然也會型塑出其理想的「體要」法則。因此在不同時空的客觀外在因素下，使其逐漸形成客觀化的「常體」；此一「常體」之「常規性」體製與「正典性」體式的形成，即成為各種文類之體的「規範」。

　　藉由這樣被「客觀化」的「文體典範」常規，更成為制約「文心」的形式條件。就如劉勰〈序志〉所言「為文之用心」與「雕縟成體」之辯證關係：

　　　夫文心者，言為文之用心也。昔涓子琴心，王孫巧心，心哉美矣，

　　　故用之焉。古來文章，以雕縟成體，豈取騶奭之群言雕龍也？〔註4〕

這段文字除了可以看到劉勰替這本書的命名與寫作動機外，從其對為文之「用心」，看來「文心」之「致用」是文體創作法則中很重要的一部份，更能識別「古來文章，以雕縟成體」的人。因此在文學傳統中「雕縟成體」的好文章，就成為創作文心的「典範與常規」，可見劉勰的目的是要提供給後代文人創作時的文體典範，藉由此一「文體規範」的制約，而使「文心」的通變性思維，不會發生「離本」的創作危機。

　　因此本單元在論文體規範對「文心」的制約時，將從創作的歷程來看，當作者選擇一種「常規性」文體時，所見必然是該類體之形構的制約與典範作品的法式。因此作者在「文心」的運作過程中，客觀文體之常規與「故實」，不但制約「文心」，更是「文心」能在「文體典範」下，進行「創變」的基礎。故在劉勰「文體通變觀」的創作論中，「文心」與「文體典範」之間，是一種相互依存的「通變性」關係，因為作家之「文心」在文辭氣力的「殊變性」表現中，顯現出「思無定位」的狀態；而「文體典範」卻是一種被客觀化、模式化的「恆裁」，因此就如劉勰在〈明詩〉篇所云：

　　　然詩有恆裁，思無定位，隨性適分，鮮能通圓。〔註5〕

這裡指出詩這一文類以其「恆裁」的「文體」形式存在，所以從創作的角度

〔註4〕梁・劉勰：《文心雕龍・序志》，參見周振甫：《文心雕龍注釋》，（臺北：里仁書局，2001年9月28日初版四刷），頁915。

〔註5〕同註4，〈明詩〉，頁83～85。

來看，寫詩首先就要受其「恆裁」之「常規性」體製與「正典性」體式所規
範；但作者的「文心」運作，卻是「思無定位」。因此劉勰認爲「隨性適分，
鮮能通圓」，也是就創作的事實來看，作者各隨其性分，不免偏至，而很少能
通圓兼備。所以從反向來思考時，在劉勰的語境中，似乎透露出唯有在「文
體規範對作者文心的制約」與「作者文心對文體典範之創變」的主客辯證下，
才能化解「隨性適分」所造成難以「通圓」之弊病。準此，以下筆者將就「規
略文統，宜宏大體」、「名理有常，必資故實」、「因情立體，即體成勢」等三
個子題來談「文體規範對創作文心的制約」問題。

（一）規略文統，宜宏大體

　　劉勰在〈通變〉提到「規略文統，宜宏大體」之說，〔註6〕這是他用以強
調文人創作之時，要先具備宏觀的視域，掌握「體要」，也就是創作必須要受
「文統」之大體所制約。如此一來，才能以宏觀的視域，充分認識並瞭解各
種文類之體，在時間歷程中所形成的「文統」，以及其「大體」的規範。這裡
所言的「文統」與「大體」，應是指文學傳統客觀化的「文體規範」；至於「規
略」與「宜宏」等語詞，則可以看出劉勰站在文體創作之「通變性」法則的
基準點上，提出其對創作者運作「體要」的期待。

　　可見劉勰主張文學在作者「文心」運作時，必先瞭解文章之「大體」，才
能在其規範下展開該類體的創作。可見「大體」對作者而言，是不可不知的
常規，就如劉勰在〈封禪〉所云：

> 茲文爲用，蓋一代之典章也。構位之始，宜明大體，樹骨於訓典之
> 區，選言於宏富之路，使意古而不晦於深，文今而不墜於淺，義吐
> 光芒，辭成廉鍔，則爲偉矣。雖復道極數殫，終然相襲，而日新其
> 采者，必超前轍焉。〔註7〕

劉勰認爲寫作「封禪」這種文體，要先瞭解這種文體是各個朝代最重要的「典
章」，因此在「文心」在構思時，就必須「宜明大體」，也就是這類文體的本
質、形構與功能：形構要合乎訓典，修辭要能宏富，文意「古雅」而不會因
深奧而晦澀，使用當代語言但不要太過淺薄，而終能完成「義吐光芒，辭成
廉鍔」的作品，這就是「封禪」這一類作品的文體規範。從劉勰的敘述看來，
在文體規範的制約下，文心的創作是使這類作品在「文統」的發展中，縱然

〔註6〕同註4，〈通變〉，頁570。
〔註7〕同註4，〈封禪〉，頁410。

寫作之法已經窮盡，還是可以因「文心」之文辭氣力的「殊變性」，而使其「終然相襲」，卻還是能「日新其采」，超越「前轍」。這指出劉勰爲何要強調文體創作，必須「規略文統，宜宏大體」的重要性。此外，劉勰在許多類體的敘述中，都是從「大體」立說，如〈檄移〉所云：

> 凡檄之大體，或述此休明，或敘彼苛虐。指天時，審人事，算彊弱，
> 角權勢，標著龜于前驗，懸蓍鑒于已然，雖本國信，實參兵詐。譎
> 詭以馳旨，煒曄以騰說。凡此眾條，莫之或違者也。〔註8〕

劉勰強調「檄之大體」：或「述此休明」，即誇述己方之美善；或「敘彼苛虐」，即陳述對方殘暴的行爲；指明「天時、人事、彊弱、權勢」，強調「著龜」之驗；但其功能則是「雖本國信，實參兵詐。譎詭以馳旨，煒曄以騰說」。劉勰還特別強調「凡此眾條，莫之或違者也」，也就是以上的條件都是寫作檄文不可違背的「文體規範」，也是檄文之創作必須受到的制約。又如〈諸子〉所云：

> 然繁辭雖積，而本體易總，述道言治，枝條五經。其純粹者入矩，
> 踳駁者出規。……然洽聞之士，宜撮綱要，覽華而食實，棄邪而採
> 正，極睇參差，亦學家之壯觀也。〔註9〕

這裡是劉勰對「諸子」之體的反思，他認爲諸子之文雖然著作累積很多；但這類作品「本體易總」，也就是其文體規範容易掌握：因爲它「述道言治，枝條五經」，因此只要內容純正就能「純粹者入矩」，即合乎經書的規矩；內容錯亂就會「踳駁者出規」，即違反經典的法度。因此劉勰特別強調知識豐富的「洽聞之士」，因爲熟悉這類文章的「文體典範」，所以能在其制約下撮其綱要，「覽華而食實，棄邪而採正」，瞭解其「參差」之處，而得其「壯觀」。這不是劉勰在〈通變〉所說「規略文統，宜宏大體」的創作實踐嗎？又如〈祝盟〉所云：

> 夫盟之大體，必序危機，獎忠孝，共存亡，戮心力，祈幽靈以取鑒，
> 指九天以爲正，感激以立誠，切至以敷辭，此其所同也。〔註10〕

劉勰在〈祝盟〉中點出「盟之大體」在於鋪敘危機，獎勵忠孝，共體存亡，同心協力，祈求神明鑒察彼此之誠心，指天立誓以結盟約，讓彼此都能「感激以立誠，切至以敷辭」。這些是劉勰強調寫作「盟」文的要點，也是對作者「文心」之制約。又如〈議對〉所云：

〔註8〕同註4，〈檄移〉，頁394。
〔註9〕同註4，〈諸子〉，頁326。
〔註10〕同註4，〈祝盟〉，頁181。

> 夫動先擬議，明用稽疑，所以敬慎羣務，弛張治術。故其大體所資，
> 必樞紐經典，採故實於前代，觀通變於當今；理不謬搖其枝，字不
> 妄舒其藻。……若不達政體，而舞筆弄文，支離構辭，穿鑿會巧，
> 空騁其華，固爲事實所擯，設得其理，亦爲遊辭所埋矣。〔註11〕

劉勰認爲「議」體的主要寫作法則，是以「經典」爲其典範，藉由「採故實於前代，觀通變於當今」，才能掌握論點而不會「謬搖其枝」。對於文字的運用，也不會「妄舒其藻」。由此可知，劉勰之所以要「採故實於前代」，是要從前代建立「文體典範」，而其「觀通變於當今」則是指作者之「文心」也要面對當代變而能通的創新典範。如果不受這些制約，也就是劉勰所說的「不達政體」，將會造成「舞筆弄文，支離構辭，穿鑿會巧，空騁其華」等「遊辭」，違背寫作「議」文之規範。

此外，以上「動先擬議」一語，是劉勰引用《周易·繫辭上傳》「擬之而後言，議之而後動，擬議以成其變化」而來，然其所言是指「在任何行動之前，要先擬定計劃」，這樣的說法雖然是劉勰用以論「議」之體，但其實也可以從中體察到劉勰何以在論文體創作時，要提出「規略文統，宜宏大體」之用心，這是他要強調文心創作時，要能先對該類體之「文統」與「大體」，做好基本的瞭解與寫作的規劃，這就是劉勰在〈通變〉所言：

> 規略文統，宜宏大體。先博覽以精閱，總綱紀而攝契；然後拓衢路，
> 置關鍵，長轡遠馭，從容按節，憑情以會通，負氣以適變，采如宛
> 虹之奮鬐，光若長離之振翼，迺穎脫之文矣。若乃齦齗於偏解，矜
> 激乎一致，此庭間之迴驟，豈萬里之逸步哉！〔註12〕

劉勰在此提出「規略文統，宜宏大體」，就如筆者先前所做的論述，體察文統，宏觀大體，是作者文心必須受文體典範之制約的創作法則；而且劉勰還把這法則做細部的論述，因此要先「博覽以精閱」，即做廣博的瀏覽與精細的閱讀，就如他在〈神思〉所強調的「秉心養術」一樣，創作者要先「積學以儲寶，酌理以富才，研閱以窮照，馴致以繹辭」，才是「馭文之首術，謀篇之大端」，〔註13〕可見博覽精閱的重要性；其次，要「總綱紀而攝契」，也就是掌握大體之綱要與關鍵之契機。唯有如此才能讓創作「文心」能像「長轡」馭馬一般，

〔註11〕同註4，〈議對〉，頁462。
〔註12〕同註4，〈通變〉，頁570。
〔註13〕同註4，〈神思〉，頁515。

以最從容的節奏爲文；並在「文體典範」的制約下，「憑情以會通」與「負氣以適變」，使其不但能規略文體，而且能宏其大體，寫出像「長虹高拱」一般的文采，像「朱雀振翅」一樣的光芒。

相反的，倘若不能「規略文統，宜宏大體」，就將會「齷齪偏解」，執着於一己之偏見，無法逸步萬里之外，一個作家不能掌握「規略文統」，也不能「宏其大體」的話，那麼在創作之時就容易出現不符合客觀「文體」規範的「訛體」問題，就如劉勰在〈附會〉所言：「若統緒失宗，辭味必亂，義脈不流，則偏枯文體。」〔註 14〕這是劉勰對文體創作的負面陳述，他認爲一個作家假使在創作的過程中「統緒失宗」，輕則頭緒混亂，失去主宰文體創作的能力，重則不能遵守「常體」規範，造成內容意見浮雜，即「辭味必亂」，「義脈不流」的弊病。就因爲用辭遣句不符規範而混亂，導致意義表達上出現不能連貫的毛病，因而使其創作流於「偏枯文體」的下場。

（二）名理有常，必資故實

所謂「名理有常，必資故實」，是指各種類體在文學傳統中，其文體之「名」與寫作之「理」，都已有其常體成規，也就是筆者在第四章所言「常規性」體製與「正典性」體式之義。劉勰所言「體必資於故實」之「體」，是文學傳統所型塑出來之「體式」。所以「名理有常，必資故實」，是指作者「文心」之運作時，在「體」的依循上，劉勰提議從「傳統」中借鑒典範性作品。所以「名理有常，必資故實」不但是劉勰論文體創作法則的「通變性」之一；也是其「文體規範對作者文心的制約」之一。如其〈通變〉所云：

> 夫設文之體有常，……凡詩賦書記，名理相因，此有常之體也；……
>
> 名理有常，體必資於故實。〔註 15〕

這裡指出「設文」是指寫作文章之時，必然會先設定所要創作的文體規範，因此「文之體有常」之「常」指的就是筆者在論文體構成要素中，所謂「常規性」體製與「正典性」體式，這是指客觀文體規範，或文體典範對文人寫作，所具有的制約性與典範性。因此從創作的制約觀念，可以提供作者有兩個方面的省思：一是，就積極面而言，因爲有此「常體」的存在，使得所有人在創作之際都能因「名理有常」之故，而在文學傳統中找到該類文體之創作規範，這就是劉勰爲何要說「體必資於故實」的原因。二是，就消極面而

〔註 14〕同註 4，〈附會〉，頁 789～790。

〔註 15〕同註 4，〈通變〉，頁 569。

言，若不能掌握「常體」，也不能「資於故實」，那麼在創作之時就容易出現不能符合「文體」客觀規範之「訛變」的弊病，這樣的問題從劉勰反思魏晉六朝「近代辭人」之作時，認為當時文人「好詭巧」的結果，反而造成創作上的危機與困境，如其〈定勢〉所言：

> 自近代辭人，率好詭巧，原其為體，訛勢所變，厭黷舊式，故穿鑿取新；……然密會者以意新得巧，苟異者以失體成怪。舊練之才，則執正以馭奇；新學之銳，則逐奇而失正：勢流不反，則文體遂弊。〔註16〕

劉勰從文學歷史的事實點出「近代辭人，率好詭巧」的時代性問題，追根究柢，問題就出在當時文人們「訛勢所變」，即受到錯誤的創作趨勢所影響，乃造成「厭黷舊式」的風氣。這裡所指之「舊式」，就是「資於故實」的文體典範。然而因為近代辭人愛好奇巧，發展至極的結果就逐漸走向「穿鑿取新」的「訛變」之途。在劉勰的文學觀念裡，其實他並不反對「求變」，只是如何在「變化與恆常」的辯證中取得「通變」的最佳表現，就如劉勰所言「密會者以意新得巧」，指的是熟悉舊體（文體典範）者，才能依照正常的方法來駕馭新奇之變化；反之，劉勰也指出「苟異者以失體成怪」的遺憾，就是一味地追求迎合新奇，違反「常體」而使致其創作「失體成怪」，最後會因為「勢流不反」而造成「文體遂弊」的危機。

因此既然「名理有常，必資故實」，所以劉勰所指的「故實」應當要從「形質因變」的文學傳統中，尋找可制約文人創作之理想文體典範，就他所言「凡詩賦書記，名理相因，此有常之體也」。劉勰以「詩、賦、書、記」等文類為例，指出其「名理相因」，其實也就隱含這些文類都有「文體規範」存在，因此創作時不能不知各種類體的「本質與形構」、「普遍與個殊」、「變化與恆常」、「往復代變」等「通變性」之理，以做為其創作時的規範依據。因此劉勰所言創作要「體必資於故實」之說，正可回應他所要強調「通古以變今」的文體「通變」文學觀。

此外，從劉勰在〈議對〉之「大體所資，必樞紐經典，採故實於前代，觀通變於當今。」〔註17〕可以提供作者兩個方面的省思，第一，是前文所言「規略文統」與「宜宏大體」之創作法則的省思；第二，是這「大體所資，

〔註16〕同註4，〈定勢〉，頁586～587。
〔註17〕同註4，〈議對〉，頁462。

必樞紐經典」之說，可以看到劉勰強調「宗經」的目的所在，就是結合「採故實」的通古與「觀通變」之變今的創作法則，讓人能通「古」之「大體」（經典），以符合「常體」的規範。所以劉勰認為已存在的經典「故實」，是後代文體創作的模習典範。因此從劉勰主張「體必資於故實」的「常體」預設，可以看到他想要為作家建立的最佳、最理想的文體典範，就是實際存在的「五經」，劉勰藉由建構「五經」是各類體「總源」的預設，強調它是文體創作的理想典範，如其〈宗經〉所云：

> 故論說辭序，則易統其首；詔策章奏，則書發其源；賦頌歌讚，則
> 詩立其本；銘誄箴祝，則禮總其端；紀傳盟檄，則春秋為根。〔註18〕

從這段文字看來，劉勰從「總源」概念來談「普遍與個殊」之文體典範，就「論說辭序」這四種類體而言，「易經」相對於它們就是「普遍」的文體典範，也就是最完善的「常體」，這個「常體」不但具有典範性，還兼具指導作用。以此類推，「詔策章奏」與「書經」；「賦頌歌讚」與「詩經」；「銘誄箴祝」與「禮經」；「紀傳盟檄」與「春秋經」的關係，亦如是，都是劉勰強調「文體典範對創作文心之制約」，提出了「名理有常，必資故實」的類體典範。

　　然而「五經」何以能成為文體創作之典範？這點劉勰在其〈宗經〉中亦有說明，他提出「文能宗經，體有六義」之說的目的，就是要解決「經書」之所以為各類體之創作典範的問題，劉勰所言「體有六義」是指經典成為文體構成要素，如其〈宗經〉所云：

> 文能宗經，體有六義：一則情深而不詭，二則風清而不雜，三則事
> 信而不誕，四則義直而不回，五則體約而不蕪，六則文麗而不淫。
>
> 〔註19〕

這是劉勰歸納出來的文體「六義」：「情深」、「風清」、「事信」、「義直」、「體約」、「文麗」等，這些都是作家要「體資於故實」之所在。這六種要素既是文體普遍的本質，也是劉勰對文體之價值功能的評定。因此要使「情感」深切而不詭譎，「風格」清新而不雜混，「事類」信實而不荒誕，「義理」耿直而不迂迴曲折、「體製」簡約而不蕪亂，「文辭」華麗而不過席修飾。劉勰認為這些文體創作的要素，都是可以從「經典」中模習得到，因此劉勰並不是要我們從文學的復古或模擬來「宗經」，而是希望創作之際能夠把握「名理有常，

〔註18〕　同註4，〈宗經〉，頁32。
〔註19〕　同前註。

必資故實」的通變性創作法則，才能在「文體規範」的制約下，有「創變」
的「可貴」價值，建立一個「生生不息」的為文之道。

（三）因情立體，即體成勢

劉勰在文體規範對作者文心之創作制約問題上，還有一點就是他在〈定
勢〉所言「因情立體，即體成勢」的創作法則，就如劉勰在〈奏啓〉所云：「立
範運衡，宜明體要。」〔註20〕旨在強調建立規範，訂定標準，是「奏」之類
體的創作要領，可見要在「立範」的基準上，作者「文心」才能進行「運衡」
的創作之術。此外，如前所言，劉勰「文體通變觀」並非要強調文學的復古
或模擬，而是他從文學傳統中，體察到無論是「體製」，或是「體式」，在「並
時性」與「歷時性」的文學視域中，各種文類之體都存在著「本質與形構」、
「普遍與個殊」、「變化與恆常」、「往復代變」等「通變性」關係。

因此從作者在創作時，除了文心必須受到「規略文統，宜宏大體」、「名
理有常，必資故實」之制約外，還可從「因情立體，即體成勢」的角度，來
論「文體規範」對「文心」的制約，就如〈定勢〉所云：

> 夫情致異區，文變殊術，莫不因情立體，即體成勢也。勢者，乘利
> 而為制也。如機發矢直，澗曲湍回，自然之趣也。圓者規體，其勢
> 也自轉；方者矩形，其勢也自安：文章體勢，如斯而已。是以模經
> 為式者，自入典雅之懿；效騷命篇者，必歸艷逸之華；……自然之
> 勢也。……然淵乎文者，並總群勢，奇正雖反，必兼解以俱通；剛
> 柔雖殊，必隨時而適用。……是以括囊雜體，功在銓別，宮商朱紫，
> 隨勢各配。……此循體而成勢，隨變而立功者也。〔註21〕

如果說劉勰提出「規略文統，宜宏大體」、「名理有常，必資故實」，是向外找
「通變性」法則，那麼他的「因情立體，即體成勢」的創作法則，所要說的
是作者在創作當下面對客觀存在的「文體規範」時，並非一味模擬或抄襲，
而是要從自己內在的「情思」來確定所要書寫之「體」，就著這樣的「體」自
然形成一種「文勢」，來確定文章的「體式」。然劉勰自己明白的告訴我們說：
「勢者，乘利而為制也。」「乘」者順任自然之義，「利」則是指一種優勢，
一種本身內在已有的優勢。此外，劉勰在〈體性〉云：

> 夫情動而言形，理發而文見，蓋沿隱以至顯，因內而符外者也。然

〔註20〕同註4，〈奏啓〉，頁440。
〔註21〕同註4，〈定勢〉，頁585～586。

－186－

才有庸儁，氣有剛柔，學有淺深，習有雅鄭，並情性所鑠，陶染所
凝，是以筆區雲譎，文苑波詭者矣。……故宜摹體以定習，因性以
練才，文之司南，用此道也。〔註22〕

這是劉勰藉由〈體性〉來談作品體貌與作家情性之關係，當然在他「情動而
言形，理發而文見」的創作觀點中，「情之動」就自然形成文字，「理之發」
就會體現在作品上，可見劉勰認為作品的風格是由作者的情性所決定，以及
外在因素的影響所形成。但是作家「情性所鑠，陶染所凝」，雖然來自個人的
「才氣學習」；可是人的「才能」有平庸，有儁秀；人的「氣質」有剛強，有
柔弱；人的「學識」有淺薄，有淵博；人的「習染」有雅正，有淫靡等差異。
因此劉勰認為文體創作應當要把握「摹體以定習，因性以練才」的通變性法
則，所摹之「體」指的是典範文體，藉由文體典範對文心創作的制約，使其
創作能夠「定習」；同時透過順任「情性」來鍛鍊個人之「才」；這就是劉勰
在〈鎔裁〉所言：

情理設位，文采行乎其中。剛柔以立本，變通以趨時。立本有體，
意或偏長；趨時無方，辭或繁雜。蹊要所司，職在鎔裁，櫽括情理，
矯揉文采也。規範本體謂之鎔，剪截浮詞謂之裁。〔註23〕

這裡談的雖是文學創作時，如何「鎔裁」的修辭技巧，但從其「情理設位」、
「剛柔以立本」、「立本有體」、「規範本體」的語境看來，劉勰想要強調的是
作者在創作時按照個人氣質的剛柔來「立本」。可見「立本有體」之「文體典
範」，對於「文心」的制約，才能使其命意免於偏枯，或多餘之憾。所以從劉
勰「鎔裁」修辭之法，可以確定他所主張之「規範本體」與「剪截浮詞」，其
實是在強調「規範本體」是使作家「因情立體」得以實現理想文體的基礎。

因此隨著個人「才氣學習」所造成的不同情理，而使其「利」之處也就
各有不同；由此可見劉勰提出作者「因情立體」，找到適合自己的創作優勢，
就如劉勰指出「模經為式」的人，自然就能寫出像經書一樣「典雅」之作；
而以「效騷命篇」的人，就能創作出像〈離騷〉一樣「艷逸」之作。所以劉
勰提出「因情立體，即體成勢」之中，「循體而成勢」還是很重要的創作法則。

此外，劉勰在〈體性〉中所言的「八體」之說，也是從創作時的「文體
典範」，所做之八種「體式」的歸納，這樣的歸納目的也是在「因情立體」的

〔註22〕同註4，〈體性〉，頁535～536。
〔註23〕同註4，〈鎔裁〉，頁615。

創作法則上，所以他說：

> 若總其歸途，則數窮八體：一曰典雅，二曰遠奧，三曰精約，四曰
> 顯附，五曰繁縟，六曰壯麗，七曰新奇，八曰輕靡。典雅者，鎔式
> 經誥，方軌儒門者也。遠奧者，複采典文，經理玄宗者也。精約者，
> 覈字省句，剖析毫釐者也。顯附者，辭直義暢，切理厭心者也。繁
> 縟者，博喻釀采，煒燁枝派者也。壯麗者，高論宏裁，卓爍異采者
> 也。新奇者，擯古競今，危側趣詭者也。輕靡者，浮文弱植，縹緲
> 附俗者也。故雅與奇反，奧與顯殊，繁與約舛，壯與輕乖，文辭根
> 葉，苑囿其中矣。〔註24〕

這裡劉勰提出八種客觀文體典範：「典雅、遠奧、精約、顯附、繁縟、壯麗、新
奇、輕靡」，這「八體」雖然各有不同風格，就如劉勰所說的「文辭根葉，苑囿
其中」，既然是各種文辭之根葉生長所在，所以是集合所有文體典範之「體」在
內。因此也是劉勰「因情立體，即體成勢」所立之「體」。就如其所言「典雅者」
的「文體典範」是儒家經典之作；「遠奧者」的「文體典範」是「經理玄宗」的
道家之作。這些論述都可以見到「文體典範」對創作文心的制約。

　　這個創作法則，也可以從劉勰提出的「三準」說來看，就如劉勰所言「設
情以位體」，談的作者如何「立體」的問題，其在〈鎔裁〉云；

> 是以草創鴻筆，先標三準：履端於始，則設情以位體；舉正於中，
> 則酌事以取類；歸餘於終，則撮辭以舉要。〔註25〕

劉勰所說「草創鴻筆，先標三準」，談的就是創作法則，他特別強調「履端於
始」，也就是寫作的第一步就是「設情以位體」，這樣的說法與〈定勢〉「因情
立體」，〈情采〉「設模以位理，擬地以置心」，〈鎔裁〉「情理設位」之說意義
相近，都是在強調根據「情理」來決定寫作的「文體」（包含體製、體式、體
要），從「設情以位體」到「酌事以取類」，最後「撮辭以舉要」要談的都是
「文體典範」對創作文心之制約的「通變性」創作法則。

二、作者文心對文體典範之創變

　　筆者在第一章緒論中的語詞界定，提到「通變」之「通」字具有「通曉」
與「通達」之義，隱含著人的「主觀思維」在內，因此當「通」字用在指涉

〔註24〕同註4，〈體性〉，頁5356。
〔註25〕同註4，〈鎔裁〉，頁615。

「人」的「通曉」與「通達」時，這個「人」在劉勰的理論體系中，或指「作者」，或指「批評者」之「通曉」、「通達」。然本單元所探討的是創作「文心」，因此是以人之主觀的「通曉明白」爲主軸，透過作家的「通曉」、「感悟」與「參酌」，來論其對「文體規範」的創變。因此研究焦點是在劉勰「文體通變」的創作法則中，除了客觀「文體規範」對主觀「文心」具有「制約」作用之外，相對的也有作者之「文心」在創作過程中，對「文體規範」具有「創變」作用，因爲作者在「洞曉情變，曲昭文體」的過程中，因其通變的「無方之數」，使得創作成果能有「新聲」的產生，這是作者主體「情性」之文心，在依循傳統之「文體規範」的制約下，能讓文體「生生不息」的創變法則。因此這是劉勰從作者之主體情性對文體典範做出「創變」之可能的創作論。

因此筆者認爲在劉勰的文體觀念中，他認爲「人」的主觀情思在具體實踐過程中，經由「採故實於前代，觀通變於當今」〔註26〕之「採」與「觀」，而使其能在「文心」的運作中，因其「個人」的才性、觀念、情思，產生「創變」的力量，讓他能在體察「古」、「今」各類文體之「本質與形構」、「普遍與個殊」、「變化與恆常」、「往復代變」等「通變性」後，創造出符合文體規範，又含有個人「文心」的作品。因此本單元將從「洞曉情變，曲昭文體」、「變數無方，必酌新聲」、「文采飾言，本乎情性」等三個部份，來論述「作者文心對文體規範之創變」的「通變性」創作法則。

（一）洞曉情變，曲昭文體

在劉勰文體創作法則的觀念中，「洞曉情變，曲昭文體」是他作者之「文心」所建立的創作法則之一。這裡所指「洞曉情變」，乃是從作者之「文心」的實踐作用而論，就如劉勰在〈風骨〉中所云：

> 若夫鎔鑄經典之範，翔集子史之術，洞曉情變，曲昭文體，然後能
> 莩甲新意，雕畫奇辭。昭體故意新而不亂，曉變故辭奇而不黷。……
> 情與氣偕，辭共體並。〔註27〕

這裡指出作品要有「風骨」，就必須從「經典之範」、「子史之術」中變化而來，也就是說經典與百家子史之作，是作者運作文心時，應有的「文體典範」依據。但是「文心」之運作必須能「鎔鑄」、「翔集」這些典範，通曉其感情的

〔註26〕同註4，〈議對〉，頁462。
〔註27〕同註4，〈風骨〉，頁554。

變化，詳細明白「文體」的規範，然後才能有「荂甲新意」、「雕畫奇辭」之創變。因此劉勰所言「昭體故意新而不亂」，指的是「文心」能在「文體規範」的制約下，意雖創新但不混亂；而其所言「曉變故辭奇而不黷」，則是指在客觀的規範下，作者「文心」能通曉變化之道，就能自鑄奇詞，也不會顯得用詞浮濫。可見在這種「文體通變」的創作法則下，就算「求新」、「求變」，也不會出現「離本」的弊病。然而「洞曉情變」並不是一件容易的事，就如劉勰〈指瑕〉所云：

> 管仲有言：「無翼而飛者聲也，無根而固者情也。」然則聲不假翼，其飛甚易；情不待根，其固匪難：以之垂文，可不慎歟？……雅頌未聞，漢魏莫用，懸領似如可辯，課文了不成義：斯實情訛之所變，文澆之致弊。……近代辭人，率多猜忌，至乃比語求蚩，反音取瑕，雖不屑於古，而有擇於今焉。〔註28〕

劉勰這段文字最主要的是在探討文章的毛病。從他的敘述語境看來，舉《管子·戒篇》中管仲之言來論「語言」與「情感」的問題。然而就其所言「聲不假翼」，所以語言的傳播非常容易；而「情不待根」，雖然如此，但想要掌握它，並不是難事；換言之，就模習客觀文體來寫作並不難，難在垂文之際要如何「洞曉情變」而使其能「曲昭文體」。因此劉勰認為「懸領似如可辯」，他點出憑空想像好像可以辨認；可是一但考核文字，就會出現「課文了不成義」，也就是說意義被憑空想像出來，這種現象是因為感情不正所造成的「情訛」現象，以及「文澆」之文風浮誇的弊病；當然也就會出現劉勰所言「近代辭人，率多猜忌」，「比語求蚩」、「反音取瑕」的問題。由此可見，不能「洞曉情變，曲昭文體」的話，就會讓「文心」之創變，淪入失當、浮誇、空洞、庸腐、繁雜、險怪，或剽襲之歧途。

然而從劉勰所言「洞曉情變，曲昭文體」之語境思之，「洞曉情變」是作者之「文心」對於外在事物之「變化與恆常」、「普遍與個殊」的通曉明白，因而使其創作時能「曲昭文體」，所以這創作主體的「文心」如何培養情感與文思？將是作者在創作是否能超越「文體典範」而有所創變的關鍵。這個部份劉勰在〈神思〉中對於「陶鈞文思」，以及如何「秉心養術」之道，都有明確的論述。可見在劉勰的觀念中，作者「洞曉情變」之心，轉化成為創作之「文思」，可以被後天培養出來。就如劉勰在〈神思〉中所云：

〔註28〕同註4，〈指瑕〉，頁 759～760。

　　是以陶鈞文思，貴在虛靜，疏瀹五藏，澡雪精神。積學以儲寶，酌
　　理以富才，研閱以窮照，馴致以繹辭，然後使玄解之宰，尋聲律而
　　定墨；獨照之匠，窺意象而運斤：此蓋馭文之首術，謀篇之大端。……
　　是以秉心養術，無務苦慮，含章司契，不必勞情也。……贊曰：神
　　用象通，情變所孕。物以貌求，心以理應。〔註29〕

從以上這段文字的敘述，可以明白地看到劉勰對於「陶鈞文思」的重視，這
是內在心靈的運動，藉由「積學」、「酌理」、「研閱」與「馴致」等工夫的培
育，讓深知事物奧祕的「玄解之宰」，以及有獨特感受的「獨照之匠」，在創
作之際，其文心能尋「聲律」、能窺「意象」，而運斤定墨。從劉勰對「神思」
之運作的論述看來，作者創作之「文心」若能養成，爲文之時，情思「無務
苦慮」，那麼在「含章司契」的過程中，就「不必勞情」。

　　換言之，作者在爲文之用心時，自然就能「洞曉情變，曲昭文體」了。
因此劉勰才會說「神用象通，情變所孕」，直接點出「情變」是由「神思」受
外在物象之引發而來，所以這樣的「情思」在「神與物遊」的過程中，孕育
出作者「洞曉性變」之文心；這種經由「秉心養術」之「文心」的運作，讓
作者能在「物以貌求，心以理應」的心物辯證中，確認可以實現心中之理想
的文體典範。準此，劉勰對於「文心」要能在「洞曉情變，曲昭文體」的實
踐中，實現其對文體典範之創變性。雖然在劉勰的文體創作法則中，筆者是
將文體規範對作者文心的制約與作者文心對文體典範的創變分別論述，但兩
者之間，從其「通變性」觀之，還是要像〈風骨〉所言「情與氣偕，辭共體
並」，才是完滿的創作之道。

（二）變數無方，必酌新聲

　　所謂「變數無方，必酌新聲」，是說作者「文心」的運作，乃變化無窮。
這是筆者第四章所言作者個人的「創變性」文辭與「個殊性」氣力，所以文
體會隨著作者的才氣學習而「變」，但是劉勰「文體通變觀」中「體資故實」
固然重要，「酌新聲」也相對不能忽略。作者文心不但能在「故實」的文體典
範中實踐其創變的理想，同時也必須能參酌當代創新的文體，或引以爲戒，
或參酌習之，以合乎文學創作的時代性，使其創作不會泥於古。因此從「變
數無方，必酌新聲」之「通變性」法則，可以看到在劉勰「結構歷程」的文
學視域裡，文體隨時代而遷移，這是文學能夠歷久彌新之道。

〔註29〕同註4，〈神思〉，頁515～516。

　　因此在劉勰創作法則的觀念中,「變數無方,必酌新聲」也是指作者「文心」的「通變性」法則之一。劉勰在論創作時,「變數無方」是作者主觀「文心」的特色之一。故如前所述,劉勰詮釋文學傳統中的實存之作時,認為文章當以「常體」為基礎,而進行文體構成、源流、創作與批評的理論性建構。因此就如他在〈通變〉中提出「設文之體有常」、「詩賦書記,名理相因,此有常之體也」「名理有常,體必資於故實」等「文體典範」的觀念。這樣的觀念裡有「常規性」體製與「正典性」體式的存在;雖然它能提供作者「文心」可供模習的典範,但終究能實踐文體典範之作者,其「文心」的運作,仍居於「通變」的關鍵性位置。所以作者的無方之術,是讓他的創作能夠「變化無窮」的關鍵,就如〈通變〉所云:

> 夫設文之體有常,變文之數無方,何以明其然耶?……文辭氣力,
> 通變則久,此無方之數也。……通變無方,數必酌於新聲:故能騁
> 無窮之路,飲不竭之源。……文律運周,日新其業。變則堪久,通
> 則不乏。趨時必果,乘機無怯。望今制奇,參古定法。〔註30〕

從這段文字可以看到作者文心之「變」的作用,從劉勰強調「變文之數無方」,所指的文章變化之道,沒有一定規則之義,可以提供我們以下的省思:一方面劉勰是要強調作者文心對文體典範的「創變」,沒有一定的客觀法則可依循;另一方面劉勰認為作者之「文辭氣力」乃無方之數,所以他提出「通變則久」的努力方向,但是「文心」之能「通曉變化」,除了從其個人的創作來看,可以有「源源不絕」的文思外,最重要的是就整體文學發展脈絡來看,作者文心對文體典範的創變,是使歷代文學能夠「生生不息」的動力。

　　此外,劉勰在〈時序〉揭明文學傳統中,是以「往復代變」之「歷時性」規律,做為他「結構歷程」的文學觀的基準,提出文體典範隨著各個不同時代風氣是不斷的發展與變化,因此不但形成一種「樞中所動,環流無倦」的循環現象,也呈現「蔚映十代,辭采九變」之質文更替的變化軌跡。此一「生生不息」的通變現象,是劉勰文體創作法則之「通變性」基礎,因此他指出「時運交移」與「質文代變」是古今之情理,文體之通變就在其「交移」與「代變」的辯證中,這就是〈通變〉所言:「文律運周,日新其業」之循環運行變化的規律,因其週而復始的「運行」與日新又新的「變化」,使其能如劉勰所言「變則堪久,通則不乏」。換言之,所有的文學活動若能如劉勰所言「望

〔註30〕同註4,〈通變〉,頁569。

今制奇，參古定法」，不斷創新、融通古今，就能推陳出新，永不匱乏。然而使其如此者，是作者之「文心」的創變力量使然。所以就如劉勰所提出的「質文沿時，崇替在選」的主張，強調的就是作家文心的運作，才能在「文心」主動的選擇當中，掌握客觀文體之「質文沿時」的通變軌跡。由此可知，在劉勰文體創作法則中，「通變無方，數必酌於新聲」，強調的不只是通古之定法，還要有當代的存在意識，也就是要參酌同一時代的「新變」作品，因而文學的發展，就算流傳再久遠，也隨時都能讓人有「終古雖遠，僾焉如面」的存在感受。

（三）文采飾言，本乎情性

在劉勰文體創作法則中，「文采飾言，本乎情性」，亦是指「文心」在創作上的「通變性」法則；其實綜觀劉勰在《文心雕龍》中論及情性，或性情者，有〈原道〉「雕琢情性，組織辭令」，〔註 31〕強調陶冶性情是組織辭令的根據；有〈宗經〉「義既挻乎性情，辭亦匠於文理」，〔註 32〕指出在義理上能深入人心陶冶性情，在文辭上也能因文心之意匠經營，而得其文理的安置；有〈體性〉「情性所鑠，陶染所凝」，〔註 33〕這裡指出作家的才氣學習，是由性情所造成與習俗所陶冶；又其「吐納英華，莫非情性」，〔註 34〕則是就作家之才力、血氣與情性之關係，提出「性情」是形成文體之風格的根源。此外，在其〈養氣〉亦云：

> 夫耳目鼻口，生之役也；心慮言辭，神之用也。率志委和，則理融而情暢；鑽礪過分，則神疲而氣衰：此性情之數也。〔註 35〕

這是劉勰論作者「性情」之發用的問題，從其對耳目鼻口是「生之役」，心思志慮與語言文辭是「神之用」的論述看來，假使創作之時能「率志委和」，調合心志，使其能和順，就可以讓創作理路能夠通融明白，情感表達能夠順暢；相反地，若鑽研過度，反而讓精神疲憊，氣力耗損，這是屬於作者「文心」在創作歷程中，可能出現之體氣性情上的變化。

可見劉勰對「本乎情性」的要求，是在作者「情性」的通變上，確認其在創作歷程中的關鍵。如前所述，筆者論文體構成的「殊變性」要素中，曾提出文體構成的主觀材料裡，有作家之「創變性」文辭與「個殊性」氣力等

〔註 31〕同註 4，〈原道〉，頁 2。
〔註 32〕同註 4，〈宗經〉，頁 31。
〔註 33〕同註 4，〈體性〉，頁 535。
〔註 34〕同前註，頁 536。
〔註 35〕同註 4，〈養氣〉，頁 777。

要素；這樣的要素從文體創作法則的「通變性」角度來看時，其「文心」在進行「文采飾言」的創作過程中，必須本乎人的「情性」，才不會流於語言形構的模擬。而且在劉勰的觀念裡，「情」與「辭」具有經緯辯證關係，因此實踐兩者之依存，乃是「立文之本源」；故如〈情采〉中云：

> 孝經垂典，喪言不文；故知君子常言，未嘗質也。老子疾偽，故稱「美言不信」；而五千精妙，則非棄美矣。莊周云「辯雕萬物」，謂藻飾也。韓非云「艷乎辯說」，謂綺麗也。綺麗以艷說，藻飾以辯雕，文辭之變，於斯極矣。研味孝老，則知文質附乎性情；詳覽莊韓，則見華實過乎淫侈。若擇源於于涇渭之流，按轡於邪正之路，亦可以馭文采矣。夫鉛黛所以飾容，而盼倩生於淑姿；文采所以飾言，而辯麗本於情性。〔註36〕

劉勰以孝經、老子、莊周、韓非為例，區分出兩組：一組是孝經與老子的「知文質附乎性情」，強調其文仍能以主觀性情為主；一組則是莊周與韓非的「見華實過乎淫侈」，劉勰認為兩者的「藻飾」與「綺麗」，已達「文辭之變」的極至。故從劉勰對文學傳統的觀察看來，創作時「文采」與「情性」雖是「擇源」與「按轡」過程中的選擇，但是所有形式上的文采華美，都必須要本於性情，就像一位女子用「鉛黛飾容」，但其美麗乃是在顧盼之間展現其「淑姿」；可見劉勰藉此以強調「文采所以飾言，而辯麗本於情性」，才是「文心」創變根源所在。

然而劉勰強調「情性」是駕馭文采之本，但從「文體通變」的觀念，可以體會到劉勰提出「情性」的主張，是有其針對當時文風所做的反思，其所要對治的是六朝時期「重形式」的唯美文風，因而藉由「經緯」的結構性思維，來論證「情」與「辭」的通變關係，如〈情采〉所云：

> 故情者，文之經，辭者，理之緯；經正而後緯成，理定而後辭暢：此立文之本源也。昔詩人什篇，為情而造文；辭人賦頌，為文而造情。……故為情者要約而寫真，為文者淫麗而煩濫。而後之作者，採濫忽真，遠棄風雅，近師辭賦；故體情之制日疏，逐文之篇愈盛。……言與志反，文豈足徵？……使文不滅質，博不溺心，正采耀乎朱藍，間色屏於紅紫，乃可謂雕琢其章，彬彬君子矣。〔註37〕

〔註36〕 同註4，〈情采〉，頁599。
〔註37〕 同前註，頁599～600。

劉勰從爲「情」與「辭」下定義開始，提出「情者文之經」與「辭者理之緯」的界義，乃藉由「經緯」交織結構的思維模式，建立情理與文辭之先後、因果關係，論述「立文之本源」的觀點，他認爲「三百篇」的詩人「爲情而造文」，於是「爲情者」模習之，而寫出「要約而寫眞」之文。劉勰在〈宗經〉「六義」中指出「情深而不詭」，強調的是「情之眞」乃寫作時必備的重要條件。至於楚國辭人「爲文而造情」，因而形成「爲文者」模習之，容易淪爲「淫麗而煩濫」之作。劉勰在〈宗經〉「六義」中指出「文麗而不淫」之說，強調文采要「華麗」但不過度修飾；可見「情眞」是寫作時必備的重要條件。然而隨著文學歷史的傳延，兩者若不能以「通變」爲準則，反而越走越偏，導致後代爲文者「採濫忽眞，遠棄風雅，近師辭賦」，這種背道而馳的寫作弊病，從劉勰的觀察視角看來，近代辭人能夠體會到「情性」爲創作之本的人越來越少；而「逐文之篇」的風氣，於是卻越來越盛行。基於這樣的危機意識，劉勰特別強調「雕琢其章，彬彬君子矣」，這裡的彬彬君子指的是能寫出「情采並重」之好文章的作者而言，這樣的作者才是能掌握「文不滅質，博不溺心」之原則者。由此可見「情性」是作家「文采所以飾言」的根本所在。

三、作者文心與文體規範之主客通變關係

　　承前所述，對於主觀「文心」與客觀「文體規範」之間通變關係的論述，首先，筆者認爲從劉勰「文體通變觀」觀之，這主客之間，無論是從作者「文心」之創變，或是從「文體」之規範看來，兩者之間其實存在著「通變」的依存關係。所以當筆者論「文體典範對文心之制約」時，焦點雖是在文體之「名理有常」的客觀制約上，卻也不能忽略「宜宏大體」、「必資故實」、「因情立體」之主體文心的運作。同樣地，探討「文心對文體典範之創變」時，在論作者之心的「洞曉情變」、「變數無方」、「本乎情性」等主體創變問題時，也是不能忽略如何「曲昭文體」、「酌於新聲」等文體的制約。此外，筆者認爲劉勰在論述語境中，本就是依主觀的「文心」與客觀「文體規範」對舉的方式，依其「通變」之關係，進行文章創作的辯證性論述。例如劉勰在〈通變〉篇中，一方面提出「名理有常，必資故實」，強調文體規範的制約性，另一方面也提出「變數無方，必酌新聲」，證明作者「文心」的創變法則。

　　其次，從筆者的詮釋中，認爲劉勰強調「文心」與「文體規範」之辯證關係，而提出其「文體通變觀」。以使創變不會出現「訛體」的危機之外，更能有永續性的文學發展，此乃劉勰提倡「結構歷程」文學觀的終極目標。所

以文人在「創變」之前，必然要面對每一種文類常體的規範：一方面藉由此常體的規範，提供模習者理想的標準。因此研究劉勰「文體通變觀」時，必須面對在「文體」規範裡，何者「可通」？何者「可變」？何者「不可通」？何者「不可變」？等問題。這些問題黃侃《文心雕龍札記》已揭明「可變革」與「不可變革」之說。〔註38〕這樣說法是從「變化與恆常」之通變性，做為其論創作的基本立場，所以黃侃所言遣辭捶字，或宅局安章之「可變革者」，正是筆者所提出作者「文心」的範疇，也就是作者「創變性」文辭與「個殊性」氣力。因此作者在「遣辭捶字，宅句安章」時創變性，才能容許他在客觀規範中能夠呈現其主觀創變；所以黃侃所言「可變革者」，其實就是指作者文心對文體規範之創變，而其所言「不可變革者」，則是指文學傳統中被型塑出來的「規矩法律」，此乃筆者所言之文體規範。

最後，在筆者論創作法則的過程中，體會到劉勰對文體之「通變性」，有一個終極的理想目標，那就是「唯務折衷」。這個論題在歷來「龍學」研究學者中，頗受關注，尤其是以「通變觀」為主軸的研究，都將劉勰「唯務折衷」之說，歸納為劉勰的研究方法。持此說法者，如張少康《文心雕龍新探》「折衷論」，提供給筆者在論劉勰「文體通變觀」時一些理論上的省思，如其言：

> 劉勰的「折衷」論的研究方法，是建立在事物的認識必須客觀、全面、深入，而切忌主觀、片面、浮淺的思想基礎上，從這個基本原則出發，他的「折衷」論表現出以下三個明顯的特點：第一，強調識「大體」、「觀衢路」，注重對事物的整體的宏觀的研究，從歷史發展中尋根探源，從對立統一中發現聯繫，辯證地而不是形而上學地去揭示事物本質。……第二，強調「圓通」、「圓照」，注重對事物的全面的、深入的、細致的微觀研究，要善於發現事物各個側面之間的相互聯繫，看到事物各個部分之間都有相通的一面，從而才構成為一個和諧的整體。……第三，強調「善於適要」，「得其環中」，在研究中注重於去發現事物的要害和關鍵之處，並對之作細致而深入的剖析，使複雜的事物主次分明，脈絡清楚，從而起到「乘一總萬，舉要治繁」（〈總術〉）的作用，以便更深刻地揭示事物內在的本質和規律。〔註39〕

〔註38〕同註2，頁123。

〔註39〕張少康：《文心雕龍新探》，「折衷論」，（臺北：文史哲出版社，民國86年6月初版二刷），頁258～268。

從以上張少康「折衷論」的精闢分析中，筆者認為張氏雖然旨在論述劉勰寫作《文心雕龍》所採取的「折衷」研究方法，與筆者本節所論文人創作方法在層上不同；但筆者從張氏「折衷」的宏觀、微觀與環中的視角，做為筆者對文人創作方法的一些省思：

首先，筆者認為張少康所強調的「識大體」、「觀衢路」，正是本論文所提出之「規略文統，宜宏大體」之通變性創作法則。這樣的創作法則，確實旨在強調文心之能「識大體」，所以正如張氏所言是「注重對事物的整體的宏觀的研究」，而且是以「辯證」的通變性法則，做為藉由客觀「文體規範」對主觀「文心」所產生的創作制約。劉勰確實不是從「形而上學地去揭示事物本質」，而是從文學傳統之「名理有常，必資故實」、「因情立體，即體成勢」中尋根探源。

其次，從張氏所強調之「圓通」、「圓照」來看，「圓通」、「圓照」同樣是就結果來揭示理想目標；但是如何能「圓通」、「圓照」呢？筆者認為必須藉由主觀「文心」與客觀「文體規範」之「通變性」法則，才能實現其「圓通」、「圓照」的理想目標。因此為能使創作能達成「圓通」的理想，乃在過程中藉由主客的通變性運作，便能對「事物的全面的、深入的、細致的微觀研究」，並且體察到文體之「本質與形構」、「普遍與個殊」、「變化與恆常」、「往復代變」的通變性關係，進而能以「構成為一個和諧的整體」，做為主客通變之創作性實踐。因此創作時，若想要能「圓通」、「圓照」，就必須懂得「洞曉情變，曲昭文體」、「資於故事，酌於新聲」，才能在主客通變中趨於「圓通」之境。

其三，從張氏所強調之「善於適要」，「得其環中」來看，要能處之「適要」，得其「環中」，關鍵是在實踐的過程，如何能隨時「辯證」，體察事物之「本質和規律」的變化，才能實現「乘一總萬，舉要治繁」的目標。因此這也是要靠主客通變才能實現其「善於適要」，「得其環中」之折衷論的理想。

綜上所述，雖然張少康「折衷論」所處理的是劉勰寫作《文心雕龍》的研究方法，筆者「文體通變觀」所探討的是文學創作的法則，二者層位不同；但是彼此的思維模式卻相似。筆者認為透過「文體通變觀」的視角，更能體察張少康論劉勰「折衷論」之精闢見解外，也更證實筆者的研究目的：劉勰「文體通變觀」之結構歷程的文學觀。

第二節　文體批評法則之「通變性」

在筆者的觀點裡，認爲劉勰《文心雕龍》亦可被視爲一部具有「文體批評」的專書；而此「文體批評」乃是劉勰想建構一套具有未來性、有機性之「結構歷程」的文學理論體系之一。所以從劉勰「文體通變觀」的視角觀之，他對文體構成要素、源流規律、創作法則與文學史觀等範疇的詮釋與論證中，處處都隱含著劉勰的「文體批評」觀念。因此本節的論題，乃是延續第四章文體構成之「通變性」要素與文體源流之「通變性」規律等基礎性研究，以及前一節對於「文心」與「文體規範」間的制約與創變關係之論述，進一步開展劉勰「文體通變觀」裡關於「文體批評」之「通變性」法則的探討。然而在進入本論題前，有一些概念必須先做說明：

第一，筆者透過劉勰對文學的「過去、現代與未來」的「通變性」思維，可以看到他對治「文學傳統」，面對「近代辭人」，以及其對「未來」文學發展的論述架構背後，其實存在著劉勰想要建構的一套理想文學觀。在這套以「主客辯證融合」爲視角的「通變性」文學理論中，劉勰所預設的「文體批評法則之『通變性』」，除了涵蓋劉勰對過去與現在之文學活動的「實際批評」外，更藉由〈知音〉「六觀」提出一套客觀的「文體批評」法則，這套有別於主觀「情志批評」的法則，具有劉勰個人獨到的文學視野：而他這樣的文學「批評」視野，就是以「通變性」爲其觀念基礎。

因此關於劉勰「文體批評」的定義，筆者將以前行研究中顏崑陽〈文心雕龍「知音」觀念析論〉與蔡英俊〈「知音」探源─中國文學批評的基本理念之一〉爲依據，做爲本論文之知識基礎。蔡英俊認爲：

> 「知音」所指涉的理解活動，是兩個主體之間相互了解、相互感通的融浹狀態，而且這種相互感知的過程，似乎不需要透過任何外在的言辯予以明示；創作者與鑑賞者雙方都沈靜的進行內在情志的溝通、理解活動。〔註40〕

從蔡氏所言「知音」是兩個主體間「相互感知的過程」，「似乎」不需要透過外在的言辯給予闡明，即能使「創作者」與「鑑賞者」兩個主體，進行其「內在情志的溝通、理解活動」。從蔡氏的論點看來，其論「知音」的理解活動，

〔註40〕蔡英俊：〈「知音」探源──中國文學批評的基本理念之一〉，收錄在呂正惠、蔡英俊主編：《中國文學批評第一集》（臺北：臺灣學生書局，1992 年 8 月），頁 130。

所持的主張是「情志批評」的立場與觀點。然而筆者從其所言「似乎」兩字的語境看來，他的言外之意彷彿對這樣的主張還是有所保留。至於顏崑陽對「知音」觀念的論述，所採取的立場觀點，都是從「文體批評」入徑，他從「知音」一詞的原典出處，概念界定，及其蘊涵怎樣的文學「批評」觀念？或劉勰使用「知音」一詞之涵義與原典之異同？或是劉勰提出「六觀」的批評方法與判斷的標準，具有什麼樣的價值意義？都是顏崑陽解析劉勰「知音」觀念的焦點議題。尤其是其對「情志批評」與「文體批評」這兩個批評觀念的釐清，提供筆者在此一議題上寶貴的知識基礎。〔註41〕

　　第二，筆者在此的研究焦點是劉勰的「文體批評」，然就文學總體概念而言，「文體批評」是文學活動之「文學批評」的範疇。因此何謂「文學批評」？雖是文學研究中的基本概念，但是筆者在論述前，還是要做一些簡單的說明：其實所謂「文學批評」本就是指在文學活動過程中，對文學作品所做的詮釋與評價；所以它的對象是「作品」，也就是「文本」。藉由探問「文學作品」的存在，或何以存在等問題時，自然反映出探問者，或說批評者對其對象物──「文學作品」之意義的詮釋與價值的評斷。因此近現代以來，關於中西方「文學批評」論著甚夥，對「文學批評」一詞的界義，也有許多不同的說法，然而無論其說法如何？其與筆者所要論述之劉勰「文體批評」的內容，是不同層次的議題，因此筆者在此並不從現代西方文學批評找依據，而是以《文心雕龍》之文本分析為主，來探討劉勰所要建構之「文體批評」的通變性法則。所以就本論文以《文心雕龍》「文本」解讀為主而言，上述都是論題

〔註41〕同註1，「六朝文學批評的主要趨向是：『文體論的批評』。所謂『文體論的批評』，即是以文體知識作為批評的主要理論依據，而其批評的終極標的也是在乎詮釋或評價作品是否完滿地實現某一文體的美學標準。因此，當時的文學家在批評方面最卓著的表現大約有二個層次：一是文體知識的建構；二是運用文體知識實際地對某一作品予以批評。這顯然是批評理論與實際批評相關的運作。……文體論的批評，雖然也考慮到文學的主體性，但此種主體性的要求卻完全不同於兩漢箋釋詩騷之求解的作者情志。其間主要的差異有二：（一）兩漢箋釋所求解的作者情志，指涉的是在某一特定個別發生的事實經驗中，作者心裡的感受或意圖，因此這『情志』是發生性的，是特別性的，每一作品的『情志』皆不相同。但是在文體的批評中，所謂主體情性，指涉的卻是對某一主體性情概括性的、類型性的描述。……（二）情志批評，其終極標的是從作品以尋求作者的情志；而文體批評卻是從作者的性情以理解作品的體貌。作者性情不是批評的終極標的，而只是作者理解作品的參考條件。因此，前者是讀者→作品→作者（情志）的批評歷程；而後者則是讀者→作者（性情）→作品（文體）的批評歷程。」頁215～218。

以外之基礎性觀念的參考。

第三，筆者所謂「文體批評」，是指以文體（體製、體貌、體式、體要）的知識作爲「批評」的理論依據。所以在「批評」的過程中，對於「文學作品」的研究，基本上已預設了「文體」知識做爲詮釋或評價「作品」的基準。因此「批評」兩個字，就如張雙英在《文學概論》裡所言：

> 在中文的「文學批評」裡，「批評」這個詞似有必要進一步加以澄清和了解。首先，「批評」兩字在中文裡不但常被認爲帶有「主觀」的色彩和「攻擊性」的態度，而且也常以武斷的結論式「評價」爲其特色，
> 因此，可謂缺少細膩而符合邏輯的分析、討論和解釋的過程。〔註42〕

從張氏這段對「批評」兩個字的中文義涵，在傳統主觀的「印象式批評」模式中，確實存在著「主觀」、「攻擊性」與武斷的結論式「評價」等特色。因此中文的批評中所「缺少」的部份是「細膩而符合邏輯的分析、討論和解釋的過程」。這樣的批評方式，無法從主觀體悟的「批評」中得到完滿的解決；因爲從古代文學傳統的發展脈絡中，直到六朝時期劉勰提出客觀「文體批評」——「六觀」的批評方法，才有系統化、體系化的客觀文學批評法則出現。

第四，筆者認爲從劉勰〈知音〉篇以外，其餘篇章的「批評」觀念，在筆者的認知裡，它是屬於「文學批評」裡的「實際批評」方式，就古代已然存在之「文學作品」的文體構成、文體源流與文體創作等，進行其「意義」的詮釋與「價值」的評斷。準此，綜觀《文心雕龍》全書時，自其〈原道〉始，至劉勰自序寫作動機與目的的〈序志〉爲止，處處均可從其論述，看到劉勰對文學傳統、文人社群的「批評」觀念，從廣義的「批評」觀念而言，筆者以其〈序志〉爲例，如其云：

> 予生七齡，乃夢彩雲若錦，……齒在踰立，則嘗夜夢執丹漆之禮器，隨著仲尼而南行。……自生人以來，未有如夫子者也。敷讚聖旨，莫若注經，而馬鄭諸儒，弘之已精，就有深解，未足立家。……詳其本源，莫非經典。而去聖久遠，文體解散，辭人愛奇，言貴浮詭，飾羽尚畫，文繡鞶帨，離本彌甚，將遂訛濫。……詳觀近代之論文者多矣：……各照隅隙，鮮觀衢路；……魏典密而不周，陳書辯而無當，應論華而疏略，陸賦巧而碎亂，流別精而少功，翰林淺而寡要。……，並未能振葉以尋根，觀瀾而索源。不述先哲之誥，無益

〔註42〕 張雙英：《文學概論》，2002 年，臺北：《文史哲出版社》，頁 377～378。

後生之慮。〔註43〕

這段文字是劉勰以「夢」來自敘追隨孔子之心，因此從他提出「敷讚聖旨，莫若注經」的主張開始，其所論述的無一不是以「批評」視角，來反思「馬鄭諸儒」雖有深解，但卻未能成一家之言；近代「辭人愛奇」，因此「離本彌甚，將遂訛濫」；「近代之論文者」，如魏文帝曹丕、陳思王曹植、應瑒、陸機、摯虞、李充等人，或緊密而不周，或辯論而無當，或華麗而疏略，或巧妙而碎亂，或精要而少功，或淺薄而寡要，都是「各照隅隙，鮮觀衢路」，「未能振葉以尋根，觀瀾而索源」之作；因此這些論述中，無一不顯劉勰的「通變性」批評觀念。其次，從劉勰在〈序志〉自敘其五十篇之章節安排，亦可以見其「批評」觀念，如其云：

> 蓋文心之作也，本乎道，師乎聖，體乎經，酌乎緯，變乎騷，文之樞紐，亦云極矣。若乃論文敘筆，則囿別區分，原始以表末，釋名以章義，選文以定篇，敷理以舉統，上篇以上，綱領明矣。至於剖情析采，籠圈條貫，摛神性，圖風勢，苞會通，閱聲字，崇替於時序，褒貶於才略，怊悵於知音，耿介於程器，長懷序志，以馭群篇，下篇以下，毛目顯矣。位理定名，彰乎大易之數，其為文用，四十九篇而已。〔註44〕

首先，從劉勰對「文之樞紐」的界定來看，其所言「本乎道」的〈原道〉篇，是他從「文」與「天地」並生的論述開始，到「人文之元」，到「自鳥迹代繩，文字始炳」，到「爰自風姓，暨於孔氏」等為文之道的敘述中，其用語，例如：

> 夫子繼聖，獨秀前哲，鎔鈞六經，必金聲而玉振；雕琢情性，組織辭令，木鐸起而千里應，席珍流而萬世響，寫天地之輝光，曉生民之耳目矣。〔註45〕

這裡劉勰用的也是「批評性」的語言，認為孔子是能「繼聖」，且超越「前哲」之人，因其能「鎔鈞六經」，能「雕琢情性，組織辭令」，所以對後人產生「千里應」之廣度與「萬世響」之深度等全面性的影響。以此類推，其云「師乎聖」之論師法於聖人，「體乎經」之推崇宗法於經典，「酌乎緯」之斟酌緯書的功用，以及「變乎騷」之論辨別離騷之新體的創變等，都可以看到劉勰運

〔註43〕同註4，〈序志〉，頁915～916。

〔註44〕同前註，頁916。

〔註45〕同註4，〈原道〉，頁2。

用其「通變性」的批評觀點,來建構其「文之原」的理論性主張。

其次,從劉勰「論文敘筆,則囿別區分」看來,他用「原始以表末,釋名以章義,選文以定篇,敷理以舉統」等四個論述面向,書寫〈明詩〉至〈書記〉等二十篇文章,藉以確立各類體之名稱定義、源流本末、典範篇章、寫作要領等。因此詳觀其文本即可明白,劉勰無論是釋名,或是探本溯源,或是選文以定篇,或是敷理舉統的敘述內容中,均可見其「通變性」的批評觀念。

再則,從劉勰對〈神思〉至〈總術〉等十九篇的「剖情析采,籠圈條貫」,可以看到無論是「摛」(推論),是「圖」(考慮),是「苞」(包括),是「閱」(觀察),都是運用其批評觀念,以進行對作品的「實際批評」。同樣的在其〈時序〉至〈程器〉等五篇文論中,他的「崇替」,「褒貶」,「怊悵」,「耿介」等,在筆者的認知中,劉勰也是運用「文體通變觀」的視角,進行「實際批評」,因此除了〈知音〉是其直接表達「批評」觀念外,其餘的篇章都是要從其他行文過程中,才能體察所隱含的「通變性」批評觀念。〔註46〕所以劉勰之「文體批評」中,筆者認為它包含了〈知音〉的「理論批評」與其他篇章的「實際批評」等兩個部份。

第四,如前所述,從立場與觀點來看,雖然筆者論「文體創作」時,是以「作者」的立場、觀點,來論作者「文心」與「文體規範」之間的「通變性」關係;而探討「文體批評」時,則是以「批評者」、「讀者」的立場觀點,來看劉勰「通變性」批評之目的、方法,或任務與效用等。其實以上這些觀點,是站在研究者的詮釋視野,必須進行議題上的區隔,但若就《文心雕龍》這本經典而言,劉勰既是「批評者」(讀者),又是「作者」的立場與觀點,在其文體批評中往往呈現出「相互性」關係。因此在解讀《文心雕龍》的「文本」時,一方面要注意做好這兩者有不同的詮釋立場與觀點的區隔;另一方面也要注意到兩者的關係。

準此,本節焦點乃在論《文心雕龍》「文體批評法則之通變性」。筆者就劉勰所提出之「文體通變觀」看來,其「六觀」之說,正可回應當時純粹個人主觀印象批評,所造成的偏見。其中對於劉勰如何以「文體通變觀」來建構其文體批評理論體系,因此除了在「六觀」中所標舉的「三觀通變」之批

〔註46〕因〈明詩〉至〈書記〉二十篇「文體論」,〈神思〉至〈總術〉等十九篇「文術論」,以及〈時序〉至〈程器〉等五篇「文評論」,因其內容數量甚多,且非筆者在此論述的主要目的,故在此僅做概述,預設其隱含「通變性」之批評觀念;再加上本單元之論述篇幅有限,故在此僅做概略性說明。

評法外，筆者認爲劉勰全書中處處都可見其「通變觀」的批評思維，因此本節將先從其批評理論體系之核心觀念，來論其「通變觀」在「六觀」批評法則中的位置。再就其全書之實際創作成果，來論劉勰「觀通變」之評價判準與實際應用。

一、「通變觀」在「六觀」批評法則中的位置

本單元將從「通變觀」在「六觀」批評法則中的位置，討論「主體情性」與「文體規範」相互辯證的批評法則。故如前文筆者所提出的觀點：劉勰〈知音〉的「六觀」是一套客觀的「文體批評」法則，是他反思傳統批評法之後，順應曹丕《典論・論文》以來的「文體批評」觀念，體察到六朝時期之文體批評大多數是從「實際批評」入徑，其結果容易流於主觀，因而造成批評上的偏見，就如顏崑陽所言：

> 六朝文學批評的主要趨向乃是文體論的批評，以文體知識作爲批評的理論依據，……從而評估其優劣。然而，當時這種文體論的實際批評雖頗爲興盛，卻很少有人從批評者的立場，提出一套客觀性、系統性、有效性的批評方法，因此批評的結果往往由於主觀成見與認知不足而造成嚴重的偏差。在這趨勢中，劉勰以「知音」指稱文學批評活動，而提出「六觀」這套客觀性、系統性、有效性的批評方法與判斷標準。……劉勰提出這套「六觀」批評方法與判斷標準，其最大的價值意義，是讓文體論的批評有客觀的規範可循，而由作者與作品立場所建構的文體知識，不但可以落實在「創作」的指導上，同時也可以落實在「批評」的指導上，而形成一套作者、作品、讀者「系統整合」的文體論。〔註47〕

以上顏氏的研究成果，提供給我們幾個論述知識基礎：一是，六朝文學批評的主要趨向：是藉由文體論的批評來評估「文學作品」的優劣。二是，因爲在文體的實際批評中，很少人以「批評者」的立場建構出一套客觀、系統、有效的文學批評法則。因此其結果往往流於主觀成見，或認知不足之憾。三是，劉勰提出的「六觀」批評方法與判斷標準，其實是一套「主客辯證融合」的批評法則，既提供作者「創作」上的指導，也能讓「批評」落實爲作者、作品與讀者的「系統整合」。

〔註47〕同註1，頁238～239。

因此本議題就站在顏氏研究成果的基礎上，探討「通變觀」在「六觀」批評法則中的位置。劉勰〈知音〉反省當代文學所面對的困境，云：

> 夫篇章雜沓，質文交加，知多偏好，人莫圓該。慷慨者逆聲而擊節，醞藉者見密而高蹈，浮慧者觀綺而躍心，愛奇者聞詭而驚聽。會己則嗟諷，異我則沮棄，各執一偶之解，欲擬萬端之變。所謂「東向而望，不見西牆」也。〔註48〕

就文學發展的軌跡而言，魏晉六朝文學在類體的形構與樣態的表現上，是一個「篇章雜沓，質文交加」的時代，然而文章之體雖多，但在語言修辭的表達上，或質樸，或文飾，或內容（質），或形式（文）互有交替，加上每個人的寫作各有偏好，所以「批評者」不能「圓該」，因為不能有全面性的觀察，所以「慷慨者」聽到「逆聲擊節」就讚賞，「醞藉者」見到細緻含蓄就高興得手舞足蹈，「浮慧者」一見綺麗就動心，「愛奇者」追求詭奇驚聳，劉勰所描述的這些人都是以個人「主觀」好惡出發，因此自然造成「各執一偶之解，欲擬萬端之變」等「以管窺天」之弊。從劉勰論述的語境看來，這些既是「創作」問題，也是「批評」問題。可見造成「東向而望，不見西牆」的以偏概全之憾，是六朝時期的文學問題；其解決之道當然是要能「圓該」，要能見「萬端之變」。從劉勰的觀點看來，這樣的理想性實現，就必須從「通變」的觀點、立場與方法，才能使創作與批評避免「各執一偶」之憾。關於這一點，在張少康在其「知音論」明白的點出：

> 劉勰認為要展開正確的文學批評，是一件很困難的事，……一則文學作品本身門類眾多，品種複雜，……要正確地鑒別其優劣，實在不容易的。二則批評者的狀況也各不相同，愛憎好惡懸殊極大，……
> 歷史上的文學批評存在著主觀、片面、淺薄等許多不良傾向。〔註49〕

從劉勰〈知音〉的「問題視域」看來，一方面他要面對的「文評」環境，確實是一個「主觀、片面、淺薄」之文學批評的時代；另一方面所有文學作品發展到六朝時期，開始從原本的文學創作實踐的時代，轉入建構文學理論與批評的新時代，原因是先秦以來文學歷史的累積，促使眾多作品可以分析、歸納、反省、建構。正因如此才會在「篇章雜沓，質文交加」之後，出現主觀、片面、淺薄的批評現象；再加上「古來知音，多賤今而思古」。因此導致

〔註48〕同註4，〈知音〉，頁888。
〔註49〕同註39，頁246。

人人自嘆「知音其難哉」。此外，張少康強調這種「主觀、片面、淺薄」的文學批評，表現在六朝文學上時，就如劉勰所言當時之人出現了「文人相輕」、「貴古賤今者」、「信偽迷真」等三項「文學批評」的缺失。若想補救其弊端，筆者認為要用劉勰之「六觀」批評法則。然而其實就如劉勰自云：

> 凡操千曲而後曉聲，觀千劍而後識器；故圓照之象，務先博觀。……
>
> 是以將閱文情，先標六觀：一觀位體，二觀置辭，三觀通變，四觀奇正，五觀事義，六觀宮商。斯術既形，則優劣見矣。〔註50〕

從這段文字，筆者認為可以從兩個方面來談：一方面是主體「通變」之文心的「博觀」：劉勰在反省時人之弊時，他是以「文體通變」做為其詮釋觀點，因此從劉勰之「圓該」的理想性，進一步他提出「操千曲」、「觀千劍」等博觀的主張。筆者認為就劉勰所言「操千曲而後曉聲」，「觀千劍而後識器」，是強調批評者必須具備「博觀」的學養條件。然而，在進入實際批評時，如何「操之」？如何「觀之」？劉勰提出「六觀」之說，要面對的這是這樣的問題。另一方面劉勰以此「博觀」的通變觀念，提出一套客觀批評法則：他從觀覽文學作品之「文情」，首要之務是要先確立「六觀」這六個客觀批評法則，認為如此才不會陷溺在「各執一偶之解，欲擬萬端之變」的窘境。然而何謂「六觀」？劉勰云「一觀位體，二觀置辭，三觀通變，四觀奇正，五觀事義，六觀宮商。」假使這六觀是一個系統的、整體的批評觀點與法則，那麼筆者要問：

> 其一，就是何謂「位體」？「置辭」？「通變」？「奇正」？「事義」？「宮商」？
>
> 其二，劉勰的「觀」是指「創作者」？「批評者」？還是兩者皆是？
>
> 其三，這「一觀，二觀，三觀，四觀，五觀，六觀」彼此之間，是一種形構性關係？

假使如前所述，劉勰「六觀」之「術」，是一套客觀性、系統性、有效性的文體批評方法的話，那麼這套客觀批評方法裡的每一觀之間，彼此是以辯證性的關係相互依存，這就如顏崑陽在「位體」的詮釋裡所言：

> 魏晉六朝的「文體」觀念絕不只是脫離「內容」而純為「形式」的意義。所謂「位體」當然也不只是脫離內容，而純為語言形式的巧構。〔註51〕

〔註50〕同註4，〈知音〉，頁888。
〔註51〕同註1，頁227。

這是顏氏從「辯證性」的文體觀念提出來的看法，這樣的看法乃在強調「六觀」是藉由主觀與客觀、本質與形構、內容與形式等並觀的「辯證性」思維。這就是筆者回應第一個問題時，認爲這「六觀」之義必須從辯證的「通變性」觀點來看，例如：

「一觀位體」，前人說法紛紜，簡單言之，應是指探討作者如何掌握「名理有常」、「規略文統」、「因情立體」、「情理設位」而言。就張少康認爲：「是指要考察文學作品的體裁風格和它包含的情理是否相契合。」〔註52〕從張氏的說法看來，他也是從「通變」之辯證性，來看第一觀：「位體」的意義。

「二觀置辭」，則應是指觀察章句安排，探討作者怎樣安章宅句，著意鎔裁而言。就張少康認爲：「是指文辭運用是否能充分表達內容。……置辭是否妥當，是和內容密切聯繫的。而不是只看它是否華麗。」〔註53〕在此亦顯張氏對「觀置辭」須要兼顧內容與形式之密切聯繫，這種關係也是具有「通變」的辯證性。

「三觀通變」，則是探討作者（作品）怎樣「資於故實」、「酌於新聲」、「宜宏大體」、「洞曉情變」。張少康認爲：「是指要考察文學作品在處理繼承和創新方面是否做到了在通的基礎上有變，在認眞繼承前代文學優秀傳統的前提下，有所創造，有所發展，作出新的貢獻。」〔註54〕其所述「觀通變」之辯證性，就更不用說了。

「四觀奇正」，則是觀察作品執正馭奇的手法，掌握其奇正的變化規律。張少康認爲：「是指內容是否純正、形式是否華美，以及兩者的關係處理得是否正確。……考察文學作品是『執正以馭奇』呢，還是『逐奇而失正』。」〔註55〕在張氏的觀點中，「觀奇正」一樣，也是從「通變」的辯證依存關係來觀。

「五觀事義」，則是就觀察作品中作者如何藉由徵引故實事類、引用成辭，使其情感、思想得以適切表達。張少康認爲「觀事類」，「是指要考察文學作品中所描寫的客觀內容與作家主觀情志是否協調。亦即作品中思想內容的客觀因素是否統一。……如果是運用典故，還有是否確切的問題。」〔註56〕

〔註52〕同註39，頁249。
〔註53〕同註39，頁249～250。
〔註54〕同註39，頁250。
〔註55〕同前註。
〔註56〕同註39，頁250～251。

由此可見，張氏所言「觀事義」之「協調」、「統一」、「確切」等說法，都是具有「通變」之依存關係。

　　「六觀宮商」，則是指分析作品中的聲律，以及作者如何同聲相應、異音相從而音節協調。張少康的說法：「是指文學作品的聲律美問題。聲律美關鍵是能否做到有和、韻之美。同時聲律也能體現作者的感情狀態。」〔註57〕這裡所言「有和、韻之美」與「聲律體現作者感情」說，同樣也具有「通變」的辯證性概念。

　　經由以上結合張少康之詮釋觀點，筆者回頭來檢視這六者的形構關係時，必須先解決第二個問題，那就是「觀」這個字是指誰「觀」的問題，筆者體察劉勰〈知音〉的論述語境，不難發現劉勰「六觀」之「觀」，可以站在「創作者」的立場，做為創作實踐歷程中的寫作原則；也可以站在「批評者」的立場，做為文本閱讀時的視角，也可以做為文章批評的方法；當然也可從客觀文體之「作品」（文本）的視角，整體形構來看篇章安置方法。因此這個「觀」可以指作者、讀者，或是批評者。這就是前面筆者引顏崑陽所言「讓文體論的批評有客觀的規範可循」，這是劉勰在文體批評上「最大的價值意義」。因此就如顏氏所言劉勰「六觀」之「觀」，是「一套作者、作品、讀者『系統整合』的文體論」。

　　所以第三個問題，要解決的是所「觀」之內容的順序問題。無論是從作者、作品，讀者的立場來看，「位體」是第一要務，所以也是批評中最重要的部份，不能「因情立體」又如何能「即體成勢」？這是一個「觀」者必先「規略文統，宜宏大體」的關鍵。因此從作者之創作，或讀者之批評的角度觀之，「位體」能確立而後才能進一步面對「置辭」的選擇或表現狀態；正因不同類體的性質與功能，也各自有別，所以在確定「位體」的前提下安置「辭采」，才能使「文采」與「情性」，能在客觀規範與主觀抒情間，獲得最適切的表現，就如劉勰〈麗辭〉所言：「詩人偶章，大夫聯辭，奇偶適變，不勞經營。」〔註58〕同時，要能讓「位體」、「置辭」表現得宜的關鍵是「通變觀」的運用。準此，此一「通變觀」是就面對古代文學傳統時，對於各種類體在變動歷程中，所呈現之「通變」現象，而就在這基礎上，觀察所有批評的作品能否既符合常體之規範，又能發揮個人情性之創變。

〔註57〕同註39，頁249。
〔註58〕同註4，〈麗辭〉，頁661。

　　因此，首先是「通變觀」與「觀位體」之關係，乃是指「通變觀念」能使批評者掌握「名理有常」、「規略文統」、「因情立體」之道，觀察到「文學作品的體裁風格和它包含的情理是否相契合」。其次，「通變觀」與「觀置辭」之關係，則是指「通變觀念」能使批評者掌握到作品中作者如何安章宅句、著意鎔裁之「文辭運用是否能充分表達內容」，以合乎常體與文統的規範。其三，「通變觀」與「觀通變」之關係，則是指出「通變觀念」能使批評者，觀察到作者是如何實踐「資於故實」、「酌於新聲」、「洞曉情變」，以及作品在文學傳統脈絡中的文體「通變」的發展現象。其四，「通變觀」與「觀奇正」之關係，是指「通變觀念」能使批評者能分辨文學作品裡的「奇正」變化規律，掌握「執正以馭奇」，逐奇而不失其正的通變法則。其五，「通變觀」與「觀事義」之關係，是指「通變觀念」能使批評者觀察到作者如何藉由徵引故實事類、引用成辭，使其情感、思想得以適切表達；故透過「觀事義」評斷文學作品中「客觀內容與作家主觀情志是否協調」。其六，「通變觀」與「觀宮商」之關係，是指「通變觀念」能使批評者體察文學作品中，作者是如何讓聲律在「通變之術」的運作下，同聲相應、異音相從，達成音節的協調。

　　綜上所述，「通變觀」與「六觀」批評法則的關係，在劉勰「文體通變觀」中，是在批評者之「博觀」：以「養」通變觀為基礎，再透過此一「通變觀」做為來操作「六觀」之「術」的批評法則，其結構關係如下：

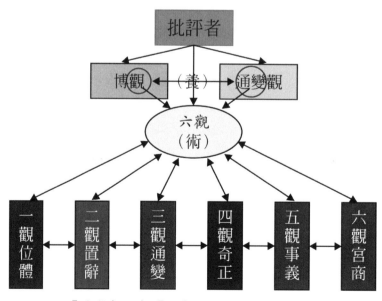

5-2　「通變觀」與「六觀」批評法則之結構關係圖

　　筆者認為「六觀」是一套「主客辯證融合」的文體批評法則。從劉勰的「文體通變觀」可以看到他以「通變觀」來統構文體之「觀位體」、「觀置辭」、「觀通變」、「觀奇正」、「觀事義」、「觀宮商」之「術」；同時這「六觀」在批評之術的實踐中，表現出其彼此之間存在著「相互依存」的辯證關係，這就是劉勰為何說「斯術既形，則優劣見矣」之故。

　　此外，一般論劉勰「六觀」之說時，往往將其與「博觀」之說，分別立論。如此一來劉勰的「六觀」便容易被導向「個殊」的批評法，忽略劉勰的文體批評是從「實際批評」進入，藉由主觀文心之「博觀」之觀與客觀文體之「六觀」的結合，所形成之「主客辯證融合」的「文體通變」批評法則。筆者認為劉勰《文心雕龍》全書五十篇，所具有的「互文性」，在劉勰「文體批評」的詮釋視域下，其論「文之原」的目的，乃在為其「文體通變觀」確立一個文學之「道」的原理依據；其論「文之術」的目的，更是要為文學創作建立一套創作法則；而其論「文之評」時，更是以此一「文體通變觀」為判準，旨在建構一套具有客觀辯證性的文體批評法則。因此若從此一觀點進入，便能瞭解筆者何以能在文術論的〈通變〉篇與「文評論」之〈知音〉的「三觀通變」中，提出劉勰的核心文學觀——「文體通變觀」，做為論證劉勰文體批評之「通變性」依據；也更能瞭解筆者何以要強調「通變觀」在「六觀」批評法則中的位置。

二、「觀通變」之評價判準與實際應用

　　本單元承前所述，在劉勰文體批方法的抽象原理原則的論述後，進一步反思，劉勰之文體批評既是一種「實際批評」的話，那麼在劉勰全書的批評論述中，是否也是以這一套客觀批評法為判準，來檢視文學傳統，來批評當代文學的呢？準此，本單元將以《文心雕龍》文本為對象，分析劉勰對文學傳統，或對前代文學的批評，如何使用這套客觀批評法則，尤其是在「六觀」的視角下，他是如何操作在「實際批判」上，做為的評價判準與應用依據。

　　因此以下筆者就以「三觀通變」為例，探討劉勰在文本中所呈現之「文體批評」的評價判準與實際應用。此外，從其〈議對〉所云：「採故實於前代，觀通變於當今」觀之，劉勰的「文體批評」是建立在其結構歷程文學觀的基礎上，他不但要回應古代傳統中「已存在」的文學問題，藉以挽救當代「正在發生」的文學危機；更要以古代作品之典範，做為指引未來「將創生」之

文學的範型。因此我們可從其六觀之「觀通變」的視角，來檢視劉勰「觀通變」之評價判準與實際應用。

（一）劉勰「觀通變」之評價判準

就如前文所言，劉勰的「觀通變」，是指探討作者（作品）怎樣「資於故實」、「酌於新聲」、「宜宏大體」、「洞曉情變」，這樣的文學批評主張是從考察文學作品之繼承與創新，做為建構一套具有客觀性、辯證性的文體「通變」批評法則。故無論是從綜觀《文心雕龍》全書，或是從其〈通變〉的「贊曰」所言：

> 文律運周，日新其業。變則堪久，通則不乏。趨時必果，乘機無怯。
> 望今制奇，參古定法。〔註59〕

這段文字明白地指出，文體是以運轉不停的變動性規律存在，因此每一天都有可能發展出創新的變化成果。這樣的變動性一方面強調「變」是文學持久、永續發展的原動力，另一方面也強調「通」是使其不匱乏的歷史依據。從創作與批評者的立場觀之，人在適應當代的需求，要趨附時勢的同時，也要有果斷明確的自我判斷能力，才能觀察到文壇氛圍的轉變，掌握眼前時機而不怯懦。最後劉勰提出「望今制奇，參古定法。」所謂「望今制奇」：觀察當前文學作品的發展趨勢，一方面可做為創作的法則之一；另一方面亦可做為批評者的批評判準。所謂「參古定法」：參酌古代典範之作，一方面可做為創作者的典範依據；另一方面亦可做為批評者的評判標準。

1、「參古定法」的評價判準

筆者在此預設劉勰「觀通變」之批評判準時，「參古定法」是他從「歷史向度」的視域，觀察到中國文學傳統之中，「文學」本就具有一套形構與規律，這就是他在〈通變〉所言「文律運周」之說。基於這樣的觀點，我們對於一個批評者在「採故實於前代」（〈議對〉）時，會有兩方面的省思：

第一，是批評者本身要能具備「參古定法」的「通變性」思維，並在心中有一個文學的圖譜：文學是不間斷運行的動態形構與規律的圖譜。所以要培養出像聖人「鑒周日月，妙極機神」（〈徵聖〉）的文學視角，才能通曉日月「周遍」之理，體察「機神」巧妙之變化。使其批評視角能見文章之規矩，而且所思所得都能符合文學「常體」之規範。因此批評者必須要能「通曉常體」，這就是劉勰在〈通變〉中特別強調「名理有常，體必資於故實」的道理。

〔註59〕同註4，〈通變〉，頁570。

因此唯有能從「故實」的典範中通曉「常體」，才能使其批評判準的視野「思合符契」。

　　第二，劉勰所主張之「參古定法」，乃強調文學要從古代傳統中找尋可供後學模習的理想典範。這個典範就是如前文的論述，不僅指「五經」之文，還指各類體中的典範之作，即〈明詩〉以下的「選文以定篇」。故劉勰的「還宗經誥」之說，是要強調批評者具備「因本導流」的批評視野，因此他從根源性立論：一方面藉由「文體源流規律」的論述，提出「詩、書、禮、易、春秋」等經典之文，乃是「論說辭序」、「詔策章奏」、「賦頌歌讚」、「銘誄箴祝」、「紀傳盟檄」等類體之「首、源、本、端、根」。另一方面從「文體構成要素」的論述，提出經典文章所具備之「情深」、「風清」、「事信」、「義直」、「體約」、「文麗」等特色，亦是後代從事文學創作或批評的典範標準。準此，可見批評者要能具備這些批評素養，才能藉由「參古」以定訂創作或是批評的法則。然而劉勰提出這些批評判準的目的，還是在對應當時的文壇現象。就如其〈通變〉所云：

　　　　故練青濯絳，必歸藍蒨；矯訛翻淺，還宗經誥。斯斟酌乎質文之間，
　　　　而櫽括乎雅俗之際，可以言通變矣。〔註60〕

劉勰以「練青濯絳，必歸藍蒨」為例，強調提煉青色一定要用藍草，提煉赤色一定要用蒨（茜）草，這裡指出回歸根本之道的意思，目的就是用來說明：若想矯正當時「文體解散」與「文質失衡」所帶來的偽體、訛體之弊，或想改變當時浮淺的文風，就必須從「還宗經誥」做起，這是一個創作者，或批評者能在「質文之間」做出最完善的斟酌，在「雅俗之際」做出最妥當的安排。劉勰認為這樣的人就可以跟他談論「通變」之道。因為他具備了批評者「通變」的視野，能從文學傳統的「相循」與「因革」中，因其「果斷」與「無怯」的批評態度，使其批評能在「參古定法」之中，既能掌握文化傳統之歷史向度的「趨時」法則；又能順應當代社會之社會向度的原則。

　　2、「望今制奇」的評價判準

　　　「望今制奇」是劉勰從「社會向度」的觀點，認為「文學」在每一個時代的社會氛圍中，其本身的形構與規律存在著不斷被變化與更新的現象；這就是他在〈通變〉所言「日新其業」之義。因此觀察當代對文學傳統之繼承與創新的發展趨勢，是其面對當代文體「創變」之現象的另一種判準。一位批評者的

〔註60〕同註4，〈通變〉，頁569。

視角，要隨時具備歷時性與並時性的辯證性思維，就如劉勰在〈時序〉中所強調的「質文沿時，崇替在選」之道，指出批評者必須將文學放回到文學傳統的脈絡中，才能順著每個時代的「變化」需求，體察其有時「質」，有時「文」之變動性發展的文學現象；並且從文學歷史看到文學被推崇，被替代的關鍵，乃維繫在人的主觀選擇之上，這是一個具有「通變文學觀」的批評者，必須具有的批評視野：一方面觀察到客觀文體存在著「質文沿時」的變動規律，另一方面點出人為主觀判斷的「崇替在選」，如帝王的提倡，也是造成「日新其業」的原因。這些都都一個批評者「望今制奇」必須要培育出來的素養。

因此當批評者在「望今制奇」之「文體通變」觀點下，體察文體是「日新其業」的事實時，其內心在「觀通變於當今」（〈議對〉）時，必然要做好兩方面的心理準備與期待：第一，要從「適應當代」之文學需求，體察創作者「通變無方，數必酌於新聲」（〈通變〉）的創變性，做為文體「恆存」的原動力；結合文學傳統中「質文代變」之「因革」規律，做好「抑引隨時，變通會適」（〈徵聖〉）之文體批評的判準。第二，要有「創變未來」的文學期待，從體察作者個人性情才氣的「殊變」特性，掌握其「憑情以會通，負氣以適變」的創作，預設「變則其久，通則不乏」（〈通變〉）之文體批評的未來理想。

（二）劉勰「觀通變」之實際應用

承前文所述，形成於魏晉六朝的「文體批評」與漢代所形成的「情志批評」，是中國古代文學批評的兩種主要型態。[註61]劉勰從「實際批評」進入，提出其「六觀」的客觀文體批評法則外，從其「觀通變」的法則觀之，他是將其文體批評實際應用在古代文學的類體考察上，因此劉勰除了在〈序志〉提出「原始以表末，釋名以章義，選文以定篇，敷理以舉統」的寫作方法外，更藉由這樣的書寫原則進行其對各種「類體」的實際評價。例如〈明詩〉至〈書記〉等篇章中，劉勰運用「體製」批評、「類體」批評、「時體」批評等面向，進行其「觀通變」之批評法則的實際應用。

首先，就劉勰「觀通變」在「體製」批評的應用來看，「體製」是文體中最為具象的文學形構，因此是文類之「顯性」的形構要素，在文學發展中被逐漸型塑出來的文體規範，也就是前文所論的「常體」觀念。在劉勰對各類體的批評中，「體製」批評是針對某一文類是否合乎該類文章之體製成規的實

〔註61〕顏崑陽：〈論「文類體裁」的「藝術性向」與「社會性向」及其「雙向成體」的關係〉，《清華學報》新三五卷第二期（2005年12月），頁16。

際批評。例如〈頌讚〉所言：

> 至於班傅之北征西征，變爲序引，豈不褒過而謬體哉！……又崔瑗
> 文學，蔡邕樊渠，並致美於序，而簡約乎篇。〔註62〕

這段文本指出班固〈車騎將軍竇憲北征頌〉與傅毅〈西征頌〉，由於書寫時
太過鋪敘事實，因而沒有遵守「頌體」的體製成規，而把「頌」寫成了「序」、
「引」之類，劉勰評其因爲「褒過而謬體」。此外，崔瑗的〈南陽文學頌〉
與蔡邕的〈京兆樊惠渠頌〉都致力在序文的優美，反而使得「頌」的主文
變得太過「簡約」；這也是劉勰從「觀通變」的批評法則，所做之「體製」
批評的實際應用。

其次，就劉勰「觀通變」在「類體」批評的應用來看，「類體」是指某一
文類的理想體式。是劉勰〈明詩〉至〈書記〉中的批評主軸，基本上其「類
體」批評所關懷的是某一篇，某一家，某一代之作品是否實現其文類之體式，
以及其彼此間是否有其優劣高下的差別。如〈哀弔〉所云：

> 賦憲之謚，短折曰哀。哀者，依也。悲實依心，故曰哀也。……昔
> 三良殉秦，百夫莫贖，事均夭枉，黃鳥賦哀，抑亦詩人之哀辭乎？
> 暨漢武封禪，而霍嬗暴亡，帝傷而作詩，亦哀辭之類矣。降及後漢，
> 汝陽主亡，崔瑗哀辭，始變前式。然履突鬼門，怪而不辭，駕龍乘
> 雲，仙而不哀。〔註63〕

以上這段文本是劉勰從「哀體」之文類的理想體式，提出其評「哀」之正
體與訛體的論述。劉勰釋名以章義地提出「短折曰哀」，「悲實依心，故曰
哀」之類體定義，認爲哀辭所寫的是感傷少年夭折，就像苗不能開花，因
此自古以來就是讓人讀來悲慟的文章。縱然是通達之人也會因爲感情太過
濃烈，而迷失寫作的規範。所以哀辭縱然間隔千載，還是能把哀傷寄託在
文辭中傳達情思。因此從他對詩人作〈黃鳥〉來表達對秦穆公時「三良殉
秦」之「夭枉」的悲哀，不就是詩人之「哀辭」的反思；以及他對漢武帝
封禪時，因爲霍去病之子的「暴亡」而感傷作詩，應屬「哀辭之類」的看
法；都是以「短折曰哀」的類體評判標準爲依據，進而批評崔瑗因「汝陽
主亡」所作的哀辭，開始改變此一類體的寫作體式，出現「怪而不辭」、「仙
而不哀」等變而失其體式的浮誇、訛謬之體。這是劉勰從其「觀通變」的

〔註62〕同註4，〈頌讚〉，頁161～162。
〔註63〕同註4，〈哀弔〉，頁239。

批評法則，針對類體在實際作品的變化與發展中所呈現的現象，所進行「類體」批評的實際應用。

再者，就劉勰「觀通變」在「家數」批評的應用來看，「家數」是指一家之體貌。劉勰在「選文以定篇」，或論作者之「才略」時，最常運用的就是藉由類體的基準，進行一家之體的文體批評法則，藉以評斷其作品的優劣高下；以劉勰〈詮賦〉所言之「辭賦之英傑」與「魏晉之賦首」爲例，其云：

> 觀夫荀結隱語，事數自環；宋發夸談，實始淫麗；枚乘菟園，舉要以會新；相如上林，繁類以成艷；賈誼鵬鳥，致辨於情理；子淵洞簫，窮變於聲貌；孟堅兩都，明絢以雅瞻；張衡二京，迅發以宏富；子雲甘泉，構深瑋之風；延壽靈光，含飛動之勢：凡此十家，並辭賦之英傑也。及仲宣靡密，發篇必遒；偉長博通，時逢壯采；太沖安仁，策勳於鴻規；士衡子安，底績於流制；景純綺巧，縟理有餘；彥伯梗概，情韻不匱：亦魏晉之賦首也。〔註64〕

劉勰評荀子「結隱語，事數自環」，宋玉「發夸談，實始淫麗」，枚乘「菟園，舉要以會新」，司馬相如「上林，繁類以成艷」，以此類推，賈誼、王褒、班固、張衡、揚雄、王延壽等十家都是「辭賦之英傑」。以及王粲、徐幹、左思、潘安、陸機、成公綏、郭璞、袁宏都是「魏晉之賦首」。這是劉勰從「辭賦」之類體的基準，進行各家之體的評判，這是劉勰從「觀通變」的批評法則，針對各家數的特色，所進行之「家體」批評的實際應用。

最後，就劉勰「觀通變」在「時體」批評的應用來看，「時體」是指某一時代的文學體式，這是指同一時期之文學的共同特徵。在劉勰「結構歷程」的文學觀裡，評論某一時期之文學體式，是其建構「文體通變觀」中非常重要的一環。因此就如其〈時序〉所云：「文變染乎世情，興廢繫乎時序。」這是劉勰針對各個歷代之文體的「通變」因素與規律，所提出之「時體」的「文變」與「興廢」，一方面受社會向度的影響，所以「染乎世情」，另一方面因歷史向度的因素，所以「繫乎時序」。因此以這樣的「結構歷程」文學觀爲批評基準，處處均可看見劉勰在「時體」批評上的應用。如〈明詩〉所云：

> 晉世群才，稍入輕綺。張潘左陸，比肩詩衢，采縟於正始，力柔於建安；或析文以爲妙，或流靡以自妍：此其大略也。江左篇製，溺乎玄風，……宋初文詠，體有因革。莊老告退，而山水方滋；儷采

〔註64〕同註4，〈詮賦〉，頁138。

百字之偶，爭價一句之奇，情必極貌以寫物，辭必窮力而追新，此

近世之所競也。〔註65〕

從以上文本，可以看到晉代文學之「稍入輕綺」；東晉文學「溺乎玄風」；劉宋初年「儷采百字之偶，爭價一句之奇，情必極貌以寫物，辭必窮力而追新」。這些針對時代文學之特徵，所提出的「時體」批評中，可以看到劉勰運用「觀通變」的批評法則，一方面點出「時體」因變的發展現象，另一方面也做出文體因革之流弊的評斷，這就是劉勰在「時體」批評的實際應用。

〔註65〕同註4，〈明詩〉，頁84～85。

第六章 劉勰「文體通變史觀」之詮釋視域

　　劉勰「文體通變觀」是兼具「文學性」與「歷史性」的文學觀念，乃是他面對文學之本質、以及變化、發展所採取的立場與觀點。因此劉勰的「文學史觀」，也是其「文體通變觀」裡的重要環節。從筆者後設性詮釋中，可以看到劉勰「文體通變史觀」裡，具有「理想性」、「通貫性」與「更代性」等特殊詮釋視域。因為劉勰是以「通變文學史觀」，來詮釋「文體」經由創作與批評的通變關係而展現其構成與源流的變遷規律。本章論述的結構如下：

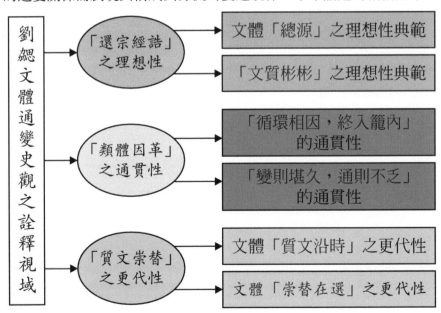

6-1　劉勰「文體通變史觀」之詮釋視域架構圖

　　準此，以下筆者提出四個基本觀點：其一，「文學史」是人爲的建構；因此，筆者認爲一部「文學史」的書寫，在書寫之前必然對「什麼是文學」有其基本定義，並且以此一定義爲基礎，進行「文學性」與「歷史性」的論述。《文心雕龍》固然是一部文學理論的著述；但是，其理論內容，卻建立在對作品之實際批評與對文學歷史之詮釋的基礎上。因此，其中涵藏著文學史觀與文學史的敘述。他藉由「釋名以章義」、「原始以表末」、「選文以定篇」與「敷理以舉統」等四個方法，來建構具有「文學史」義涵的文學理論，其中「原始以表末」與「選文以定篇」，最具有「文體通變史觀」之詮釋視域。陳啓仁在其博論《《文心雕龍》「通變理論」之詮釋與建構》中提到：

> 每種文體從最初的「釋名章義」到最後的「敷理舉統」，由於中間經過「原始表末」、「選文定篇」所展現的各種文學之「變化」、「發展」，……這種審視與反思，即充分展現出劉勰個人的獨特視野，它的蘊涵甚爲豐富：1、它是一種「通變」的「方法論」。2、它是一種「通變」的「文學史觀」。3、它是一種「通變」的「批評論」（包括「鑑賞論」）。4、它是一種「通變」的「創作論」。……它們之間常有相互爲用、彼此援引的緊密聯繫。〔註1〕

以上乃是陳氏的基本觀點，他點出劉勰從文學之「發展」與「變化」觀察中，展現其獨特視野。這樣的「獨特視野」是劉勰面對「文學傳統」與「文體模習」實際作品中，嘗試爲著將文學體系化，藉由「釋名章義」、「原始表末」、「選文定篇」與「敷理舉統」，將每一種文體的命名由來、發展始末、典範作品、創作體要，做出完整的論述，從其書寫的模式可以看到劉勰對「文體」的獨特視野與觀點。綜觀其視野與觀點所規創出的「文體通變觀」，使其文論在「通變」的辯證性架構下，除了是一種「方法論」、「鑑賞論」、「創作論」、「批評論」之外，它更是一種史觀。這是陳氏在博論的「結論」中所提出的基本觀點，可惜他並未能做詳細的論證。

　　此外，近現代研究劉勰「通變觀」的學者甚多，其中也有少數以「論劉勰的文學史觀」爲題者，如北京大學張敏杰〈論劉勰的文學史觀——以《文心雕龍‧時序》篇爲中心〉，這篇論文認爲劉勰有一個「時序論」的文學史觀，焦點並未放在劉勰的「文體」、「通變」上，只是特意提出〈時序〉篇裡的「崇

〔註1〕陳啓仁：《《文心雕龍》「通變理論」之詮釋與建構》，（臺灣大學95年6月中文所博士論文），頁278。

替在選」，並將「世情」與「時序」結合，其目的是想將劉勰的「史觀」，導
向「政治秩序」的論述上，他認爲劉勰在〈時序〉的精神取向是積極而有爲
的。〔註2〕雖然劉勰提出「文變染乎世情，興廢繫乎時序」、「歌謠文理，與世
推移」時，是以其存在情境與感受，提出對當代文學的反思，但畢竟這部書
是劉勰爲「文學」而寫的書，並不是以諷喻政治或對抗政治爲體制目的，張
氏這樣的說法應該是缺乏對《文心雕龍》的全面性、整體性理解所致。

　　至於另一篇以「論劉勰的文學史觀」爲題者，是復旦大學魯克兵〈劉勰
的文學史觀〉，認爲文學史觀是《文心雕龍》文學體系中一個很重要的方面，
通變觀是劉勰文學史觀的核心。他一方面從本質論探討「通」與「變」的實
質義涵；另一方面從認識的角度考察劉勰對「通變」的把握尺度及其內在心
理機制。〔註3〕雖然魯氏是以「通變」做爲劉勰文學史觀的論證焦點，但其在
論述中提出：

　　　　經最近於道，因爲經源於聖，後世作者離道更遠。劉勰把文學退化
　　　　論貫徹到他的文論中去，他是以經作爲最高的標準來衡量的。……
　　　　劉勰論文力主宗經，並不否認他也重視變，他的以宗經爲主導的『通』
　　　　與以適會爲主的『變』構成他文學史觀的對立統一。〔註4〕

以上這段話前後矛盾，從他所提出來的論據，到他直接說出劉勰是把「退化
論」貫徹到他的文論中去，並用這樣的說法來解釋劉勰的「通變」文學史觀。
但是其說缺乏論證過程；他既然提出劉勰是「退化史觀」的實踐者，又爲何
要說劉勰雖以宗經爲主，卻不否認並且重視「變」。宗經固然是「通」，但又
要注意到適會之「變」，這是構成劉勰文學史觀的對立統一。既然肯定「創變」，
文學就會向前發展。這樣的說法與其所斷言的「退化」史觀，存在著矛盾性。
這是因爲他不能從全面性、整體性，來理解劉勰《文心雕龍》「文體通變史觀」
之詮釋視域，所造成的矛盾性見解。此外，筆者在北京首都師範大學「2007
年兩岸文學與文化學術研討會」時，提出〈《文心雕龍》「通變」文學史觀析
論〉一文，乃是在「文體」範疇內，從結構歷程的視角，爲劉勰「通變」文
學史觀，做初步的分析；這也是本章論點的基礎。

〔註2〕張敏杰：〈論劉勰的文學史觀——以《文心雕龍・時序》篇爲中心〉，（《文藝
　　　理論研究》第 2 期，2005 年），頁 106～114。
〔註3〕魯克兵：〈劉勰的文學史觀〉，（《蘭州學刊》第 3 期總第 144 期，2005 年），頁
　　　263～265。
〔註4〕同前註，頁 264。

其二，筆者認爲劉勰「文體通變史觀」，乃是以「結構歷程」做爲建立文學史觀的基本架構；因此透過劉勰之「結構歷程」的通變性「觀點」，〔註5〕來檢視劉勰所體察總體文學傳統的發展脈絡時，可以看到劉勰是以其「文體通變史觀」來回應古代文學歷史的豐碩成果：他一方面要解釋文體具有「共通」的普遍性與「通貫」的規律性，因此各類體在變化歷程中會產生個殊性與變動性；另一方面從文學歷史事實的基礎，規創出一套可供模習之創作、批評法則，讓創作者能「通曉」文學傳統之「通貫」與「共通」的常體，並且在常體規範下發揮其個人「無方之數」之創造力，使其「創變」能開創未來文學永續性的發展。

因此，劉勰的「詮釋視域」裡，不斷被生產出來的文化產物──「文體」，乃是在「結構歷程」中，藉由典範模習與個殊創變而存在。所以從劉勰的文學視域觀之，他看到了六朝「文體解散」與「文質失衡」的實然問題，因而提出他對治這些問題的「應然」理想，並且在他的「文體通變史觀」裡，跳脫了「單一時代」與「靜態化」的文學思維，從文學傳統中省思當代性問題，面對「新變」與「崇古」之兩極端主張，提出折衷辯證調合的新觀點，其目的不但在拯救當時的文體危機，也在規創未來理想文學的「體要」。準此，筆者認爲劉勰以「文體通變史觀」來看「過去」的文學傳統，進行「現在」頹靡文風的反思，而建構「未來」文學的終極理想。其「文體通變史觀」之特殊詮釋視域，可以協助我們更整體，更全面地瞭解《文心雕龍》的理論價值。

其三，筆者認爲《文心雕龍》是一部隱含著有「文學史」性質的文學理論著作，因爲它兼具「文學性」與「歷史性」的詮釋視域，又是以「駢文」書寫而成，因此被推爲魏晉「美文」的代表作。然而從劉勰「文體通變」的動態歷程文學觀來看，其以「原始以表末」的詮釋視角裡，所隱含的「文學性」，使其在「選文以定篇」的論述中，形成一種劉渼所言的「分體文學史」現象。〔註6〕這也就說明了梁容若對這部《文心雕龍》的評論，他說：

〔註5〕關於從動態性歷程去看待文學的創造、批評與文學史之「動態歷程」研究，顏崑陽已於〈文學創作在「文體典範」下的「經緯結構歷程」關係〉，（淡江大學「第十一屆文學與美學國際學術研討會」，2009 年 5 月 8 日）與〈宋代「詩詞辨體」之論述衝突所顯示詞體構成的社會文化性流變現象〉（《中正大學中文學術年刊》2010 年第一期，總第十五期，2010 年 6 月）這兩篇論文做了明確的論證。

〔註6〕劉渼：《劉勰《文心雕龍》文體論研究》，（臺北：臺灣師範大學國文研究所博士論文，1998.5），頁 168～170。

好的文學史，除了是正確的歷史以外，本身還應當是文學作品，正
如偉大的文學批評也一定是文學書。文賦、文心雕龍、史通都是明
證。〔註7〕

梁氏認為「文賦、文心雕龍、史通都是明證」一部好的文學史，除了要有
正確的歷史事實之外，它同時也是部好的文學作品，其內容包括了創作與
批評。由此可知，劉勰《文心雕龍》是具有「文學性」與「歷史性」特色
的文學專書。精準地說，它是一部劉勰從宏觀「通變」文學歷史的巨流中，
對照出魏晉以前大量實存的文學作品，在文學發展史的脈絡中，進行其對
文體構成與源流、創作與批評的「規創性」文學詮釋，就如劉勰在〈序志〉
中所言：

若乃論文敘筆，則囿別區分，原始以表末，釋名以章義，選文以定
篇，敷理以舉統，上篇以上，綱領明矣。〔註8〕

以上這段文本是劉勰說明其對各類文體在「論文敘筆」時的寫作原則。劉勰
為了讓自己在論文敘筆的過程中，能夠「綱領明矣」，所以從「釋名以章義」
着手，再將各文類放進文學歷史的脈絡中，進行「原始以表末」，溯源而疏流，
並且更從文學傳統中「選文以定篇」，最後「敷理以舉統」的歸納每一種文類
之「體要」。這些都是要在劉勰「文體通變史觀」的詮釋視域下，才能完成理
論體系的建構：一方面從各文類之實存作品的發展脈絡裡，呈現其文體之源
流本末的軌跡，另一方面為各類體在實存作品中選定典範，從而歸約各文類
之創作「體要」。這些都是劉勰「文體通變史觀」所看到的「文學作品」與「文
學歷史」的「通變性」全貌。準此，我們可以說《文心雕龍》不僅是一部「文
學理」，還是一部具有「文體通變史觀」的「類體文學史」。

其四，自六朝開啓文論的新時代後，後世文論家，甚至近現代學者，在
面對六朝文論家，或劉勰《文心雕龍》時，出現文學應當「崇古」，或是「趨
新」的對立性主張。因此有人從「崇古」發展出「復古」的文學史觀；有人
則從「趨新」提出「代變」的文學史觀，於是衍生出文學是「退化」，還是「進
化」的論爭。顏崑陽認為從「質」與「文」的基本意義，所衍生出的許多問
題裡，最重要的是涉及文學家的史觀論爭，他認為：

〔註7〕梁容若：《中國文學史研究》，（臺北：三民書局，七十九年2月四版），頁17。
〔註8〕梁・劉勰：《文心雕龍・序志》，參見周振甫：《文心雕龍注釋》（臺北：里仁
　　　書局，2001年9月28日初版四刷），頁916。

劉勰則綜合這兩種對立史觀，認爲文學有不可變的普遍法則，早就存在於古代的文學中，也有可以改易的變素，允許個人特殊的創新。因此他提出古今、新舊、質文辯證融合的「通變」史觀。〔註9〕

他認爲劉勰是從文學之「變」的現況，強調文學有「不可變」的普遍法則外，從文體改易的「變素」來看，個人特殊的才氣學養，是文學創新之「可變」因素；而且就文學的「結構歷程」而言，有「古今」、「新舊」的問題，也有內容與形式之「質文」創作的問題，這些問題從劉勰的「通變」觀點來看，都可以經由辯證融合而解決。因此劉勰提出「唯務折衷」的主張，他的「文體通變史觀」既非「崇古」，亦非「趨新」的史觀。劉勰從文學中找出「有常之體」的規範，相對提出作者主觀文心「創變」的法則，這種結合「文學性」與「歷史性」的論述觀點，隱含著劉勰特殊「文學史觀」的詮釋視域。

基於以上的基本觀點，筆者將從「理想性」、「通貫性」、「更代性」等三方面，進行劉勰「文體通變史觀」之詮釋視域的探討：一從劉勰「還宗經誥」：通於經典之文體典範常規，來探討文體在「歷史性」存在中，典範常體的「理想性」。二從劉勰「類體因革」：經由類體之變與不變的辯證法則，來探討各類文體之「歷史性」存在中，普遍與個殊文體之間的「通貫性」。三從劉勰「質文崇替」：藉由質文辯證在「歷史性」觀點中，出現古今、新舊之變動的「更代性」。準此，本章將從「『還宗經誥』之理想性」、「『類體因革』之通貫性」與「『質文崇替』之更代性」等後設性議題，論證劉勰這一套辯證的「文學史觀」特性。

第一節　「還宗經誥」之理想性

「理想性」是劉勰「文體通變史觀」的詮釋視域之一。從《文心雕龍》論文強調「還宗經誥」之文體理想來看，古代「經典」所型塑出的典範常體，是劉勰建構文體理論之「體源」與「體要」的依據。故從文學史的流變中，劉勰看到文體中存在著「恆常不變」之常體規範，也看到當時「文體解散」與「文質失衡」的危機，因此才會在〈通變〉中提出「矯訛翻淺，

〔註9〕顏崑陽：《六朝文學觀念叢論》，（臺北：正中書局，民國82年2月臺初版），頁386～387。

還宗經誥。」〔註 10〕從其論述的語境看來，劉勰主張宗奉「經誥」之文，才能矯正改變當時文學創作「訛」與「淺」之弊端。此外，從劉勰在〈宗經〉指出當時文人「建言修辭，鮮克宗經」的問題，是造成「楚艷漢侈，流弊不還」之弊的主因，所以唯有從「正末歸本」下功夫，才能化解此一時代性的文學危機。因此劉勰提出「還宗經誥」的用意，正如徐復觀〈文心雕龍文體論〉中所言：

> 所以「還宗經誥」的用意，一是爲了回到可能性最多的原始出發點，
> 以求再出發。一是爲了跳出時代風氣的束縛，造成重新創造的自由。
> 〔註 11〕

由徐氏所言，可以體察到劉勰「還宗經誥」的動機與目的，他不但要找回文學創作的原始起點，更要開展未來文學創作的自由。這是劉勰站在「文學歷史」之「因變」、「往復」的立場上，反思文體的過去、現在與未來的發展問題，因此「還宗經誥」這個具有「源流」概念的文體觀點，實際上也表現出劉勰「文體通變史觀」之「理想性」的文學主張。

　　然而，什麼是「還宗經誥」？簡單來說，指的就是：「效法經典」。但爲何要「還宗經誥」呢？就一部文學理論專書而言，提出「還宗經誥」的目的爲何？既然是要「還」，那麼就有「返本歸原」之義；而「宗」就是崇奉、宗法，因此從「萬變不離其宗」的角度觀之，不離其「宗」者，應該就是無論形式如何的改變，其本質卻應始終如一。準此，其所要「宗」的對象，是在「過去」而非「未來」。因此其所指之「經」，乃是「恆常不變」之古代經典，具體而言是指〈宗經〉所言之「易、書、詩、禮、春秋」等五部經典。至於「誥」本就是文體的一種，是古代上位者告諭下位者所用的一種文體。因此這些古代「經誥」是被劉勰界定爲「經也者，恆久之至道，不刊之鴻教。」〔註 12〕在此則泛指聖人所留下「恆久不變」之「至道」與「鴻教」；所以在筆者的觀點中，「經典」不但是劉勰「文體通變觀」的典範依據，更是具有文學史觀之「還宗經誥」的「理想性」。

　　準此，劉勰提出「還宗經誥」之目的，正是希望以聖人的「經典」做爲其規創文體創作的理想典範，這樣的「理想性」是劉勰面對六朝的時代性文

〔註 10〕同註 8，〈通變〉，頁 570。
〔註 11〕徐復觀：〈文心雕龍的文體論〉，收錄於《中國文學論集》（臺北：臺灣學生書局，1985 年 1 月），頁 69。
〔註 12〕同註 8，〈宗經〉，頁 31。

學危機，所提出之拯救時弊的藥方。就如顏崑陽所論：

〈宗經篇〉一開始便揭示了儒家經書在文學上的「典範」性格：「洞
性靈之奧區，極文章之骨髓」、「義既極乎性情，辭亦匠於文理」。……
明白地指出五經之文，一方面在內涵上能深入人性，一方面在語言
上又能妙得文理，終而達到「文質彬彬」的辯證融合，而這正是劉
勰心目中的理想文學。〔註13〕

從顏氏所指出劉勰「宗經」的目的，是想在文學上確立五經之文的「典範」
性格，以及它結合「人性」與「文理」，最後使文章達到「文質彬彬」的理想
境界。但此一「理想文學」的典範性之所以能進入劉勰文學史觀的詮釋中，
就像筆者在論「劉勰之問題視域」中所言：劉勰反思「近代辭人」與「近代
論文者」，並體察當時文人在創作上，出現了「文體解散」與「文質失衡」的
時代性危機，因而提出「還宗經誥」之理想性，就如〈通變〉云：

魏晉淺而綺，宋初訛而新。從質及訛，彌近彌澹，何則？競今疏古，
風末氣衰也。……矯訛翻淺，還宗經誥。斯斟酌乎質文之間，而隱
括乎雅俗之際，可與言通變矣。〔註14〕

這段話指出從魏晉至宋初的文壇，呈現的是「淺而綺」、「訛而新」的文風，
這種追求淺薄綺麗、訛謬求新的文學風氣，越變越嚴重，尤其是愛奇的「近
代辭人」，更是為求新變而唾棄舊有的文體常規，因此造成「競今疏古」的現
象，這樣的文學現象就是造成「文體解散」與「文質失衡」之危機的原因。
劉勰就是從其存在感受進行文學危機的反思，並且進一步提出拯救時弊之
道：「矯訛翻淺，還宗經誥」的主張，認為唯有從「還宗經誥」的道路，取法
經典之理想文體典範，才能使當時文風有「矯訛」與「翻淺」的可能；因此
從劉勰所言「矯」（糾正）與「翻」（改變）的語境看來，他是積極地想從古
代歷史中的「五經之文」，找尋文體創作中的最佳模習典範，拯救當時「淺而
綺」、「訛而新」、「競今疏古」的文風。

然而劉勰除了提出「還宗經誥」的救弊之道外，他更從「文體解散」與
「文質失衡」的危機中，提出「斟酌質文」、「隱括雅俗」的創作法則。能識
「通變」的作者，即能體察文學史中，由「質」趨「文」之歷時性演變，從
中斟酌推敲如何取法的問題；並且要能隱括矯正「雅」與「俗」的差異，既

〔註13〕同註9，〈論文心雕龍「辯證性的文體觀念架構」〉，頁108。
〔註14〕同註8，〈通變〉，頁569～570。

不過渡推崇「雅文」，也不隨意貶低「俗文」。然而能注意到這種「通變」法則者，心中必然要有其理想文體典範，做為「斟酌質文」、「櫽括雅俗」的依據；這就是劉勰「文體通變史觀」中，「還宗經誥」之理想性所在。準此，筆者將從「還宗經誥」，來談劉勰「宗經」在其文學史觀中的理想性：一為文體「總源」之理想性典範。二為「文質彬彬」之理想性典範。

一、文體「總源」之理想性典範

如前所述，「還宗經誥」的理想性，是劉勰「文體通變史觀」的詮釋視域之一；在此視域中，劉勰揭明了文體總源之理想性「典範」。因此在筆者的觀點裡，劉勰是從「體源」的文學觀點，強調「反本溯源」必先要能上「通」古代經典，因為他對文學的本質界定，是從形上之「道」的根源性進入，因此「經典」是劉勰心目中最完滿的理想「體式」，也是一切文體總源的典範所在。因此「還宗經誥」除了是對文體「原始以表末」所追討而得的「始」端之外，更具有「文體」之價值「理想性」的回歸；這種「理想性」歸源的史觀，不但是文學家劉勰建構各文類之「體要」的典範依據，更是他對治當時「文體解散」危機的藥石。

劉勰是一個「反思型」的文學理論家，當他從文學歷史傳統中察覺到當時文風的頹靡，除了蕭氏集團強調「新變」之外，還有裴子野〈雕蟲論〉之「崇古」的文學主張。這各執一端的文學主張，落到實際文學創作時，卻出現許多危機。如前所述，有人「競今疏古」，講求新變；有人「不離經典」，強調崇古。因此如何找到拯救時弊之道，就必須從文學的「本質」反省，劉勰要為「文學是什麼」、「文體因何而產生」、「文體因何而變」、「文體不變之道」、「理想文體典範對文學史的發展有何意義」等問題，做出理論性的說明，因此將文體之「總源」，放在劉勰「通變」史觀的範疇裡，它是文學之根源理想性的議題，是探討劉勰「文體通變觀」之主要詮釋視域之一。

準此，本單元論文體「總源」之理想性典範問題，乃是在第四章第二節文體源流之「通變性」規律的基礎上，思考劉勰提出「還宗經誥」的文學理想性，以及這樣的理想性在其「文學史觀」中屬於什麼樣的位置。這是劉勰從文學本質，提出其個人詮釋歷史的觀點之一，這個以「總源」概念為基礎的文學歷史觀點，可以從其「宗經」的觀點，以及「有常之體」與「無方之數」之「通變」法則，看到劉勰文學史觀裡所含之「還宗經誥」的理想性。

因此在近現代學者的研究中，論證「通變」議題時，往往結合「還宗經

誥」的觀念，來論述劉勰的文學理論，或文學史觀。研究這類論題的學者很多，例如葉繼奮〈從「還宗經誥」談劉勰的通變觀〉，就是從文學史觀及文學評價標準的角度，探討劉勰「還宗經誥」的實質意義及在此思想指導下的通變觀內涵；他同時肯定劉勰通變觀中的辯證思想對文學創作及文學發展的指導意義。〔註 15〕但葉氏是將此一論題放在總體文學的範疇內談宗經與通變的關係，並非扣緊在筆者所提出之「文體」觀念上，談文體創作的問題。另外，又如王少良〈劉勰「宗經」觀念下的文學「通變」論〉，他是從《文心雕龍》是具有嚴密體系性的文學理論出發，認為「通變」論是全書的一條主綫，劉勰是以「宗經」來言「通變」。所以王氏認為劉勰是以「宗經法古」為本，以革新創新為用，所提出本於經而求乎變的「通變」論。〔註16〕王氏亦指出「劉勰對於經典著作視其為各體文章的典範。」〔註 17〕雖然王氏是將「通變」安置在整個「宗經」觀念下的一個論點，但其所言「各體文章的典範」之說與筆者的論述觀點相近，只是筆者將「經典」放在「通變觀」下，做為一個面向，來談它在劉勰文學史觀裡，所展現文體「總源」之理想性地位。

準此，「還宗經誥」既然是具「文體通變史觀」主要的詮釋視域之一，那麼劉勰在《文心雕龍》中，是如何界定「經典」是文體「總源」的理想典範？首先，劉勰在〈宗經〉裡直接確定了「五經」是重要「典範」地位，其云：

> 邁德樹聲，莫不師聖，而建言修辭，鮮克宗經。是以楚艷漢侈，流
> 弊不還，正末歸本，不其懿歟！

劉勰直接指出當時文人對自己要如何「邁德樹聲」的修養問題，都懂得要效法聖人，但卻在文學創作上「鮮克宗經」，這裡指出當時文人創作時，不能效法經書，因而不能遵守各類文體之規範，期間再加上「楚艷漢侈」的推波助瀾，於是造成「文體解散」的亂象；有見於此一文學危機，劉勰才會提出其「正末歸本」的主張，希望藉由「歸本」於經書，來導正當時「失體成怪」的文風。可見劉勰是站在文學價值的「理想性」觀點，來看待「經典」在文學歷史上的地位。此外，他在〈宗經〉裡，也指出各種文體源自「五經」的看法。其意在強調「五經」是理想文體總源的「典範」，如其云：

〔註15〕葉繼奮：〈從「還宗經誥」談劉勰的通變觀〉，(《杭州教育學院學報》第 17 卷第 1 期，2000 年 1 月)，頁 33。

〔註16〕王少良：〈劉勰「宗經」觀念下的文學「通變」論〉，(《黑龍江社會科學》第 1 期，總第 88 期，2004 年 1 月)，頁 109。

〔註17〕同前註，頁 110。

> 故論說辭序，則易統其首；詔策章奏，則書發其源；賦頌歌讚，則
> 詩立其本；銘誄箴祝，則禮總其端；紀傳盟檄，則春秋為根：並窮
> 高以樹表，極遠以啟疆，所以百家騰躍，終入環內者也。若稟經以
> 制式，酌雅以富言，是仰山而鑄銅，煮海而為鹽也。〔註18〕

從以上這段文字的語境看來，劉勰提出「易統其首」、「書發其源」、「詩立其本」、「禮總其端」、「春秋為根」，都是站在歷史演化的基礎上，進行文體溯源的工作。然而「易」、「書」、「詩」、「禮」、「春秋」這五種「經典」，為何會成為各類文體之「總源」？但「總源」只是個「溯源」的問題，它不必然會具有典範的理想性呀！可見在劉勰的詮釋視域中，這些經典都是最高標準與最廣闊視野下所產生的作品，所以劉勰將其定位在「統首」、「發源」、「立本」、「總端」與「為根」上；因此在劉勰的觀點裡，後世「百家騰躍，終入環內」，五經就具備了「窮高以樹表，極遠以啟疆」的典範地位。準此可知，在劉勰的基本觀點中，後世創作者若能「稟經以制式」，必定能創作出優質作品。

　　此外，從劉勰用「仰山而鑄銅，煮海而為鹽」的譬喻，來強調「還宗經誥」對理想文體創作的必要性，就像是一個想要「鑄銅」的人必須「仰山」；想要「為鹽」的人就必須煮海一樣；如果想要創作出理想文體當然就要從「經典」學習合乎文體規範的創作之道，順此一理路來看，就能明白劉勰為何要在〈宗經〉裡強調「文能宗經，體有六義」的說法。〔註19〕劉勰「六義」之說並非直接論述「文體通變史觀」，但它卻是劉勰在其理論架構上，設置〈宗經〉的最主要目的所在。劉勰在〈原道〉中提到：「夫子繼聖，獨秀前哲，鎔鈞六經。」〔註20〕指出孔子所編纂的「六經」，是最完滿的文學「理想典範」。為什麼呢？就是由於經典的文體具有「六義」的因素。這「六義」並不是劉勰憑空創造出來，而是從「經典」中歸約出來的創作要義，是構成文體的六個要素，也是劉勰心中對理想的文章標準。

　　這種將「經典」定位在文體總源之理想典範，正是劉勰在其文體通變的史觀下，希望「未來」創作者也能以「還宗經誥」之理想性，做為其文學創作的準則。換言之，劉勰從文體的總源性思考，歸約出「還宗經誥」的理想性，這不僅是他對文學的判斷與評價，更是他面對或反思文體之「創變」與「訛變」的標準依據。

〔註18〕同註8，〈宗經〉，頁32。
〔註19〕同前註。
〔註20〕同註8，〈原道〉，頁2。

二、「文質彬彬」之理想性典範

　　「文質彬彬」之理想性文體，也是劉勰「文體通變史觀」的詮釋視域之一。在進行此一論題前，應先做兩點說明：第一，「文質彬彬」始出孔子《論語・雍也》篇：「質勝文則野，文勝質則史。文質彬彬，然後君子。」這是孔子以「文質彬彬」之理想性來稱許「君子」的人格。可見「文質」問題在先秦思想家的觀念裡，是被運用在「人以至於宇宙一切生命存在的本質與表現關係」上，所做的一項規定。從「人」的角度而言，指的是「自然本質」與「人文修飾」如何調適的問題。這樣的「文質」觀點在先秦儒、道、墨、法各家的學說中都有觸及。〔註21〕而筆者在此提出「文質彬彬」一詞的目的，乃是藉由此一詞彙在傳統文化思維中指涉「理想典範」之概念，用以說明經書在劉勰文學史觀中的「典範」理想性。第二，關於「質」與「文」在歷史脈絡中所隱含之「質文崇替」的更代規律，筆者將安置在本章的第三節論述，因此本單元僅就「文」與「質」之「彬彬」的典範概念，來論劉勰「還宗經誥」的理想性。

　　其實在《文心雕龍》裡，劉勰並沒有直接引用「文質彬彬」四個字，但在〈情采〉裡卻是以「彬彬君子」來論文體創作要能有「情采並重」的理想性，其云：

> 夫能設模以位理，擬地以置心，心定而後結音，理正而後摛藻，使文不滅質，博不溺心，正采耀乎朱藍，間色屏於紅紫，乃可謂雕琢其章，彬彬君子矣。〔註22〕

這段話雖然不是直接論述劉勰的文體通變史觀，但從其所言創作要能「設模位理」與「擬地置心」並重，才能使「文不滅質，博不溺心」，寫出像「彬彬君子」一樣之理想作品。這裡的「設模以位理」是就客觀文體規範而言，強調選擇最適宜之體式來表達內容思想；而「擬地以置心」則是就主觀文心之創變而言，強調用不同風格來表現個人情性；這兩者得到定置後，才能講求「結音」與「摛藻」之聲律與修辭上的安排；也才能使創作者之「文采」不會掩蓋了內容的「質地」；廣博的事例也不會淹沒內心的情感，而達到文章寫作之「文質彬彬」的理想境界。

　　由此可見，劉勰在其「文質」觀點下，所提出「文質並重」的創作主張，

〔註21〕同註9，〈論魏晉南北朝文質觀念及其所衍生諸問題〉，頁8。
〔註22〕同註8，〈情采〉，頁600。

一方面可以看到劉勰強調文質的「辯證性」與「折衷性」的文體創作法則。這樣的法則可以從文體的構成、源流、創作與批評，看到劉勰「結構歷程」的文學史觀，以及「質文崇替」的現象。另一方面可以從「文質彬彬」的辯證關係，看到劉勰要求創作的理想性。就是〈情采〉「彬彬君子」的說法，雖然沒有直接指出「五經」是劉勰文學史觀裡的典範位置。但如其〈通變〉所云：「矯訛翻淺，還宗經誥。斯斟酌乎質文之間……可與言通變矣。」〔註23〕可見能「通變」者，或說能「矯訛翻淺」者，是懂得「還宗經誥」之人，這樣的作者是能「斟酌」質文之間的人，這「斟酌」是具有辯證性義涵的語詞，但如何斟酌？是很抽象的問題；也就是說「斟酌」並沒有明確的標準可言；同樣的「文不滅質，博不溺心」也沒有一定的規則。因此在「還宗經誥」的理想性裡，劉勰引「經」做為典範之定位的目的，是想運用經書之「文質彬彬」的理想性，做為他「文體通變史觀」的詮釋視角之一；其最終目標是想為文學歷史的「變化」與「發展」找一個恆常的基礎，除了用以對治當時「文質失衡」之文學危機外，更是他文體創作法則中的美典依據，及其「文體通變史觀」的典範性依歸。

由此可知，劉勰塑造「文質彬彬」之理想性文體，做為創作的典範依歸。是希望創作或批評時，能有文質辯證的「通變性」思維；才能避免流於主觀或不夠全面性的偏邪。這個問題從他在〈知音〉中反思當時文人，云：

> 篇章雜沓，質文交加，知多偏好，人莫圓該。慷慨者逆聲而擊節，醞藉者見密而高蹈，浮慧者觀綺而躍心，愛奇者聞詭而驚聽。會己則嗟諷，異我則沮棄，各執一偶之解，欲擬萬端之變。所謂東向而望，不見西牆也。〔註24〕

這是劉勰觀察到當代篇章「雜沓」，所出現「質文交加」的現象，有人愛好「質樸」，有人用心「文采」，因此有「慷慨者」，有「醞藉者」，「浮慧者」，「愛奇者」，他都有各自的愛好，所以也多有各自的偏執，對於文學創作的理想定義也各有不同，於是「會己則嗟諷，異我則沮棄」，而且「各執一偶」的自我定位；想要應「萬端之變」，達成「圓該」的周備表現，劉勰說這就好像「東向而望，不見西牆」的做法，永遠無法做全面性的觀察與批評。

〔註23〕同註8，〈通變〉，頁570。
〔註24〕同註8，〈知音〉，頁888。

此外，劉勰就是以「文質彬彬」之典範的理想性，來檢視文學歷史發展如何變而不失其常的問題，因此從其〈通變〉之「從質及訛，彌近彌澹」的批評語境看來，劉勰就是以「還宗經誥」做爲文體之典範依據，這樣的依據隱含著劉勰個人之「文體通變史觀」的理想性預設。因此從文學史的演變脈絡：「黃唐淳而質，虞夏質而辨，商周麗而雅，楚漢侈而艷，魏晉淺而綺，宋初訛而新。」〔註25〕一方面可以看到劉勰想要拯救「魏晉」、「宋初」日趨「淺」、「綺」、「訛」、「新」等文體弊端。另一方面從劉勰的論述語境看來，他是以「文質」觀念爲視角，觀察從「黃唐」、「虞夏」、「商周」、「楚漢」，由「淳而質」，「質而辨」，「麗而雅」，「侈而艷」的文風，一直到「魏晉」的淺綺，「宋初」訛新等「由質而文」的發展與變化，這由「從質及訛」的批評前題，是劉勰「還宗經誥」之「文質彬彬」的理想性典範，做爲他「文體通變史觀」的詮釋視域基礎。

第二節 「類體因革」之通貫性

劉勰「文體通變史觀」，除了「還宗經誥」之理想性外，還有「類體因革」之通貫性的詮釋視域。筆者在第一章「論題的界定」中提出兩個思考面向：一是，論「通變」必須限定在六朝「文體」觀念之中，才能貼近劉勰《文心雕龍》的原意。二是，論「通變」時不可忽略其語詞所隱含的「辯證性」意義，以及劉勰「結構歷程」的文學觀。因此筆者認爲劉勰是以「文體通變觀」爲基礎，主要的論述對象是「結構歷程」中的文化產物——「文體」，討論的議題是「文體規範」、「文心創作」與「文體發展的歷史」，以及這三者的辯證關係。因此筆者在本單元的論題，是想藉由《文心雕龍》中對各類文體本身及彼此「因」與「革」的關係，來探討其對類體「變化」與「發展」之通貫性的論述。

首先，說明何謂「類體」？其與「體類」有何不同？「類體」爲何會有「因革」的問題？「類體因革」如何形成通貫性？這樣的通貫性爲何會是劉勰文體通變史觀的詮釋視域之一？「類體」與「體類」是兩個不同概念的語詞。關於「類體」與「體類」的界定，筆者參考顏崑陽的說法。簡而言之，所謂「體類」是指以文體爲分類標準，來區分文類，亦即將相似之「體」做

〔註25〕同註8，〈通變〉，頁569。

爲「類」標準所「類聚」的文章群。所謂「類體」是指同一「文類」之所有
作品，所共具的「形構」與「樣態」。〔註26〕

　　在論述「類體因革」這個問題前，必須先說明《文心雕龍》對文章的「分
類」問題：一般學者大都將〈明詩〉至〈書記〉等二十篇，界定爲「文體論」
的範圍，這種「文體論」的說法雖然與本論題的「文體」界義不同。但在這
個問題裡，牽涉到《文心雕龍》的「類概念」與「分類標準」的議題。劉勰
面對「文筆」二分的時代，雖然在這二十篇的安排上，並不以「文」、「筆」
爲綱目，但從排列順序來看，確實還是呼應〈序志〉所言：「若乃論文敍筆，
則囿別區分，……上篇以上，綱領明矣。」〔註27〕可見劉勰是有意識、有計
劃地安排篇章；而且他在〈總術〉裡，說明自己爲何不直接用「文筆」二分
的作法，其云：

> 今之常言，有文有筆，以爲無韻者筆也，有韻者文也。夫文以足言，
> 理兼詩書，別目兩名，自近代耳。顏延年以爲「筆之爲體，言之文
> 也；經典則言而非筆，傳記則筆而非言。」請奪彼矛，還攻其楯矣。
> 何者？易之文言，豈非言文？若筆果言文，不得云經典非筆矣。將
> 以立論，未見其論立也。〔註28〕

從這段文本看來，劉勰在反思「今之常言，有文有筆」之「文筆」二分現象
時，所言「別目兩名，自近代耳！」明白可知他對「無韻者筆」，「有韻者文」
的二分法，並不認同；因爲劉勰認爲這「二分」落到實存文體時，會出現不
相符合的現象，因此他舉出顏延年「經典則言而非筆，傳記則筆而非言」之
說，來證明當時之人走向「文筆」二分，往往導致在實存作品裡所產生的矛
盾現象，而造成「將以立論，未見其論立」的遺憾。因此劉勰在〈總術〉除
了對這一般說法加以反省外，還進一步爲「文筆」提出一些不同的界定與看
法：

> 予以爲發口爲言，屬筆曰翰，常道曰經，述經曰傳。經傳之體，出
> 言入筆，筆爲言使，可強可弱。六經以典奧爲不刊，非以言筆爲優
> 劣也。〔註29〕

〔註26〕顏崑陽：〈論「文體」與「文類」的涵義及其關係〉，《清華中文學報》第一
　　　　期2007.9），頁57～59。
〔註27〕同註8，〈序志〉，頁916。
〔註28〕同註8，〈總術〉，頁801。
〔註29〕同前註。

劉勰直接提出其界定,認為「言」是口頭講出來的語言;「翰」是用筆寫出來
的文字;「經」是談論恆久不變之道的文章;「傳」是解釋經文的文章。然而
經傳之體「出言入筆,筆為言使」,文與筆的配置,可此強彼弱,或此弱彼強,
其優劣並不在於語言形構之有無押韻,所以他說「六經以典奧為不刊,非以
言筆為優劣」。由此可見,六經的文章之所以能成為「典範」是因為它具有「不
刊」之道,而不是「言筆」之分。然而劉勰之所以會提出此一省思的原因,
是因為他從「類體因革」之通貫性文學史觀,重新反思當時「文筆」判然二
分,所造成的問題。準此,劉勰所提出「類體」的「因」與「革」現象,是
必須從文學總體觀之,否則很難掌握文學在「歷時性」的通變中,所呈現「生
生不息」的發展,這個問題可從劉勰批評陸機《文賦》時,所提出「知九變
之貫匪窮」的說法來看:

> 昔陸氏文賦,號為曲盡,然泛論纖悉,而實體未該;故知九變之貫
> 匪窮,知言之選難備矣。〔註30〕

劉勰認為陸機《文賦》在論文章時雖然很詳盡,但卻都是「泛論纖悉」,也就
是說陸機只對「文」做一些泛論,或探討一些瑣細的問題,對總體的文體問
題卻有「實體未該」,不夠完備的缺憾。而這個缺憾是來自陸機「未能知」文
體「九變之貫匪窮」的通貫性現象。

　　從以上這些論述,可以得知兩件事:第一,是劉勰從〈明詩〉至〈書記〉
等二十篇中,雖然隱含著先「文」後「筆」的篇章排序,符合其〈序志〉「論
文敘筆,則囿別區分」的說法,但實際上就其「釋名以章義」來看,劉勰在
文體的分類上,是採取「依體分類」的法則,也就是依照文章語言形構之「體
製」,將文章區分為:「詩、樂府、賦、頌讚、祝盟、銘箴、誄碑、哀弔、雜
文、諧讔、史傳、諸子、論說、詔策、檄移、封禪、章表、奏啓、議對、書
記」等,諸多「體類」的文章群。這一部份雖然與本節議題沒有直接關係,
但卻是筆者談「類體」時的基礎。第二,從劉勰所言文體具有「九變之貫匪
窮」的現象看來,其所謂「九變之貫」:一方面指「類體」的九變,也就是文
章自身的「形構」與「樣態」變化無窮之意。另一方面指出「類體」雖然變
化無窮,但卻有其不變的「通貫」本質;此一「通貫性」乃是劉勰「類體因
革」的視角,是劉勰體察歷代各體文章在「因承」與「變革」的過程中,具
有「通貫性」的本質。準此本節將就一、「循環相因,終入籠內」的通貫性;

〔註30〕同註28。

二、「變則堪久，通則不乏」的通貫性，這兩個方面來論劉勰文學史觀之「『類體因革』的通貫性」。

一、「循環相因，終入籠內」的通貫性

劉勰從「文學傳統」體察到客觀文體在形構與規律的「變化」與「發展」中，看到了「類體因革」的通貫性現象，因此在他的「文體通變史觀」中，秉持著「類體因革」的詮釋視域。此一詮釋視域揭明了文體「通貫性」的變化發展現象。因此筆者從「通貫性」的角度，可以看到劉勰的文學史觀裡，「循環相因，終入籠內」是其對文體發展的基本觀點之一。所謂「循環相因，終入籠內」，這是劉勰藉由辭賦之創作，其「誇張聲貌，則漢初已極」的文體判斷，藉以揭明文學形貌之誇飾修辭，就像轉圈一般相互因革，形成一種通貫性的規律，讓人自以為跳出舊套，但卻終究還是落入籠中。循此觀點，即可體察到劉勰對於文學歷史之「脈絡化」的問題視域，亦可檢視他從實存文體中的「因革」、「承變」、「因循」、「往復」的「通貫性」變化現象，建構了「文體通變史觀」。

因此，此一「循環相因，終入籠內」的文體通貫現象，必須具備「不變」的「通」，做為「變化」之「變」的依據，所以「有常之體」是維繫此一「通貫性」現象的基礎，才能使文體保持其「循環相因」，又能「終入籠內」的通變特性；就如〈通變〉所言「詩、賦、書、記」這幾種「體類」，因為各自「類體」的名稱、性質與寫作原理。因此在劉勰的觀念裡，「詩、賦、書、記」等文體之所以能「名理有常」，乃是因其文章自身在「體製」、「體式」與「體要」上，能「資於故實」之通變使然；而這種「資於故實」的「體類」文章群，一方面提供創作者寫作文章時的「類體」選擇考量；另一方面也是讓「類體」能在變化與發展中，因其「有常之體」與「通變無方」之術的運用，而使其能在「資故實」的繼承中「酌新聲」，這就是劉勰提出「文體通變史觀」裡所要建構之「類體因革」的通貫性之一。

這種「故」與「新」的辯證關係，從創作的角度而言，除了是文體典範對創作文心的制約，以及文心對文體典範的創變之外，也因其「類體因革」的辯證關係，使其能「騁無窮之路，飲不竭之源」。然而造成這「無窮」與「不竭」的原因，是因為文體具有「循環相因，終入籠內」的「通貫」特性使然。就如劉勰對在〈通變〉中，舉出「枚乘七發」、「相如上林」、「馬融廣成」、「揚雄校獵」、「張衡西京」等五家之「賦」為例，從「歷史發展」來論證「賦」

之類體之「相循」與「因革」的通變之數,其云:

> 夫誇張聲貌,則漢初已極,自茲厥後,循環相因,雖軒翥出轍,而
> 終入籠內。……此並廣寓極狀,而五家如一。諸如此類,莫不相循,
> 參伍因革,通變之數也。〔註31〕

劉勰認為「誇張聲貌」之「賦」的基本特徵,發展到漢初其文體典範就已達
極致了。言外之意,是指後代「辭賦家」之作,在此類體之創作上都是「循
環相因」的創作成果;就算偶有想要展翅高飛的創變者,最後還是不出漢初
之舖陳誇張的創作手法,因此劉勰說「終入籠內」。然而為什麼會如此呢?因
為文體創作有其主觀「文心」之創變因素,也有其客觀「文體規範」的限定。
因此若要寫「賦」,就必須「通」乎「賦體」之「不可變」的客觀「體製」規
範與「體要」法則,故文人在遵守其「體製」與「體要」規範下,便形成「循
環相因」的類體因革現象。然而就算「賦家」創作如大鵬展翅高飛,表現個
人獨創的風貌,但終究還是跳不出常體的範圍。

因此枚乘〈七發〉、司馬相如〈上林賦〉、馬融〈廣成頌〉、揚雄〈羽獵賦〉、
張衡〈西京賦〉等篇章,雖然其所寫之景物相似而修辭各異,但劉勰卻提出
「廣寓極狀,而五家如一」的說法,其目的就是在強調這五家之「賦」,均是
在賦之「誇張聲貌」的體式與語言形構的「體製」規範之中,所以循此創作
「體要」所寫出來的作品,才會出現「五家如一」的通貫現象。黃侃針對這
種「參伍因革,通變之數」的現象,做出精當的詮釋,其云:

> 彥和此言,非教人直錄古作,蓋謂古人之文,有能變者,有不能變
> 者,有須因襲者,有不可因襲者,在人斟酌用之。大抵初學作文,
> 於摹擬昔文,有二事當知:第一,當取古今相同之情事而試序之。
> 譬如序山川,寫物色,古今所同也。……第二,當知古今情事有相
> 殊者,須斟酌而為之。〔註32〕

黃侃詮釋劉勰的「通變觀」,認為五家之文有其能變者,或不可因襲之處;也
有其不變者,或可因襲之處。這樣的論點雖然沒有直接解釋「五家如一」之
義涵,然其所言「不能變者」即為劉勰所論之「如一」。因此詹鍈也認為這是
劉勰「舉出漢代辭賦中五家作品說明在互相因襲中又有所改變。」〔註33〕準

〔註31〕同註8,〈通變〉,頁570。
〔註32〕黃侃:《文心雕龍札記》,(臺灣:花神出版社,91年8月),頁125。
〔註33〕詹鍈:《文心雕龍義證》(上海:上海古籍出版社,1994年9月),頁1102。

此，雖然有些學者從劉勰所舉之五家文章的優劣不能等同而語，因而批評劉勰舉例不當，然而就如張少康「論通變」時所云：

> 這五家的描述情況也不完全相同，例如馬融、揚雄……有較多模擬
> 的痕迹，……枚乘、司馬相如、張衡……雖有藝術上的繼承，卻又
> 是頗有新穎的意境創造的。事實上，藝術描述上的繼承與創新也是
> 一種客觀存在。〔註34〕

張氏提出「藝術描述上的繼承與創新也是一種客觀存在」，這個觀點是跳脫語言形構之「體製」的「通變性」，強調「藝術表現方法」也是一種通變。筆者對於張氏所言之「藝術描述上的繼承與創新」並無異議，然而就劉勰所言之「廣寓極狀，而五家如一」來，無論是賦體「誇張聲貌」的「體式」如一，或「藝術描述」如一，若從「類體因革」的通貫性來看，便可了解劉勰例示「五家如一」的用意。因為這種「因革」是在「變化與恆常」的辯證中完成。因此並不是指「因襲模倣」，而是「循環相因」；劉勰要強調的是辯證思維下之「類體因革」的通變法則，並將此一法則置入其文學史觀。

　　由此可知，劉勰之文體通變觀的基本預設，是「類體」本身早已存在「相循」與「因革」的通變性現象。所以，文體創作並非只是消極地，如同鳥不能飛出籠外一般的限定與規範；所以劉勰在〈宗經〉提出「百家騰躍，終入環內者」的觀察，所要強調的是在常體之規範下，個人創變才有「通貫性」的基礎。故從文體創作的軌跡來看，劉勰看待這些古籍中之「類體」的變化與發展時，是以「循環相因，終入籠內」的通貫性，做為他體察文學發展的詮釋視域之一。

二、「變則堪久，通則不乏」的通貫性

　　在「類體因革」的通貫性裡，除了具有「循環相因，終入籠內」之特徵外，也具有「變則堪久，通則不乏」的特性。如前所述「類體」的因革中，是以其「體製」與「體要」的「恆常不變」，做為類體因革之「通貫」的依據；所以反過來說，就是因為「通」使其不乏與「變」使其堪久才能維持「類體因革」的通貫性。此外，更因「變則堪久，通則不乏」而使其能在「變化與恆常」的辯證中，不斷創新而不致僵化；更使其能在「往復代變」的規律中，維持「永續發展」的通貫性。

〔註34〕張少康：《文心雕龍新探》，（臺北：文史哲出版社，民國86年6月初版二刷），
　　　　頁156。

　　這樣的文學史觀乃貫串整部《文心雕龍》的理論系統。就如劉勰在〈通變〉的「贊曰」中所云：「文律運周，日新其業。變則堪久，通則不乏。」〔註35〕這是劉勰從文學史觀的視角，所揭示文學創作之有規律的變化，而且這「文律」是以「迴環運轉」之「通」與「變」的辯證模式在發展；因此從劉勰「文律運周，日新其業」這兩句話的語境裡，可以看到劉勰之「文體通變史觀」是依類體因革之「往復代變」，以及「變化與恆常」的辯證關係，建構其文學理論體系。準此，劉勰所指之「運周」，其實就是《周易》裡所言「易窮則變，變則通，通則久。」〔註36〕這是一種周而復始、往復代變的文學史觀。至於其所言「日新」之意，則明白地限定住「文律」在周而復始、往復代變之中，能不斷變化「日新」，使其不會因相互承襲，或模倣，造成文學發展走向僵化、貧乏的危機，甚且更要善用「通變」的思維，以維持文學創作的持久性。因此從文學歷史的總體觀之，「類體因革」的通貫性，除了表現爲「循環相因，終入籠內」的現象外，更表現爲「變則堪久，通則不乏」的律則；這就如張少康所言：

　　　　沒有變，文學發展就會停滯僵死，只有堅持變，才能使文學事業日
　　　　新月異地持久發展下去。變中必須通，這樣才能使變循着健康的道
　　　　路向前發展。〔註37〕

張氏所言是將文學放在發展的歷史脈絡中，看「不變」與「變」，「停滯」與「通」所造成之利弊得失。這正是劉勰「變則堪久，通則不乏」之通貫性文學史觀，所要面對與解決的問題。因此從劉勰「變則堪久，通則不乏」的語境，可以窺見他是以「變化與恆常」的辯證性思維，來理解文體發展的歷史性軌跡，並且藉由此一史觀來對治當時「文體解散」與「文質失衡」的危機。可見劉勰是將齊梁文學的問題，放置在整個文學傳統脈絡中，檢視「過去」、「現在」與「未來」的歷程；並且想要提出一種可以拯救當代與開展未來的創作法則，故張少康認爲劉勰「通變論」是一種「循着健康的道路向前發展」的文學主張。

　　由此可知，劉勰爲規創這一條健康的文學創作之道，他將焦點集中在「類體」之「結構歷程」的建構上，因此從《文心雕龍》之〈明詩〉到〈書記〉

〔註35〕同註8，〈通變〉，頁570。
〔註36〕王弼：《周易注》，見樓宇烈《老子周易王弼注校釋》，（臺北：華正書局，1983
　　　　年9月初版），頁559。
〔註37〕同註34，頁157。

－236－

等二十篇，〔註38〕均可見其企圖從「原始以表末，釋名以章義，選文以定篇，敷理以舉統」（〈序志〉）等四種方法，進行其分體文學史的論述；尤其是在「原始以表末」的論述架構上，所勾勒之各種「類體因革」的變動現象，明顯地呈現出劉勰「文體通變觀」之通貫性視域。故此一通貫性：一方面藉由「窮則變，變則通」之辯證思維，將焦點放在類體之「源流因變」的議題，以體現其「變則堪久，通則不乏」之通貫性史觀。另一方面藉由這二十篇「分體文學史」的歷時性論述，從「選文以定篇」指出「類體因革」的通貫現象，做為其建構「文體通變史觀」的依據。準此，筆者進一步以〈明詩〉為例進行說明：

首先從劉勰「原始以表末」來論述「詩體」之始出與發展，所呈現之「類體因革」的現象。他以「葛天樂辭」，「黃帝雲門」等上古歌謠，做為詩體始出之作，這就表示劉勰「文體通變史觀」的體源論立場，接著他確立《詩經》是「詩體」的「典範」；更在此一典範標準下，開啓其「類體因革」之通貫性史觀的視域。因此當劉勰提出「逮楚國諷怨，則離騷為刺。秦皇滅典，亦造仙詩」時，〔註39〕可以明白地看到他對「詩體」之發展現象的觀察時，詩歌發展至屈原〈離騷〉時，有楚國諷怨之「刺」的「變化」寫法；也有「秦皇滅典」後，秦博士寫遊仙類之詩（〈仙眞人詩〉），在內容出現不同於「三百篇」雅頌精神的「變」，這種變化是在「詩教」的功能上，追求「因革」與「通變」。

其次，從劉勰看待歷代詩歌之演變歷程所呈現出的「同異」，亦可以看到他處理「類體因革」問題時，所主張的「情變」，在「異」的個殊特質中，仍然維持著「同」的普遍本質。因此他在〈明詩〉中「敷理以舉統」地強調：

> 故鋪觀列代，而情變之數可監；撮舉同異，而綱領之要可明矣。……
>
> 巨細或殊，情理同致，總歸詩囿，故不繁云。〔註40〕

從劉勰在此所言，可以看到歷代詩歌之演變，有其「可監」與「可明」之「同」與「異」，因此提供了各種類體可以「因」與「革」的要素之外，也使其在「窮則變，變則通，通則久」的觀念中，藉由文學常體之「因」與文心創變之「革」，以使其詩體能維持「總歸詩囿」之通貫性。

〔註38〕「文體論」二十篇：〈明詩〉、〈樂府〉、〈詮賦〉、〈頌讚〉、〈祝盟〉、〈銘箴〉、〈誄碑〉、〈哀弔〉、〈雜文〉、〈諧讔〉、〈史傳〉、〈諸子〉、〈論説〉、〈詔策〉、〈檄移〉、〈封禪〉、〈章表〉、〈奏啓〉、〈議對〉、〈書記〉等。

〔註39〕同註8，〈明詩〉，頁83。

〔註40〕同前註，頁85。

再則，從劉勰論「詩體」之發展終始的問題中，亦存在著「類體因革」之通貫性史觀。劉勰在〈明詩〉中將「詩體」放在文學史的脈絡中，藉以釐清其在「體製」、「體貌」與「體式」上繼承與創新之「因革」軌跡，故如其所言：

> 漢初四言，……匡諫之義，繼軌周人。孝武愛文，柏梁列韻；嚴馬之徒，屬辭無方。……近在成世：閱時取證，則五言久矣。……？觀其結體散文，直而不野，婉轉附物，怊悵切情，實五言之冠冕也。至於張衡怨篇，清典可味；仙詩緩歌，雅有新聲。暨建安之初，五言騰踊，……及正始明道，詩雜仙心；……晉世群才，稍入輕綺。……江左篇製，溺乎玄風……宋初文詠，體有因革。莊老告退，而山水方滋；儷采百字之偶，爭價一句之奇，情必極貌以寫物，辭必窮力而追新，此近世之所競也。〔註41〕

從以上文本可以看來，劉勰一方面從「因承不變」之常體概念，論述詩變爲騷爲賦，四言變爲五言爲雜言之「體製」之形構因革之「變」；另一方面亦從「時體」之風格因革現象，藉由變而能不失其正，不失「三百篇」之發乎情，止乎禮義之雅正，論述其「體式」因革的文學現象。準此，其「類體因革」之通貫性史觀，就如劉勰在論「漢初四言」時，認爲「漢詩」又重回「匡諫之義，繼軌周人」的教化之途。可見他是從「詩體」之通古變今的角度來論其流變，因此他藉由「體製」之始出的「四言詩」，到按韻聯句的「柏梁體」，以及「五言詩」的起源與辨疑等類體之形構上的因革，談到「張衡怨篇，清典可味；仙詩緩歌，雅有新聲」之體貌「變」與「雅」的因革關係；及其所形成之「時代」風格的「體式」因革，藉由「建安文學」、「正始文學」、「晉世文學」、「江左文學」、「宋初文學」等各個朝代的風格，做爲他論述「詩體」因革的幾個時間斷點，強調「建安之初」五言詩的創作已起「騰踊」效應，做爲「四言詩」與「五言詩」之因革判準。至於「正始明道，詩雜仙心」與「晉世群才，稍入輕綺」、「江左篇製，溺乎玄風」，都是就其體式來談因革的現象。

由此可見，在劉勰「文體通變史觀」裡，認爲一個時代與一個時代的體式之間，都存在著「類體因革」、「一脈相承」的通貫性；既是以「變則堪久，通則不乏」的通貫性，爲其探討文體通變發展的文學史觀點。舉例來說，劉

〔註41〕同前註。

勰言「宋初」文章從內容到形式的「因革」：他認為宋初在詩歌的內容上，已從江左宣揚老莊思想之玄風退出，取而代之的是描寫山水的詩。這種以山水為對象的描寫，所「因」者，乃詩歌抒情言志的本質與功能，此為「有常之體」；而所「革」者，則是由「玄言詩」直木平淡的修辭，往「山水詩」巧構形似的修辭發展，這是「變文之數」。所以出現「儷采百字之偶，爭價一句之奇」等重視形式的文壇風氣。故從當時文人在寫「情」時，要求一定要「極貌寫物」；用「辭」時，則是以「窮力追新」之對偶辭藻雕琢為務。因此從劉勰對文體發展脈絡的預設來看，「變則堪久，通則不乏」之通貫性，乃是詩體能夠「因」（繼承）與「革」（變革）原因所在；此乃劉勰洞見詩體之發展中亦具有「窮則變，變則通，通則久」之通貫性，所提出「類體因革」之通貫性文學史觀。

第三節　「質文崇替」之更代性

劉勰除了從「還宗經誥」與「類體因革」之「通變」文學史觀，來詮釋文學的歷史外，也從作品之「內容」與「形式」、語言之「質樸」與「文飾」等「質文崇替」的辯證性觀點，來觀察文學之「變」與「不變」的歷史性發展，並且提出「質文崇替」之更代性的「通變文學史觀」。依據劉勰〈序志〉「崇替於時序」之說，我們可以認定「質文崇替」是劉勰通變文學史觀的詮釋視域之一。從李曰剛認為「時序」一詞，約有三義：「時年之先後」、「時節之更迭」、「時世之變遷」等，而且就如李氏所言劉勰〈時序〉乃用第三義。〔註42〕只是在劉勰的問題視域裡，文體的「通變」存在著「本體與現象」、「普遍與個殊」之形構性通變，亦存在著「變化與恆常」、「往復代變」之規律性通變，而這些文體形構與規律的通變性，必須放在「時序」之時世變遷中，才能顯現其「質文崇替」的更代性。

然而就如筆者在第二、三章所，對於「往復代變」之「代」字的詮解，認為「代」有「更替」之義，用以指涉「以此一事物取代彼一事物」的現象，也就是當舊事物被新事物所取代後，前者便消失不見。這種取代，或更替，就好像日月寒暑、春夏秋冬一般，以一種圓型的「循環」方式進行；或好像各個朝代之政權所形成「更替」之變化。這種變化在劉勰「文體通變史觀」

〔註42〕李曰剛：《文心雕龍斟詮》，（臺北：國立編譯館，1982 年 5 月），頁 2027～2028。

裡，一方面可從客觀性的「質文代變」，來看文學發展的規律；另一方面則可從主觀性的「崇替在選」，來看文學發展的規律。而這主客二面的更代，彼此形成辯證性的交互作用，以推動文學的發展。這是劉勰通變性文學史觀的詮釋視域之一。

一、文體「質文沿時」之更代性

劉勰〈時序〉所言「時運交移，質文代變」，是他從歷史的客觀發展規律，觀察到文學傳統中所存在的「質文」更代現象；從這種客觀規律的思維出發，劉勰提出「文體通變」的文學史觀。他認為隨著「時運交移」所產生的「質文代變」，是一種客觀「古今情理」的辯證性規律，這種客觀規律顯現在文體的「質文代變」現象，必然與「時代」的政治、社會與文化的情境存在著彼此符應的關係，即〈時序〉所謂「文變染乎世情」，亦即所謂「質文沿時」的現象。

近現代研究者的論述，有人從政治、社會與文化的歷史規律中，來談劉勰的「通變觀」或「文學史觀」；例如：孫秋克直接將「時運交移，質文代變」結合來看文學發展與社會生活的關係，並且認為此一基本觀點最早源於〈毛詩序〉「變風，變雅」之說，將時世盛衰與詩歌正變結合觀之；因此他認為劉勰受此一啟發而提出「時運交移，質文代變」的觀點，這是將文學與時代的關係概括為一條規律，因而有「十代九變」之說。此外，孫氏亦從史學家與文學批評家的角度，來強調他們面對之「縱剖面」的文學史觀問題。〔註43〕從孫氏之論述看來，並非全無所見，由於他並非將劉勰《文心雕龍》的焦點放在論「文體」上，因此只能就一般概念中的文學與時代之關係，來論「時運交移」的問題，卻忽略劉勰提出「質文代變」之說的真正目的，也就很難體會劉勰〈序志〉中，何以要強調「剖情析采，籠圈條貫」？又何以要提出「崇替於時序」的目的？文體雖然有受時代情境決定的客觀面，卻也有作者回應時代而做選擇性創變的主觀面。經由此一主客辯證思維，才能瞭解劉勰「質文代變」的真諦。這在下一節還會呼應這一節，詳作論述。

準此，筆者認為劉勰撰寫《文心雕龍》的目的是要建構一套以文體為範疇，以「通變」為原理的文學理論專書，因此在他的文學觀或文學史觀裡，

〔註43〕孫秋克：〈論通變——古代文論縱論之六〉，《昆明師專學報》，1995 年 3 月，第 17 卷第 1 期，頁 26～27。

雖然是以「時代」為文學主觀表現相對的客觀情境，但焦點並不是在政治、社會生活情境的考察，而是在文體之「質」與「文」的歷史發展軌跡，存在著因「質」盡而「文」生，因「文」生而「文」盡，因「文」盡而「質」生的「更代性」現象，並且企圖為此一更代性現象找尋主客辯證的通則。因此其對時間之「縱向」的論述，隱含劉勰所預設「質文代變」之規律的文學史觀，就如〈通變〉所云：

> 黃歌斷竹，質之至也；唐歌在昔，則廣於黃世；虞歌卿雲，則文於唐時；夏歌雕牆，縟於虞代；商周篇什，麗於夏年。……從質及訛，彌近彌澹。〔註44〕

從劉勰的論述語境看來，他是站在文學史脈絡中提出其「動態性」之質文代變的史觀。劉勰雖然是從文學歷史的發展，指出不同時代之文體的更代性，但筆者從「質之至也」、「文於唐時」、「縟於虞代」、「麗於夏年」的敘述，看到了劉勰「質文代變」的文學史觀中，預設了「時運交移」的觀點，以此揭示「時代」與「時代」之間，存在相互循環交替的現象，就如劉勰所言「唐歌在昔，則廣於黃世」、「虞歌卿雲，則文於唐時」、「商周篇什，麗於夏年」等。在其敘述語境中，似乎隱涵文體更代的發展軌跡，而這樣的軌跡發展至魏晉六朝時期，出現「從質及訛，彌近彌澹」的危機。

從客觀文體發展之時間「縱向」規律來看，劉勰「質文代變」隱含著「通變性」的文學史觀，因此他提出「黃歌」，「唐歌」，「虞歌」，「夏歌」，至「商周」，一方面從「時間性」指出「歌謠文理，與世推移」的更代性，另一方面從各朝代文學之「內容與形式」、「質樸與文飾」的角度，指出唐歌「廣於黃世」，虞歌「文於唐時」，夏歌「縟於虞代」，商周「麗於夏年」等現象，而揭示其「文變染乎世情」的文學史觀。而這樣的文學史觀，所揭明的是文體：由「質」而「文」，由「文」而「縟」、「麗」的過程，似乎有其客觀的發展規律。而這一規律完全由時代的社會環境所決定嗎？作者在面對文學歷史的發展，洞察客觀因素所決定的現象，則其主體「創變」的能動力，究竟能發揮什麼作用？這恐怕才是劉勰最關懷的問題。

準此，客觀文體在「質文代變」的更代性規律裡，呈現的是古今文體循環流變之情理。因此劉勰從「文質」的詮釋視域，可以看到文學傳統中「質文代變」的歷史軌跡，也看到當時由「質」而「文」的發展程中，形塑出「崇

〔註44〕同註8，〈通變〉，頁569。

古」與「趨新」的對抗,因而促使劉勰「文體通變史觀」,對治當時這種兩極對抗的文學觀念,而進行「折衷調合」的論述,以期達到「文質彬彬」的理想文體。

二、文體「崇替在選」之更代性

劉勰在〈時序〉「贊曰」云:「質文沿時,崇替在選。」從其論述語境看來,在劉勰「質文代變」的文學史觀裡,除了認為文體客觀發展,是以「質文沿時」的規律,在循環更替之外,更進一步揭明在文學歷史的變遷中,如果文體發展只取決於客觀規律,那麼創造文學史的「人」,其主體的能動性何在?因此在他提出「質文沿時」的同時,更強調了「人」在這過程之中,「崇替在選」的主體能動性。換言之,在劉勰「文體通變史觀」裡,並不是把「人」抽離出文學歷史來進行文體「靜態化」的思維;相反地,劉勰「文體通變史觀」裡,特別強調「作者」之主體性的「崇替」,才是改變時代,給予文體創變之可能的原動力。因為文學歷史不僅是文體客觀規律的發展而已,藉由作者「崇替在選」的動力,才能使文學的發展呈現「生生不息」的發展。

準此,在劉勰「文體通變史觀」之辯證的、動態的、通貫的視角來看,一方面強調「文學」與「時代」之相互作用關係,而以「質文沿時」的客觀規律向前演變;另一方面則提出文體在「質文沿時」的客觀規律裡,必須結合歷史情境中作者的「文心」,所做出「崇替」的選擇,因而回應時代文風,自主地創變出理想的文體,這是一種「主客辯證」的文學史觀。因此從這樣的歷史觀點,可以確定劉勰「質文崇替」之史觀的價值。劉勰從文學傳統中,綜觀文學之客觀存在的「質文沿時」與主觀文心的「崇替在選」,提出古今、新舊之文體在主客辯證歷程中,所呈現的「更代性」規律。可見劉勰並非以客觀文體為「決定」文學歷史的唯一因素,亦非以人之主觀文心為決定文體歷史變遷的唯一因素,而是以折衷調合的立場,建立其通變的文學史觀。

由此可知,劉勰從客觀文體之時世變遷與主觀文心之崇替選擇,因而呈現出「質文沿時,崇替在選」的文學現象。而這種「往復代變」現象,是劉勰「通變文學史觀」的基本詮釋視域之一。因此在筆者的基本觀點裡,劉勰這一套「通變文學史觀」是他以「在場」的文學感知,體察到歷代文學裡存在著「主觀文心」之崇替與「客觀文體」之「沿時」的相互辯證,而形成「質文代變」的文學發展規律,劉勰就是秉持這個史觀,用以對治當代文學應然的發展方向,如〈時序〉中所云:

故知歌謠文理，與世推移，風動於上，而波震於下者也。……爰自
漢室，迄至成哀，雖世漸百齡，辭人九變，而大抵所歸，祖述楚辭，
靈均餘影，於是乎在。……故知文變染乎世情，興廢繫乎時序，原
始以要終，雖百世可知也。〔註45〕

從以上文本看來，「知」歌謠文理之變遷的是「人」，能夠「與世推移」的也
是「人」，因此文學歷史雖然顯現其「時運交移，質文代變」的客觀變化現象，
但就如劉勰所言：自漢初至哀帝時期，「雖世漸百齡，辭人九變」，及其所言
「文變染乎世情，興廢繫乎時序」，則揭示了客觀文體規律之變化與主觀心知
之創變，二者相互辯證的關係。這是文學發展的軌則。

　　故綜觀劉勰對於「質文代變」的論述：一方面認為文體之質文，會受到時
代情境的影響，此即謂之「質文沿時」，故其云「文變染乎世情」；另一方面他
更強調作者必須因承傳統，洞觀當代受客觀情境所影響的文風，而自主地選擇
「崇」或「替」；若時代文風太偏於「文」，則崇「質」以替「文」，而使二者辯
證達於「文質彬彬」之理想文體；又若時代文風太偏於「質」，則崇「文」以替
「質」，而使二者辯證達於「文質彬彬」之理想文體。此謂之「崇替在選」，而
主觀之崇替選擇，必須因應時序而定，此即劉勰所謂「興廢繫乎時序」。

〔註45〕同註8，〈時序〉，頁813～816。

第七章 結 論

　　筆者認為「百年龍學」的研究成果，就像無比「豐厚」的寶藏，讓筆者在這「寶藏」中，可以承接前人對《文心雕龍》文本的「品評、採摭、因習、引證、考訂、序跋、校記、箋注」，也可以領略前人對《文心雕龍》之理論的見解。當然對一個從事「龍學」研究者而言，這份「豐厚」的寶藏，也會讓人感到無比的「沈重」。這種「沈重」感，除了是身為「百年龍學」的後生晚輩，必須承擔的責任與使命外，最大的困境恐怕是如何延續前人豐碩的研究成果？如何開展「新視野」、「新方法」，而有「新見解」？才不辜負前輩學者所建構的「豐厚」寶藏。

第一節　研究成果反思

　　《文心雕龍》這部帶有「文學史」性質的文學理論專書，如其在〈序志〉自云：

> 夫銓序一文為易，彌綸群言為難，……同之與異，不屑古今，擘肌分理，唯務折衷。按轡文雅之場，環絡藻繪之府，亦幾乎備矣。但言不盡意，聖人所難；識在瓶管，何能矩矱。茫茫往代，既沈予聞，眇眇來世，倘塵彼觀也。〔註1〕

可見劉勰撰寫此書時，已知「彌綸群言為難」的選擇與決心，並且強調自己「擘肌分理，唯務折衷」的理想，以及他對此書已「按轡文雅之場，環絡藻繪之府，亦幾乎備矣」的自信；再加上他對未來文學發展的期待，就其所言「茫茫往代，既沈予聞，眇眇來世，倘塵彼觀」，可見劉勰對文學傳統的博觀，

〔註1〕梁・劉勰：《文心雕龍・序志》，參見周振甫：《文心雕龍注釋》（臺北：里仁書局，2001 年 9 月 28 日初版四刷），頁 917。

均已書寫進這部具有創見的文學理論巨著中，筆者在研究過程裡，每每被劉勰建構此書的理想與抱負所感動；因此筆者之研究雖難以「繼往聖之絕學」，但浸潤其中亦深受劉勰之理想與抱負所啓發。

因此在筆者的觀念中，《文心雕龍》全書是以「文體通變觀」貫串其「文之樞紐」、「論文敘筆」、「剖情析采」、「摛神性，圖風勢，苞會通，閱聲字，崇替於時序，褒貶於才略，怊悵於知音，耿介於程器」等文體論述體系。故本論題之研究對象——「文體通變觀」，乃是筆者接續陳啓仁博士論文中未經論證之「結論」所言，認爲「它是劉勰個人的獨特視野」，陳氏在「通變理論」之技與道的論述中，並未能證成其結論所提出的觀點，他認爲「通變」：「1、它是一種通變的方法論。2、它是一種通變的文學史觀。3、它是一種通變的批評論（包括鑒賞論）4、它是一種通變的創作論。不過，以上四種「通變觀點」，並非屬於可以截然分開之關係，它們之間有相互爲用、彼此援引的緊密聯繫。」〔註2〕是的，以上這些陳啓仁所提出的觀點，在他自己的論文中，並未能一一加以證實這四種「通變觀點」所開展出來的四個向度。然而陳氏不足之處，正是筆者《文心雕龍》「文體通變觀」研究所要努力的地方。因此本論文藉由文體理論體系之構成、源流、創作、批評、通變文學史觀等面向，進行「文本」的分析性詮釋，證成「文體通變觀」確實是劉勰貫串全書文體理論核心的基礎；而且是藉由通變觀念之「方法學」、「創作論」、「批評論」、「文學史觀」等四大向度來完成的文學觀。其結構關係圖如下：

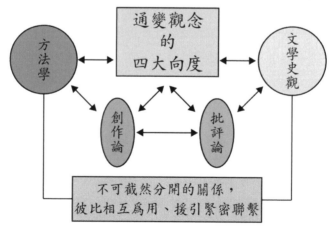

7-1　劉勰「通變觀念」的四大向度

〔註 2〕陳啓仁：《《文心雕龍》「通變理論」之詮釋與建構》，（臺北：臺灣大學中國文學系博士論文，2005 年 6 月），頁 278。

　　另外，劉勰提出這種「通變」觀念，目的就對治六朝文學日益頹靡的文風，從文學傳統之典範與當代文學之創新，「通」而能「變」，「變」而能「通」地建構文學創作與批評法則。其終極目的乃是在規創實現於未來之「應然」的文學理想。準此，筆者綜合前行研究成果，以及前面章節的論述，可以歸結幾個要點來說明：

　　其一，綜觀近現代學者的研究，筆者認為倘若只停留在「靜態化」的研究階段，很難體會劉勰「結構歷程」的文學觀中，所存在的「通變性」義涵。而且在本論文的研究過程中，筆者亦深恐自己的研究陷於「靜態化」，或「片面化」的危機，因而忽略劉勰面對的是「動態性」的文學傳統與時代情境，或忽視他所對治當代文學弊端的「問題視域」。或者，研究流於主觀印象，忽略文本的客觀歷史他在性。這些都是筆者研究劉勰「文體通變觀」時，隨時提醒自己儘量避免的弊病。故而筆者在「緒論」問題導出時，一方面從劉勰「文體通變觀」之問題視域，探討他回應近代辭人「文體解散」與「文質失衡」等危機的用意，以導出其「文體通變觀」的問題視域。另一方面，則以劉勰「文體通變觀」之問題視域，來檢視學者們的前行研究，並從反思近現代學者的問題視域，來界定本論文的主題：《文心雕龍》的「文體通變觀」。

　　其二，就如筆者在「緒論」中，反思近現代學者的問題視域時，發現在這些前行研究成果裡，關於「通變觀」的論述，大多是以〈通變〉做「顯題化」的研究，其觀點從「通變」一詞的釋義，到它與「創作論」的關係，甚至將它延伸到「批評論」上，認為它是劉勰所提出一套「通變」的批評方法。但是，這些論述從方法學的角度觀之，有些學者所做局部性的研究，往往僅將「通變」的觀念孤立論之，探討「通變」這個概念及其哲學性義涵，而忽略了劉勰所要對治的是六朝時期的「文體解散」與「文質失衡」問題。此外，他們也都未能以「全面性」、「整體性」的視域，宏觀《文心雕龍》全書對於「文心」與「雕龍」的主客辯證融合之「通變性」關係。

　　此外，從六朝時期至今，「文體」一詞的涵義甚為複雜。而「文體」與「文類」在實存的狀態中，雖然相互依存，但二個概念卻明顯有別。但近現代學者卻始終承襲明清以來「文體」與「文類」概念的混淆，以研究《文心雕龍》的「文體論」，在此基本概念不清的視域下，便只能限定在〈明詩〉到〈書記〉這二十篇，進行其《文心雕龍》的「文體論」研究，於是也就更難體察《文心雕龍》全書文本中的「文體通變」觀念架構。有見於前行研究者對於「文

體」與「通變」這兩個議題，所做的「分殊性」研究成果，正是筆者爲何要提出《文心雕龍》「文體通變觀」研究的原因與目的所在。

其三，在筆者「文體通變觀」之問題視域中，認爲「通變」議題經由前面篇章所述，可歸結爲二個要點：

一、對於「通變」這個宇宙論的哲學性用語，學者大多數僅做「溯源」的工作，推論其源自《周易》的「通變」哲學觀，或僅做表層意義的釋義，沒有人回歸到「通」、「變」、「通變」等詞，分析、疏解其詞典義與概念義，進而詮釋它在《周易》的語境中，具有什麼樣的哲學義涵？甚至又如何被劉勰運用到文學理論上，統攝全書的理論體系？這些前行研究未能深加探討的問題，筆者在「緒論」中對這些關鍵性語詞，進行基本概念的界定。

二、「通變」一詞，既然被劉勰運用在文學上，那麼「通變」的「宇宙論」哲學義涵，必然提供了劉勰觀察文學傳統與文學社群，做爲他論文體之構成、源流、創作與批評，甚至文學史觀的基礎。基於此一研究需要，筆者在第二章提出《文心雕龍》「文體通變觀」的哲學基礎，先論由「太極之心」、「虛靜之心」、「通變之心」，以見通變之宇宙現象；再論宇宙萬物之「通變性」形構與規律，推演出宇宙萬物之「本體與現象」、「普遍與殊異」的通變性形構，以及「變化與恆常」、「往復代變」的通變性規律，證成「通變」的哲學觀念意義。在第三章提出《文心雕龍》「文體通變觀」的理論系統架構，這樣的理論系統架構是因其哲學基礎而來，對此筆者一樣從兩個方向進行研究：一則、文心之「通曉變化」與「會通適變」的通變性思維；二則、文體之「通變性」形構與規律，包括文體之「本質與形構」、「普遍與個殊」的通變性形構，以及文體之「變化與恆常」、「往復代變」的通變性規律。然後，綜合二者之主客辯證關係，建立「文體通變觀」的理論系統框架。

這些都是筆者有見於前行研究者，尚未開發的「文體」與「通變」的議題，雖然這兩個研究議題，在《文心雕龍》的研究領域中是屬「熟題」，但筆者還是希望以更全面的角度，重新反思「通變」這個重要的議題，並藉由這個原屬宇宙論的哲學性觀念，卻被劉勰運用在文學理論上，成爲他詮釋「文體」的「辯證性」邏輯思維模式，以呈現出客觀文體與主觀文心之間的通變關係。這是筆者以後設性的觀點，重新詮釋「通變」乃是貫穿《文心雕龍》全書的核心觀念。

其四，基於以上的基礎性研究後，筆者從「通變性」視角，重新解讀《文

心雕龍》「文體通變觀」中，關於文體的構成、源流、創作、批評之「通變性」
議題。藉由第四章「文體構成要素與源流之通變性」、第五章「文體創作與批
評法則之通變性」，進行文本分析詮釋後，其結果如下：

第一，從「文體構成與源流之通變性關係」的論述裡，筆者歸納出劉勰
論文體構成時，可區分出「通常性」與「殊變性」兩項要素。文體是一種文
化產物，在文學傳統中被不斷創造、積澱，而形成其客觀的「常規性」體製
與「正典性」體式，這是文體之「通常性」的構成要素。相對的，因為文體
來自作者的主觀創造，所以「創變性」文辭與「個殊性」氣力，也是文體構
成要素之一。而且這主客二面的構成要素，辯證融合為整體的通變性關係。

第二，從「文體源流之通變性規律及其關係」的論述裡，筆者歸納出劉
勰論文體源流時，一方面是從文體的「源」與「流」來論其「形質因變」的
通變性規律，從其對類體之「原始以表末」、「選文以定篇」的論述，可以看
到劉勰是以「通變」的文學觀檢視文學傳統，並從「變化與恆常」、「往復代
變」的通變性，揭明文學傳統裡各種類體「源」、「流」的因變關係。另一方
面從劉勰提出「五經」之文體「總源」之說，亦可見其論「普遍」文體與「個
殊」文體間的通變性關係，做為其溯源探本的「典範」文體依據。

第三，從「文體創作法則之通變性」的論述裡，筆者歸納出劉勰論文體
創作時，一方面他從「文體典範對作者文心之制約」，論客觀「文體規範」是
作者文心必須遵守的法則。另一方面他從「文心對文體典範之創變」，論述「文
心」之情思，能在「文體規範」之制約下，「創變」新意。最後，不可忽略的
是劉勰所建構的文體法則中，「文心」與「文體規範」之間，乃存在著主客通
變關係；透過此一通變關係，才有可能達成劉勰「唯務折衷」的文學理想。

第四，從「文體批評法則之通變性」的論述裡，筆者歸納出劉勰之文體
批評，一方面從通變在「六觀」批評法則中的位置，來談「通變」在批評活
動中的功能，乃在於觀察「主觀作者情性」與「客觀文體規範」間，是否達
致相互辯證的效果。另一方面也從「觀通變」來談它對作品的評價判準與應
用。

其五，藉由以上劉勰「文體通變觀」之構成、源流、創作、批評的詮釋
後，筆者認為還有一個要探討的問題，那就是第六章「劉勰『文體通變史觀』
的詮釋視域」；這個議題在筆者的分析歸納後，認為劉勰的「文體通變史觀」
有以下三個詮釋視域：一是，「還宗經誥」之理想性；二是，「類體因革」之

通貫性；三是，「質文崇替」之更代性；這些詮釋視域是筆者理解《文心雕龍》文本時，發現他對文學之過去、現在、未來的論述中，呈現出來的「理想性」、「通貫性」、「更代性」的詮釋視域。

第二節　研究議題的未來展望

　　基於對「百年龍學」的承擔與使命，以及當前從事「龍學」研究所要面對的困境等問題時，雖然張少康曾期許當前「龍學」研究要能夠「作一個比較全面、比較深入、比較具體的探討和分析」。然而在這樣的期許下，雖說張氏提出兩個問題：一是，目前學術界還存在著許多認識與詮釋上不一致的情況，因此想要對劉勰《文心雕龍》的「文學理論體系本身作出一個符合實際的全面論述」，在這外在問題還沒有達成共識前，是一件不容易的事。二是，研究者本身的內在問題，張少康認為想要探析這部透過劉勰淵博學識所撰寫出來的書，就必須認真研究歷史上許多重要的哲學、政治、文藝、美學等思想，而這是非常複雜而且困難的問題。〔註3〕

　　雖然筆者認為在張氏所提出的兩個問題裡，第一個問題是根本不可能被實現的問題，因為所有的詮釋都有主觀性，根本不可能有達成「一致性」共識的可能，也不可能會有「符合實際的全面論述」的論述。至於第二個「研究者本身的內在」問題，是研究者可以努力的方向，這或許可以讓「龍學」研究在字句詮解，版本考證，或局部議題等研究基礎上，邁向體系化、知識化，進行全面性的理論深層研究。如果這是「龍學」未來研究趨勢之一的話，那麼對《文心雕龍》之「知識」本質論與方法論的研究，將使我們當代文學的研究，可以開展出不一樣的「知識型」，這就是顏崑陽在湖北武漢大學「百年龍學國際學術研討會」提出《《文心雕龍》做為一種「知識型」對當代之文

〔註3〕張少康：《文心雕龍新探》，「前言」表明他書寫此書的「宗旨」：「劉勰的文學思想和文學理論既博採眾長，又富於獨創性。我們應該對他的文學理論體系，他在理論發展史上的貢獻，以及他的文學思想的歷史淵源，作一個比較全面、比較深入、比較具體的探討和分析。……然而……要達到這樣一個目的，是有很多困難的。……第一，要對劉勰的文學理論體系本身作出一個符合實際的全面論述，是不容易的。……第二，劉勰學識淵博，他的文學思想涉及的面很廣，接受歷史上的思想資料也特別多……要論述劉勰文學理論的歷史貢獻與思想淵源，就是認真研究歷史上許多重要哲學思想、政治思想、文藝思想、美學思想，而這是非常複雜而且困難的問題。」（臺北：文史哲出版社，民國86年6月初版二刷），頁1～2。

學研究所開啓知識本質論及方法論的意義〉的用意，他期待這門「顯學」可以邁向一個嶄新的研究型態。﹝註4﹞準此，筆者在張少康與顏崑陽兩位學者對當前「龍學」研究的反思中，更加體會到身爲「龍學」研究的成員應該承接的使命。

其實「百年龍學」的豐碩成果，就如顏崑陽對「龍學」發展所歸納出的三種研究型態：一是，全書或部分篇章文本的考校、注解、箋釋、翻譯；這是最基礎也是最傳統的學術型態；其成果豐碩，後學恐難有突破。二是，針對部分文本的理論意義，隨閱讀所見而詮評；這種隨文詮評的傳統學術型態，其深淺精粗全繫於詮評者的學養、識見功力。三是，針對劉勰的生平、文學思想，或《文心雕龍》某些篇章的理論涵義，或跨越多數篇章而提出綜合性的專門議題，進行現代化的系統性論述；此一型態的研究成果，數量龐大恐難細數。﹝註5﹞從顏氏對「龍學」之過去、現在的反思，可以看出他企圖提出《文心雕龍》做爲一種「知識型」的學問，它對我們當代，或未來可能開啓的知識「本質論」與「方法論」的研究取向。

基於以上，筆者對這些「龍學」研究成果的認識，本論文之「文體通變觀」的提出，主要的目的是希望自己能有一個新的詮釋「視域」，藉由比較全面、深入的研究態度，來重新解讀《文心雕龍》的文體理論體系；因此筆者的研究焦點，是在提出一個可以更全面、深入的詮釋視角，而不是論斷前行研究成果的「優劣」與「是非」。此外，筆者在研究過程中所遭遇的難題，正是所有「龍學」研究者的困境，那就是張少康所言的「外在問題」與「內部問題」；「外部問題」，目前筆者還沒有能克服，因此最大的困境就在筆者個人的「內部問題」上；面對劉勰的博學，總是讓筆者浸潤「龍學」二十多年來，反覆咀嚼，每有如獲至寶的新體悟，卻又發現尚有很多無法透徹明白的問題。

準此，筆者立基在「龍學」豐厚的基礎上，提出這個「文體通變觀」的新視野，或許只是「龍學」研究之隅；但對於未來「龍學」之宏觀研究方向而言，筆者認爲還是有以下兩個應再努力的研究焦點：一方面是張少康對「龍學」研究的期許，希望未來「龍學」研究應致力於爲劉勰文學理論體系本身，做出一個符合實際的「全面性」論述。另一方面是顏崑陽所言，期許未來「龍

﹝註4﹞顏崑陽：〈《文心雕龍》做爲一種「知識型」對當代之文學研究所開啓知識本質論及方法論的意義〉，湖北武漢「百年龍學國際學術研討會暨中國文心雕龍學會第十一次年會」，（2011.03.26）。

﹝註5﹞同前註，頁1～2。

學」研究者，能在此一領域中以宏觀的學術視野，朝向《文心雕龍》是一種
「知識型」的研究方向而努力；並且藉由顏氏所提出之「多元因素交涉、混
融而體用通變」的「有機總體文學本質觀」，以及「在境而離境；離境而在境」
的論述定位，藉由「本末終始；敷理舉統」的辯證綜合思維法則，展望未來
「龍學」研究能有更寬廣且更具主客融合的詮釋視野。

附表一　劉勰引《周易》之哲學基礎分析表

一、以周振甫《文心雕龍注釋》（臺灣里仁書局版）、詹鍈《文心雕龍義證》、樓宇烈校釋《老子周易王弼注校釋》本為考察對照版本，參考王仁鈞〈文心雕龍用易考〉〔註1〕、李奇雲〈影響範式研究：《周易》與《文心雕龍》〉〔註2〕等研究成果。

二、先例《文心雕龍》原典篇章順序排列，再列《周易》原典對照。

三、考察對照原則及量化結果：

　　1.《文心雕龍》有_43_篇，引《周易》_108_條。

　　（1）直接引列「《易》曰」：有_13_條。

　　（2）直接引用《周易》原典語辭：有_42_條。

　　（3）間接引用《周易》文義相近：有_53_條。

　　2. 以上（1）（2）（3）直接含「通變觀念」者（以 A 代號）有八篇_14_條。

四、哲學基礎的分析是以《文心雕龍》文本為主，《周易》原典為輔。

　　1. 哲學基礎之辯證性結構：

　　（1）本體與現象

　　（2）普遍與殊異

　　（3）主體與客體（主觀與客觀）

〔註1〕王仁鈞：〈《文心雕龍》用《易》考〉，《文心雕龍研究論文集》淡江大學出版（1970年），頁85～144。

〔註2〕李奇雲：〈影響範式研究：《周易》與《文心雕龍》〉，《西南民族大學學報》總25卷第1期（人文社科版，2004年），頁419～422。

2. 哲學基礎之辯證性規律：

（1）變化與恆常

（2）往復代變

篇名	《文心雕龍》	《周易》	考察對照	哲學基礎的分析	序號
原道第一	夫玄黃色雜，方圓體分。	→《周易‧坤卦‧文言》：「夫玄黃者，天地之雜也，天玄而地黃。」	（2）	本體與現象	1
	日月疊璧，以垂麗天之象。	→《周易‧離卦‧彖辭》：「日月麗乎天。」	（2）	本體與現象	2
	山川煥綺，以鋪理地之形：此蓋道之文也。	→《周易‧繫辭傳上》：「俯以察於地理。」	（3）	本體與現象	3
	仰觀吐曜，俯察含章。	→《周易‧繫辭傳上》：「仰以觀於天文，俯以察於地理，是故知幽明之故。」	（2）	本體與現象	4
	高卑定位，故兩儀既生矣。	→《周易‧繫辭傳上》：「天尊地卑，乾坤定矣。卑高以陳，貴賤位矣。」	（3）	本體與現象 普遍與殊異	5
	惟人參之，性靈所鍾，是謂三才。	→《周易‧繫辭傳下》：「易之為書也，廣大悉備，有天道焉，有人道焉，有地道焉。兼三才而兩之，故六；六者非它也，三才之道也。」	（2）	普遍與殊異	6
	人文之元，肇自太極	→《周易‧繫辭傳上》：「易有太極，是生兩儀，兩儀生四象，四象生八卦。」	（2）	本體與現象 普遍與殊異	7
原道第一	幽讚神明，易象惟先。	→《周易‧說卦》：「昔者聖人之作易也，幽贊神明而生蓍，參天地而倚數。」	（2）	本體與現象	8
	庖犧畫其始，仲尼翼其終。	→《周易‧繫辭傳下》：「古者包犧氏之王天下也，仰則觀象於天，俯則觀法於地，觀鳥獸之文，與地之宜，近取諸身，遠取諸物，於是始作八卦，以通神明之德，以類萬物之情。」	（2）	普遍與殊異	9
	而乾坤兩位，獨制文言。	→《周易‧繫辭傳下》：「子曰：乾、坤，其易之門邪！」	（3）	普遍與殊異	10

	言之文也，天地之心哉！	→《周易·復卦·象辭》：「復其見天地之心乎！」	(2)	本體與現象	11
	自鳥迹代繩，文字始炳。	→《周易·繫辭傳下》：「上古結繩而治，後世聖人易之以書契。」	(3)	本體與現象	12
	玄聖創典，素王述訓，莫不原道心以敷章。	→《周易·說卦》：「昔者聖人之作易也，將以順性命之理，是以立天之道曰陰與陽；立地之道曰柔與剛；立人之道曰仁與義。兼三才而兩之，故易六畫而成卦，分陰分陽，迭用柔剛，故易六位而成章。」	(3)	本體與現象	13
	研神理而設教	→《周易·觀卦·象辭》：「聖人以神道設教，而天下服矣。」	(3)	主體與客體	14
	取象乎河洛，問數乎蓍龜。	→《周易·繫辭傳上》：「探賾索隱，鉤深致遠，以定天下之吉凶，成天下之亹亹者，莫大乎蓍龜。是故，天生神物，聖人執之。天地變化，聖人效之。天垂象，見吉凶，聖人象之。河出圖，洛出書，聖人則之。」	(3)	本體與現象	15
	觀天文以極變，察人文以成化。	→《周易·賁卦·象辭》：「觀乎天文以察時變；觀乎人文以化成天下。」	(3)	本體與現象	16
	《易》曰：「鼓天下之動者存乎辭。」辭之所以能鼓天下者，乃道之文也。	→《周易·繫辭傳上》：「子曰：『聖人立象以盡意，設卦以盡情偽。繫辭焉，以盡其言。變而通之以盡利，鼓之舞之以盡神。……聖人有以見天下之動，而觀其會通，……鼓天下之動者存乎辭；化而裁之存乎變，推而行之存乎通。』」	(1)	本體與現象 變化與恆常 往復代變	17
徵聖第二	夫子文章，可得而聞，則聖人之情，見乎文辭矣。	→《周易·繫辭傳下》：「爻象動乎內，吉凶見乎外，功業見乎變，聖人之情見乎辭。」	(3)	本體與現象	18
	夫鑒周日月，妙極幾神。	→《周易·繫辭傳上》「知周乎萬物，而道濟天下。」	(3)	本體與現象 普遍與殊異	19
	書契斷決以象夬，文章昭晰以象離，此明理以立體也。	→《周易·繫辭傳下》：「上古結繩而治，後世聖人易之以書契，百官以治，萬民以察，蓋取諸夬。」	(2)	普遍與殊異 主體與客體	20

	四象精義以曲隱，五例微辭以婉晦。	→《周易·繫辭傳上》：「易有太極，是生兩儀，兩儀生四象，四象生八卦，八卦定吉凶，吉凶生大業。」 →《周易·繫辭傳上》：「易有四象，所以示也。」	（2）	本體與現象 普遍與殊異 變化與恆常	21
	此隱義以藏用也。	→《周易·繫辭傳上》：「顯諸仁，藏諸用。」	（2）	本體與現象	22
	是以論文必徵於聖，窺聖必宗於經。易稱「辨物正言，斷辭則備」。	→《周易·繫辭傳下》：「子曰：『夫易，彰往而察來，而微顯闡幽，開而當名，辨物正言，斷辭則備矣。其稱名也小，其取類也大，其旨遠，其辭文，其言曲而中，其事肆而隱，因貳以濟民行，以明失得之報。』」	（1）	主體與客體 往復代變	23
宗經第三	三極彝訓。	→《周易·繫辭傳上》：「六爻之動，三極之道也。」	（3）	本體與現象	24
	開學養正	→《周易·蒙卦·彖辭》：「蒙以養正，聖功也。」	（2）	主體與客體	25
	夫易惟談天，入神致用。	→《周易·繫辭傳下》：「精義入神，以致用也。」	（1）	本體與現象	26
	故繫稱旨遠辭文，言中事隱。	→《周易·繫辭傳下》：「其旨遠，其辭文，其言曲而中，其事肆而隱。」	（2）	本體與現象	27
正緯第四	夫神道闡幽，天命微顯。	→《周易·繫辭傳下》：「夫易，彰往而察來，而微顯闡幽，開而當名，辨物正言，斷辭則備矣。」	（1）	本體與現象	28
	馬龍出而大易興，神龜見而洪範耀。故繫辭稱『河出圖，洛出書，聖人則之』，斯之謂也。」	→《周易·繫辭傳上》：「河出圖，洛出書，聖人則之。」	（1）	本體與現象 普遍與殊異	29
辨騷第五	駟虯乘鷖，則時乘六龍	→《周易·乾卦·彖辭》：「時乘六龍，以御天。」	（2）	普遍與殊異	30
明詩第六	若乃應璩百一，獨立不懼，辭譎義貞，亦魏之遺直也。	→《周易·大過·象辭》：「君子以獨立不懼，遯世無悶。」	（2）	主體與客體	31

詮賦第八	擬諸形容，則言務纖密，象其物宜，則理貴側附。	→《周易・繫辭傳上》：「聖人有以見天下之賾，而擬諸其形容，象其物宜；是故謂之象。」	（2）	普遍與殊異	32
祝盟第十	凡群言發華，而降神務實，修辭立誠，在於無愧。	→《周易・乾卦・文言》：「子曰：『君子進德修業，忠信，所以進德也。修辭立其誠，所以居業也。』」	（2）	主體與客體	33
銘箴第十一	著龜神物	→《周易・繫辭傳上》：「定天下之吉凶，成天下之亹亹者，莫大乎著龜。是故，天生神物，聖人執之。」	（3）	主體與客體	34
	秉茲貞厲，警乎立履	→《周易・履卦》：「九五：夬履，貞厲。象曰：夬履貞厲，位正當也。」	（2）	主體與客體	35
誄碑第十二	至於序述哀情，則觸類而長。	→《周易・繫辭傳上》：「引而伸之，觸類而長之，天下之能事畢矣。」	（2）	主體與客體	36
史傳第十六	乃原始要終，創為傳體。	→《周易・繫辭傳下》：「易之為書也，原始要終，以為質也。」	（2）	往復代變	37
諸子第十七	其純粹者入矩，踔駁者出規。……此純粹之類也。	→《周易・乾卦・文言》：「大哉乾乎？剛健中正，純粹精也。」	（3）	主體與客體	38
論說第十八	唯君子能通天下之志，安可以曲論哉？	→《周易・同人卦・象辭》：「文明以健，中正而應，君子正也。唯君子為能通天下之志。」 →《周易・繫辭傳上》：「聖人以通天下之志，以定天下之業，以斷天下之疑。」	（2）A	主體與客體	39
	兌為口舌	→《周易・說卦》：「兌為澤、為少女、為巫、為口舌。」	（2）	普遍與殊異	40

詔策第十九	易之姤象，『后以施命誥四方』。誥命動民，若天下之有風矣。	→《周易‧姤卦‧象辭》：「天下有風，姤；后以施命誥四方。」	（1）	普遍與殊異	41
	易稱「君子以制數度。」	→《周易‧節卦‧象辭》：「澤上有水，節；君子以制數度，議德行。」	（1）	主體與客體	42
	夫王言崇秘，大觀在上。	→《周易‧觀卦‧象辭》：「大觀在上，順而巽，中正以觀天下。」	（2）	普遍與殊異	43
	授官選賢，則義炳重離之輝。	→《周易‧離卦‧象辭》：「離，麗也；日月麗乎天，百谷草木麗乎土，重明以麗乎正，乃化成天下。」	（3）	普遍與殊異	44
	優文封策，則氣含風雨之潤。	→《周易‧繫辭傳上》：「鼓之以雷霆，潤之以風雨，日月運行，一寒一暑。」	（3）	本體與現象	45
	治戎燮伐，則聲有洊雷之威。	→《周易‧震卦‧象辭》：「洊雷，震；君子以恐懼修身。」	（3）	主體與客體	46
	明罰敕法，則辭有秋霜之烈。	→《周易‧噬嗑卦‧象辭》：「雷電噬嗑；先王以明罰敕法。」	（2）	主體與客體	47
	騰義飛辭，渙其大號。	→《周易‧渙卦》：「九五：渙汗其大號，渙王居，無咎。」	（2）	主體與客體	48
檄移第二十	故其植義颺辭，務在剛健。	→《周易‧乾卦‧文言》：「大哉乾乎？剛健中正，純粹精也。」	（2）	主體與客體	49
	三驅弛網，九伐先話。	→《周易‧比卦》：「九五：顯比，王用三驅，失前禽。邑人不誡，吉。」	（2）	主體與客體	50
封禪第二十一	夫正位北辰，嚮明南面。	→《周易‧說卦》：「聖人南面而聽天下，嚮明而治。」	（3）	主體與客體	51
章表第二十二	章表奏議，經國之樞機。	→《周易‧繫辭傳上》：「言行，君子之樞機，樞機之發，榮辱之主也。言行，君子之所以動天地也，可不慎乎？」	（2）	主體與客體	52

奏啓第二十三	夫王臣匪躬，必吐謇諤。	→《周易・蹇卦》：「六二：王臣蹇蹇，匪躬之故。」	(3)	主體與客體	53
	然後瑜垣者折肱，捷徑者滅趾。	→《周易・噬嗑卦》：「初九：履校滅趾，無咎。象曰：履校滅趾，不行也。」	(3)	本體與現象	54
	王臣匪躬。	→《周易・蹇卦》：「六二：王臣蹇蹇，匪躬之故。象曰：王臣蹇蹇，終無尤也。」	(2)	主體與客體	55
議對第二十四	易之節卦，「君子以制度數，議德行。」	→《周易・節卦・象辭》：「澤上有水，節；君子以制數度，議德行。」	(1)	主體與客體	56
	採故實於前代，觀通變於當今。	→《周易・繫辭傳上》：「極數知來之謂占，通變之謂事。」	(3)A	變化與恆常往復代變	57
書記第二十五	取象於夬，貴在明決而已。	→《周易・夬卦・象辭》：「夬，決也，剛決柔也。健而說，決而和。」 →《周易・繫辭傳下》：「上古結繩而治，後世聖人易之以書契，百官以治，萬民以察，蓋取諸夬。」	(1)	本體與現象	58
神思第二十六	文之思也，其神遠矣。	→《周易・說卦》：「神也者，妙萬物而爲言者也。」	(3)	主體與客體	59
	物沿耳目，而辭令管其樞機。樞機方通，則物無隱貌。	→《周易・繫辭傳上》：「言行君子之樞機，樞機之發，榮辱之主也。」	(2)	主體與客體	60
	陶鈞文思，貴在虛靜。	→《周易・繫辭傳上》：「易無思也，無爲也，寂然不動，感而遂通天下之故。」	(3)	本體與現象主體與客體	61
	至精而後闡其妙，至變而後通其數。	→《周易・繫辭傳下》：「易窮則變，變則通，通則久。」「精義入神，以致用也。」	(3)A	變化與恆常往復代變	62
體性第二十七	氣有剛柔。	→《周易・咸卦・象辭》：「咸，感也。柔上而剛下，二氣感應以相與。」	(3)	普遍與殊異	63
	會通合數。	→《周易・繫辭傳上》：「聖人有以見天下之動，而觀其會通，以行其禮。」	(3)A	主體與客體	64

風骨第二十八	剛健既實，輝光乃新。	→《周易‧大畜卦》：「象曰：大畜，剛健篤實，輝光日新。」	（3）	主體與客體	65
	若能確乎正式，使文明以健。	→《周易‧夬卦‧彖辭》：「文明以健，中正而應，君子正也。」	（2）	主體與客體	66
	能研諸慮，何遠之有哉！	→《周易‧繫辭傳下》：「能說諸心，能研諸侯之慮，定天下之吉凶，成天下之亹亹者。」	（3）	主體與客體	67
通變第二十九	文辭氣力，通變則久。	→《周易‧繫辭傳上》：「通其變，遂成天地之文。」	（3）A	變化與恆常	68
		→《周易‧繫辭傳下》：「易窮則變，變則通，通則久。」	（3）A	往復代變	69
	斯斟酌乎質文之間，而隱括乎雅俗之際，可與言通變矣。	→《周易‧繫辭傳上》：「形而上者謂之道；形而下者謂之器；化而裁之謂之變；推而行之謂之通。」	（3）A	本體與現象變化與恆常	70
	參伍因革，通變之數也。	→《周易‧繫辭傳上》：「參伍以變，錯綜其數，通其變，遂成天地之文；極其數，遂定天下之象。非天下之致變，其孰能與於此。」	（3）A	變化與恆常往復代變	71
	憑情以會通，負氣以適變。	→《周易‧繫辭傳上》：「聖人有以見天下之動，而觀其會通，以行其禮。」 →《周易‧繫辭傳下》：「變動不居，周流注虛，上下無常，剛柔相易，不可爲曲要，唯變所適。」	（3）A	主體與客體變化與恆常	72
	變則堪久，通則不乏。	→《周易‧繫辭傳下》：「易窮則變，變則通，通則久。」	（3）A	變化與恆常往復代變	73
定勢第三十	剛柔雖殊，必隨時而適用。	→《周易‧隨卦‧彖辭》：「剛來而下柔，動而說，隨。大亨貞，無咎，而天下隨時。」	（3）	普遍與殊異主體與客體	74
情采第三十一	敷寫器象。	→《周易‧繫辭傳上》：「以制器者尚其象。」	（3）	本體與現象	75
	賁象窮白，貴乎反本	→《周易‧賁卦‧彖辭》：「賁，亨；柔來而文剛，故亨。分剛上而文柔，故小利有攸往。天文也；文明以止，人文也。觀乎天文，以察時變；觀乎人文，以化成天下。」上九爻辭：「白賁，无咎。」	（3）	本體與現象	76

鎔裁第三十二	情理設位，文采行乎其中。	→《周易·繫辭傳上》：「天地設位，而易行乎其中矣。」	(2)	主體與客體	77
麗辭第三十五	易之文繫，聖人之妙思也。序乾四德，則句句相銜；龍虎類感，則字字相儷。	→《周易·乾卦·文言》：「元，亨，利，貞。……元者，善之長也，亨者，嘉之會也，利者，義之和也，貞者，事之幹也。君子體仁，足以長人；嘉會，足以合禮；利物，足以和義；貞固，足以幹事。	(1)	主體與客體	78
	乾坤易簡，則宛轉相承。	→《周易·繫辭傳上》：「乾以易知，坤以簡能。易則易知，簡則易從。易知則有親，易從則有功。有親則可久，有功則可大。可久則賢人之德，可大則賢人之業。」	(3)	往復代變	79
	日月往來，則隔行懸合。	→《周易·繫辭傳下》：「日往則月來，月往則日來，日月相推而明生焉。寒往則暑來，暑往則寒來，寒暑相推而歲成焉。」	(3)	往復代變	80
	奇偶適變，不勞經營。	→《周易·繫辭傳下》：「陽卦奇，陰卦耦。」「不可為曲要，唯變所適。」	(3)	變化與恆常	81
比興第三十六	觀夫興之託喻，婉而成章，稱名也小，取類也大。	→《周易·繫辭傳下》：「其稱名也小，其取類也大，其旨遠，其辭文，其言曲而中，其事肆而隱。」	(3)	主體與客體	82
夸飾第三十七	夫形而上者謂之道，形而下者謂之器。	→《周易·繫辭傳上》第十二章：「形而上者謂之道；形而下者謂之器；化而裁之謂之變；推而行之謂之通。」	(2) A	本體與現象	83
事類第三	昔文王繇易，剖判爻位。既濟九三，遠引高宗之伐。	→《周易·既濟卦》：「九三：高宗伐鬼方，三年克之，小人勿用。」	(3)	普遍與殊異	84

十八	明夷六五,近書箕子之貞。	→《周易‧明夷卦》:「六五:箕子之明夷,利貞。象曰:箕子之貞,明不可息也。」	(3)	主體與客體	85
	大畜之象,「君子以多識前言往行」,亦有包於文矣。	→《周易‧大畜卦》:「象曰:天在山中,大畜;君子以多識前言往行,以畜其德。」	(2)	主體與客體	86
練字第三十九	夫文象列而結繩移,鳥跡明而書契作。……黃帝用之,官治民察。	→《周易‧繫辭傳下》:「上古結繩而治,後世聖人易之以書契,百官以治,萬民以察。」	(3)	普遍與殊異	87
隱秀第四十	譬爻象之變互體,川瀆之韞珠玉也。故互體變爻,而化成四象。……深文隱蔚,餘味曲包。辭生互體,有似變爻。」	→《周易‧繫辭傳上》:「通其變,遂成天地之文;極其數,遂定天下之象。」	(3)A	變化與恆常 本體與現象	88
		→《周易‧繫辭傳上》:「一闔一辟謂之變;往來不窮謂之通;……易有太極,是生兩儀,兩儀生四象,四象生八卦。」	(3)A	變化與恆常 往復代變	89
		→《周易‧繫辭傳下》:「道有變動,故曰爻。」	(3)A	變化與恆常 本體與現象	90
養氣第四十二	戰代技詐,攻奇飾說。	→《周易‧繫辭傳下》:「將叛者其辭慚,中心疑者其辭枝。」	(3)	主體與客體	91
	神之方昏,再三愈黷。	→《周易‧蒙卦》:「初噬告,以剛中也。再三瀆,瀆則不告,瀆蒙也。」	(2)	主體與客體	92
附會第四十三	彌綸一篇。	→《周易‧繫辭傳上》:「彌綸天地之道。」	(2)	本體與現象	93
	使雜而不越者也。	→《周易‧繫辭傳下》:「雜而不越,於稽其類。」	(2)	普遍與殊異	94
	驅萬塗於同歸,貞百慮於一致。」	→《周易‧繫辭傳下》:「天下同歸而殊途,一致而百慮,天下何思何慮?」	(2)	本體與現象	95
	此周易所謂『臀無膚,其行次且』也。	→《周易‧夬卦》:「九四:臀無膚,其行次且。」	(1)	本體與現象	96

總術第四十四	易之文言，豈非言文？若筆果言文，不得云經典非筆矣。」	→《周易》有「文言」	（1）	主體與客體	97
	因時順機，動不失正。	→《周易·乾離卦·文言》：「其唯聖人乎？知進退存亡，而不失其正者。」	（3）	主體與客體	98
時序第四十五	曁皇齊馭寶，運集休明。	→《周易·繫辭傳下》：「聖人之大寶曰位。」	（3）	主體與客體	99
	迄於文景，經術頗興，而辭人勿用。	→《周易·乾卦》：「初九曰：潛龍勿用。」	（2）	本體與現象	100
	文帝以貳離含章，高宗以上哲興運。	→《周易·離卦》：「象曰：明兩作離，大人以繼明照於四方。」	（3）	普遍與殊異	101
	馭飛龍於天衢，駕騏驥於萬里。	→《周易·乾卦》：「文言：時乘六龍，以御天也。」	（3）	主體與客體	102
物色第四十六	古來辭人，異代接武，莫不參伍以相變，因革以爲功，物色盡而情有餘者，曉會通也。	→《周易·繫辭傳上》：「參伍以變，錯綜其數，通其變，遂成天地之文；極其數，遂定天下之象。非天下之致變，其孰能與於此。」	（3）A	變化與恆常往復代變主體與客體	103
才略第四十七	李尤賦銘，志慕鴻裁，而才力沈膇，垂翼不飛。	→《周易·明夷卦》：「初九：明夷于飛，垂其翼。」	（3）	主體與客體	104
程器第四十九	君子藏器，待時而動。	→《周易·繫辭傳下》：「君子藏器於身，待時而動，何不利之有！」	（2）	本體與現象主體與客體	105
	瞻彼前修，有懿文德。	→《周易·小畜卦·象辭》：「風行天上，小畜。君子以懿文德。」	（2）	主體與客體	106
序志第五十	位理定名，彰乎大易之數，其爲文用，四十九篇而已。	→《周易·繫辭傳上》：「大衍之數五十，其用四十有九。」	（1）	本體與現象	107
	但言不盡意，聖人所難。	→《周易·繫辭傳上》：「子曰：『書不盡言，言不盡意；然則聖人之意，其不可見乎？』」	（2）	本體與現象	108

附表二　《文心雕龍》「通變」
概念指涉分析表

一、本分析表引用之原典，以周振甫《文心雕龍注釋》本為主

二、「通變」語詞之選材原則與結果：

　　（1）《文心雕龍》中含「通變」、「變通」與前後句含「變」「通」者（13條）

　　（2）《文心雕龍》中含「通」字（50條）

　　（3）《文心雕龍》中含「變」字（52條）

三、本表所指「概念指涉」之「主觀文心」與「客觀文體」說明如下：

　　※「主觀文心」：是概念指涉人之內在「主觀」認知、判斷，或描述的文
　　　心思維。

　　※「客觀文體」：是概念指涉外在「客觀」常體的性質與狀態。

《文心雕龍》中含「通變」、「變通」與前後句含「變」「通」者（13條）

	《文心雕龍》原文	概念指涉
文原論	1. 繁略殊形，隱顯異術，抑引隨時，**「變通」**適會，徵之周孔，則文有師矣。〈徵聖2〉	主觀文心
文體論	2. 故其大體所資，必樞紐經典，採故實於前代，觀**「通變」**於當今。〈議對24〉	主觀文心
文術論	3. 情理設位，文采行乎其中。剛柔以立本，**「變通」**以趨時。立本有體，意或偏長；趨時無方，辭或繁雜。〈鎔裁32〉	客觀文體 主觀文心
	4. 思表纖旨，文外曲致，言所不追，筆固知止；至精而後闡其妙，至**「變」**而後**「通」**其數，伊摯不能言鼎，輪扁不能語斤，其微矣乎！〈神思26〉	客觀文體 主觀文心

	5. 神用象「通」，情「變」所孕。物以貌求，心以理應。〈神思26〉	主觀文心
	6. 文律運周，日新其業。「變」則堪久，「通」則不乏。趨時必果，乘機無怯。望今制奇，參古定法。〈通變29〉	客觀文體 主觀文心
	7. 然後拓衢路，置關鍵，長轡遠馭，從容按節，憑情以會「通」，負氣以適「變」。〈通變29〉	主觀文心
	8. 凡詩賦書記，名理相因，此有常之體也；文辭氣力，「通變」則久，此無方之數也。〈通變29〉	主觀文心
	9. 名理有常，體必資於故實；「通變」無方，數必酌於新聲。〈通變29〉	客觀文體
	10. 然綆短者銜渴，足疲者輟塗，非文理之數盡，乃「通變」之術疏耳。〈通變29〉	主觀文心
	11. 故練青濯絳，必歸藍蒨；矯訛翻淺，還宗經誥。斯斟酌乎質文之間，而隱括乎雅俗之際，可與言「通變」矣。〈通變29〉	客觀文體 主觀文心
	12. 夫誇張聲貌，則漢初已極，自茲厥後，循環相因，……莫不相循，參伍因革，「通變」之數也。〈通變29〉	客觀文體 主觀文心
文評論	13. 將閱文情，先標六觀：一觀位體，二觀置辭，三觀「通變」，四觀奇正，五觀事義，六觀宮商。斯術既形，則優劣見矣。〈知音48〉	客觀文體 主觀文心

《文心雕龍》中含「通」字（50條）

	《文心雕龍》原文	語境涵義
文原論	1. 故知道沿聖以垂文，聖因文而明道，旁「通」而無滯，日用而不匱。〈原道1〉	客觀文體 主觀文心
	2. 雖精義曲隱，無傷其正言；微辭婉晦，不害其體要。體要與微辭偕「通」，正言共精義并用。〈徵聖2〉	客觀文體 主觀文心
	3. 書實記言，而訓詁茫昧，「通」乎爾雅，則文意曉然。〈宗經3〉	主觀文心
	4. 沛獻集緯以「通」經，曹褒選讖以定禮，乖道謬典，亦已甚矣。〈正緯4〉	主觀文心 客觀文體
	5.「通」儒討覈，謂起哀平，東序秘寶，朱紫亂矣。〈正緯4〉	主觀文心
文體論	6. 然詩有恆裁，思無定位，隨性適分，鮮能「通」圓。〈明詩6〉	客觀文體
	7. 偉長博「通」，時逢壯采。〈詮賦8〉	主觀文心
	8. 至於始皇勒岳，政暴而文澤，亦有疏「通」之美焉。〈銘箴11〉	客觀文體 主觀文心
	9. 辭之所哀，在彼弱弄。苗而不秀，自古斯慟。雖有「通」才，迷方失控。千載可傷，寓言以送。〈哀弔13〉	主觀文心

	10. 故取式呂覽,「通」號曰紀,紀綱之號,亦宏稱也。〈史傳16〉	客觀文體
	11. 遷固「通」矣,而歷詆後世。〈史傳16〉	主觀文心
	12. 尸佼尉繚,術「通」而文鈍。〈諸子17〉	客觀文體
	13. 窮于有數,究于無形,鑽堅求「通」,鉤深取極。〈論說18〉	客觀文體
	14. 石渠論藝,白虎講聚,述聖「通」經,論家之正體也。〈論說18〉	客觀文體
	15. 故其義貴圓「通」,辭忌枝碎,必使心與理合,彌縫莫見其隙,辭共心密,敵人不知所乘,斯其要也。〈論說18〉	客觀文體
	16. 斤利者越理而橫斷,辭辨者反義而取「通」:覽文雖巧,而檢跡知妄。〈論說18〉	客觀文體 主觀文心
	17. 唯君子能「通」天下之志,安可以曲論哉?〈論說18〉	主觀文心
	18. 朱普之解尚書,三十萬言:所以「通」人惡煩,羞學章句。〈論說18〉	主觀文心
	19. 然骨制靡密,辭貫圓「通」,自稱極思,無遺力矣。〈封禪21〉	客觀文體
	20. 夫奏之為筆,固以明允篤誠為本,辨析疏「通」為首。〈奏啓23〉	客觀文體
	21. 理既切至,辭亦「通」辨,可謂識大體矣。〈奏啓23〉	客觀文體
	22. 觀晁氏之對,驗古明今,辭裁以辨,事「通」而贍,超升高第,信有徵矣。〈議對24〉	客觀文體
	23. 對策所選,實屬「通」才,志足文遠,不其鮮歟!〈議對24〉	主觀文心
	24. 關者,閉也。出入由門,關閉當審;庶務在政,「通」塞應詳。〈書記25〉	客觀文體
	25. 刺者,達也。詩人諷刺,周禮三刺,事敘相達,若針之「通」結矣。〈書記25〉	客觀文體
	26. 觀此眾條,並書記所總:或事本相「通」,而文意各異,或全任質素,或雜用文綺,隨事立體,貴乎精要。〈書記25〉	客觀文體
	27. 辭者,舌端之文,「通」己於人。〈書記25〉	主觀文心
文術論	28. 故寂然凝慮,思接千載,悄焉動容,視「通」萬里。〈神思26〉	主觀文心
	29. 樞機方「通」,則物無隱貌;關鍵將塞,則神有遯心。〈神思26〉	主觀文心
	30. 平子淹「通」,故慮周而藻密。〈體性27〉	主觀文心
	31. 八體雖殊,會「通」合數,得其環中,則輻輳相成。〈體性27〉	客觀文體
	32. 「通」望兮東海,虹洞兮蒼天。〈通變29〉	客觀文體

33.	然淵乎文者，並總群勢，奇正雖反，必兼解以俱「通」；剛柔雖殊，必隨時而適用。〈定勢 30〉	主觀文心
34.	若愛典而惡華，則兼「通」之理偏，似夏人爭弓矢，執一不可以獨射也。〈定勢 30〉	主觀文心
35.	夫「通」衢夷坦，而多行捷徑者，趨近故也〈定勢 30〉	客觀文體
36.	明情者，總義以包體，區畛相異，而衢路交「通」矣。〈章句 34〉	客觀文體
37.	詩文弘奧，包韞六義，毛公述傳，獨標興體，豈不以風「通」而賦同，比顯而興隱哉？〈比興 36〉	客觀文體
38.	然則明理引乎成辭，徵義舉乎人事，乃聖賢之鴻謨，經籍之「通」矩也。〈事類 38〉	客觀文體
39.	夫隱之爲體，義生文外，秘響傍「通」，伏采潛發。〈隱秀 40〉	客觀文體
40.	夫思有利鈍，時有「通」塞，沐則心覆，且或反常，神之方昏，再三愈黷。〈養氣 42〉	主觀文心
41.	才分不同，思緒各異，或制首以「通」尾，或尺接以寸附〈附會 43〉	主觀文心
42.	然「通」製者蓋寡，接附者甚眾。若統緒失宗，辭味必亂，義脈不流，則偏枯文體。〈附會 43〉	主觀文心
43.	夫不截盤根，無以驗利器；不剖文奧，無以辨「通」才。〈總術 44〉	主觀文心
44.	才之能「通」，必資曉術，自非圓鑒區域，大判條例，豈能控引情源，制勝文苑哉！〈總術 44〉	主觀文心
45.	沛王振其「通」論，帝則藩儀，輝光相照矣。〈時序 45〉	主觀文心
46.	古來辭人，異代接武，莫不參伍以相變，因革以爲功，物色盡而情有餘者，曉會「通」也。〈物色 46〉	客觀文體 主觀文心
47.	張衡「通」贍，蔡邕精雅，文史彬彬，隔世相望。〈才略 47〉	主觀文心
48.	孫楚綴思，每直置以疏「通」……其品藻流別，有條理焉。〈才略 47〉	客觀文體 主觀文心
49.	溫太真之筆記，循理而清「通」：亦筆端之良工也。〈才略 47〉	客觀文體 主觀文心
50.	蓋人稟五材……名之抑揚，既其然矣；位之「通」塞，亦有以焉。〈程器 49〉	主觀文心

《文心雕龍》中含「變」字（52 條）

	《文心雕龍》原文	語境涵義
序論	1. 蓋文心之作也，本乎道，師乎聖，體乎經，酌乎緯，「變」乎騷，文之樞紐〈序志 50〉	客觀文體
文原論	2. 取象乎河洛，問數乎蓍龜，觀天文以極「變」，察人文以成化〈原道 1〉	客觀文體
文體論	3. 故鋪觀列代，而情「變」之數可監；撮舉同異，而綱領之要可明矣。〈明詩 6〉	客觀文體
	4. 匹夫庶婦，謳吟土風，詩官採言，樂胥被律，志感絲篁，氣「變」金石〈樂府 7〉	主觀文心
	5. 子淵洞簫，窮「變」於聲貌。〈詮賦 8〉	客觀文體
	6. 至於草區禽族，庶品雜類，則觸興致情，因「變」取會。〈詮賦 8〉	客觀文體
	7. 夫民各有心，勿壅惟口，……直言不詠，短辭以諷，丘明子順，並謂爲誦，斯則野誦之「變」體，浸被乎人事矣。〈頌讚 9〉	客觀文體
	8. 揄揚以發藻，汪洋以樹義，雖纖巧曲致，與情而「變」，其大體所底，如斯而已。〈頌讚 9〉	客觀文體
	9. 風雅序人，事兼「變」正；頌主告神，義必純美。〈頌讚 9〉	客觀文體
	10. 至於班傅之北征西征，「變」爲序引，豈不褒過而謬體哉！〈頌讚 9〉	客觀文體
	11. 及景純注雅，動植必讚，義兼美惡，亦猶頌之「變」耳。〈頌讚 9〉	客觀文體
	12. 至云雜以風雅，而不「變」旨趣，徒張虛論，有似黃白之偽說矣。〈頌讚 9〉	客觀文體
	13. 觀其慮瞻辭「變」，情洞悲苦，敘事如傳，結言摹詩，促節四言，鮮有緩句。〈哀弔 13〉	客觀文體
	14. 降及後漢，汝陽主亡，崔瑗哀辭，始「變」前式。〈哀弔 13〉	客觀文體
	15. 兩漢以後，體勢浸弱，雖明乎坦途，而類多依採，此遠近之漸「變」也。〈諸子 17〉	客觀文體
	16. 今詔重而命輕者，古今之「變」也。〈詔策 19〉	客觀文體
	17. 觀其體瞻而律調，辭清而志顯，應物制巧，隨「變」生趣，執轡有餘，故能緩急應節矣。〈章表 22〉	客觀文體
	18. 降及七國，未「變」古式，言事於王，皆稱上書。〈章表 22〉	客觀文體
	19. 陳政事，獻典儀，上急「變」，劾愆謬，總謂之奏。〈奏啓 23〉	客觀文體

	20. 仲舒之對，祖述春秋，本陰陽之化，究列代之「變」，煩而不恩者，事理明也。〈議對 24〉	客觀文體
	21. 商鞅「變」法，而甘龍交辨：雖憲章無算，而同異足觀。〈議對 24〉	主觀文心
	22. 馭權「變」以拯俗，而非刻薄之偽論。〈議對 24〉	客觀文體
	23. 陰陽盈虛，五行消息，「變」雖不常，而稽之有則也。〈書記 25〉	客觀文體
文術論	24. 若情數詭雜，體「變」遷貿，拙辭或孕於巧義，庸事或萌於新意〈神思 26〉	客觀文體
	25. 昭體故意新而不亂，曉「變」故辭奇而不黷。〈風骨 28〉	主觀文心
	26. 若夫鎔鑄經典之範，翔集子史之術，洞曉情「變」，曲昭文體，然後能莩甲新意，雕畫奇辭。〈風骨 28〉	主觀文心
	27. 夫設文之體有常，「變」文之數無方，何以明其然耶？〈通變 29〉	客觀文體
	28. 此循體而成勢，隨「變」而立功者也。〈定勢 30〉	客觀文體 主觀文心
	29. 夫情致異區，文「變」殊術，莫不因情立體，即體成勢也。〈定勢 30〉	主觀文心
	30. 自近代辭人，率好詭巧，原其爲體，訛勢所「變」，厭黷舊式，故穿鑿取新。〈定勢 30〉	主觀文心 客觀文體
	31. 綺麗以艷說，藻飾以辯雕，文辭之「變」，於斯極矣。〈情采 31〉	客觀文體 主觀文心
	32. 雖纖意曲「變」，非可縷言，然振其大綱，不出茲論。〈聲律 33〉	客觀文體
	33. 夫裁文匠筆，篇有大小；離章合句，調有緩急：隨「變」適會，莫見定準。〈章句 34〉	客觀文體
	34. 若夫筆句無常，而字有常數，四字密而不促，六字格而非緩，或「變」之以三五，蓋應機之權節也。〈章句 34〉	客觀文體 主觀文心
	35. 至於詩人偶章，大夫聯辭，奇偶適「變」，不勞經營。〈麗辭 35〉	客觀文體
	36. 辭雖已甚，其義無害也。且夫鴞音之醜，豈有泮林而「變」好。〈夸飾 37〉	客觀文體
	37. 晉之史記，三豕渡河，文「變」之謬也。〈練字 39〉	客觀文體
	38. 至於經典隱曖，方冊紛綸，簡蠹帛裂，三寫易字，或以音訛，或以文「變」。〈練字 39〉	客觀文體
	39. 夫心術之動遠矣，文情之「變」深矣！〈隱秀 40〉	主觀文心 客觀文體

	40. 故互體「變」爻，而化成四象；珠玉潛水，而瀾表方圓。〈隱秀 40〉	客觀文體
	41. 夫隱之爲體，義生文外，秘響傍通，伏采潛發，譬爻象之「變」互體，川瀆之韞珠玉也。〈隱秀 40〉	客觀文體
	42. 深文隱蔚，餘味曲包。辭生互體，有似「變」爻。〈隱秀 40〉	客觀文體
	43. 斯實情詭之所「變」，文澆之致弊。〈指瑕 41〉	主觀文心
	44. 夫文「變」無方，意見浮雜，約則義孤，博則辭叛，率故多尤，需爲事賊。〈附會〉	客觀文體
	45. 故知九「變」之貫匪窮，知言之選難備矣。〈總術 44〉	主觀文心
	46. 況文體多術，共相彌綸，一物攜貳，莫不解體。所以列在一篇，備總情「變」。〈總術 44〉	主觀文心
文評論	47. 爰自漢室，迄至成衰，雖世漸百齡，辭人九「變」，而大抵所歸。〈時序 45〉	客觀文體 主觀文心
	48. 蔚映十代，辭采九「變」。樞中所動，環流無倦。質文沿時，崇替在選。終古雖遠，優焉如面。〈時序 45〉	客觀文體
	49. 時運交移，質文代「變」，古今情理，如可言乎？〈時序 45〉	客觀文體
	50. 故知文「變」染乎世情，興廢繫乎時序，原始以要終，雖百世可知也。〈時序 45〉	客觀文體
	51. 古來辭人，異代接武，莫不參伍以相「變」，因革以爲功。〈物色 46〉	客觀文體 主觀文心
	52. 會己則嗟諷，異我則沮棄，各執一偶之解，欲擬萬端之「變」。〈知音 48〉	主觀文心

參考文獻

（除了古代典籍依朝代排序外，其餘均依出版時間先後排序）

一、工具書類

（一）辭典類

1. 漢・許慎《說文解字》，清・段玉裁注本（臺北：漢京文化業有限公司，1983 年 9 月 28 日初版）。
2. 清・阮元等《經籍纂詁》（臺北：宏業書局，1993 年 8 月再版）。
3. 周振甫主編《文心雕龍辭典》（北京：中華書局，1996 年 8 月）。
4. 韋政通《中國哲學辭典》（臺北：水牛出版社，1999 年 9 月 30 日，初版四刷）。
5. 布魯格編著、項退結編譯《西洋哲學辭典》（臺北：華香園出版社，2004 年 12 月國立編譯館主編）。

（二）《文心雕龍》索引類

1. 楊明照主編《文心雕龍學綜覽》（上海：上海書店，1995 年 6 月）。
2. 朱迎平《文心雕龍索引》（臺北：學海出版社，1988 年 6 月初版）。
3. 戚良德《文心雕龍學分類索引》（上海：上海古籍出版社，2005 年 12 月）。

（三）《文心雕龍》研究史類

1. 劉渼《臺灣近五十年來「《文心雕龍》學」研究》（臺北：萬卷樓圖書公司，2001.3）。
2. 張少康、汪春泓、陳允鋒、陶禮天《文心雕龍研究史》（北京：北京大學出版社，2001.9）。

（四）《文心雕龍》「校注」類

1. 王利器《文心雕龍校證》（上海：上海古籍出版社，1980 年 8 月）。

2. 劉永濟《文心雕龍校釋》（臺北：華正書局，1981 年 10 月）。

3. 李曰剛《文心雕龍斠詮》（臺北：國立編譯館，1982 年 5 月）。

4. 楊明照《文心雕龍校注拾遺》（上海：上海古籍出版社，1982 年 12 月）

5. 周振甫《文心雕龍注釋》（臺北：里仁書局，1984 年 5 月初版）。

6. 王禮卿《文心雕龍通解》（臺北：黎明文化事業公司，1986 年 10 月）。

7. 范文瀾《文心雕龍注》（臺北：臺灣開明書店，1993 年 5 月）。

8. 詹鍈《文心雕龍義證》（上海：上海古籍出版社，1994 年 9 月）

9. 羅立乾《新譯文心雕龍》（臺北：三民書局，1994 年 4 月）。

10. 陸侃如、牟世金《文心雕龍譯注》（濟南：齊魯書社，1996 年 11 月）。

11. 黃侃《文心雕龍札記》（臺灣：花神出版社，91 年 8 月）。

（五）本論題所參酌之「古代典籍」類（依朝代先後排序）

1. 晉・王弼注，清・紀昀校訂《老子道德經》（臺北：文史哲出版社，1997 年 10 月再版）。

2. 晉・王弼注，樓宇烈校釋《老子周易王弼注校釋》（臺北：華正書局，1983 年九月初版）。

3. 梁・蕭子顯〈南齊書・文學傳論〉，參見楊家駱：《南齊書》，（臺北：鼎文書局，1987 年元月）

4. 唐・孔穎達《周易正義》（《十三經注疏》本）（臺北：藝文印書館，1955 年 4 月）。

5. 唐・楊倞注，清・王先謙集解，《荀子集解・考證》（臺北：世界書局，2000 年十二月二版）。

6. 明・張溥輯，《漢魏六朝百三名家集》（臺北：文津出版社，1979 年 8 月）

7. 明・吳訥等著《文體序說三種》（臺北：大安出版社，1998 年 6 月第一版）。

8. 清・嚴可均編，《全上古三代秦漢三國六朝文》（臺北：世界書局，1982 年 2 月）。

9. 李鼎祚輯《周易集解》（臺北：臺灣商務印書館，1996 年 12 月）。

二、《文心雕龍》論著類

（一）論文集

1. 淡江文理學院中文研究室編，《文心雕龍研究論文集》（臺北：淡江文理學院中文研究室出版，1970 年 11 月）。

2. 王更生編，《文心雕龍研究論文選粹》（臺北：育民出版社，1980 年 9 月）。

3. 中國《文心雕龍》學會編，《文心雕龍學刊》第一輯（濟南：齊魯書社，1983.7）。

4. 中國《文心雕龍》學會編,《文心雕龍學刊》第二輯（濟南：齊魯書社，1984.6）。

5. 中國《文心雕龍》學會編,《文心雕龍學刊》第三輯（濟南：齊魯書社，1986.1）。

6. 中國《文心雕龍》學會編,《文心雕龍學刊》第四輯（濟南：齊魯書社，1986.12）。

7. 中國《文心雕龍》學會編,《文心雕龍學刊》第五輯（濟南：齊魯書社，1988.6）。

8. 戶田浩曉等著,曹順慶編,《文心同雕集》（四川：成都出版社，1990.6）。

9. 中國《文心雕龍》學會編,《文心雕龍研究論文集》（北京：人民文學出版社，1990.8）。

10. 中國《文心雕龍》學會編,《文心雕龍學刊》第六輯（濟南：齊魯書社，1992.1）。

11. 中國《文心雕龍》學會編,《文心雕龍研究》第一輯（北京：北京大學出版社，1995.7）。

12. 中國《文心雕龍》學會編,《文心雕龍研究》第二輯（北京：北京大學出版社，1996.9）。

13. 中國《文心雕龍》學會編,《文心雕龍研究》第三輯（北京：北京大學出版社，1998.7）。

14. 中國文心雕龍學會編:《論劉勰及其《文心雕龍》》月（北京：學苑出版社，2000.2）。

15. 國立臺灣師範大學國文學系主編,《《文心雕龍》國際學術研討會論文集》（臺北：文史哲出版社，2000.3）。

16. 中國《文心雕龍》學會編,《文心雕龍研究》第四輯（北京：北京大學出版社，2000.3）。

17. 張少康編《文心雕龍研究》（武漢：湖北教育出版社，2002年8月）。

（二）專書

1. 沈謙《文心雕龍批評論發微》（臺北：聯經出版事業公司，1977年5月）。

2. 王金凌《文心雕龍文論術語析論》（臺北：華正書局，1981年6月）。

3. 王更生《（重修增訂）文心雕龍研究》（臺北：文史哲出版社，1984年10月）。

4. 鍾子翱・黃安禎《劉勰論寫作之道》（北京：長征出版社，1984年8月）。

5. 詹鍈《文心雕龍的風格學》（臺北：木鐸出版社，1984年11月）。

6. 陳兆秀《文心雕龍術語探析》（臺北，文史哲出版社，1986年5月）。

7. 方元珍《文心雕龍與佛教關係之辨》（臺北：文史哲出版社，1987 年 3 月）。

8. 陳思苓《文心雕龍臆論》（四川：巴蜀書社，1988 年 6 月）。

9. 沈謙《文心雕龍之文學理論與批評》（臺北：華正書局，1981 年 5 月）。

10. 王更生《文心雕龍新論》（臺北：文史哲出版社，1991 年 5 月）。

11. 張少康《中國古代文學創作論》（臺北：文史哲出版社，1991 年 6 月）。

12. 王元化《文心雕龍講疏》（臺北：書林出版公司，1993 年 11 月）。

13. 張文勳《文心雕龍探秘》（臺北：業強出版社，1994 年 11 月）。

14. 王更生《中國古代文學理論的秘寶——《文心雕龍》》（臺北：黎明文化，1995 年 7 月）。

15. 張少康《文心雕龍新探》（臺北：文史哲出版社，1997 年 6 月）。

16. 王忠林：《文心雕龍析論》（臺北，三民書局，1998 年 3 月）。

17. 蔡宗陽《文心雕龍探賾》（臺北：文史哲出版社，2001 年 2 月）。

18. 王運熙《文心雕龍探索》（上海：上海古籍出版社，2005 年 4 月增補本）。

19. 呂武志《魏晉文論和文心雕龍》（臺北：樂學書局，2006 年元月修訂本）。

（三）學位論文

1. 金民那《文心雕龍的通變論》（臺北：臺灣大學中國文學研究所碩士論文，1988.5）。

2. 胡仲權《文心雕龍通變觀考探》（臺北：東吳大學中國文學研究所碩士論文，1990.4）。

3. 徐亞萍《文心雕龍通變觀與創作論之關係》（高雄：高雄師範大學國文研究所碩士論文，1990.6）。

4. 劉渼《劉勰《文心雕龍》文體論研究》（臺北：臺灣師範大學國文研究所博士論文，1998.5）。

5. 陳啓仁《文心雕龍「通變理論」之詮釋與建構》（臺北：臺灣大學中國文學研究所博士論文，2005.6）。

（四）期刊論文

（1）以「文體」為研究議題者

1. 徐復觀〈文心雕龍的文體論〉（1959 年，《東海學報》一卷一期；徐氏又在 1966 年 3 月徐氏又在臺灣民主評論社發表一篇同名論文，後於 1974 年收入《中國文學論集》）。

2. 段熙仲〈文心雕龍辨騷的重新認識〉，《光明日報》（1961.12.17）。

3. 王運熙〈劉勰爲何把辨騷列入文之樞紐〉，《光明日報》（1964.8.23）。

4. 周弘然〈《文心雕龍》的文體論〉，《大陸雜誌》五三卷六期（1976 年）。

5. 王更生〈《文心雕龍》文體論析例〉,《東吳文史學報》三期（1978 年）。

6. 趙永紀〈辨騷篇不屬於總論嗎〉,《復旦學報》第一期（1981 年）。

7. 李日剛〈《文心雕龍》之文體論檢討——《文心雕龍斠詮・體性》篇題述〉,《師大學報》廿七期（1982 年）。

8. 牟世金〈關於辨騷篇的歸屬問題〉,《中州學刊》第一期（1984 年）。

9. 李炳勛〈也談辨騷篇的歸屬問題〉,《中州學刊》第五期（1984 年）。

10. 廖宏昌〈徐復觀「《文心雕龍》的文體論」商榷〉,《文藝復興》一五九期（1985 年）。

11. 龔鵬程〈文心雕龍的文體論〉,《中央副刊》,1987.12.11～13。（後收入其《文學批評的視野》臺北：大安出版社,1990 年元月）。

12. 顏崑陽〈論文心雕龍「辯證性的文體觀念架構」——兼辨徐復觀、龔鵬程「文心雕龍的文體論」〉,《文心雕龍綜論》（臺北：臺灣學生書局,1988 年；後收入《六朝文學觀念叢論》,臺北：正中書局,1993 年 2 月,頁 94 ～187）。

13. 王更生〈論劉勰「文體分類學」的基據〉,《國立編譯館館刊》十七期（1988 年）。

14. 賴麗蓉〈《文心雕龍》「文體」一詞的內容意義及「文體」的創造〉,《文心雕龍綜論》,（臺北：臺灣學生書局,1988 年）。

15. 彭慶環〈《文心雕龍》文體論〉,《文心雕龍綜合研究》（臺北：正中書局,1990 年）。

16. 陳拱〈《文心雕龍》之文體觀念〉,國立師範大學國文系主編《文心雕龍國際學術研討會論文》（臺北：文史哲出版社,1999 年）。

17. 洪順隆〈從分類視點《文心雕龍》文體論〉,《華岡文科學報》二三期（1999 年）。

18. 劉渼〈劉勰《文心雕龍》文體論選體、分體、論體的特色〉,國立師範大學國文系主編《文心雕龍國際學術研討會論文》（臺北：文史哲出版社,1999 年）。

19. 顏崑陽〈論「文體」與「文類」的涵義及其關係〉,《清華中文學報》第一期（2007.9）。

20. 陳秀美〈從「文體」觀念論文體與文類混淆的文學現象〉《空大人文學報》第十八期（2009.12）。

（2）以「通變」為研究議題者

1. 胡森永〈《文心雕龍・通變》觀念詮釋〉,臺灣大學《新潮》三一期（1976 年）。

2. 沈謙〈《文心雕龍》之通變論〉,中興大學《文史學報》十期（1980 年）。

3. 王禮卿〈《文心雕龍・通變・夸飾》通釋〉,《幼獅學誌》十五卷四期（1979年）。

4. 王更生〈《文心雕龍》的文學觀〉,《孔孟月刊》第 23 卷第十期（1985 年）。

5. 胡健財〈論《文心雕龍》的「通變之術」〉,《古典文學》第十集（1988 年）。

6. 陳拱〈《文心雕龍》文學通變論〉,《中國文化月刊》一九三期（1995 年）。

7. 孫秋克〈論通變──古代文論縱論之六〉,《昆明師專學報》第 17 卷第 1 期（1995 年 3 月）。

8. 陳拱〈《文心雕龍・通變》篇疏解〉,中興大學《中文學報》九期（1996 年）。

9. 陳昌明〈《文心雕龍》通變論重探〉,南開大學國際學術研討會（2000 年）。

10. 葉繼奮〈從「還宗經誥」談劉勰的通變觀〉,《杭州教育學院學報》第 17 卷第 1 期,（2000 年 1 月）。

11. 陳昭瑛〈「通」與「儒」：荀子的通變觀與經典詮釋問題〉,《臺大歷史學報》第 28 期（2001 年 12 月）。

12. 陳允鋒〈《文心雕龍》的通變觀及其批評方法特點〉,《洛陽師範學院學報》第六期（2002 年）。

13. 劉軍政〈挽頹風於通變、清流弊以雅麗──論《文心雕龍》的古雅審美範疇〉,《中州學刊》第 4 期（2003 年 7 月）。

14. 戴阿寶〈「通變」辨義〉,《聊城大學學報》第 6 期（2003 年）。

15. 王少良〈劉勰「宗經」觀念下的文學「通變」論〉,《黑龍江社會科學》第 1 期,總第 88 期,（22004 年 1 月）。

16. 陳啓仁〈「文心雕龍」「通變」釋義〉,《中國文學研究》第 4 期（2005 年 6 月）。

17. 吳海清〈形而上世界與歷史世界的統一──釋劉勰的通變觀〉,《南京師範大學文學院學報》第 3 期（2005 年 9 月）。

18. 朱曉海〈《文心雕龍》的通變論〉,中央大學《人文學報》三一期（2007 年）。

19. 張敏杰〈論劉勰的文學史觀──以《文心雕龍・時序》篇爲中心〉,《文藝理論研究》第 2 期,（2005 年）。

20. 魯克兵〈劉勰的文學史觀〉,《蘭州學刊》第 3 期總第 144 期,（2005 年）。

21. 陳秀美〈《文心雕龍》「通變」文學史觀析論〉,北京首都師範「2007 年兩岸文學與文化學術研討會」（2007 年 7 月）。

22. 陳秀美〈反思《文心雕龍》「文體通變觀」之近現代學者的問題視域〉,《淡江中文學報》第 22 期（2010 年 6 月）。

23. 陳秀美〈論《文心雕龍》「通變」語詞之辯證性意義〉,《德霖學報》第 24 期（2010 年 6 月）。

24. 陳秀美〈從《文心雕龍》論劉勰「文體通變觀」之問題視域〉,《空大人文學報》第二十期（2011 年 12 月,「2011 百年龍學國際學術研討會暨中國文心雕龍學會第十一屆年會」,2011 年 3 月 26 日,湖北武漢大學）

25. 陳秀美〈論《文心雕龍》中「文質彬彬」的典範意義——從王邦雄教授論荀子「化性起偽」談起〉,「第一屆『新儒家與新道家』學術研討會」,淡江大學,（2011 年 7 月 5 日）。

26. 陳秀美〈從「文質彬彬」論劉勰「文體通變觀」裡的典範意義〉,龍華科大通識教育中心,「2011 年中國文學與文化全國學術研討會」（2011.11.25）

（3）《文心雕龍》與《周易》、道家之關係性研究者

1. 王仁鈞〈《文心雕龍》用《易》考〉,《文心雕龍研究論文集》淡江大學出版（1970 年）。

2. 吳林伯〈《周易》與《文心雕龍》〉,《武漢大學學報》第六期（社會科學版,1984 年）。

3. 李煥明〈《文心雕龍》與《易經》〉,《中華易學》第九卷第十期（1988 年）。

4. 戚良德〈《周易》:《文心雕龍》的思想之本〉,《周易研究》第四期,總第六十六期（2004 年）。

5. 李奇雲〈影響範式研究:《周易》與《文心雕龍》〉,《西南民族大學學報》總 25 卷第 1 期（人文社科版,2004 年）。

6. 黃高憲〈《周易》與《文心雕龍》研究的回顧與展望〉,《周易研究》第二期,總第六十四期（2004 年）。

7. 方波、李紅麗〈由「自然」之道和「虛靜」說看《文心雕龍》中的道家存在〉,《吉林廣播電視大學學報》第二期,總第七十期（2005 年）。

8. 王小盾〈《文心雕龍》風格理論的《易》學深淵〉,北京《清華大學學報》（哲學社會科學版）第五期第二十卷（2005 年）。

9. 姚愛斌〈《文心雕龍》寓言詩學的原範例——《周易》對《文心雕龍》關係另解〉,《中國海洋大學學報》第一期（社會科學版,2006 年）。

10. 李笑野〈《周易》陰陽所體現的辯證思維方法〉（《通化師院學報》,1997 第 4 期）。

11. 呂紹綱〈辯證法的源頭在中國《周易》〉（《社會科學戰線·學術短文》,1999 第 4 期）。

12. 李媛〈用辯證的觀點看《周易》〉（《經濟研究導刊》,2009 第 1 期總第 39 期）。

13. 艾新強〈《周易》與《老子》的辯證思維〉（《周易研究》,1998 年第 1 期總第三十五期）,

14. 王黎萍〈中國古代辯證法的類型、核心及其現代價值〉（《甘肅高師學報》,2005 第 10 卷第 1 期）。

15. 蔡正孫、劉娜〈試論老子自然無爲的辯證思維方式〉(《蘭州學刊》,2005 第 1 期總第 142 期)。

16. 何芝蘭、包寰昊、何葉蘭〈老子辯證思想〉(《廣角視野》,西南民族大學政治與社會學院 610014)。

17. 李索〈試論《周易》的語用觀〉(《河北師範大學學報》,2000.4 第 23 卷第 2 期)。

18. 黃高憲〈《周易》對《文心雕龍》「原道」論的影響〉,《福州師專學報》(2001.4)。

19. 林丹〈論《周易》辯證思維的特色及其影響〉(《龍岩師專學報》,2001.5 第 19 卷第 2 期)。

20. 梁振杰〈淺論《周易》的辯證思維及其對先秦道家的影響〉(《焦作教育學院學報》,2001.12)。

21. 朱壽興〈《文心雕龍》與易學思維〉(《廣西師範學院學報》,2003.7 第 24 卷第 3 期)。

22. 高林廣〈《文心雕龍》對《周易》的批評〉,《內蒙古社會科學》第二十五卷第三期(漢文版,2004 年 5 月)。

23. 史少博〈《周易》辯證思維與黑格爾辯證法之差異〉(《中共濟南市委黨校學報》,2007.1)。

24. 王晶〈《周易》辯證法思想簡述〉(《滄桑》,2007.5)。

25. 楊成虎、張徵〈《周易》陰陽辯證思想對傳統語言學的影響〉(《求索》,2008.5)。

26. 孫中原〈正言若反——論老子的辯證邏輯〉(《河南社會科學》,2008.7 第 16 卷第 4 期)。

27. 胡健〈老子辯證法思想摭談〉(《學術論壇》,2008.10)。

28. 王中原「反者道之動」析考——《道德經》辯證觀的解讀〉(《文史博覽》,2008.10)。

29. 高文強〈老子「反」範疇之哲學內涵的生成及流變〉(《船山學刊》,2008 第 4 期復總第 70 期)。

30. 王卉、劉振文〈試論老子「道」的涵義及其辯證法思想〉(《蘭州學刊》,2009 第 7 期總第 190 期)。

31. 韓彩英〈老子自然倫理思想的基本邏輯結構和理論特徵〉(《山西大學學報》,2010.5 第 33 卷第 3 期)。

32. 陳秀美〈從「實踐性」反思《老子》「無爲」思想的意義〉,《空大人文學報》第十九期(2010.12)。

（4）其他與本論題相關之論文

1. 王夢鷗〈從〈辨騷〉篇看《文心雕龍》論文的重點〉,《中華文化復興月刊》第 4 卷第 5 期（1971 年 5 月）。

2. 王金凌〈文心雕龍才性論辨析〉,《輔仁學誌文學院之部》第 9 期,（1980 年）。

3. 陸侃如《《文心雕龍》論「道」〉,《陸侃如古典文學論文集》（上海：上海古籍出版社,1987 年 1 月）。

4. 王金凌〈文心雕龍體系——文心雕龍的思想與歷史基礎〉,《輔仁國文學報》第 4 卷,（1988 年）。

5. 高秋鳳〈文心辨騷析論〉,《中華文化復興月刊》第 22 卷第 3 期（1989 年 3 月）。

6. 曾守正〈試論鍾嶸詩品的一個審美範疇——奇〉,《鵝湖》,（1992.04）。

7. 詹福瑞〈《宗經》與《文心雕龍》的理論體系〉,《河北大學學報》第 4 期（1994 年）。

8. 顧農〈劉勰「六觀」論剖析〉,《山東師大學報》第 5 期（1994 年）。

9. 黃景進〈從「論文敘筆」看劉勰評論文類的方法與觀點〉,《中華學苑》第 51 期（1998 年 2 月）。

10. 李平〈論《文心雕龍》的文化意蘊〉,《文心雕龍綜論》（北京：中國文聯出版社,1999 年 12 月）。

11. 黃景進〈宗經與辨騷：劉勰論「文之樞紐」〉,《中華學苑》第 53 期（1999 年 8 月）。

12. 李金坤〈劉勰《文心雕龍》創新精神試探〉,《鎮江師專學報》第 1 期（2000 年）。

13. 曾守正〈中國「詩言志」與「詩緣情」的文學思想——以漢代詩歌爲考察對象〉,《淡江人文社會學季刊》,（2002.03）。

14. 張敏杰〈論劉勰的文學史觀——以《文心雕龍・時序》篇爲中心〉,《文藝理論研究》第 2 期（2005 年）。

15. 王金凌〈「論劉勰《文心雕龍》樞紐論」〉,《鄭因百先生百歲冥誕國際學術研討會論文集》,（臺北：台灣大學,2005 年 6 月）。

16. 顏崑陽、蔡英俊〈中國古典文學研究的現代視域與方法〉,《政大中文學報》第 9 期（2008 年 6 月）。

17. 賴欣陽〈重讀《文心雕龍・原道》篇——一個形上學角度的解讀〉,《淡江中文學報》第十九期（2008 年 12 月）。

18. 顏崑陽〈《文心雕龍》做爲一種「知識型」對當代之文學研究所開啓知識本質論及方法論的意義〉,湖北武漢「百年龍學國際學術研討會暨中國文心雕龍學會第十一次年會」,（2011.03.26）。

19. 張健〈思無定契與理有恆存：《文心雕龍》的文思與文術〉，淡江大學中國
    文學學系主辦「第十二屆 文學與美學國際學術研討會」，（2011.5.13）。

三、其他學術論著

（一）有關「文體學」論著

（1）專書

1. 蔣伯潛《文體論纂要》（臺北：正中書局，1959 年 7 月臺一版）。

2. 褚斌杰《中國古代文體學》（臺北：學生書局，1991 年 4 月修訂增補版）。

3. 薛鳳昌《文體論》（臺北：臺灣商務印書館，1998 年 8 月臺二版）。

4. 顏崑陽〈論六朝文學「體源批評」的取向與效用〉，《東華人文學報》第三
    期（2001.07）。

5. 李士彪《魏晉南北朝文體學》（上海：上海古籍出版社，2004 年 4 月）。

6. 趙憲章《文體與形式》（北京：人民文學出版社，2004 年 2 月）。

7. 郭英德《中國古代文體學論稿》（北京：北京大學出版社，2005 年 9 月）。

（2）期刊與會議論文

1. 顏崑陽〈文學創作在「文體典範」下的「經緯結構歷程」關係〉，（淡江大
    學「第十一屆文學與美學國際學術研討會」，2009 年 5 月 8 日）。

2. 顏崑陽〈論「文類體裁」的「藝術性向」與「社會性向」及其「雙向成體」
    的關係〉，《清華學報》新三五卷第二期（2005 年 12 月）。

3. 顏崑陽〈從反思中國文學「抒情傳統」之建構以論「詩美典」的多面向變
    遷與叢聚狀結構〉，《東華漢學》第九期（2009 年 8 月）。

4. 顏崑陽〈從混融、交涉、衍變到別用、分流、佈體——「抒情文學史」的
    反思與「完境文學史」的構想〉，《清華中文學報》第三期（2009 年 12 月）。

5. 顏崑陽〈宋代「詩詞辨體」之論述衝突所顯示詞體構成的社會文化性流變
    現象〉，（《中正大學中文學術年刊》2010 年第一期，總第十五期，2010 年
    6 月）。

（二）有關《周易》論著

1. 徐志銳《周易陰陽八卦說解》（臺北：里仁書局，1994 年 11 月）。

2. 呂紹綱《周易闡微》（臺北：韜略出版有限公司，1996 年 5 月）。

3. 周振甫《周易譯注》（香港：中華書局，2006 年 2 月再版）。

（三）有關「魏晉六朝文學」論著

1. 廖蔚卿《六朝文論》（臺北：聯經出版社，1978 年 4 月）。

2. 顏崑陽《六朝文學觀念叢論》（臺北：正中書局，1993 年 2 月）。

3. 周勛初《魏晉南北朝文學論叢》（南京：江蘇古籍出版社，1999 年 11 月）。

（四）有關哲學史、文學理論之論著

1. 勞思光《中國哲學史》第一卷（香港：香港中文大學・崇基書局，1968年正月初版）。

2. 牟宗三：《中國哲學十九講》，（臺北：臺灣學生書局，73 年 10 月初版）。

3. 劉若愚《中國文學理論》（臺北：聯經出版事業公司，1985 年八月第二次印行）

4. 徐復觀《中國文學論集》（臺北：臺灣學生書局，1985 年 1 月學五版）。

5. 郭紹虞主編《中國歷代文論選精選》（臺北：華正書局，1984 年 8 月）。

6. 蔡英俊《比興物色與情景交融》，（臺北：大安出版社，1986 年 5 月）。

7. 王金凌《中國文學理論史》（上古篇），（臺北：華正書局，1987 年）。

8. 王金凌《中國文學理論史》（六朝篇），（臺北：華正書局，1988 年）。

9. 張雙英《中國文學批評的理論與實踐》，（《國文天地雜誌社》，1990 年）。

10. 龔鵬程《文學批評的視野》（臺北：大安出版社，1990 年 1 月）。

11. 張淑香《抒情傳統的省思與探索》（臺北：大安出版社，1992 年 3 月）。

12. 李澤厚、劉綱紀《中國美學史・魏晉南北朝編》（合肥：安徽文藝出版社，1999.5）。

13. 蔡英俊《中國古典詩論中「語言」與「意義」的論題──「意在言外」的用言方式與「含蓄」的美典》，（臺北：學生書局，2001 年 4 月）。

14. 張雙英《文學概論》，（《文史哲出版社》，2002 年）。

15. 羅宗強《魏晉南北朝文學思想史》（北京：中華書局，2002 年 10 月）。

（四）有關哲學史、文學理論之論著

1. 勞思光《中國哲學史》第一卷（香港：香港中文大學・崇基書局，1968 年正月初版）。

2. 牟宗三：《中國哲學十九講》，（臺北：臺灣學生書局，73 年 10 月初版）。

3. 劉若愚《中國文學理論》（臺北：聯經出版事業公司，1985 年八月第二次印行）

4. 徐復觀《中國文學論集》（臺北：臺灣學生書局，1985 年 1 月學五版）。

5. 郭紹虞主編《中國歷代文論選精選》（臺北：華正書局，1984 年 8 月）。

6. 蔡英俊《比興物色與情景交融》，（臺北：大安出版社，1986 年 5 月）。

7. 王金凌《中國文學理論史》（上古篇），（臺北：華正書局，1987 年）。

8. 王金凌《中國文學理論史》（六朝篇），（臺北：華正書局，1988 年）。

9. 張雙英《中國文學批評的理論與實踐》，（《國文天地雜誌社》，1990 年）。

10. 龔鵬程《文學批評的視野》（臺北：大安出版社，1990 年 1 月）。

11. 張淑香《抒情傳統的省思與探索》（臺北：大安出版社，1992 年 3 月）。

12. 李澤厚、劉綱紀《中國美學史・魏晉南北朝編》（合肥：安徽文藝出版社，1999.5）。

13. 蔡英俊《中國古典詩論中「語言」與「意義」的論題──「意在言外」的用言方式與「含蓄」的美典》，（臺北：學生書局，2001 年 4 月）。

14. 張雙英《文學概論》，（《文史哲出版社》，2002 年）。

15. 羅宗強《魏晉南北朝文學思想史》（北京：中華書局，2002 年 10 月）。